KB117483

항간에 떠도는
기묘한 이야기

NOCHINO KOSETSU HYAKU-MONOGATARI

by KYOGOKU Natsuhiko

항간에 떠도는
기묘한 이야기

항설백물어

後巷説百物語 — 상

교고쿠 나쓰히코 소설

심정명 옮김

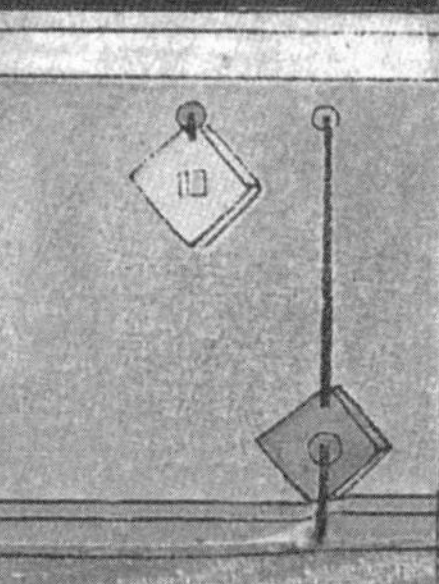

목차

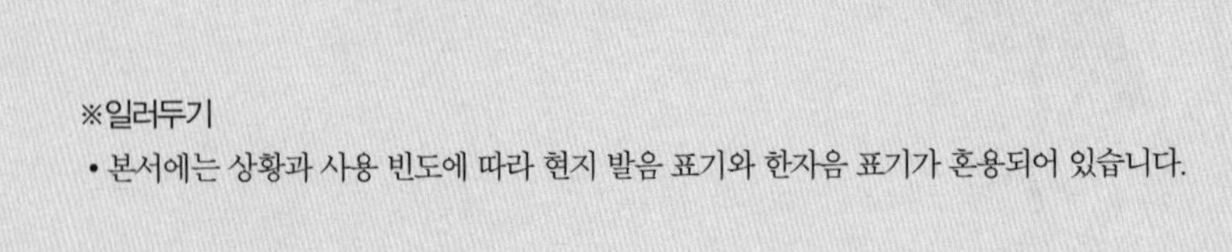

※일러두기

• 본서에는 상황과 사용 빈도에 따라 현지 발음 표기와 한자음 표기가 혼용되어 있습니다.

붉은 가오리

이 물고기는 몸길이가 삼십 리를 넘는다

등에 모래가 쌓이면 떨어뜨리려고

바다 위로 올라온다

이때 뱃사람들이 섬이라 생각해 배를 가까이 대면

물밑으로 가라앉는다

그러면 파도가 거칠어져서

배가 이 때문에 부서진다

큰 바다에 많이 있다

회본백물어(繪本百物語) · 도산진야화(桃山人夜話) / 제3권 · 24

1

옛날.

작은 섬이 하나 있었습니다.

이 섬에는 그다지 유복하지 않은 사람들이 서로를 의지하며 근근이 살아가고 있었습니다.

가난해도 평화로운 섬이었지요.

섬 한쪽 구석에는 마을의 신을 받드는 작고 오래된 사당이 있었는데, 그곳에서는 언제부터인지 에비스 신을 모시고 있었습니다. 섬사람들은 이 사당을 마음속으로 의지하며 열심히 믿었지요.

다만 섬에는 전해 내려오는 이야기가 하나 있었습니다.

그건 정말 무시무시한 이야기였어요.

에비스 신 사당에는 에비스 님의 상이 하나 안치되어 있었습니다.

이 에비스 상의 얼굴이 빨갛게 변하면 무시무시한 재앙이 섬을 덮치리라고, 에비스 님의 얼굴색이 붉은빛으로 물들면 섬이 멸망할 거라고, 그런 이야기가 전해 내려오고 있었지요.

이 이야기를 의심하는 사람은 아무도 없었습니다.

왜냐하면 섬사람들은 에비스 님을 진심으로 우러러 받들고 있었기 때문입니다.

섬사람들은 아침저녁 참배를 결코 빠뜨리지 않았고 틈 날 때마다 이 신사에 절을 하러 다니며 검소하게 살았습니다.

하지만.

어느 날…….

한 젊은이가 있었습니다.

혈기 왕성한 청년이었지요.

청년은 인습에 얽매여 있는 섬의 기질에 싫증을 느꼈습니다. 가난한 생활에도 질렸고요. 매일매일을 유유낙낙 살아가며 불평 한 마디 하지 않는 섬사람들에게 낙담하기도 했습니다. 그래서…….

젊은이는 장난을 쳤습니다.

그게 또 하필이면 밤중에 사당에 몰래 들어가서 에비스 님 얼굴에 붉은 안료를 칠했던 겁니다.

아침이 되어 얼굴이 붉게 변한 에비스 님을 본 섬사람들은 무척 놀라고 두려워하고 허둥지둥했습니다. 모두가 믿고 있었습니다. 진심으로 믿고 있었습니다. 그래서 울고 소리치고 무척 혼란스러워하다 결국 섬사람들 전부가 얼마 안 되는 재산을 모아 가족들을 데리고 섬을 나갔습니다.

젊은이는 그 모습을 유쾌하게 지켜보았습니다.

그도 그럴 게 얼굴에 색칠을 한 사람은 바로 자기 자신. 무슨 일이 일어날 리 없으니까요. 다 미신이지, 전부 가짜야, 하면서 배를 잡고 웃었습니다.

그런데.

사람들이 섬을 떠나고 얼마 지나지 않아.

갑자기 천지가 울리며 산이 무너지고 대지가 흔들리더니 크나큰 해일이 덮쳐서 청년과 섬을 통째로 삼켜버렸습니다.

섬은 하룻밤 사이에 흔적도 없이 사라지고 말았습니다.

그리고 황량한 바다만 남았습니다.

2

경장(慶長)* 원년 병신년 윤7월 12일 포시(晡時)**, 천하에 대지진이 있어 분고(豊後)***에서도 곳곳에서 땅이 갈라지고 산이 무너지는 바람에 다카사키 산봉우리의 거석이 모조리 떨어지고 그 돌이 서로 갈리며 불길이 일었다. 이윽고 흔들림이 멈추자 후나이(府内)****의 백성들은 안심하고 멱 감는 사람이 있는가 하면 저녁을 먹는 사람도 있었으며 아직 먹지 않은 사람도 있었다. 이때 큰 바다가 또 크게 울리며 흔들렸다. 사람들은 심히 놀라 동서로 뛰고 남북으로 달아났다. 혹자가 바닷가 마을 우물물을 들여다보니 하나같이 물이 다 말라 있었다. 이때 바다에서 커다란 파도가 순식간에 밀려오더니 후나이와 해안가 마을을 덮쳤고, 해일은 여섯 시간에 이르렀다. (중략) 이렇듯 대지진과 해일에 의해 후나이 성에서는 큰 집, 작은 집, 민가 할 것 없이 대부분이

---

* 일본의 연호로 1596년 – 1615년 사이를 말함.
** 오후 4시 무렵.
*** 현재 오이타 현의 옛 지명.
**** 오이타 현 오이타 시의 옛 이름으로, 분고 지방의 행정 관청이 있던 곳.

무너졌고 죽은 사람과 가축 수는 헤아릴 수 없었다. (중략)

세이케 마을에서 이십여 정(町)* 북쪽에 우류지마라는 이름의 섬이 있었다. 혹은 오키하마마치라고도 하는 이곳은 남북으로 줄을 선 세 줄기 마을로 이루어졌는데, 남쪽을 혼마치, 가운데를 우라마치, 북쪽을 신마치라고 불렀다. 농공상인과 어부가 살았다. 이 우류지마의 경계 안은 모조리 침몰하여 바다 밑에 잠겼다. 이로 인해 익사한 자는 칠분의 일. 섬 주민들은 작은 배로 표류하거나, 떠내려가는 집에 올라타거나, 부목에 엎드리거나, 흘러가는 궤에 의지해 뿔뿔이 흩어졌다. 하지만 잠시 떠다니다 남서쪽에 낭떠러지를 이룬 이누하나 해안에 도착하거나 호라이 산 같은 고지에 도달하여 목숨을 건진 사람도 있었다. 얼마 안 있어 큰 밀물은 잠잠해지고 원래대로 돌아갔다…….

야하기 겐노신은 몇 번씩 막히면서도 여기까지 읽고 나서 어떠냐며 사사무라 요지로를 보았다.

원래는 한문이다. 운을 맞추거나 장단을 맞추지도 않고 그저 의미가 통하게 썼을 뿐인 서툰 글인 듯하고, 사본이다 보니 오자나 오기도 있었는지 다른 사람보다 한문 서적에는 정통할 법한 겐노신도 읽기가 퍽 어려운 모양이었다.

그래도 신묘하게 듣던 요지로가 그게 예의《호후키분(豊府紀聞) 4권》이냐고 묻자, "그렇지, 이게 자네가 원하던 확실한 증거네" 하고 겐노신이 자신만만하게 대답했다. "잘 찾아냈지 않나? 새 정부는 그 뭐냐 남쪽 출신들이 많으니 말일세. 서(署)에도 분고 사람이 있어."

겐노신이 호쾌하게 웃었다.

---

* 약 2.2킬로미터. 1정은 약 109미터.

이 겐노신이라는 사내, 옛 막부 시대에는 남쪽 봉행소(奉行所)의 견습 동심(同心)이었다*. 메이지 유신의 혼란을 어떻게 넘겼는지 소상히 알 수는 없지만, 지금은 생긴 지 얼마 되지도 않은 도쿄 경시청의 일등 순사가 된 몸이다.

이쪽 요지로는 누구인가 하니, 원래는 서쪽 지방의 작은 번(藩)인 기타바야시 번에서 에도**에 올라와 근무하던 가신이었지만 지금은 가노 상사라는 무역회사에서 근무하는 괴짜이다.

겐노신은 견습 동심 시절 에도에 있던 기타바야시 번 저택에 뻔질나게 드나들었다. 말을 나누게 된 계기는 기억하지 못하지만, 나이가 가까워서인지 마음이 잘 맞았는지 그 무렵부터 요지로와는 사이가 좋았다. 요컨대 끊으려야 끊을 수 없는 오래된 인연인 셈이다.

"생각만큼 기뻐하지 않는군." 겐노신이 두꺼운 눈썹을 찡그렸다. "이보게, 요지로. 고생해서 겨우 손에 넣었는데 좀 더 반응을 보이면 어떻겠나? 악평이 자자하던 자네의 망언을 이 몸이 일부러 증명해준 거잖나."

겐노신은 계속해서 "어때, 이제는 자네들도 믿지?" 하면서 일동을 순서대로 둘러보았다.

다다미 열 장 정도 되는 방에 젊은 사내 네 명이 얼굴을 맞대고 앉아 있다. 밥상이 나와 있지도 않고 술그릇이 눈에 띄지도 않는다. 격식을 차린 자리 같지는 않지만 스스럼없다는 느낌도 없는, 참으로 희

---

* 봉행은 에도 시대에 각 마을의 행정, 사법, 경찰 업무 등을 담당한 관직명이며, 봉행소는 봉행이 직무를 보는 관청이다. 동심은 봉행 등에 속하며 서무, 경찰 업무 등을 담당한 하급 관리.

** 현재의 도쿄.

한한 회합이다.

"뭐, 그 기록이 사실이라면 피해가 상당했던 모양이군. 허나 지진, 산사태, 해일, 홍수 같은 천변지이로 많은 희생이 생기는 게 드문 일은 아닐세."

발언한 사람은 구라타 쇼마이다.

이자는 에도 막부 중신의 둘째 아들로 서양에도 다녀온 멋쟁이이다. 다만 아무래도 종잡을 수 없는 구석이 있어 서양에 다녀온 사람의 명석함은 느껴지지 않는다. 풍채가 세련된 것도 아니다.

이 사내, 실은 요지로의 옛 동료이다. 막부의 중진이었던 쇼마의 부친과 요지로가 근무하는 곳의 경영자가 절친한 사이라, 그 인연으로 쇼마도 일전에 요지로와 같은 무역회사에 들어간 적이 있다. 다만 쇼마는 일하는 건 성미에 맞지 않는다며 사흘 만에 그만두었다. 지금도 일하지 않고 빈둥대고 있으니, 말하자면 직업 없는 고등유민이다.

"널리 해외로 눈을 돌리면 그 규모는 한층 더 커지지. 미증유의 참사에 대한 기록 따위는 별반 애쓰지 않아도 사방에서 찾을 수 있네."

쇼마가 이렇게 말을 잇자 "그렇게 몇 번씩 있어서야 미증유라고 부르지는 못하지" 하고 시부야 소베가 웃었다.

이 소베라는 자. 요지로와 마찬가지로 기타바야시 출신이지만 어릴 적에 양자로 보내져 야마오카 뎃슈(山岡鉄舟)에게 검을 배운 호걸인데, 유신 후에는 사루가쿠초에서 마을 도장을 하고 있다. 검 실력이 얼마나 되는지는 요지로도 알지 못하지만, 확실히 강해 보이는 생김새이기는 하다. 하지만 요즘 같은 시대에 칼잡이 일로 먹고살 수 있을 리 없으니, 도장은 파리만 날아다니고 경찰서에 나가서 순사들을 상대로 검술을 가르치는 일을 하고 있다.

"미증유라는 건 지금까지 한 번도 있어본 적이 없다는 의미일세, 쇼마. 과거에 한 번이라도 선례가 있었다면 그걸 미증유라 부르지는 않지."

"이건 그냥 예를 든 걸세. 딱딱한 소리를 하며 말꼬리 잡지 말게나. 이러니 케케묵은 칼잡이는 곤란하지. 잘 듣게. 내가 하려던 말은 그런 게 아니야. 그렇지. 후지 산이 불을 뿜었던 때는 지금 겐노신이 읽은 정도와는 비교도 아니 될 정도라고 하네. 게다가 해외에서도 하룻밤 새에 산이 사라졌다느니 마을이 매몰되었다는 이야기가 그렇게 드물지는 않아. 나는 이런 이야기를 하고 싶었던 걸세."

"그건 자네 말이 맞네. 큰 지진이 일어나면 산도 무너지고 바다도 넘치겠지. 섬 하나쯤 가라앉을 수도 있어. 천변지이가 얼마나 사람의 이해를 뛰어넘는 맹위를 떨치는지는 기타바야시 출신이라면 누구나 아네. 안 그런가, 요지로? 우리 고향인 기타바야시의 성 뒤에는 산이라 착각할 정도로 큰 바위가 떡 버티고 서 있네만, 그 큰 바위로 말할 것 같으면 원래는 뒤쪽에 솟아 있는 가나야마 산 중턱에 있었어. 그렇게 거대한 게 낙하했다고 보통은 믿기 힘들지. 나는 어릴 적부터 몇 번이나 들었어도 믿을 수 없었네. 그게 떨어질 정도라면 섬이 가라앉는 일도 있을 수 있겠지."

"확실히 그러하네."

소베의 질문에 요지로가 대답했다.

"뭐, 드문 일도 아니라고는 생각하네. 하지만 그게 어쨌다는 건가?"

"내 말인즉슨" 하고 쇼마가 대꾸한다. "그 기록에 따르면 피해가 컸던 것은 오히려 본토 쪽이고, 가라앉은 섬사람들은 삼 할쯤이 목숨을 건지기는 한 것 아닌가? 토지와 재산은 잃었을 테니 피해액은 심대했겠네만……. 섬 하나가 가라앉았는데 그 정도 피해로 끝날까. 물론 그런 재해가 있었을 수도 있네만. 안 그런가, 순사 양반? 글쎄 어떨까?"

쇼마가 물었다.

"어떻고 자시고 간에 문제는 피해 규모가 아니잖나."

겐노신이 불만스럽게 대꾸했다.

"요지로가 들은 이야기에서도 도민은 살아남았어. 사전에 알고 다들 도망갔다. 그런 이야기 아닌가. 안 그런가, 요지로?"

겐노신의 물음에 "뭐 그렇지" 하고 요지로가 대답했다.

"그럴까?"

쇼마가 고개를 갸웃했다.

"뭘 의심하는가? 이 기록은 요지로가 들은 전설과 같은 섬의 기록이라고."

겐노신이 언짢아하며 말했다.

"그렇지, 요지로? 자네가 들은 전설에서 가라앉았다는 섬은, 분고 지방의 우류지마 아니었나?"

요지로는 그렇다고 대답했다. 그 말대로이다.

"그 전설을 토대로 따라가서 손에 넣은 이 기록에도 이렇게 쓰여 있지 않은가? 나는 이게 우연이라고는 생각할 수 없네."

"뭐, 우연은 아니겠지. 같은 장소라면 관계는 있을 거야."

소베가 대꾸했다.

"관계가 있어. 그곳에 있는 사원인 위덕사의 유래를 기록한 서면에도 같은 기술이 있다고 하네. 그때 떠내려 온 소나무 한 그루를 그 지방 사원인 위덕사 경내에 심었더니 뿌리를 내려서 나중에 명송이라고 칭송받게 되었다고 하지 않나. 또 《호코쿠쇼시(豊國小誌)》 같은 책을 펴보면 역시 같은 일이 과거에 있었다고 쓰여 있다 하네. 근처의 다른 섬도 경장 3년 여름에 쓰루미 산 폭발로 가라앉았다고 적혀 있어. 그러니 요지로가 듣고 온, 에비스의 얼굴이 붉어지더니 우류지마가 멸망했다는 전설은 사실이네."

"그건 비약이야."

쇼마가 말했다.

"왠가?"

"왜긴 왠가. 에비스 어쩌고는 그 기록에 없지 않나?"

"아니, 기록은 없어도 사당은 있는 모양이네. 내가 조사한 바에 따르면 그 에비스 신사라는 사당은 우류지마의 건너편에 해당하는 세이케 지방에 다시금 세워졌는데 지금도 남아 있다고 하지 뭔가. 그렇다면 역시 이건 사실이라고 생각할 수밖에……."

"아니, 아니, 겐노신. 자네 말도 이해 못 하는 것은 아니네만……."

소베가 달래는 동작을 했다.

"한편에 기괴한 전설이 있고, 그 소문을 따라가다 보니 이를 뒷받침할 기록을 찾아냈다면 나도 자네처럼 생각했을 수도 있네. 하지만 겐노신. 잘 생각해보게나. 그 전설 쪽이…… 더 뒤에 만들어졌을 가능성은 없나?"

"전설이 뒤라니 무슨 말인가."

겐노신이 한층 더 언짢아했다.

"전설이라 하는 것은 본디 사실을 바탕으로 하는 법 아닌가. 어떠한 역사적 사실을 후세에 전하는 것이 곧 전설이야. 바탕이 되는 사실이 없을 경우에는 풍문이나 미신이라고 하네."

"그렇지 않네, 그렇지 않아." 소베가 손을 저었다. "자네 말대로 전설이라는 것은 모름지기 사실 뒤에 생기겠지. 하지만 겐노신, 내가 하는 말은 그러니까…… 요지로가 듣고 온, 섬이 가라앉았다는 전설에 관한 게 아니네. 그 옛날이야기에 나오는 전설을 말하는 걸세."

"옛날이야기에 나오는 전설이라는 게 뭔가?"

소베는 어이없다는 얼굴로 "그러니까 말일세" 하고 꼭꼭 씹어서 입에 넣어주듯 설명했다. "그…… 에비스 상의 얼굴이 붉어지면 섬이 멸망한다는 전설 말일세. 그 미신이 실제로 우류지마에 전해지고 있었는지 어땠는지는 알 수 없다, 이 말이야. 그런 기술은 없지 않느냐는 거지."

"그게…… 섬이 가라앉은 뒤에 생긴 전설이라는 말인가?"

"그렇지."

소베가 말했다.

"그에 대해서는 뭐라 단언할 수 없네만."

겐노신이 수긍할 수 없다는 기색을 보였다.

소베는 난처하다는 표정이다.

"뭐, 그 우류지마랬나. 그 섬이 하룻밤 새에 바닷속에 잠겼다는 건 사실일지 모르네. 아니, 그렇다는 확실한 기술도 남아 있으니 이건 사실이겠지. 하지만 겐노신. 요지로 이야기에 나오는, 그러니까 장난꾸러기가 에비스 상의 얼굴을 붉게 칠했다느니, 그 상의 얼굴이 붉어지면 섬이 가라앉는다는 전설이 있었다느니, 이런 것까지 꼭 사실이라고는 할 수 없다. 내 말은 이 말이네."

쇼마가 맞장구를 치며 "전설이라는 것에는 흔히 그런 과장이 따라다니는 법이니까" 하고 말했다.

"아무래도 신용할 수 없다는 게로군."

겐노신이 불만스럽게 문서를 접어서 품에 넣었다.

"그리 화내지 말게, 순사 양반." 쇼마가 달랬다. "안 믿는 게 아닐세. 거짓이라고 단정 지을 증거는 아무것도 없으니. 다만 믿을 만한 결정적인 근거도 똑같이 없어. 요컨대 소베 말은 이 문서가 요지로가 들은 이야기가 사실이라는 증거가 되지는 않는다는 걸세. 안 그런가?"

"그렇지. 그건 쇼마 말이 맞아." 소베가 쇼마의 말에 수긍했다.

"보게, 겐노신. 자네 말대로 재해 규모 같은 게 문제는 아니야. 하지만 마찬가지로 재해가 실제로 일어났느냐 하는 것도 그곳에 에비스 신앙이 있었느냐 없었느냐 하는 것도 문제는 아닐세."

"그렇다면 뭐란 말인가, 쇼마. 무얼 증거로 삼으면 된단 말이야?"

겐노신이 한층 더 불만스러운 얼굴을 했다.

"잘 듣게, 겐노신. 우리가 문제 삼는 건 어디까지나 그…… 에비스 상의 변화와 천변지이의 인과관계야. 나는 그리 생각하네만."

"그건 그렇네만" 하고 겐노신은 생각에 잠겼다.

"그건 증명할 수 없겠지" 하고 쇼마가 말했다.

"왜인가?" 겐노신이 되물었다.

"아니, 그건 무리야, 겐노신. 전설대로 그 섬에 에비스 상이 모셔져 있었다고 쳐보세. 그러면 그 얼굴이 붉어지면 재앙이 일어난다고 전해 내려왔을 수도 있겠지. 뿐만 아니라 웬 발칙한 자가 그 얼굴에 붉은 안료를 칠하는 일도 있을 수 있어. 그 직후에 때마침 천변지이가 일어났을 수도 있네. 그렇다고 해도 재해가 그 장난 때문이라고 단정할 수는 없지 않겠나?"

"그러면 뭐란 말인가?"

쇼마는 우연이라고 간단히 대답했다.

"우, 우연이란 겐가?"

"나는 그리 생각하네. 겐노신, 아까 자네는 이건 우연이 아니라고 했지? 소베도 그렇게 말했네만, 그건 그 기괴한 전설과 거기 있는 문서의 관계가 우연이 아니라고 했을 뿐이겠지. 천재지변은 항상 이 세상의 이치에 준해서 일어나네. 신상이나 불상에 붉은 안료를 칠했다고 해서 천지가 움직이는 것은 생각할 수 없는 일이야. 아무리 때가 잘 맞아도 지진이나 해일에 장난이나 신앙은 역시 관계없을 걸세. 사람의 힘으로 천지를 움직일 수는 없네."

"에비스 신은 사람이 아니야."

"색칠은 인간이 했네."

소베가 말했다.

"아니, 애초에 신불(神佛)을 끄집어내봤자 마찬가지라고 생각하네만."

쇼마가 말을 이었다.

"마찬가지라니 무슨 말인가?"

"마찬가지야. 소베가 아까 말했다시피 먼저 천재지변이 있고 뒤에 이유가 만들어진 것이 아닌 다음에야 둘 사이에 인과관계는 발생하지 않겠지. 나는 우연이라는 결말밖에 생각할 수 없네."

"으음" 하고 겐노신이 신음했다.

"게다가 내가 듣기에 그 이야기는 아무래도 너무 짜맞춘 것 같네. 신심이 없는 것은 좋지 않은 일이다, 사람을 속이는 것은 잘못된 일이다……. 묘하게 설교 냄새가 나지 않나. 성실하게 믿는 자는 살아나고 불성실한 자만 목숨을 잃는다. 나는 이 결말에서 신자를 모으려는…… 그렇지, 의도 같은 것이 느껴지네만."

"그렇게 큰 신사는 아닌 모양인데."
"크기는 무관하겠지."
소베가 말을 이었다.
"과거에 있었던 참사를 영험함의 증거로 꾸며 내는 건 그 땅의 신앙심을 높이는 데 지극히 효과적이지 않겠나? 작은 사당이라면 그 지방의 신심이 모일수록 좋으니 말일세."
"혹시라도, 정말로 섬이 가라앉은 것이 에비스의 얼굴을 붉게 칠했기 때문이라고 쳐보세. 하지만 그 경우에도 결코 증명할 수는 없네."
쇼마가 말을 맺었다.
형세가 불리하다 생각했는지 겐노신은 홀로 이의를 제기하지 않고 있는 요지로 쪽으로 고개를 돌렸다.
"어떻게 생각하나, 요지로? 이놈들은 자네를 바보 취급하고 있어. 뭐라 말 좀 해보게."
"아니……."
반론은 없었다.
겐노신은 분개한 듯했지만 요지로 본인은 바보 취급을 당한다는 생각도 들지 않았다. 아무리 생각해도 쇼마와 소베가 하는 말이 정론이기 때문이다.
발단은 보름 전 일이었다.
술자리에서 요지로가 아는 사람에게 들은 진기한 전설을 이야기한 것이 시작이었다.
붉은 얼굴 에비스, 그러니까 가라앉은 섬 이야기이다.
요지로 입장에서는 그저 좌중의 흥을 돋우기 위한 시시한 이야기였는데, 문명개화 시대에 그런 비합리적인 이야기는 있을 수 없다며 쇼마와 소베가 강하게 부정했다. 하지만 겐노신만은 있을 수 있는 일이라고 우겼다. 그 결과가 오늘이다. 솔직히 말해 요지로는 겐노신이 이렇게 증거다운 기록을 찾아오리라고는 전혀 생각하지도 않았다. 요지로는 신불의 위엄과 덕망을 믿지 않지는 않았지만, 섬 하나가 가라앉았다면 이야기가 다르다.

"어떤가 자네들. 이쯤 해서 야겐보리의 은거 영감에게 의견을 구해 보는 게?"

소베가 요지로와 겐노신의 얼굴을 보고 잠시 고민하더니 이렇게 말했다.

네 사람은 얼굴을 마주 보고는 좋다고 말했다.

3

야겐보리의 은거 영감이란…….

이름 그대로 야겐보리 부근에 쓰쿠모안(九十九庵)이라는 한가한 거처를 마련해서 살고 있는 노인이다.

나이로 말할 것 같으면 여든하고도 몇 살. 학처럼 홀쭉하게 여위고 피부가 흰 늙은이인데, 상투를 푼 백발을 짧게 깎고 먹색 사무에(作務衣)*에 소매 없는 쥐색 겉옷을 걸친 그 모습은 흡사 선승이라 착각할 정도로 말라비틀어졌다. 내력과 본명은 일절 알 수 없지만, 스스로 잇파쿠(一白) 옹이라 칭하며 먼 친척이라는 젊은 처자와 단둘이 살고 있다.

이 노인, 요지로가 녹을 받아먹던 옛 기타바야시 번과는 제법 깊은 인연이 있는 자였다고 한다.

어디를 어떻게 봐도 상민(常民)이요, 신분이나 직분이 있는 몸이라고는 도저히 생각할 수 없는데도, 왜 그런지 번주의 총애를 받아 유신

* 선종 승려의 작업복.

이 있기 전에는 번에서 공로금까지 받았다. 요지로는 그 돈을 매달 전달하는 역할이었다.

고액은 아니지만 오래전부터 받았던 모양이니 총액으로는 대단한 액수가 될 것이다.

잇파쿠 옹은 자기 자신에 대해 아무 이야기도 하지 않았지만, 전 상관의 말에 따르면 번을 구한 은인이라 했다.

일개 상민, 그것도 말라빠진 나무 같은 영감 하나가 설사 작다고 해도 지방 하나를 구하는 것이 가능하기나 할까. 요지로는 퍽 수상쩍게 여겼지만, 암만해도 이 일은 요지로가 태어나기 훨씬 전, 그러니까 사십 년도 더 전에 벌어진 모양이었다.

지금은 노인이어도 그 무렵에는 젊었으리라는 당연한 사실을 요지로가 깨달은 것은 번이 없어지고 난 뒤였다. 그때까지 요지로는 어째서인지 이 노인은 옛날부터 줄곧 노인이었을 것 같다는 터무니없는 망상에 사로잡혀 있었다.

그 정도로 잇파쿠 옹은 시들시들했다.

그 말라빠진 노인은 어쩌고 있나 하는 생각이 든 것이 오 년 전이었다.

천하가 천황의 치하에 들어가고 번이 폐지되고 말았으니, 당연히 기타바야시 번에서 나오던 공로금도 없어졌을 것이다.

그러면 먹고살기 힘들지도 모른다.

그래서 요지로는 기타바야시 번과 인연도 있고 소문을 통해 노인을 알고 있는 소베를 데리고 쓰쿠모안을 찾아가보았다.

노인은 건재했다.

상투가 없어지기는 했지만 여윈 얼굴이나 소박한 살림, 편벽한 영감인지 마음씨 좋은 할아버지인지 판단하기 어려운 태도까지, 잇파쿠 옹은 옛 막부 시대의 모습 그대로 그곳에 있었다. 단지 요지로가 드나들던 시절에는 소녀에 불과하던 먼 친척 딸아이가 혼기가 찬 나이가 되어 있었다는 점을 제외하면, 쓰쿠모안은 옛날과 무엇 하나 달라지지 않았다.

그 뒤로 오 년에 걸쳐 요지로와 노인의 교류는 이어졌다. 지금은 소베뿐 아니라 겐노신, 쇼마까지 함께 쓰쿠모안을 찾는 일이 많다.

노인은 박식했다. 게다가 기묘하기 짝이 없는 체험담을 아주 많이 갖고 있었다. 요지로는 그런 함축적인 이야기를 듣는 것이 즐거웠다.

유신이 있은 뒤 십 년.

여기저기서 동란은 계속되었지만 세상의 혼란은 일단락된 감이 있다. 하지만 이 나라나 요지로 자신이나 크게 변했다. 거리 모습도, 세상 물정도 변했다. 하지만 노인이 사는 마을의 그 한구석만은 시간이 흘러도 에도가 남아 있다. 새로운 시대에 익숙해지려고 노력하는 반면 어쩐지 새로운 것에 대한 불신을 완전히 버리지 못하는 요지로 같은 사내에게 쓰쿠모안의 풍경과 잇파쿠 옹이 들려주는 에도 시절 이야기는 정겹고 편안했다.

겐노신은 순사라는 신분에도 불구하고 진기한 이야기나 괴담 종류를 별나게 좋아하는 난처한 사내였는데, 노인이 들려주는 각 지방의 괴이한 이야기를 특히 기꺼워했다.

반면 소베는 생김새나 생업과 어울리지 않는 합리주의자로, 불가사의한 현상에 대해 노인과 이러쿵저러쿵 의견을 나누는 것이 즐거운 모양이었다. 약간 서양 물이 든 쇼마로 말할 것 같으면 뭐 그런 문답도 싫지는 않겠다마는, 같이 사는 먼 친척 처자인 사요가 목적일 거라고 요지로는 짐작하고 있었다.

다만 이 문제만큼은 요지로뿐만 아니라 다른 두 사람도 수상했다.

네 사람은 선물로 만주를 사서 야겐보리로 향했다.

저녁밥 때 만주는 좀 아닌 듯싶지만, 노인이 술을 마시지 않다 보니 달리 사갈 만한 물건도 없었다. 아니, 정확히 말하면 매일 자기 전에 됫술을 딱 한 잔 마신다고 하는데 그 외에 술이라고는 한 방울도 입에 대지 않는다. 그렇다고 또 단것을 특별히 좋아하는 것 같지도 않지만……. 요컨대 이것은 사요를 위한 선물이다.

산울타리 너머로 사요의 모습이 언뜻 보였다.

무더워서 뜰에 물이라도 뿌렸나 보다. 바가지와 들통이 보였다. 쇼마가 종종걸음으로 문으로 향한다. 문에 도착하기도 전에 "실례하오, 실례하오" 하고 소베가 목소리를 가라앉히고 말했다. 요지로가 문으로 들어서자 사요는 현관 옆에 놓인 조금 부서진 등의자에 멍하니 앉아 있었다.

"또 왔습니다. 노인장은 안에 계십니까" 하고 겐노신이 말했다. 사요가 대답할 틈도 없이 쇼마가 "변변찮은 물건입니다만" 하면서 만주 꾸러미를 내밀었다.

"번번이 죄송하네요."

자리에서 일어선 사요가 받아 들었다.

"저희야말로 죄송합니다."

요지로가 말했다.

저녁 식사는 하셨습니까 물으니 이제 막 끝낸 모양이라고 사요가 대답했다. 매번 귀찮으시지요, 하고 요지로가 묻자 사요는 괜찮다고 대답했다.

"마침 차를 찾으실 시간이거든요. 게다가 여러분과 이야기를 나누시고 나면 조금쯤 기운을 차리시는 것 같기도 하고요."

사요는 이렇게 말하고 요지로 일행을 안으로 들였다.

네 사람은 손님방이 아니라 별채로 안내되었다.

다다미 여섯 장쯤 되는 작은 방으로, 한가운데에는 바닥을 사각형으로 파서 화로를 놓았다. 머리를 숙여야 들어갈 수 있는 작은 입구는 없지만 다실 같은 인상을 주는 작은 방이다. 노인은 보통 이 방의 도코노마(床の間)* 앞에 가만히 앉아서 손님을 응대했다.

노인은 가느다란 눈을 한층 더 가느다랗게 뜬 채 웃는지 어리둥절해하는지 모를 표정을 지었다.

"다 모여서 어인 일이신지?"

"상담드릴 것이 있습니다, 노인장."

거친 말투로 소베가 말했다. 이어서 겐노신이 안부를 묻고, 마지막으로 쇼마가 인사하는 것이 늘 있는 전개이다.

요지로는 대체로 아무 말도 하지 않고 구석에 앉는다.

평소처럼 나란히 앉아 있다 차가 나온 뒤 맨 처음에 입을 연 사람은 겐노신이었다.

"실은 노인장, 오늘은 다름이 아니라 이 요지로가 듣고 온 소문의 진위에 대한 의견을 듣고 싶어서 이렇게 찾아왔습니다."

노인은 "네네" 하고 고개를 끄덕였다.

겐노신은 우류지마의 전설에 대해 이야기했다. 하지만 길게 이야기할 필요도 없이 노인은 그 이야기를 소상히 알고 있는 듯했다. 알고

---

* 방바닥의 일부분을 조금 높게 만들어 꽃이나 족자 등으로 장식하는 곳.

계시냐고 쇼마가 물었더니 유명한 이야기라고 노인이 대답했다.

"유명합니까?"

"글쎄, 비슷한 이야기는 세토우치에도 있지만 역시 분고 만(灣)의 이야기가 유명하겠지요."

노인이 당연하다는 듯 말했다.

"세토우치에도 있습니까?"

"아와에 갔을 때 들은 이야기가 비슷했습니다. 무얼, 그런 종류의 이야기는 많이 있습니다. 하지만 규모로 말하자면 그 우류지마가 가장 크지 않을지. 어쨌든 섬에는 집이 천 채는 있었다고…… 저는 기억합니다만."

"천 채나……."

"그렇지요. 게다가 가난한 섬은 아니었을 텐데. 요지로 씨는 가난한 섬이라 들으셨습니까?"

요지로는 그렇게 들었다며 고개를 끄덕이자 "이야기를 해준 사람이 젊은 사람이었나 봅니다" 하고 노인은 말했다. 확실히 젊다. 요지로보다 두 살쯤 어린 사내이다.

"그렇다면 몰랐겠지요. 제가 들은 이야기에서 에비스 님의 얼굴에 칠을 한 사람은 미신을 믿지 않는 의원이었고. 뭐, 어쩔 수 없겠지요. 삼백 년은 된 옛날이야기이니 말입니다."

"역시 진실인가."

쇼마가 물었다.

"그건 모르지요. 저도 늙은이기는 하지만 삼백 년을 살지는 않았으니 말입니다. 겐노신 씨가 찾아낸 그 기록이라는 것도 옛날이야기를 글로 옮겼을 뿐이라 생각하면 어디까지가 진실인지는 알 수 없는 노릇입니다."
노인이 대답했다.
"으음" 하고 겐노신은 무릎 위에 있던 문서를 손에 들고 보았다. "하지만 노인장, 기록이고 뭐고 안 믿는다면 이 세상에 확실한 것은 없지 않습니까?"
"확실한 것은 없습니다."
"아니, 어찌 되었든 사실은 사실이네. 그 섬은……."
"가라앉았겠지요."
노인은 이렇게 말했다.
겐노신은 초장에 꺾여서 입을 다물었다.
"하지만 그건 아무래도 좋은 일 아닌지요? 여러분이 그런 걸 이 노인에게 묻고자 오신 건 아닐 텐데요."
"다 꿰뚫어 보시는군." 쇼마가 말했다. "노인장, 노인장이 아까 비슷한 이야기가 곳곳에 있다고 하셨지 않나?"
"그렇게 말씀드렸지요." 노인이 답했다. "예컨대 여러분은 《곤자쿠모노가타리슈(今昔物語集)》를 알고 계십니까?"
소베가 안다고 대답했다.
"그것 잘되었습니다. 그 곤자쿠의 《진단(震旦)* 제10권 36》에 〈노파, 날마다 사리탑에 피가 묻는지 보는 이야기〉라는 이야기가 실려 있습니다. 이런 이야기이지요. 진단이라 했으니 당나라 이야기이겠지요. 당나라 어딘가에 높은 산이 있었는데, 그 꼭대기에 사리탑이 서 있다 생각해보십시오."

---

* 중국의 옛 이름.

"사리탑 말씀인가?"

그것 참 괴이하다며 네 사람은 서로 마주 보았다.

"이 산기슭에 마을이 있었는데, 거기서 마침 저 정도 되는 나이의 노파가 매일 빠짐없이 산에 올라가서 이 사리탑에 절을 한다고 생각해보십시오."

"높은…… 산이겠지요?" 겐노신이 묻자 "높고말고요" 하고 노인이 대답했다.

"뭐, 이 나이에 산을 탄다는 것은 상당히 힘든 일이겠지요. 저는 못 합니다. 누구라도 그렇게 생각합니다. 그래서 어느 날 젊은이가 그 이유를 물었습니다. 그러자 노파는 이렇게 대답하지요. 이 사리탑에 피가 묻으면 산이 무너져서 바닷속에 묻힌다는 전설이 있다. 그래서 그것을 확인하지 않을 수가 없다……."

"오오, 똑같은 이야기다."

소베가 목소리를 높였다.

"그렇습니다. 젊은이는 미신을 비웃고 그것을 맹신하는 노파를 조소하며 사리탑에 피를 칠하지요. 노파는 사리탑이 피에 물든 것을 확인하고 걸음아 날 살려라 마을에서 달아납니다. 젊은이는 그 모습을 웃으면서 보고 있는 거지요. 그런데."

"산이 무너지고……."

"네네" 하고 노인은 고개를 끄덕였다.

"전설을 미신이라며 믿지 않았던 무리는 하나도 남김없이 죽어 없어졌다는 이야기이지요. 이것과 같은 이야기는 《우지슈이모노가타리(宇治拾遺物語) 제30권》에도 실려 있습니다."

"우화라는 것이군요. 《곤자쿠》나 《우지슈이》에 실려 있다는 말은 원래 이야기가 불전이나 중국 책에 있다는 말이겠지요."

쇼마가 말했다.

"그렇고말고요.《수신기(搜神記)》에 적혀 있을 겁니다."

"그게 우리나라에도 퍼져 있다?"

"퍼져 있지요."

"거 보게" 하고 쇼마가 겐노신에게 말했다.

"무엇을 보란 말인가" 하고 겐노신이 대꾸했다. 방이 좁아서 그야말로 얼굴을 맞대는 느낌이다.

"지금 노인장이 하신 말씀을 들었지 않나? 이건 그 이야기가 사실이 아니라는 가장 큰 증거일세."

"어째서 그렇게 되나?"

"이것 보게, 겐노신……."

쇼마가 귀신이라도 잡은 것처럼 눈을 반짝였다.

"이런 기이한 일이 만국에서 똑같이 일어나서 되겠는가? 이건 말일세 중국 설화에서 소재를 따온 우화네, 겐노신. 바탕이 있다는 말일세. 확실히 천변지이는 일어나겠지. 그래서 섬이 가라앉는 일도 있겠지. 하지만 그것과 이건 다른 이야기야. 아까 소베가 말했다시피 에비스 운운은 나중에 만들어진 꾸며낸 이야기라고."

"꾸며낸 이야기라니 무슨 소리인가?"

"꾸며낸 이야기야, 꾸민 이야기." 쇼마가 되풀이했다.

"아무리 자네라도 설마 오토기조시(御伽草子)*의 이야기가 사실이라고 하지는 않겠지."

* 무로마치 시대부터 에도 초기에 걸쳐 만들어진 공상적이고 교훈적인 동화풍 이야기.

"옛날이야기이다 이 말인가?"

"그렇지. 자네, 상투를 자른 건 겉모양뿐인가? 머릿속에는 문명개화의 소리가 울리지 않나 보이. 그래 가지고 일등 순사라니 어처구니가 없네. 안 그런가, 소베?"

"음" 하고 소베가 팔짱을 꼈다. "쇼마 말이 맞을 수도 있겠어. 이건 뭐 귀신이나 도깨비가 등장하는 얼토당토않은 요물 이야기를 믿는 것과 매한가지 아닐까? 어쨌든 답은 처음부터 나와 있었던 셈이네만. 노인장에게 물어볼 것까지도 없었던 일이야."

소베가 호쾌하게 웃었다.

잇파쿠 옹은 소베가 드러낸 이를 유쾌한 얼굴로 보더니 어떠한 답이 나왔느냐고 물었다.

"또 그렇게 시치미를 떼면 곤란합니다, 노인장. 목상 얼굴을 붉게 칠한 것만으로 천변지이가 일어나다니. 어느 세상에 그렇게 이치에 맞지 않는 일이 있겠습니까? 뭣하면 내가 이 발로 지금부터 가마쿠라에 가서 대불상 존안에 먹이라도 칠하고 올까요? 작은 에비스 상 때문에 섬이 가라앉았으니, 대불상에 칠했다가는 이 나라가 가라앉겠지요."

그렇게 말하고 소베는 말 그대로 너털웃음을 터뜨렸다.

"그렇지요. 확실히 천변지이의 이치는 사람 손으로 어떻게 할 수 없겠지요."

웃음이 그치기를 기다린 듯 노인이 말했다.

"신불이라 해도 그렇겠지요."

소베가 끼어들었다. 노인은 고개를 갸웃했다.

"아니, 신불도 그런지 어떤지는 제가 알 수 없는 일입니다. 자연의 이치가 바로 신불의 마음이라고 생각할 수도 있으니까요. 그렇지만 소베 씨, 그리고 쇼마 씨."

노인은 천천히 얼굴을 둘러보았다.

"지진이 일어나는 것은 땅의 이치, 큰 비가 내리는 것은 하늘의 이치. 이것은 사람이 어찌할 수 없는 일. 그러니 쇼마 씨가 말씀했듯 에비스 얼굴이 붉어지면 그 일이 일어난다는 이야기는 뭐 우화겠지요. 소베 씨가 말씀했듯 일어난 뒤에 덧붙여졌을지도 모릅니다. 다만 여러분. 땅의 이치, 하늘의 이치가 있듯 사람에게는 사람의 이치가 있습니다."

"사람의 이치……라고요?"

요지로는 턱을 끌어당겼다. "사람의 이치지요" 하고 노인은 한 번 더 말했다.

"하늘의 일은 하늘에, 땅의 일은 땅에. 사람은 천지를 움직이지 못합니다. 하지만 사람 일은 다르지요. 사람의 이치는 사람에게 있습니다. 그리고 하늘과 땅과 사람은 서로 영향을 주고받으며 이 세상을 이루고 있지요. 비가 오면 땅이 젖습니다. 땅이 흔들리면 대기가 어지러워져 바람도 불겠지요. 섬에 사람이 산다면, 거기에 마을이 있다면, 사람이 사는 장소에는 사람의 이치가 있지 않겠습니까."

"그게 도리겠지."

소베가 말했다.

"지진이나 해일은 신심이 있고 없고 관계없이 마음대로 일어난다고 쇼마 씨는 말씀하십니다. 그건 그렇겠지요. 에비스의 얼굴을 붉게 칠한 정도로 지진이 일어나지는 않습니다. 해일이나 홍수도 일어나지 않겠지요. 다만 지진이나 해일과는 무관하게 에비스의 얼굴을 붉게 칠한 것만으로 **마을이 망가지는** 일은 있습니다."

노인은 단호하게 말했다.

"마을이 망가진다는 말씀은?"

"말 그대로의 의미입니다. 에비스의 얼굴이 붉어진 것만으로 괴멸된 마을을…… 저는 알고 있기에."

"그렇게 괴이한 일이……. 지진도 아니고 홍수도 아니고, 목상 얼굴에 색을 칠한 것만으로 마을이 파괴되었다는 말씀이십니까?"

쇼마가 고개를 갸웃했다.

"그렇고말고요."

잇파쿠 옹이 말했다.

그런 어처구니없는 일이 있을까 하는 생각에 쇼마는 소베의 얼굴을 보았다. 두 사람을 밀어젖히다시피 하며 겐노신이 몸을 내밀었다.

"그건…… 설마 노인장이 직접?"

"그렇습니다. 제가 젊을 적에 이 눈으로 똑똑히 본 일이니까요. 그렇지. 그건 오가라는 반도의 거친 바다에 떠 있는…… 에비스지마라는 섬이었지요."

노인은 이렇게 말했다.

4

이미 사십 년 가까이 되었을까요.

그 섬의 신기한 소문을 들은 것은……. 그렇지. 시나가와 역참의 여관 마당에 솟은 큰 버드나무에 얽힌 기괴한 소동이 일단락되고 나서 에도로 돌아가는 도중에 있었던 일입니다.

그때 저는 모사꾼이라는 이명으로 불리는 마타이치라는 이름의 어행사(御行師)와 오긴이라는 이름의 산묘회와 함께 다니고 있었습니다.

모사꾼이라는 것은 요즘 말로 하면 말재주가 능하다거나 농간질에 뛰어나다거나 교활하다거나……. 아니, 좀 더 나쁜 뜻으로 쓰는 말입니다. 딱 맞는 단어는 없지만, 어쩌면 사기꾼이라는 말이 가까울 수도 있겠습니다. 다만 마타이치라는 사람은 남을 속여서 이익을 얻으려 하거나 누군가를 함정에 빠뜨리고 기뻐하는 부류는 아니었습니다.

그렇다고는 해도 마타이치 씨는 요즘 말하는 중개인이나 중매 같은 장사 외에도 정공법으로는 해결할 수 없는 성가신 다툼거리를 돈을 얼마쯤 받고 원만하게 정리해주는 일을 하고 있었으니까요. 일을 순조롭게 진행하기 위해 갖가지 수단을 강구했는데 그 솜씨가 너무나

뛰어나서 그렇게 불렸겠지요.

어행사란 방울을 울리면서 액막이 부적을 팔고 다니는 사람이고, 산묘회란 인형을 조종하는 거리의 예인(藝人)을 말합니다.

저는 그 무렵 딱 여러분 정도의 연령대, 그러니까 서른을 앞둔 나이 정도였습니다. 그 무렵 제게는 꿈이 하나 있었지요. 각 지방을 돌며 괴담과 기담을 수집하여 언젠가는 백 가지 이야기를 담은 괴담 책을 내려고 계획하고 있었습니다.

그 꿈은 어떻게 되었느냐고요?

그거야 뭐, 또 다른 이야기니까요.

어쨌든 그 시절의 저는 정해진 직업도 없고 이마에 땀 흘리며 일하지도 않으면서 부초처럼 그저 둥실둥실 기이한 이야기를 찾아 서쪽에서 동쪽으로 각 지방을 떠돌며 살았습니다.

시나가와 역참에서 에도로 돌아가는 도중에 우리는 에치고(越後)* 의 지리멘(縮緬)**을 파는 행상꾼과 같이 묵었습니다. 그 사내가 기묘한 이야기를 들려주지 뭡니까.

데와 지방(出羽国)***. 지금은 우젠과 우고로 나뉘었는데, 그 우고 지방 쪽에 오가 반도가 있습니다. 그 반도 끄트머리의 뉴도자키라는 곳에서 신비한 섬이 보인다지 뭡니까.

뭐가 신비하냐면 말이지요.

그 섬은 보이지가 않는 겁니다. 해류 때문인지, 기온 때문인지, 그야말로 천지의 이치겠지만, 늘 안개 같은 것에 덮여 있어서 알아차리는

* 대략 현재의 니가타 현에 해당.
** 표면에 오글쪼글한 주름이 있는 비단.
*** 현재의 야마가타 현과 아키타 현을 아우르는 옛 지명.

사람이 거의 없다고 합니다. 그 고장 사람들 중에도 아는 사람은 아주 적답니다.

물론 바다에 나가는 어민들은 알고 있습니다.

알고는 있지만 결코 가까이 가지 않습니다.

마의 장소라며 무서워하고 신의 영역이라며 두려워해서 누구 하나 그 섬에 다가가는 사람은 없다는 겁니다.

무얼, 곶에서 그렇게 떨어져 있지도 않습니다.

이십 리쯤은 육지라면 원래 간단히 왕복할 수 있는 거리이지요. 그 정도로 가까운데 보이지 않는다니, 신기하다고 할 밖에요.

그런데 잘 들어보니, 이 행상꾼이 한층 더 신기한 이야기를 하지 않겠습니까?

행상꾼 이야기에 따르면, 이 환상의 섬이 보이는 곳이 딱 한 군데 있다 합니다.

뉴도자키의 어느 곳에……. 그곳은 깎아지른 절벽이어서 배도 드나들지 않는 험준한 장소라는데, 그 깎아지른 절벽 아래에 암굴이 뚫려 있고 그 안에 작은 사당이 있다는 겁니다. 그 굴 입구에 있는 도리이(鳥居)* 한가운데에서 보면 바로 정면에 신기한 섬의 그림자가 보인다고요.

참으로 현묘한 이야기 아닙니까?

그 도리이에서 바라보는 환상의 섬은 실로 기이한 광경이라 아니할 수 없을 만큼 기묘한 형태를 띠고 있다고 합니다. 주위는 절벽으로 둘러싸여 있습니다. 아니, 해수면에 가까운 쪽이 잘록하게 들어가 있어

* 신사 입구에 놓아 신역을 상징하는 문의 일종.

서 좀체 배를 댈 수 있는 형상이 아니라고 합니다. 어찌어찌 섬까지 갔다고 해도 낭떠러지를 기어 올라가지 않으면 상륙할 수 없고, 올라갈 수 있을 만한 낭떠러지도 아니라고요.

뭐, 이 정도였다면 그런 일도 다 있구먼 싶은 이야기로 끝났겠지요. 사람이 다가갈 수 없는 지형이란 것도 있을 게고, 오를 수 없는 산도 있습니다. 무인도 같은 것은 여기저기에 잔뜩 있지요.

또 아소 산이나 아사마처럼 불을 뿜으며 폭발하는 산은 엄청난 열을 내부에 품고 있지 않습니까? 그런 산이 만일 바닷속에 있다면 어쩌면 대단한 증기를 뿜을지도 모릅니다. 그렇다면 섬 모습을 덮는 일도 있겠지요. 조수의 흐름도 바뀔 게고, 항해에 적합하지 않은 마의 장소가 되기도 할 테지요.

또 어떤 장소에서만 그 위용을 볼 수 있다고 하는 것도 해가 드는 정도, 바람이 부는 정도에 따라 있을 수 없는 일도 아닐 겁니다.

어쨌든 생각도 못할 일은 아닙니다.

허나.

무엇보다도 기이한 것은…….

그 섬에 사람이 사는 모습이 보인다는 것입니다.

한 해에 한두 번, 화창하게 갠 날에 아주 잠깐 동안만 섬을 뒤덮은 안개가 걷힌다고 합니다. 그럴 때 도리이 너머로 섬을 보면 섬 꼭대기에 붉게 칠한 훌륭한 저택이 보인다고 합니다. 이 행상꾼은 작년에 우연히 그곳에 가게 되어서 그 저택을 봤다는 겁니다. 그것은 아주 기이한 광경이었다고 했습니다.

그 섬은…….

에비스지마.

혹은 에비스 정토라 불린다고도 합니다.

사람은 갈 수 없는 장소입니다. 그런데도 거기에는 건물이 있습니다. 그래서 그 모습을 정토에 빗댔겠지요.

깎아지른 절벽에 난 석굴에서 도리이 너머로 보이는 환상의 고도.

그 꼭대기에 고요히 서 있는 붉은 칠을 한 저택.

한 해에 몇 번밖에 볼 수 없는 광경.

그 광경을 가슴속에 그리면서 저는 억누를 수 없는 감정에 시달렸습니다.

네, 가보고 싶어졌지요.

하지만 이야기를 만들어내서 분위기를 띄우는 것이 직업인 행상꾼의 말입니다. 반쯤은 거짓말이라고 생각하고 듣지 않으면 낙담할 수도 있지요. 실제로 저는 행상하는 이의 말에 속아서 몇 번이나 큰일을 당한 적이 있었거든요.

그런데 말입니다.

동행인 산묘회 오긴 씨도 그 섬 이야기를 알고 있다는 겁니다. 그 섬은 확실히 있다고 오긴 씨는 말했습니다.

듣자 하니 환술쟁이 도쿠지로에게 들었답니다. 도쿠지로라는 사내에 대해서는 전에 이야기했던가요. 현혹술, 그러니까 요즘 말로 하자면 심령술, 최면술이라 할까요. 이것을 쓰는 예인입니다.

패거리를 이끌고 각지를 돌며 여기저기서 살아있는 말 삼키기니 줄타기니 불 뿜기니 하는 재주를 보여주는 흥행을 하는 게지요. 이 사내도 실은 마타이치 씨의 동료인데, 오슈(奥州)* 근방에서는 마법사라고

* 현재의 후쿠시마 현, 미야기 현, 이와테 현, 아오모리 현과 아키타 현의 일부에 해당하는 곳.

까지 불리던 소악당이었습니다.

주판을 자라락 울리고는 순식간에 사람을 조종하는 기술을 가지고 있었습니다. 주판 한 번 휘두르면 큰 상점의 금고도 열린다는 소문도 있었지요.

이 도쿠지로가 오가에서 태어났다는 이야기는 저도 본인에게 들었습니다. 그럼 이건 정말이구나 싶어 저는 졸지에 흥분했습니다. 듣자하니 오긴 씨는 도쿠지로가 부르는 익살스러운 노래를 들었다고 했습니다.

새도 오가지 않는 에비스지마
금은 산호가 있는가
부와 보석이 있는가
떠내려가 닿으면 창고에 들어가고
걸어서 닿으면 손님이 되네
해골이 되어도 에비스처럼 웃는 얼굴
온 것까지는 좋았는데 돌아갈 수 없네, 돌아갈 수 없네

이런 노래였다던가…….

색다른 노래라서 기억하고 있다가 도쿠지로에게 물었더니 에비스지마 이야기를 해주었다고 오긴 씨는 말했습니다.

오긴 씨 말로는 주판 도쿠지로가 천애 고아에 친척 하나 없다고 본인 입으로 말하기는 했는데, 실은 그 깎아지른 절벽의 석굴에 서 있는 신사, 에비스 신사라고 하는 모양인데 그 에비스 신사의 파수꾼이 키워주었다는 겁니다.

이런 요행이 있을까요?

저는 오긴 씨의 이야기를 들었을 때 어쩐지 등줄기가 오싹했습니다. 아니, 무서워서가 아닙니다. 우연히 듣게 된 신비의 섬……. 그 섬과 관계있는 사람과 제가 전부터 알고 지내던 사이였다니, 이 인연에 마음이 움직였지요.

호기심이 꿈틀거렸습니다.

네. 아까도 말했다시피 그 무렵 저는 각 지방에 떠도는 기담과 이야기를 모으고 다니는 것이 유일한 낙이었습니다.

저기 저곳을 보십시오.

저기 쌓여 있는 서책더미는 전부 제가 들었던 희한한 이야기와 기묘한 풍문을 기억해서 써놓은 것이랍니다.

각 지방을 빠짐없이 돌아다니면서 모았지요. 한데 마침 그때까지 저는 오슈에 가본 적이 없었습니다. 스가에 마스미(菅江眞澄)*의 기행문 같은 것을 읽고 상상만 펼치고 있었으니까요.

가고 싶고말고요.

에도에 돌아온 저는 당장 도쿠지로를 찾았습니다.

어쨌든 도쿠지로라는 사람은 떠돌이 예인 패거리의 좌장입니다. 이 패거리는 오슈에서 서쪽 지방까지 구석구석을 돌아다니며 흥행판을 벌인다고 들었으니, 어디에 있는지 알 수가 없습니다.

료고쿠의 연극장에서, 환술을 부리는 예인 패거리가 신슈 언저리에서 공연하고 있다는 소문을 들은 저는 서둘러 길 떠날 채비를 하고 에도를 나섰습니다.

---

* 에도 시대 후기의 국학자, 여행가.

젊었지요.

무모하고 앞뒤를 가리지 않았던 겁니다. 다행히 시나가와에서 사람 속이는 일을 거들고 얻은 수고비로 주머니가 두둑했기 때문에 배짱이 커져 있었겠지요.

그런데.

신슈에서 따라잡지 못했어요. 게다가 그 뒤에 도쿠지로 패거리가 북쪽을 향했는지 남쪽을 향했는지 도통 알 수가 없었습니다.

그럼요. 되돌아가지는 않았습니다.

모처럼 의기양양하게 길을 나서서 시나노 근처까지 갔으니 그대로 되돌아갈 수는 없습니다. 네, 그러면 괜한 고생만 한 셈이지 않겠습니까?

저는 그길로 데와로 향하기로 했습니다.

원래부터 뿌리 없는 부초처럼 살았으니, 언제까지 돌아가야 할 필요도 없었지요.

한 달이나 걸렸을까요.

아니면 두 달은 걸렸을까요.

물론 그 시절에는 기차 같은 것은 없었으니까 말이나 가마 아니면 도보입니다. 도중에 있었던 일은 잘 기억이 안 나지만……. 어쩌면 좀 더 걸렸을 수도 있습니다.

아아, 거기 있는 서책을 건네주시겠습니까? 아마 거기에 적혀 있을 테니까요.

그렇지, 이겁니다. 적혀 있네요.

〈데와 지방 오가 바다의 에비스지마 이야기〉.

참, 그렇지. 오가에 도착했을 즈음 계절은 완연한 가을이었습니다.

추웠어요.

이렇게 쓰여 있네요.

스가에 마스미 옹이 기록한 오가 기행문에도 에비스지마에 대한 기술은 없음. 다만 다른 기술은 대개 정확하니, 선인의 발자취를 따르면서 에비스지마를 찾겠다…….

그렇습니다, 그래요. 저는 스가에 마스미가《오가의 가을바람》에서 팽나무 삼거리라고 기록한 갈림길까지 갔어요. 마스미 옹이 쓴 대로 팽나무 같은 것은 없구나, 하고 묘한 것에 감탄했군요. 그리고 거기서부터 후나가와 가도를 느릿느릿 걸어 반도 쪽으로 나아갔습니다. 와키모토에서 오가 가도로 옮겨가서 뱀을 봉인했다는 바위 같은 것을 보며 얼마간 걸어간 뒤에……. 그렇지. 기타우라 근방에서 숙소를 빌렸군요.

그곳에 도착하기까지 기회만 있으면 그 환상의 섬, 에비스지마에 대해 이곳저곳에 캐물었는데, 아는 사람은 아무도 없었습니다. 숙소를 빌려준 집 사람들도 전혀 모른다고 했고요.

네. 저는 반쯤 단념하고 있었습니다.

아무리 그래도 이렇게 가까이까지 왔는데 아무도 모를 수가 있을까. 행상꾼에게 한 방 먹었구나. 아니, 오긴 씨가 나를 놀린 것인가. 이렇게 생각했습니다.

아니, 화가 나지는 않았습니다. 그런 기분이 들지는 않았어요. 여행을 좋아했거든요. 그래서 후회하지는 않았습니다. 숙소를 빌려준 집에서 얻어먹은 생선도 맛있었고, 그 지방 이야기 같은 것을 들으면서 만족했던 기억이 있습니다.

한데 다음 날 해안가에 나가서 어부들에게 물었더니 마의 장소는 확실히 있다고 하지 뭡니까. 해상에 연무가 낀 기묘한 장소가 있다고 말입니다. 가까이 가면 빨려 들어간다고 해서 아무도 배를 대지 않는다는 겁니다.

저는 돌연 흥분했습니다.

그리고 산길을 넘어 뉴도자키로 향했습니다.

도중에 시골티가 나는 오래된 온천이 있기에 거기서 탕에 들어가 푹 쉬며 원기를 북돋우고 나서 저는 문제의 뉴도자키를 탐색하러 나섰습니다.

5

"그 섬은 있었습니까?"

흥분한 기색으로 물은 사람은 겐노신이었다.

노인이 대답하려고 하는 순간 몸을 앞으로 내밀며 말을 막은 사람은 쇼마였다.

"서두르지 말게, 겐노신. 무슨 일에든지 순서라는 것이 있지 않나. 우리는 노인장의 이야기를 만끽하고 있네. 결론을 먼저 들어버리면 귀한 이야기가 허사가 되지 않는가?"

"그렇지." 소베가 맞장구를 쳤다. "내 상상으로는 그 섬은 없었던 게 아닙니까, 노인장. 그 석굴에 있다는 사당까지는 어찌어찌 도착했지만, 도리이 건너편에는 아무것도 없었다. 그래서 사당을 뒤져보니 안에 에비스 상이 모셔져 있고, 그 얼굴은 붉었다고…… 아닙니까?" 소베가 자신만만하게 물었다.

"아니지요." 노인이 웃었다.

"아닙니까?"

"네. 섬은 확실히 있었습니다."

"있었습니까?"

이번에는 겐노신이 몸을 내밀었다.

"네, 네. 게다가 그 깎아지른 절벽의 도리이 안에 있는 사당에 에비스 님은 안 계셨습니다. 거울만 하나 모셔져 있었지요."

"거울…… 말인가?"

소베가 팔짱을 끼고 신음했다.

"설명하신 대로의 섬이었습니까?"

쇼마가 물었다.

"설명한 대로라는 말은?"

"그러니까 깊은 안개에 둘러싸여 모습이 보이지 않느니 하는……."

"그랬습니다. 뉴도자키의 어디에 서서 보아도 구름 같은 안개가 보일 뿐. 제가 찾아간 날은 청명한 가을 날씨라 구름 한 점 없었으니까 어렴풋이 무언가가 보이기는 했습니다만 그 부근만 가물가물했습니다. 모르는 사람은 결코 섬이라고 생각하지 않을 겁니다. 다만 저는 알고 있었으니까 해안을 따라 내려가 바위 밭을 지나서 그 동굴……. 동굴이라 할 만큼 깊지는 않았지만 그 사당을 찾았지요."

잇파쿠 옹이 말했다.

"뭐, 증기는 쇠로 된 차를 움직일 정도의 위력도 있으니까 그런 일도 있을 수 있겠지요."

쇼마가 왠지 억지를 부리듯 이렇게 말했다.

노인은 "그렇지요" 하고 감탄했다는 듯 대꾸했다.

"뭐, 바위 밭은 그다지 험하지 않았지만, 석굴은 위에서는 보이지 않고 사당에 가지 않는 다음에야 갈 이유가 없는 장소이지요. 볼일이 없으니까 그 지방 사람들도 안 갑니다."

"어부도 말입니까? 뭍에서는 가기 어려운 장소라도 바다는 이어져 있지 않습니까? 해상에서라면 그 신사도 보일 텐데요. 아니, 그 사당에서 섬이 보인다면 사당과 섬을 연결하는 직선 위에 있는 해역이라면 배에서도 섬이 보이겠지요. 그런 이치가 되지 않습니까?"

소베가 물었다.

"되지 않습니다."

노인은 이렇게 대답했다.

"왜입니까? 그래서야 이치가 성립하지 않을 텐데요."

소베가 물고 늘어졌다.

"아니, 이치로 말하면 그렇겠지요. 하지만 어부에게 물어봤더니 그 지방 어부들은 안개가 자욱하게 끼는 부근에서 이십 리 안쪽으로는 절대 다가가지 않는다고 합니다."

"안개…… 섬 말이지요?"

"네. 안개는 섬을 뒤덮고 있으니까 섬보다 한 둘레쯤 더 크겠지요. 거기서 그 주위를 한 바퀴 더 빙 둘러서 이십 리. 이 해역은 위험하답니다. 어떻게 위험한가 하면, 그보다 더 가까이 가면 엄청난 기세로 섬으로 끌려간다는 겁니다."

"끌려간다고요?"

"그만큼 거센 조수가 흐른다고 합니다" 하고는 노인은 얼굴을 찌푸렸다.

"힘 좋다는 거친 어부가 아무리 노를 저어도 결코 벗어날 수 없을 정도로 빠르고 센 해류가 섬 쪽으로 흐르고 있답니다. 그리고 이 사당에서 섬까지의 거리가 얼추 이십 리쯤 되지요."

"아아, 배는 섬과 사당 사이로 들어갈 수 없다는 말씀이신가……."

"네. 안개 끝을 중심으로 반경 이십 리를 배가 반드시 우회하니까 사당이 보이는 해역에는 배가 들어갈 수 없지요. 섬 반대편에서 보면 안개에 가려져 잘 보이지 않고. 그래서 사당 자체도 거의 알려지지 않았던 겁니다."

소베는 다다미에 손가락으로 무언가를 그리면서 "그건 이치에 맞는군" 하고 말했다.

"하지만 노인장. 그렇게 불가해한 조수 흐름이 있다면 그 섬으로 한 번 끌려 들어가면 섬에서 영원히 못 나가게 되지 않습니까?"

"그러고 보니 어르신, 그 도쿠지로라는 사람이 불렀다는 노래에도 온 건 좋은데 돌아가지는 못한다고……."

요지로가 끼어들었다.

"네. **절대로 못 나갑니다**."

노인이 단호하게 말했다.

"그거 위험하구먼" 하고 쇼마가 말했다.

"위험하겠지요" 하고 노인은 대꾸했다.

"어부는 다가가지 않습니다. 그곳은 신역이라 불렸던 모양입니다. 무슨 신역인지는 잊힌 듯했지만, 원래는 에비스 신사의 신역이었겠지요. 제가 간 날에는 섬이 분명히 보였습니다."

노인이 말을 이었다.

"분명히 보였다면, 그 일 년에 몇 번뿐이라는 날에 걸렸다는 겁니까?"

겐노신의 물음에 노인은 "운이 좋았나 보지요" 하고 대답했다. 그리고 곧장 "아니, 운은 나빴습니다" 하고 고쳐 말했다.

"무슨 말씀이십니까?"

"네. 아무 일도 없었으면 그 여행은 최고였습니다. 풍문, 더더군다나 어쩌다 들은 하잘 것 없는 이야기를 더듬더듬 따라 머나먼 오가의 끄트머리까지 가서 정말로 환상의 섬을 발견했으니까요. 도리이 너머로 떠오른 그 섬은 실로 신묘했습니다. 듣던 대로 아래쪽이 이렇게 잘록 들어가서 버섯 같이 기묘한 형태를 하고 있었어요. 게다가 그 위쪽에는 아주 번듯한 저택이, 그러니까 붉게 칠한 꼭 이쓰쿠시마 신사 같은 건물이 정말로 있었으니까요."

"저택이라……."

요지로는 이렇게 중얼거리고 천장 쪽을 보았다. 문득 옆을 보니 다른 세 사람도 위를 보고 있었다. 저마다 그 신묘한 섬을 그려보고 있었던 것이리라.

"저는 넋을 잃고 쳐다보았습니다. 얼마동안 정신없이 보고 있었는데 말이지요. 그때 저와 똑같이 그 섬을, 아니, 그 저택을 보고 있던 자들이 있었습니다."

노인은 거기서 차를 한 모금 마시며 입을 축였다.

"그 석굴에 또 누가 있었습니까?"

요지로가 묻자 잇파쿠 옹은 우는 듯 웃는 듯 무어라 형용하기 어려운 표정을 지었다.

"사당의 파수꾼에게 야단을 맞았습니까?"

소베가 태평한 소리를 했다.

"그랬으면 좋았겠지만요" 하고 노인은 한층 더 난처한 표정을 지었다.

"사당 뒤쪽에 사내들이 셋 숨어 있었습니다."

"숨어 있었다니?"

"말 그대로입니다. 몸을 숨기고 있었지요. 그도 그럴 것이 그 사내들은 죄를 지어 수배령이 내려진 도적들이었거든요."

"도적! 절도범 말입니까?"

외친 사람은 겐노신이었다.

"요즘 말하는 강도라고 할까요."

"가, 강도……."

일등 순사는 격분했다.

"벌써 사십 년도 전의 일이니까요. 아직 경찰이나 순사가 없던 시절의 이야기입니다. 거기 숨어 있던 자들은 꼭 이 년 전에 일망타진당한 흉적 다키니 패의 잔당이었습니다. 관리들을 죽이고 추격대를 따돌리며 땅끝까지 달아난 겁니다. 이름은…… 형님뻘인 인왕(仁王) 산자, 그리고 아우뻘인 종종걸음 니키치, 살쾡이 요타. 하나같이 무시무시한 생김새를 한 악당이었습니다."

"그것이…… 좀 전에 운이 나빴다고 말씀하신 이유입니까?"

요지로가 묻자 노인은 "글쎄올시다" 하고 모호한 대답을 했다.

"녀석들은 궁지에 몰려 있는 듯했습니다. 고슈에서 신슈, 에치고를 거쳐 데와까지 내내 쫓겨 온 모양이었는데, 실제로 추격대는 코앞까지 다가와 있었습니다. 나중에 들은 이야기로는 제가 묵었던 기타우라 근방에 대관소(代官所)* 관리들이 여럿 와 있었나 봅니다. 물론 저는 그런 건 몰랐기 때문에 그저 황홀하게 에비스지마의 모습을 바라보고 있었습니다."

"그래서 어떻게 되셨는가."

---

* 에도 시대에 막부 및 각 번의 직할지에서 치안과 행정을 담당하던 지방관인 대관이 일하는 관청.

소베가 물었다.

“아니, 그쪽에서도 처음에는 제가 갑자기 나타나는 바람에 경계해서 몸을 숨기고 방어 태세를 취했겠지만, 글쎄 저는 보시다시피…….
하기야 당시에는 아직 젊었지만, 덜 익은 조롱박처럼 여위고 해쓱했으니까요. 암만 봐도 관리나 포리로는 안 보이지요. 그래서 얕잡아 봤겠지요. 얼마 안 있어 밖으로 나왔습니다. 저는 놀랐어요.”

노인은 억양 없이 되풀이했다.

“네, 놀랐지요.”

허풍스럽게 이야기하는 것보다 되레 놀란 느낌이 전해지는 듯했다.

“이렇게, 비수를 들이대더군요.”

“비수라고요?”

“무방비 상태의 상민에게 비수를 들이대다니, 그리 무도할 수가.”

소베가 소란을 떨자 노인은 웃었다.

“상대는 무사가 아니라 도적입니다. 즉 무방비한 상민에게 칼을 들이대는 일이 직업이지요. 무도한 것은 당연합니다. 느닷없이 죽이지 않은 게 오히려 다행 아니겠습니까?”

그건 그렇다고 요지로는 생각했다.

“하지만 주위에 인기척은 없지 않았습니까? 거기다 노인장은 아무래도 무방비 상태고. 그런 상황에서 그 정도의 범죄자들이 왜?”

평소라면 일격에 해치웠을 것이다. 여행 중인 사람이라면 분명 호주머니에 그런대로 돈을 가지고 다닐 테니까.

“뭐, 그런 부류들에게 목에 날붙이를 들이대는 것 정도는 인사에 들어가겠지요. 그들은 제게 이렇게 물었습니다. 저 섬은 뭐냐고요.”

“도적들은 섬에 대해서 몰랐습니까?”

소베가 묻자 "당연하지 않나" 하고 겐노신이 말했다. "그 지방 사람들도 모르는데 쫓겨 온 도적이 어떻게 알겠나? 아마도 해안을 따라 달아나다 우연히 굴을 발견하고 숨어 있었겠지."

"그렇겠지요. 당연히 저는 대답했습니다. 저건 새도 다니지 않는 에비스지마. 이 지방 어부들도 가까이 가지 않는 섬이라고. 그러자 도적들은 기뻐했지요."

잇파쿠 옹이 말했다.

"기뻐했다?"

"어떤 까닭으로?"

"네. 그때는 저택이 보였으니까요."

"오. 그렇다면 그놈들은 에비스지마로 도망가자고 생각한 겁니까? 그렇군. 번듯한 건물이 보였으니 무인도라고 생각하지 않았겠군. 거참, 어리석군……."

"아니." 노인이 손을 들었다. "어리석은 게 아닙니다. 그 모습을 보면 누구라도 그렇게 생각하겠지요. 결코 그런 곳이라고는 생각하지 않았을 겁니다." 노인은 눈을 감았다. "뭐, 제 진짜 불운은 여기부터입니다. 도적들은 제 손을 뒤로 묶고 그대로 기타우라 해안 쪽으로 데려갔습니다. 도적들은 추격대가 도착했을 때를 생각해서 저를 방패로 삼을 생각이었겠지요."

인질이라는 뜻이다.

"실제로 관리들은 부둣가까지 와 있었습니다. 열 명쯤 되는 포리들에 관리가 둘. 그들은 기타우라 해안을 수색하고 있었습니다. 그런 상황에 맞닥뜨렸으니 당연히 동요했겠지요. 도적들은 이렇게 제 가슴팍에 비수를 들이대고 이자의 목숨을 살리고 싶으면 거기서 물러나라고

했습니다." 노인이 말했다.

"후" 하고 겐노신이 한숨을 쉬었다. "그것 참 무시무시한 경험을 하셨구먼. 나도 아직 그런 아수라장과 맞닥뜨린 적은 없는데."

"아수라장은 이다음부터입니다." 노인이 서책을 넘겼다. "막대기를 든 포리 열 명쯤이 어부들과 함께 둘러싸고, 원 뒤쪽에는 전립을 쓴 관리가 한 명, 바다 쪽에는 큰 칼을 빼어 든 무사가 한 명. 저마다 욕을 퍼붓는데도 흉적들의 기세는 전혀 꺾이지 않았다……. 남의 일처럼 적어놓았지만, 살아있는 것 같지 않았습니다. 도적들은 저를 연행하듯 서서히 물가로 가더니 매어놓은 배 한 척에 올라탔습니다. 그러고는 저를 배에 내동댕이쳤지요. 그때가 벌써 밤이었는데, 하늘을 보고 쓰러져 있으니 온 하늘에 별이 가득한 가운데 커다란 보름달이 보였습니다. 아아, 오늘 밤은 중추의 만월이구나, 하고 아무래도 상관없는 생각을 했지요. 사람이란 중요한 순간에 아무래도 상관없는 생각을 하나 봅니다."

노인이 미소 지으며 말했다.

"그래서…… 감쪽같이?"

"아니, 당연히 포리도 다른 배로 쫓아왔습니다. 어디 보자, 이 각(刻)*, 아니, 일 각쯤 지났을까요. 추격대가 추적을 딱 멈췄습니다."

"신역에…… 들어선 겁니까?"

노인은 고개를 끄덕였다.

"그리고 저는 바다에 던져졌습니다……."

잇파쿠 옹은 실로 간단하게 말했다.

* 한 시간의 사분의 일.

6

실신해버린 것이 다행이었을까요. 빠져 죽지 않은 채 저는 잠깐 동안 떠내려간 모양입니다.

네, 저는 헤엄을 잘 치지 못합니다. 뭐, 내던져진 시점에서 죽는다고 생각했으니까요. 아, 각오하고 있었다는 말은 아닙니다. 겁이 많으니까요. 단념한 겁니다. 하지만 반항하지 않는 이 한심한 전법이 효과가 있었나 봅니다.

네. 서툴게 발버둥을 쳤다면 곧장 빠져 죽었겠지요.

정신이 들었을 때에는 암초 위에 걸려 있었습니다.

네. 이제 섬은 눈앞에 있었지요. 역시 조수는 섬 쪽으로 흐르는 것 같았습니다.

보름달이 떠서 제법 밝았어요.

바닥도 보이지 않는 시커먼 수면만 이렇게 비단처럼 빛나고 있었습니다. 찰랑거리는 것도 아니고 반짝이는 것도 아니고. 흔들리는지 깜빡이는지, 참으로 아름다웠습니다.

꽤나 오래 그것을 보고 있었습니다.

그러다 보니 몸이 끌려갑디다.

네. 섬 쪽으로요.

엄청난 흐름이었습니다.

바다가 흡사 강처럼 흐르고 있었습니다.

이래서는 떠내려가겠다 싶었습니다. 이번에 바다로 끌려 들어가면 틀림없이 죽을 거라고 생각했어요. 던져졌을 때는 갑작스러운 일이라 마음의 준비고 뭐고 없었지만, 그렇게 되니 무서웠습니다.

죽기 싫다.

저는 암초로 기어 올라갔습니다. 필사적이었어요.

가을이라고는 해도 밤바다는 차고 춥더군요.

몇 번이나 미끄러졌습니다.

간신히 위로 올라가서…….

놀랐습니다.

놀랐고말고요.

바닷속에 길이 생겨 있는 겁니다.

이렇게 한 줄로 쭉.

군데군데 물에 덮여 있기는 했지만, 암초가 이렇게 가늘고 길게 죽 이어져 있었습니다. 네네, 섬 쪽으로요.

아니…….

돌아보았습니다.

바닷속 길은 육지 쪽으로도 똑바로 이어져 있었습니다. 저 멀리 시커먼 뉴도자키의 우묵한 굴 속에 달빛을 받은 그 도리이가 조그맣게 보였으니까요.

길은 도리이와 섬을 일직선으로 잇고 있었던 겁니다.

저는 망설였습니다.

당연히 도리이 쪽으로 가야겠지요. 섬으로 간다고 해서 살아날 가망은 없습니다. 섬에는 도적이 있어요. 아니, 도적이 없다고 해도 두 번 다시 돌아오지 못하니까요.

하지만 저는 이미 서 있는 게 고작인 상태였습니다.

육지는 무척이나 멀게 느껴졌습니다.

반면 섬은 코앞이었습니다.

그 가느다랗고 발 딛기 힘든 외가닥 길을 저 멀고 먼 육지까지 따라갈 기력은…… 그때의 제게는 없었습니다.

아니, 마가 꼈는지도 모르지요.

어쨌든 냉정한 판단력 같은 것은 없었습니다. 저는 빨려 들어가듯 안개가 자욱한 환상의 섬을 향해 갔습니다.

거의 기다시피 나아갔습니다.

시간이 지나자 암초는 서서히 물에 잠기기 시작했습니다. 아무래도 길이 바다 위로 드러나는 시간은 매우 잠깐 동안인 듯했습니다. 제가 섬 가장자리에 도착했을 때 이미 그 신비한 길은 완전히 바닷속으로 가라앉고 없었습니다.

동쪽 하늘이 새하얗게 밝아오기 시작했습니다.

희한한 광경이었습니다.

태양은 희미하게 둥근 데다 빛무리가 몇 겹으로 져 있습니다. 안개에 가로막혔기 때문이겠지요. 그 빛은 약하디 약해서 꿈속의 새벽 같았습니다.

저는 절벽에 달라붙은 채 그 기묘한 새벽 속에 있었습니다.

거센 조류는 섬 주위를 따라 이 섬 뒤편, 그러니까 외해 쪽으로 흐르고 있는 모양이었습니다. 저는 깎아지른 낭떠러지를 올려다보고 망연자실했습니다.

어찌어찌 살아는 있다.

하지만 이런 상태로 계속 있다가는 머지않아 죽게 됩니다.

암초로 된 길은 바닷속으로 완전히 가라앉고 없었습니다. 물론 암초는 바다 밑보다는 높이 솟아 있으니까 서 있을 때 바닥에 발이 닿지 않는 높이는 아니지만, 조수의 흐름이 있으니까 도저히 걸어서는 돌아가지 못합니다.

저는 하는 수 없이 절벽을 기다시피 하면서 비슬비슬 이동했습니다.

그러자.

놀랍게도…….

아니, 상투적인 표현이 아니라 정말로 놀랐습니다만……. 웬걸, 깎아지른 절벽의 바위 표면에 계단이 있지 뭡니까.

네. 돌계단처럼요. 한참 위쪽까지.

올라갔습니다.

선택의 여지는 없었습니다.

돌계단은 몇 번인가 구부러지면서 바위 표면을 기듯이 위로, 위로 이어져 있었습니다. 피로는 한계에 달했고 몸이 젖기도 했기 때문에 언제 발을 헛디딜지 몰라서 저는 아래를 보지 않도록 주의하며 열심히 올라갔습니다.

돌계단은 이윽고 완만하게 구부러지더니 큼직한 바위와 만나서 안쪽으로 구부러졌습니다.

바위 그늘에는 나지막한 홍귤나무가 잔뜩 자라고 있었습니다.

계단은 거기서 끝이었습니다. 홍귤나무 밭 한복판에는 납작한 돌을

깐 좁은 길이 있고, 그 끝에는 동그란 무지개다리가 걸려 있었습니다.

네, 지금도 확실히 기억합니다.

빛바랜 붉은 난간에 금박이 조금 벗겨진 난간법수…….

다리는 연기에 싸인 듯 부옇게 보였습니다. 아무래도 수증기인 듯했습니다.

다리 밑으로 흐르는 작은 시내인지 혹은 용수로인지 그때는 저도 몰랐습니다만, 그 물 온도가 높은가 봅니다.

나중에 알게 된 사실인데, 이 섬을 흐르는 강이란 강은 모조리 고온의 용천, 그러니까 온천이었습니다. 이 다리는 섬 전체에 흐르는 온천 강의 원천에서 흘러나오는 열탕으로 된 강에 걸린 다리였던 겁니다.

네.

저는 다리를 건넜습니다.

정원이었습니다. 훌륭한 정원이에요. 꽃은 피어 있지 않았지만 잘 손질되어 있었습니다.

복숭아에 등자, 그리고 붓순.

한복판에 커다란 용천이 있었는데, 그 주위를 납작한 돌들이 둘러싸고 있었습니다. 샘에서는 수증기가 자욱하게 올라왔고요.

그 수증기 건너편에.

그렇습니다. 그 주홍칠을 한 저택이 서 있었습니다.

네. 신기루나 환상이 아니었습니다. 제 눈앞에 있었으니까요. 그래도 아직 그것이 현실에 존재한다고는 생각할 수 없었습니다. 꿈을 꾸는 듯…… 아니, 아닙니다.

그렇지, 예를 들면 거기 있는 병풍에 수묵화가 그려져 있지요? 그 수묵화 속 암자에 쑥 들어간다면 어떤 느낌이 들겠습니까?

그런 일은 있을 수 없다고요?

네, 있을 수 없지요.

있을 수 없기 때문에 실제로 일어났다고 한들 믿을 수가 없겠지요.

그때 제가 그랬습니다.

이 작은 눈을 부릅뜨고 관찰했어요.

네, 멀리서 볼 때만큼 휘황찬란하지는 않았습니다. 만듦새는 훌륭했지만 낡아서 말이지요. 여기저기 칠에 금이 가고 벗겨진 데다 기둥은 거스러미가 일고 풍화되어 있었습니다.

그때 갑자기…….

목소리가 들렸습니다.

아, 하는 한 마디였지만요.

그렇습니다.

사람이 있었던 겁니다.

간담이 서늘했지요.

털썩 주저앉는 줄 알았는데요. 서 있었습니다.

굳어버렸다고 할까요. 아니요, 놀라서 주저앉을 정도의 체력도 소리를 칠 정도의 기력도, 그때는 제게 남아 있지 않았습니다.

회랑에 궁인 같은 복장을 한 여인이 서 있었습니다.

궁인이라고 한 이유는 그렇지, 뭐라고 말하면 좋을까요.

네, 무사 가문의 복장은 아니었습니다. 물론 상민 집안의 옷도 아니고요.

그때 제가 맨 처음 떠올린 것은 먼 옛날의 두루마리 같은 데 그려져 있는 귀인을 모시는 여인이었습니다. 네, 궁궐의 당상관 말입니다.

아, 그 모습과 똑같지는 않았습니다.

그 정도로 고운 복장은 아니었지요.

눈부시게 화려한 의상은 아니었습니다. 오히려 천은 수수했고, 색이 바랜 느낌이나 촘촘한 질감도 헌옷 같은 느낌이랄까요. 그렇지, 헌옷 가게에서 사 모은 낡은 헝겊을 기워 붙여서 신사의 무녀가 입는 의상을 지은 듯한…….

네, 그런 느낌이었습니다.

그 궁인이 옻칠을 한, 오래되어 보이는 쟁반 위에 고풍스러운 술그릇을 올리고 저를 이렇게 물끄러미 보고 있었습니다.

네.

놀란 기색은 없었습니다.

무표정했어요. 저는 표정이 너무 안 변해서 노(能)*의 색시 가면이라도 쓰고 있나 했을 정도입니다.

여인은 아무 말도 하지 않고 표정도 바꾸지 않은 채 발길을 슥 돌리더니 그대로 총총 되돌아갔습니다. 네. 아무 일도 없었던 것처럼 말입니다. 놀라지는 않더라도 보통 사람 같으면 뭐라도 반응이 있지 않습니까?

아무것도 없었어요.

저는 어떻게 하면 좋을지 도통 알 수가 없어서 그저 그 자리에 못 박힌 듯 서 있었습니다.

아니, 그냥 어안이 벙벙했을 뿐이지만요.

이윽고…….

그렇지, 잠깐 동안이었겠지만 길게 느껴졌습니다.

---

* 일본의 고전 예능 중 하나.

네.

같은 차림을 한 궁인 몇 명과 하카마* 위에 짧은 겉옷을 걸친 사내 한 명이 소리도 없이 나타났습니다. 네, 이것도 비유가 아닙니다. 실제로 소리가 거의 나지 않았어요. 동요했기 때문인지도 모릅니다만, 아니, 아닙니다. 제가 완전히 안정을 찾은 뒤에도 마찬가지였으니까요.

네, 저택 안에서는 거의 소리를 내지 않습니다.

그 사람들은.

네.

사내는 제 얼굴을 보더니 역시나 놀라지도 않고 물었습니다. 제가 이렇게 깜짝 놀라고 있는데도 눈썹 하나 꿈쩍하지 않고 담담한 어조로 말이지요.

손님이십니까?

네.

손님이냐고 물었습니다.

뭐라 대답하면 좋을지 알 수가 없었습니다. 네.

그래서 입을 다물고 눈만 희번덕거리고 있었더니 사내는 이렇게 물었습니다.

걸어서 오셨지요, 하고요.

뭐, 그건 그렇습니다. 그래서 고개를 끄덕였지요. 그 외에는 어찌할 도리가 없지 않습니까? 그랬더니 역시 손님이셨습니까, 합니다.

하는 수 없이 저는 이름을 댔습니다.

갈라진 목소리로요. 그러고는…….

---

* 일본 전통 옷. 품이 넉넉한 하의.

7

야마오카 모모스케.

모모스케가 이렇게 이름을 대자 회랑에 있던 사내는 "야마오카 모모스케 님" 하고 억양 없이 되풀이했다. 뒤에 늘어선 궁인 의상을 입은 여인들도 "야마오카 모모스케 님" 하고 한목소리로 되풀이했다.

사내는 패기 없는 단조로운 말투로 "잘 오셨습니다" 했다. 여인들은 일제히 가벼운 인사를 했다.

"아, 저기……."

"손님이 오신 것은 실로 오랜만입니다. 섬 아버님께서도 기뻐하시리라 생각하니, 부디 느긋하게 머물러주십시오."

모모스케는 귀신에 홀린 듯한 기분이었다.

내가 있는 곳이 그 환상의 섬이 아닌 걸까?

뉴도자키의 깎아지른 절벽에 뚫린 석굴에서만 확인할 수 있다는, 동네 사람들도 모르는 수수께끼의 섬이 아니던가? 깊은 안개에 덮여 바다에서도 육지에서도 보이지 않고 불가사의한 해류가 주위를 지키고 있는, 배도 다가가지 않고 새들도 오가지 않는 외딴섬이 아닌가?

모모스케는 현실 감각을 잃어버렸다.

그러자 도적에게 납치되어 바닷속에 던져졌다 구사일생으로 여기까지 도달했다는 경위조차도 어딘지 심하게 허구같이 느껴졌다.

모모스케가 대답하기까지 사내는 눈 한 번 깜빡하지 않았다. 여인들도 전혀 움직이지 않았다.

"저는……" 하고 입을 연 것까지는 좋았는데, 모모스케는 결국 말문이 막히고 말았다. 무슨 말을 하면 좋을지 알 수가 없었다.

사내는 재차 물었다.

"걸어서…… 오셨지 않습니까?"

"흉적들이 저를 바다에 던져서……."

"그렇습니까? 고생하셨습니다. 어서 오르십시오."

사내는 회랑 중간쯤에 있는 계단을 가리켰다. 모모스케는 시키는 대로 발을 내밀었다. 이 판국에 선택의 여지는 없다. 발길을 돌려서 계단을 내려간들 바닷속 길은 이미 완전히 수면 아래로 가라앉았을 것이다. 허나……. 모모스케는 딱 한 발짝만 떼고 멈추어 섰다. 모모스케는 흠뻑 젖어 있었다. 이대로 저택으로 들어갈 수는 없다.

모모스케는 저택에 눈길을 주었다. 사내가 가리킨 계단은 온통 색이 바래 희읍스레했고 나뭇결이 여기저기 빠져 있었다. 유목(流木) 같았다.

"저기…… 저는 그러니까."

"어서 오르십시오."

사내는 똑같은 어조로 반복했다. 모모스케는 당황했다. 사내의 눈에 모모스케의 이 모습이 안 보일 리 없다. 젖은 것은 일목요연했다.

시험하는 건가?

이런 생각도 해보았다.

하지만 시험을 한대도 무엇을 시험한단 말인가?

가령 모모스케가 시키는 대로 올라갔다손 치더라도 기껏해야 저택을 더럽혔다고 트집을 잡는 정도가 고작일 것이다.

그런 짓을 한들 뭐가 되겠는가?

그게 아니면 뭐란 말인가 하는 생각에 모모스케는 한 번 더 사내와 여인들을 보았다.

그 순간 머리털이 곤두서는 듯한 공포심이 솟았다.

이들은 대체 누구인가?

사람인가?

사람이라면 아무리 봐도 제정신이 아니다.

사람이 아니라면.

사람이 아니라면 무엇이냐?

애당초 이런 곳에 사람이 있을 리가 없다. 여기는 새들도 오가지 않는 외딴섬 아닌가? 아무도 상륙할 수 없는, 아니, 다가갈 수조차 없는 섬 아닌가? 살아있는 인간이 있을 턱이 없지 않은가.

사내는 표정을 바꾸지 않는다.

여인들은 고개를 들지 않는다.

이런 인간은 없다. 어딘가가 다르다. 무언가가 조금 이상한 느낌이 든다. 그렇다면 모모스케 앞에 줄지어 있는 이들은 누구라는 말인가?

"이거 난처하게 되었습니다" 하고 사내가 말했다.

"손님께서 오르지 않으시면, 주인님의 명령을 지키지 못하게 됩니다."

"그리 됩니다" 하고 여인들이 말했다.

"이럴 때는 어떻게 하는 거였지요?"

"맨 처음에 발견한 사람이……."

"에비스 얼굴이 됩니다."

"에비스 얼굴이 됩니다."

"에비스 얼굴이 됩니다."

맨 끝에 서 있던 궁인이 가볍게 고개를 숙여 인사했다. 암만해도 조금 전에 모모스케를 발견한 궁인인 모양이었다. 궁인들은 물론 한 명 한 명 얼굴과 키, 몸집이 다르지만, 무표정한 까닭에 구별할 수가 없었다.

사내는 얼굴을 그 여인에게로 슥 돌리더니 말했다.

"봉공 무리에게 가시게."

여인은 "알겠습니다" 하고 역시나 억양 없이 말하더니 복도를 건너 안으로 사라졌다. 사내도 모모스케 따위는 없었던 양 발길을 돌렸다.

"잠깐만 기다려주십시오."

모모스케는 자리를 뜨려는 사람들을 불러 세웠다.

"저기, 저 사람은 무슨 처벌이라도 받습니까?"

에비스 얼굴이 된다는 말은 무슨 뜻인가?

"섬의 법도입니다."

사내는 이렇게 대답했다.

"잠깐만 기다려주십시오. 오르겠습니다."

모모스케는 이렇게 외치고 참을 수 없는 꺼림칙함을 느끼며 황급히 계단을 올라갔다.

사내는 돌아보더니 "잘 오셨습니다" 하고 한 번 더 말했다.

"얼마 안 있어 우리 주인님께서도 눈을 뜨실 것입니다. 그때까지

더운 물에 몸이라도 담그시고 옷을 갈아입으십시오."

역시 빰 한 번 움직이지 않는다.

입 언저리만이 움직이고 있다.

굳어 있는 것이 아니다.

"여기는⋯⋯ 그 에비스⋯⋯."

"에비스 님의 저택입니다."

사내는 이렇게 대답했다. 신전이라는 말인가? 낡기는 했지만 건축이나 의장에는 공을 들였다. 확실히 사람이 사는 집이라는 느낌은 들지 않았다. 복도 양편에는 가느다란 금줄이 죽 걸려 있고, 얼굴처럼 보이기도 하는 희한한 모양의 액막이 종이가 줄지어 있다.

전에 시코쿠에서 본 것과 비슷했지만, 곰곰이 살펴보니 에비스의 얼굴을 본뜬 것 같았다.

에비스 신사인가 보다고 모모스케는 생각했다.

이동하는 중에 사내는 한 마디도 하지 않았다. 여인들도 발바닥을 끌며 엄숙하게 뒤를 따랐다. 목욕탕으로 안내된 모모스케는 목욕재계라도 하는 기분으로 뜨거운 물을 뒤집어쓰고 입을 헹군 뒤 준비되어 있던 흰 홑옷으로 갈아입었다.

역시나 오래되기는 했지만 옷감은 고급이어서 무척 산뜻한 느낌이었다.

작은 방으로 안내받아 갔더니 밥상 위에 술이 준비되어 있었다.

도코노마에는 고풍스러운 에비스 상이 놓여 있었다. 방 네 귀퉁이에도 조그마한 에비스 상이 놓여 있었다. 술그릇에도 에비스를 본뜬 세공을 했다. 온통 에비스였다.

술을 마실 기분이 아니었기 때문에 그냥 앉아 있었다. 잠시 후에 여인이 와서는 모모스케를 곧장 큰 방으로 안내했다.

장지문을 떼어낸, 다다미 백 장쯤은 족히 될 만한 방 양쪽에는 궁인들이 같은 간격으로 줄지어 서 있었다. 방 바깥의 마룻바닥에는 신관 같은 몸차림을 하고 색깔이 있는 예복 모자를 쓴 사내들이 좌우 널문 그늘에 두 명씩 미동조차 않고 앉아 있었다.

방 안쪽, 도코노마처럼 보이는 장소는 제단처럼 되어 있었는데, 팔 척은 되어 보이는 거대한 에비스 상이 안치되어 있었다.

그 조금 앞.

제단 정면에는 커다란 요를 깔았는데, 그 위에 남자 하나가 책상다리를 하고 밥을 먹고 있었다.

기이한 광경이었다.

나이는 쉰을 좀 지났을까. 피부색이 가무잡잡하고 머리가 벗어진 남자였다.

남자는 잘 때 이불처럼 덮는 옷 위에 선주가 입는 것 같은 화려한 무늬의 긴 솜옷을 걸치고 팔짱을 끼고 있었다. 양옆에 궁인이 붙어서 밥상에서 뜬 음식을 남자 입으로 가져가고 있었다.

남자가 누런 이를 드러내며 입을 열면 궁인이 조심조심 젓가락을 내미는 것이었다.

남자의 모습은 이 자리와는 전혀 어울리지 않았다.

장소 성격상 모모스케가 상상하던 것은 조정의 귀족이나 신관 같은 차림을 한 고귀한 인물의 모습이었다. 앉아 있는 남자는 어디를 어떻게 보아도 신분이 높은 인물 같지는 않았다. 오히려 야비한 느낌조차 들었다.

아니, 이상해 보인 진짜 이유는 그 야비한 남자의 풍모와 거기서 벌어지고 있는 행위가 어울리지 않았기 때문인지도 몰랐다. 무표정하다는 점을 제외하면 궁인들의 동작은 흡사 갓난아기에게 **맘마**를 주는 것 같았다. 강인해 보이는 초로의 남자가 받을 대접이 아니다. 하지만 남자는 부끄러워하거나 기뻐하지도 않고 당연하다는 듯이 묵묵히 식사를 계속했다.

조금 전에 안내해준 사내가 황공해하며 앞으로 나갔다.

다다미에 이마를 댔다.

"아뢥니다."

"아음."

남자는 하품이라도 하듯 대답했다.

"섬 아버님께 아뢥니다. 이분은…… 손님이십니다."

"손님!"

남자가 큰 목소리로 외쳤다. 벌어진 입에서 음식물이 흘렀다.

"걸어서 오셨는가?"

"히루코(蛭子)*의 샘 뒤편에서 올라오셨습니다."

"그런가."

남자는 코앞에 와 있는 젓가락을 밀어내고는 일어섰다.

"그런가. 걸어 오셨는가. 그러면 손님이다. 내 대에 처음으로 오신 손님이야."

남자는 요를 밟고 서서 고개를 조아리고 있는 사내를 걷어차듯 밀어내고는 솜옷을 질질 끌며 모모스케 앞으로 걸어왔다.

"나는 에비스지마의 섬 아버지, 에비스 가(家) 칠대 당주인 에비스

---

* 일본 신화에 등장하는 신.

고베이다."

생김새와 똑같이 야비한 목소리였다.

"저는 에도의 교바시에서 온 야마오카 모모스케라고 합니다."

모모스케는 무릎을 꿇으며 인사했다.

"야마오카 님이신가? 잘 오셨네. 잘 오셨어. 철들고 나서 이 섬에 손님이 오는 것은 처음이야. 이봐, 긴조. 그렇지, 긴조. 긴조……."

몇 번씩이나 이름을 불린 긴조, 그러니까 처음에 안내해준 사내는 머리를 다다미에 댄 채 몸 방향을 바꾸어 "말씀하신 대로입니다" 하고 말했다.

"그렇지. 그렇군. 그러면 야마오카 님, 부디 언제까지고 느긋하게 머물러주시오."

"언제까지고……라는 말씀은?"

"언제까지고는 언제까지고지" 하고 화난 듯 말하고 고베는 몸을 빙글 돌리더니 쿵쾅쿵쾅 요로 돌아가서 쿵 앉았다.

맨 처음 상태로 돌아갔다.

고베가 입을 벌리자 자연스럽게 식사가 입으로 운반되었다.

아무도 말을 하지 않는다.

고베가 음식을 씹는 상스러운 소리가 들릴 뿐이다. 그 외에는 정적이었다.

그 진묘한 시간은 상당히 오랫동안 이어졌다. 긴조는 줄곧 머리를 조아리고 있다.

이윽고 긴조가 고개를 숙인 채 바닥을 스치듯이 뒤로 물러나더니 슬그머니 머리를 들었다.

고베는 변함없이 밥을 먹고 있었다.

국물이 흘러내릴 뻔한 것을 궁인이 포목으로 눌러서 막고 있었다.

긴조는 모모스케를 일별하고는 소리 없이 일어났다.

회견이 끝났다는 것인 모양이다.

그때서야 모모스케는 자신이 숨을 멈추고 있었음을 깨달았다.

모모스케는 긴조가 이끄는 대로 다른 방으로 향했다.

상당히 넓은 방이었다.

"아까 그분, 고베 님이 이 섬을 다스리고 계십니까?"

모모스케가 이렇게 묻자 긴조는 처음으로 표정을 바꾸었다. 바꾸었다고 해봤자 미미한 변화이기는 했다. 눈동자에 수상쩍게 여기는 기색이 비쳤을 뿐이다.

"다스린다니요?"

"그게 그러니까 통치한다고 할까요."

"이 섬에 있는 것은 전부 고베 님 것입니다. 통치한다는 말씀은…… 의미를 모르겠습니다."

"섬에 있는 것…… 전부 말입니까?"

"전부입니다."

긴조는 변함없이 가면 같은 얼굴을 하고 똑바른 자세로 복도를 걸어갔다.

"저를 보고 손님……이라고 하셨는데요."

"손님이시지 않습니까."

"네, 그게, 이 섬을 방문하는 사람이 적다는 것은 알고 있지만……. 역시 드문 일입니까?"

긴조는 걸음을 멈추었다.

"바다 건너와 왕래가 끊긴 뒤로 이럭저럭 백여 년이라고 들었습니다."

"백…… 년이요?"

"그보다 더 옛날에는 한 달에 한 번은 바다 건너에서 상인이나 스님이 오신 모양입니다. 그 옛날 이 에비스지마는 더 나지막했고, 반대로 바닷속의 참배로는 조금 더 높았던 듯합니다. 섬을 둘러싼 조수의 흐름이 거칠어서 그 길을 지나지 않고서는 오갈 수가 없기 때문에……."

"섬이 융기하고 길이 수몰되었기 때문에 교류가 끊겼다?"

확실히 그 조수의 흐름으로는 어찌할 수가 없을 것이다. 길이 해수면에 나와 있지 않은 다음에야 반드시 떠내려가고 만다.

그러면.

"그러면 이 섬사람들은 백 년 넘게 바깥 세계와 교류를 끊고 살았습니까?"

"그렇습니다" 하고 긴조는 명장지를 열었다.

안에는 고운 옷차림의 여성 한 명과 동자 한 명이 있었다. 동자는 고베와 마찬가지로 요에 앉아 있었다.

"손님이십니다, 팔대 님."

긴조는 복도에 앉아 문지방 앞에서 머리를 숙였다.

동자는 말없이 모모스케를 쳐다보았다.

"이분은 에비스 가 팔대 당주인 이헤 님이십니다. 옆에 있는 사람이 이헤 님을 낳은 어미인 스미입니다.

"스미입니다."

여자가 공손히 인사했다.

모모스케도 고개를 숙였다.

동자는 아무 반응이 없었다.

고개를 숙인 채 눈만 위로 들어 살펴봤지만 인형처럼 움직이지 않는다.

모모스케의 모습은 눈에 들어오지도 않는 모양이었다. 뭔가 기발한 인사라도 해야 하나 싶어서 모모스케는 고개를 들었지만, 다 들기도 전에 "실례했습니다" 하는 긴조의 목소리가 들리더니 명장지는 곧장 닫혀버렸다.

명장지가 닫히는 마지막 순간까지 스미는 고개를 들지 않았다. 좀 전에 본 거만한 남자의 아내라고는 생각할 수 없는, 조심스럽기 짝이 없는 태도이다. 낳은 어미라는 표현도 묘했고, 아무래도 뭔가가 어긋나 있는 느낌이었다. 저래서야 마치 몸종이다.

하지만 모모스케가 캐묻기 전에 긴조는 마을을 안내하겠다며 걷기 시작했다.

저택이라기보다는 신사에 가까울까?

결코 섬세하지는 않지만 세공품도 세세하고 만듦새도 나름대로 정성스러웠다. 오래된 탓인지 아니면 기후 때문인지, 도장은 제법 벗겨진 데다 여기저기 상당히 파손되기도 했다. 그래서 결코 아름답지는 않았지만 그래도 지저분하지는 않았다. 청소도 구석구석까지 잘 되어 바닥에서 반들반들 윤이 났다.

이곳저곳에 에비스를 새긴 조각이 놓여 있고, 에비스 모양을 한 액막이 종이가 매달려 있었다. 궁인이 열 명쯤 나란히 서 있는 현관에는 새 신발이 가지런히 놓여 있어, 모모스케는 황송해하면서 저택을 나섰다.

저택은 섬의 끄트머리, 그러니까 본토 가까운 쪽에 뉴도자키를 등지고 서 있는 듯했다.

즉 모모스케가 석굴에서 도리이 너머로 본 에비스 정토는 저택 뒤편이었던 셈이다.

문에는 커다란 에비스의 얼굴이 새겨져 있었다.

문을 나서자 지대가 높아져서 모모스케는 이제야 섬의 대략적인 모습을 전망할 수 있었다.

눈짐작으로는 둘레가 이십 리쯤 될까? 본토에서 볼 때 곧장 뒤편에 해당하는 부분은 커다란 만을 이루고 있는 듯했다. 섬은 절구 모양인 동시에 凹 모양인 것이었다. 만 바깥쪽에는 소용돌이가 몇 개 보였다. 섬 주위를 도는 해류는 거기서 크게 회전하며 만 안쪽으로 흘러든 뒤 만 중앙에서 바깥을 향해 흘러나가고 있는 것 같았다.

광광, 하는 불안한 소리가 울렸다.

파도 소리나 해조음, 해명 소리와는 달랐다. 그래도 바다에서 나는 소리일 것이다. 바다 냄새가 코를 찔렀다.

그때 모모스케는 한 가지 사실을 깨달았다.

따뜻했다.

북쪽 지방의 가을이라고는 생각할 수 없이 따뜻하다. 그 때문인지 상쾌한 느낌은 전혀 없었다. 하늘이 이상한 색깔로 흐려져 있는 것도 거들었으리라. 아마도 이 섬의 하늘은 개는 법이 없을 것이다.

얼마간 내려가자 허름한 오두막이 몇 채 서 있었다. 긴조의 설명에 따르면 이곳은 장인 오두막이라 불리는데, 장색 무리라 불리는 자들이 살고 있다고 한다. 에비스 저택에서 쓰는 그릇이나 도구를 만들고 건물 수리 같은 목공 일을 하는 이른바 직인들이 산다고 한다. 모모스케가 신고 있는 나막신도 여기서 만든 것이리라.

물론 그들은 장사를 하지는 않는다.

그들은 고베가 쓰는 물건을 만들고 있을 뿐이다.

걷다 보니 도처에 에비스 상이 모셔져 있었다.

더 내려가자 벌써 해안가가 보였다.

촌락 같은 것도 있었다.

기둥에 거적을 매달았을 뿐인, 이미 오두막이라 부를 수조차 없는 허름한 집들이 점점이 흩어져 있었다. 안에서는 정신이 나간 것처럼 주저앉아 있는 노인들과 새까맣게 때가 탄 아이들의 모습이 보였다. 의복도 허름했다. 넝마를 걸쳤을 뿐 거의 반쯤 벗은 꼴이다.

모두가 무표정하고, 웃음소리는커녕 이야기 소리도……. 아니, 기침 소리 하나 들려오지 않았다.

고요하다.

"농사아비 무리입니다."

긴조는 이렇게 말했다. 농사아비란 농민을 가리키는 말이니, 농사일을 하는 이들의 취락일 것이다.

확실히 집 저쪽으로 황폐한 논밭이 보였다.

그렇다 하더라도…….

이 가난함은 무엇일까? 에도에도 가난한 이는 많이 있다. 미천한 신분이라고 차별받는 이도 있다. 천민 굴도 있다. 여러 지방을 돌아다니면 더 엄혹한 환경에서 살아가는 사람들을 만나는 경우도 있다. 기근이나 한발이 있었던 농촌 같은 경우 참으로 비참한 살림을 산다.

허나.

'이 마을의 무기력함은 무엇인가' 하고 모모스케는 생각했다.

이 섬은 아무래도 온난한 기후인 듯하다. 주거와 의복이 간소한 것도 수긍할 수 있다. 그렇다 해도 너무 가난하지는 않은가?

에비스 저택과의 격차가 지나치게 심했다.

보통 백성들이 가난하면 영주도 가난해진다. 아무리 쥐어짜봤자 없는 돈이 나오지는 않는다. 으스대든 을러대든 역시 나라는 백성의 것이다. 한데 어떤가?

눈에 보이는 도민은 누구랄 것 없이 뼈와 가죽뿐이다. 흡사 망자 같았다.

더 내려가자 해변이 나왔다. 말하자면 절구의 가장 낮은 부분이다. 뒤 그리고 좌우를 산이 둘러싸고 있다.

이곳은 모모스케가 아는 그 어떤 어촌보다도 가난했다. 그물이 걸려 있는 기둥은 있는데 오두막은 없었다.

돗자리 위에서 그물을 고치는 노인들은 모모스케 눈에는 살아있는 시체처럼 보였다.

"복잡이 무리입니다."

"복잡이?"

"그렇습니다."

"물고기를 잡는 게 아닙니까? 아니면?"

자원이 부족한 섬에서는 해산물이 곧 복이라는 뜻일까? 긴조는 천천히 고개를 젓고는 "물고기도 잡힙니다만" 하고 대답했다.

"이자들은 에비스 님이 불러들인 복을 바다에서 건져 올려 복 창고까지 옮기는 역할을 합니다."

긴조는 이렇게 말했다.

"복……."

모모스케는 도무지 어울리지 않는 말에 당황했다.

긴조는 똑같은 얼굴, 똑같은 말투로 말했다.

"에비스 님의 힘이 이 에비스지마를 지키고 있습니다. 저희가 이렇게 살아있는 것도 다 에비스 님의 복덕 덕분입니다."

"잘 이해가 안 되네요. 복덕이란 게 뭡니까? 이곳은……."

도저히 복된 섬이라고는 여겨지지 않는다. 모모스케는 이렇게 말하려다 그만두었다.

"이 섬은 가난한 섬입니다. 토지도 메마르고, 물고기도 생각만큼 잡히지 않습니다. 허나 보십시오."

긴조는 손가락으로 가리켰다.

"저 소용돌이를. 저 조수를. 먼 바다를 흐르는 것, 본토에서 흘러나온 것, 바다 위를 흐르는 것은 전부 이 섬으로 흘러와 저 만으로 들어옵니다. 저 그물에 걸리는 것은 물고기가 아니라 복입니다."

"복이라는 건……."

표착물인가?

확실히 바다 위를 떠도는 것을 **에비스**라 부르는 경우가 있는 듯하다. 이것은 아득한 옛날 신들이 있던 시대의 전설. 그러니까 이자나기 신과 이자나미 신이 맨 처음 낳은 아이인 히루코 신을 갈대배에 태워 바다로 흘려보냈다는 고사에서 유래한다고 들었다.*

그리고 히루코 신과 에비스 신은 동일한 신이라 여겨진다.

에비스 신이란 표착하는 신인 것이다.

---

* 에비스 신앙 가운데에는 고래나 생물의 시체를 포함해 바다에서 떠내려 온 것에 대한 믿음도 있다. 히루코는 일본의 신인 이자나기와 이자나미 사이에서 태어났지만, 일설에 따르면 다리를 쓰지 못했기 때문에 부모가 그를 배에 태워 바다로 흘려보냈다. 이것이 표착물을 믿는 에비스 신앙과도 연관된다.

그래서 표착물을 익사체도 포함해서 **에비스**라 부른다고 모모스케는 알고 있었다. 에비스는 복을 주는 신이기도 하니, 그렇다면 그것은 복이기도 하겠다.

“흘러온 것을 육지로 끌어올려 손질한 뒤 고베 님의 복 창고로 운반하면, 운반한 복재에 부합하는 식량이 내려집니다.”

“식량……이라 하시면?”

“음식 말입니다만.”

“고베 님이 산다는 뜻입니까?”

“산다……?”

긴조는 알아듣지 못한 모양이었다.

“그렇지 않습니다. 농사아비 무리가 지은 곡물을 하사하는 겁니다. 경우에 따라서는 남는 물고기도 받을 수 있습니다.”

“남는?”

“이 섬은 에비스 님의 섬” 하고 긴조는 말했다.

“이 섬에 있는 것은 풀 한 뿌리, 모래 한 알에 이르기까지 전부 섬아버님의 것입니다. 그래서 이 섬에서 나온 작물과 이 섬에 흘러온 것, 물론 섬에서 사는 저희 또한 고베 님의 것이지요. 당연합니다. 이것이 이 섬의 법도입니다.”

“법도…….”

“이 법도 덕분에 저희는 살 수 있습니다. 감사한 일입니다.”

긴조가 머리를 숙였다.

모두가 고베의 것.

도민들 또한 그 남자의 **것**. 그러니까 소유물이라 이건가.

모모스케는 이마의 땀을 닦았다.

"다음은 복 창고로 안내해드리지요."

긴조가 말했다.

"창고……."

"네. 오늘 아침에 진기한 물건이 떠내려 왔습니다. 섬 아버님께 아뢰었더니 크게 기뻐하셨지요. 손님께도 꼭 보여드리라고 고베 님도 말씀하셨으니까요."

"진기한 물건이라고요?"

무엇이 떠내려 왔다는 말일까?

모모스케는 이래저래 머리를 굴려보았지만, 결국 유목 정도밖에 떠올릴 수 없었다. 에도의 수로를 떠다니는 것은 물풀 아니면 쓰레기가 고작이다.

그리고…… 익사체이거나.

동반 자살한 시체는 강가에 올라온다.

넋 나간 얼굴로 오가는 도민들은 하나같이 힘이 빠진 데다 말도 없고 무기력해서 모모스케는 어쩐지 보기만 해도 넌더리가 나는 것 같았다. 실제로 기분이 나빠졌다. 의욕이 꺾였다.

모모스케는 혐오라기보다는 오히려 분노에 가까운 감정을 가슴에 품었다. 이 답답한 역정이 어디서 기인하는지 모모스케 스스로는 가늠할 수 없었다. 다만 이것이 그저 가난에 대한 편견이 아니라는 점만은 분명했다. 모모스케는 계층 차별이나 신분 차별을 매우 싫어하는 사람이었다. 아니, 모모스케는 오히려 가난한 사람들이 사는 모습에 강한 공감과 동경을 느끼는 일이 많았다.

창고로 가는 도중에 모모스케가 눈으로 본 이 섬 백성들의 생활은 모모스케가 아는 한에서는 최하층의 살림살이라 할 수 있었다. 누더기를 걸친 반 벌거숭이 사내들은 하나같이 초점이 맞지 않는 눈으로 지독히 느릿느릿 움직였다. 아마 변변한 음식을 먹지 못했을 것이다. 원만한 움직임은 만성적인 굶주림 때문이라는 생각이 들었다.

그들은 그물을 끄는 것 외에 아무 할 일도 없다. 어디에도 갈 수 없고, 아무것도 찾아오지 않고, 날이면 날마다 똑같은 일을 반복할 따름이다. 오락도 없으며 휴양도 없다. 그렇다면 확실히 생기 없는 망자 같은 삶을 살 수밖에 없는지도 모른다.

모모스케는 에비스 저택을 올려다보았다.

"섬에는 사람이 몇 명쯤 삽니까?"

"이백오십 명 정도일까요. 장색 무리가 대략 쉰 명, 농사아비 무리가 백 명, 복잡이 무리가 백 명쯤 있습니다."

긴조가 대답했다.

"저택에 있던 분들은?"

"저 같은 시중 무리가 열 명. 저는 그중 우두머리입니다. 그리고 섬의 계율을 지키는 봉공 무리가 네 명 있습니다. 그 외에 잠자리 시중 무리의 여자아이들이 있습니다."

"잠자리 시중이라고요?"

"어떤 무리에서든 딸이 태어나면 열세 살 때 저택에 바치게 되어 있습니다. 여자아이들은 스무 살 때 다시 내려보냅니다."

"내려보낸다……."

"네. 누군가와 짝을 지어줍니다."

"아……."

그때까지는 모든 여자들이 고베의 소실이란 말인가. 저택에 있던 여인들은 모두 고베라는 남자의 노리갯감인 것이다.

"다만 고베 님의 씨를 품은 여자는 낳은 어미로서 저택에 남습니다. 낳은 어미는 시중 무리에 내려집니다."

"시중 무리라니."

"스미는 제 아내입니다."

긴조가 말했다.

"그럴 수가……."

아니.

아니다.

이 섬은 모모스케가 살던 곳과는 다른 나라이다. 모든 일이 다른 이치에 따라 움직인다. 이런 일은 아마 **아무것도 아닐 것**이다.

스미라는 여자는 고베의 처가 아니었다. 그저 고베의 아이를 낳았을 뿐인 **물건**인 것이다.

그리고 이 긴조 또한 고베의 재산에 지나지 않는다. 아니, 도민을 포함한 이 섬 전부가 고베의 소유물이다. 그러니.

뭘 어떻게 하든 마음대로이다.

이윽고 창고가 나타났다.

입구에 에비스의 얼굴이 달린 커다란 창고였다.

창고 앞에는 가마에 탄 고베가 있었다. 가마를 이고 있는 것은 아마도 긴조와 마찬가지로 시중 무리에 속한 사내들일 것이다. 이를 에워싸듯이 신관 같은 차림을 한 사내들이 네 명 서 있었다. 이들이 긴조가 말한 봉공 무리인 걸까?

계율을 지킨다고 했으니 봉행 같은 존재일까?

"야마오카 님, 기다리고 있었습니다. 자, 창고 속의 보물을 보십시다."

고베가 큰 소리로 말했다.

"아, 네……."

"열어라."

봉공 무리가 창고 문을 열었다. 고베는 가마에서 내리자마자 "어디냐, 어디야" 하면서 창고로 들어갔다.

긴조가 들어가라고 손짓했다.

창고 입구 옆에는 봉공 무리가 서 있었다.

모모스케는 눈을 내리깔고 외면하면서 창고 안으로 들어섰다.

얼굴을 든 모모스케는 숨을 죽였다.

거기에는 금이, 은이, 각양각색의 보석이, 산호가, 그림 같은 보물이, 아니, 그뿐만이 아니라 고리짝이니 의상이니 장식품이니, 본 적도 없는 진기한 물건이, 아니, 아니, 오만 가지 물건이 무질서하게 산더미처럼 쌓여 있었다.

게다가.

모모스케의 눈길을 잡아끈 것은 어마어마한 양의 위패였다.

곧잘 보는 위패와는 조금 모양이 달라 보였지만 역시 위패일 것이다. 가공한 나뭇조각에 이름 같은 것이 죽 적혀 있었다. 이런 것이 어두컴컴한 창고 한복판에 몇 백 개씩 늘어서 있었다.

그 옆에.

나무로 된 칼을 쓴 세 명의 사내가 앉아 있었다.

세 사람은 재갈이 물리고 양손이 뒤로 묶인 채 돌바닥 위에 무릎을 꿇고 있었다.

저것은…….

인왕 산자, 종종걸음 니키치, 살쾡이 요타…….

그들은 모모스케를 바다에 내던진 세 사람의 도적이었다.

도적들은 배를 타고 섬에 접근한 것이다. 그러면 그 해류에서 벗어날 수 있었을 리 없다. 배가 뒤집어지지는 않았더라도 필시 소용돌이에 휘말려 만으로 빨려 들어간 뒤 해변에 밀려 올라왔을 터이다.

하지만 무사히 상륙했다고 한들 도민들은 그런 살림을 살고 있다. 훔칠 물건이라고는 아무것도 없다. 빼앗을 것이 없으면 죽일 일도 없을 테고, 도적들은 당연히 에비스 저택을 향했을 것이다.

그리고 붙잡혔을 것이다.

고베는 묶여 있는 도적들 앞으로 가더니 한 사람 한 사람 얼굴을 들여다보고 나서 입구에 서 있던 긴조 쪽으로 험상궂은 시선을 던졌다.

"긴조, 이게 **흘러온 물건**인가? 그런가, 긴조?"

"그렇습니다."

"그러면 표시를 해라."

"알겠습니다" 하더니 긴조는 밖에 있는 이에게 뭐라고 지시했다. 고베는 구석구석 핥기라도 하듯 유심히 도적들을 보았다. 이윽고 화로 같은 것을 든 시중 무리 두 사람과 봉공 무리 네 사람이 창고로 들어왔다.

붉은 예복 모자를 쓴 봉공 무리 중 한 사람이 산자 앞에 섰다. 시중 무리가 화로를 내밀었다. 고베는 산자의 얼굴을 한 번 더 노려보고는 물었다.

"표시를 하는 건 싫은가?"

산자는 그저 눈을 휘둥그레 떴다. 붉은 모자를 쓴 사내는 화로에서 긴 손잡이가 달린 쇠 인두 같은 것을 빼냈다. 끝이 시뻘겋게 타고 있었다.

산자의 얼굴이 순식간에 붉어졌다.

격렬하게 고개를 젓는다. 재갈을 물고 있으니 대답할 수 있을 턱이 없다. 우우, 우우, 하는 신음 소리가 들렸다.

"그런가? 싫은가? 그러면 낙인을 찍어주지."

낙인?

그제야 모모스케는 일이 어떻게 되어가는지 이해했다.

지직 하는 소리가 나더니 웅웅거리는 비명 소리가 들렸다.

살이 타는 냄새가 났다.

주뼛주뼛 눈길을 주니 두 사람의 봉공 무리가 누르고 있는 산자의 이마에 새빨간 쇠 인두가 닿았다. 연기가 한 줄 피어올랐다.

이윽고 인두를 치우자 도적의 이마에는 에비스(戎)라는 새빨간 글자가 새겨져 있었다.

"너는 내 것이다. 죽을 때까지 줄곧 내 것이다."

고베는 이렇게 말하고는 옆에 있는 니키치를 보았다.

니키치는 몇 번 부들부들 떨고 나서 우우, 하고 신음하더니 날뛰기 시작했지만, 곧 제압당하고 말았다.

모모스케는 더는 아무것도 보고 싶지 않았기 때문에 고개를 옆으로 돌리고 얼굴을 찌푸렸다.

두 번, 기분 나쁜 소리가 났다.

도적들은 고베의 소유물이 되었다.

"야마오카 님."

별안간 불리는 바람에 모모스케는 철렁했다.

그리고 갑자기 공포심이 솟았다.

"저…… 저는."

모모스케는 이마를 손으로 누르고 창고 구석에 웅크렸다.

"요, 용서해주십시오. 저, 저는 그러니까."

틀렸다.

그렇게 생각했다. 지금 이 순간까지 모모스케는 자기 혼자에게만 눈을 감고 있었던 것이다. 이 섬 안에 있는 것은 뭐든지 이 고베의 것이다. 그렇다면 모모스케 또한…….

고베의 것이 되지 않겠는가.

"무얼 두려워하시는가?"

고베는 이상하다는 듯 말했다.

"나, 낙인은 봐주십시오. 그게……."

"희한한 말씀을 하시는 분이다. 손님께 그런 짓을 할까."

"소……손님."

고베는 눈을 부릅뜨고 창고 안을 빙 둘러보았다.

"이 섬에 떠내려온 것은 전부 내 것."

이렇게 말하고 고베는 두 팔을 벌렸다.

"금도, 은도, 산호도."

몸을 빙글 돌렸다.

"갑옷도, 금화도, 고리짝, 서책도, 모두 다."

"이것도, 이것도, 이것도" 하면서 고베는 창고 안의 물건을 손가락으로 가리켰다.

"흘러온 것이라면 물건이든 사람이든 뭐든지 전부 내 것이야. 허나……."

고베는 모모스케를 가리켰다.

"걸어오신 분은 손님이시다. 그렇지? 그게 세상의 도리지? 이 표시는 내 것이라는 표시. 왜 손님에게 표시를 찍겠어. 그러면 도둑이나 매한가지 아닌가. 야마오카 님 눈에는 그런 도리도 모를 정도로 이 고베가 망령이 든 것처럼 보이는가? 그래, 그런가?"

고베가 물었다.

"도리……라고요?"

그런 논리인가.

섬을 둘러싼 해류가 가져다 준 것만이 이 섬 그리고 고베의 재산이 된다.

생각지도 못한 채 모모스케는……. 그야말로 생각지도 못한 채 그 길을 따라 자기 의지와 자기 다리로 이 섬에 상륙한 것이다.

그래서.

손님인가.

새도 오가지 않는 에비스지마
금은 산호가 있는가
부와 보석이 있는가
떠내려가 닿으면 창고에 들어가고
걸어서 닿으면 손님이 되네
해골이 되어도 에비스처럼 웃는 얼굴
온 것까지는 좋았는데 돌아갈 수 없네, 돌아갈 수 없네

모모스케는 오긴에게 들은 노래를 떠올렸다.

"황공합니다."

모모스케는 땅바닥에 이마를 댔다.

어떤 까닭인지 몹시도 두려워졌기 때문이다.

아마 고베나 봉공 무리가 모모스케에게 해를 가할 일은 없을 것이다. 안전은 보장되었다. 하지만 모모스케는 바로 그렇기 때문에 공포를 느꼈다. 말로 할 수 없는 깊고도 깊은 공포였다.

"야마오카 님."

고베가 모모스케 앞에 와서 몸을 구부렸다.

"지금 보지 않으셨나? 밖에서 흘러온 사람은 대단히 재미있어. 싫다, 제발 그만해, 이런 말을 하지. 내 분부를 듣지 않다니 특이해. 특이하지 않은가?"

"음…… 섬사람들은."

"섬 것들이 어쨌다는 건가?"

"이 섬사람들은…… 싫다고 하지 않습니까? 예를 들어 그…… 낙인을 찍는다고 해도?"

"싫다? 어째서지? 어째서 그런 말을 하는가?"

"어째서라고 물으셔도, 그게."

"알 수가 없군."

고베는 일어섰다.

"싫으면 싫다고 하겠지. 하지 않으니까 싫은 게 아니야. 싫지 않으니까 싫다고는 안 해. 어이, 긴조."

"네."

긴조가 대답했다.

"너는 낙인이 찍히는 것이 싫나?"

"싫지 않습니다."

"싫지 않습니까?"

모모스케는 긴조의 얼굴을 보았다.

긴조는 태연했다.

"왜 싫은지…… 모르겠습니다."

"왜냐니요."

"고베 님께서 시키시는 대로 하는 것은 당연합니다. 시키신 대로 할 수 없다면 슬프기도 하겠고 괴롭기도 하겠지만, 분부하신 일을 할 수 있으면 즐겁지 않습니까. 고베 님께서 기뻐하시니 애초에 싫다느니 싫지 않다느니, 그런 것은…… 잘 모르겠습니다만."

절대 복종인가.

아니, 복종이 아니다.

강제로 하는 일이 아니기 때문이다.

그게 **당연**하다.

도민들에게는 고베의 지배를 받고 있다는 자각이 없다. 이런 감각이, 아니, 개념 자체가 없을 것이다. 강제니 복종이니, 이런 개념도 없다. 그렇다면 물론 고베에게 착취당하고 있다고 생각하는 사람도 없을 터이다. 불만이나 저항은 이 섬에는 존재하지 않는다. 그들은 고베가 죽으라고 하면 네, 죽겠습니다, 하고 그 자리에서 죽을 게 틀림없다. 뭐가 되었든 그게 당연……하다. 태어나면서부터 이런 환경 속에서 자란 도민들에게 고베를 거역한다는 선택지는 처음부터 **없는** 것이다.

이거다.

모모스케가 조금 전에 느낀 분노와도 닮은 답답함은 그런 문제에서 기인했던 것이다.

도민은 가난하다. 지독한 삶을 살고 있다.

허나 그것이 지독한 삶이라고, 괴로운 생활이라고 아무도 생각하지 않는다.

누구도 의문을 품지 않는다. 불만도 없다. 이런 것은 완전히 결여되어 있다.

이 상태에서 백 년 넘게 이 섬은 고립되어 있었다. 비교할 대상이 없다.

권태감이나 폐색감과는 다른 이 무기력함은 아무도 이 삶을 싫어하지 않기 때문에 만들어지지 않았을까?

괴롭다는 생각도 없다. 싫다는 생각도 없다. 슬프지도 않다.

그런 삶을 살고 있는데도.

다만 그래서 대체 무엇을 어떻게 해야 하는지, 그 어디가 나쁜지, 모모스케에게는 알 도리가 없었다. 확실히 무언가가 잘못된 것 같지만 아무것도 단언할 수 없었다.

그 점이 모모스케는 답답했던 것이다.

부아가 났던 것이다.

당사자가 괴롭지 않다면, 싫지 않다면 그만 아닌가…….

그건 그렇다.

허나.

괴롭다거나 이제 싫다거나 슬프다거나 하는 감정이 없다면 즐겁다거나 기쁘다거나 편안하다는 감정도 생기지 않을 것이다.

그러니까.

역시 이건 행복이 아니다.

모모스케는 긴조에게 물었다.

"긴조 씨, 하나만 여쭙고 싶은데요."

"무엇입니까?"

긴조가 무표정하게 말했다.

"이 섬사람들은 **웃지**는 않습니까?"

"웃는다?"

긴조는 똑같은 얼굴로 봉공 무리를 한 번 보았다. 그리고 대답했다.

"웃는 것은 금지되어 있습니다."

웃는 것이.

"금지되어…… 있습니까?"

"예로부터 웃을 때는 죽을 때라고 정해져 있습니다."

"죽을……."

모모스케는 고베를 보았다.

고베는 모모스케의 말 따위는 귀에 들어오지도 않는지, 그저 겁에 질린 도적들을 마치 어린아이처럼 재미있어하며 구경하고 있었다.

봉공 무리 중 한 사람이 말했다.

"웃어서는 안 된다."

또 한 사람이 이어받았다.

"불을 밝혀서는 안 된다."

"법도다." 남은 두 사람이 말했다.

"이 섬은 모조리 다 섬 아버님의 것."

"섬 아버님의 말씀은 무엇보다 귀하다."

"그것이 법도. 무엇보다도 중요한 것은 법도."

"법도를 어기면 에비스의 얼굴이 붉어진다."

"얼굴이 붉어지면 섬은 멸망할 것이다."

"그렇다, 그렇다" 하고 봉공 무리가 소리 모아 말했다.

느닷없이 고베가 야비한 소리로 웃었다.

“이 세 사람이 무엇을 싫어하는지 나는 기대가 되어서 어쩔 줄 모르겠어. 야마오카 님도 기대되지 않으신가?”

고베는 모모스케를 보았다. 모모스케는 고개를 숙였다.

“그런가? 기대되는가? 그럼 오늘은 이만 돌아가지.”

에비스 고베는 이렇게 말하고 몸을 돌렸다.

8

"믿기 힘든 이야기군."

이렇게 말한 사람은 쇼마였다.

"그런 상태에서 폭동이 일어나지 않으리라고는 생각할 수 없어. 노인장, 노인장이 거짓말할 것 같지는 않지만, 이 이야기는 너무나도 믿기 어렵습니다. 과장하지는 않았습니까?"

"본 그대로, 들은 그대로, 있는 그대로입니다."

잇파쿠 옹이 대답했다.

"하지만 그…… 농사아비 무리라 했습니까? 그 농민이 지은 작물은 남김없이 전부 에비스 저택에 올린다는 이야기 아닙니까?"

"그렇지요."

"그건 좀 이상하지 않나?"

쇼마가 소베에게 물었다.

"영주가 반, 농민이 반이어도 비율이 너무 높다고들 하네. 당연히 불평이 나오겠지. 이런 비율로 공물을 징수하다가는 번이 망해. 무장봉기, 폭동이 일어나겠지. 그런데…… 십 할일세. 이런 제도가 성립할까?"

"그러게 말일세." 소베가 턱을 쓸었다.

"작물을 전부 바치고, 그 백성들은 어떻게 먹고삽니까?"

"한 사람당 하루에 이만큼이라는, 배당 같은 것이 있지요."

"그렇군요. 그러면 직인들은?"

"마찬가지입니다. 복잡이 무리, 그러니까 어부이지요. 이 사람들만 건져 올린 것에 준해서 곡물을 받게 되어 있습니다. 커다란 보물 상자를 낚아 올리면 조나 피를 많이 받을 수 있지요."

"으음" 하고 소베는 한 번 더 턱을 쓸었다.

"뭔가, 소베. 무슨 생각을 하는 겐가?"

쇼마가 물었다.

"아니, 그런 방식이 꼭 나쁜 것만도 아닐 수 있겠다는 생각을 했네. 그 섬은 기후가 온난하고 또 늘 일정하지 않나?"

"그렇지요. 연중 온난하고 비도 적당히 내리는 듯했습니다. 저는 결국 꼬박 이 개월을 그 섬에 있었는데, 줄곧 비슷한 상태였어요."

노인이 대답했다.

"그러면 기근처럼 예측할 수 없는 천변지이가 닥칠 걱정은 없겠지? 수확량이 일정하다면 머릿수의 증감만 없다면야 균등하게 분배하는 편이 좋은 듯도 한데 말이야."

"오히려 균등하지 않은 것 아닌가. 그 고베라는 섬의 우두머리가 통째로 착취하고 있지 않나. 미천한 사람들은 목구멍에 겨우 풀칠이나 하는데 그 사내 혼자 사치를 부리고 있지 않은가."

쇼마가 말했다.

"그건 어찌할 수 없을 걸세."

겐노신이 말했다.

"뭐가 어찌할 수 없단 말인가?"

"다스리는 자와 다스림을 받는 자 사이에는 선을 그을 필요가 있어. 이건 격차가 아니라 구별이라네, 쇼마. 질서라는 것은 이렇게 알기 쉬운 구별이 있어야 성립하는 걸세."

"과연 그럴까? 무사니, 농민이니, 직인이니 하던 시대가 옳았다고, 자네는 그리 말하는 겐가? 널리 세계로 눈을 돌려보게, 겐노신. 막부는 이제 없어. 우리나라도 열강에 지지 않기 위해 방식을 바꾸었네. 사민이 평등해지지 않았는가. 이제 무사 계급도 명목뿐일세. 아무것도 없어. 그래서 질서가 어지러워졌나?"

"어지러워지지 않았나. 유신 전후에 세상이 얼마나 어지러웠는지……. 뭐, 이국에서 빈둥빈둥 놀던 자네는 모르겠지만 말일세. 게다가 쇼마, 지금도 화족은 있다네. 그 위에는 황공하게도 인간의 모습을 한 신이신 폐하가 계시지. 평민과는 다른 삶을 살고 계시지 않은가? 똑같아서야 역시 본보기가 서지 않을 테고. 이것을 착취라고 생각하는 자도 없을 걸세."

겐노신이 답했다.

"확실히 이국에도 왕족은 있네. 격차도 있지. 하지만 그렇게까지 심하지는 않아. 난 말일세, 겐노신. 그런 구조가 나쁘다는 게 아니네. 확실히 소베 말대로 이러한 방식도 있을 수 있으리라고 보네. 허나 내가 말하는 것은 정도의 문제야."

쇼마가 그 말을 받았다.

"정도라니?"

"그러니까" 하고 쇼마는 고쳐 앉았다.

"옛 막부 시대에 높은 연공(年貢) 때문에 고통받던 농민들은 무엇을 했나? 봉기를 일으켜서 관아와 부잣집을 때려 부수고, 소작을 그만두고 달아나지 않았나? 어떤 사람이든 강하게 조이면 반발하게 마련이네. 이건 당연한 일일세. 위정자는 때로 난폭한 행동을 하는 법이네만, 민중은 이를 결코 용서치 않네. 악정은 반드시 바로잡아지지. 바로잡아지지 않는 경우에는 멸망하네. 이것이 세상사 아닌가. 제 말이 틀렸습니까, 노인장?"

쇼마의 물음에 노인은 고개를 끄덕였다.

"그럴 겝니다."

"그렇다면 이렇게 지독한 방식이 백 년 넘게 이어져 오고 있었다는 이야기는 못 믿겠다. 저는 그렇게 말씀드리는 겁니다."

"네, 네" 하고 노인은 또다시 고개를 끄덕였다.

"지당하신 말씀입니다. 한데 쇼마 씨는 젊을 때부터 외유를 하면서 이국의 모습을 보고 오신 분이지요?"

"그렇습니다."

쇼마가 대답했다.

"그렇다면 여쭙겠는데, 바깥에서 보면 저희가 사는 이 나라는 몹시 일그러졌다고 생각하셨습니까?"

"일그러진 부분도, 떨어지는 부분도 많이 있지요. 물론 뛰어난 부분도 있겠지만……."

"서양 물이 들었어 자네는. 일본의 어디가 일그러졌나?"

겐노신이 말했다.

"일그러져 있으니까 고쳐 만들지 않았나. 자네가 일하고 있는 경찰만 해도 구미의 방식을 본받아서 만든 곳 아닌가? 흉내야, 흉내."

"뭐라고!"

"진정들 하시지요. 어느 나라든지 그야 좋은 점도 나쁜 점도 있겠지요. 하지만 그것은 안에만 있으면 좀처럼 알기가 어려운 일입니다. 우물 안 개구리가 어떻다고 하지 않습니까? 물속에 있는 고기는 결코 물을 의식하지 않는 법입니다."

노인이 중재했다.

"그렇게 자랐으니까……. 이 말씀이시군요."

요지로가 묻자 노인은 "그렇습니다" 하고 대답했다.

"에비스지마 사람들은 조상 대대로 그렇게 살아왔습니다. 의심하는 일 없이 그것이 당연하다고 생각하면서, 날 때부터 그런 상식 속에서 자랐지요. 고베 님을 거역하지 않는다. 죽으라고 명령하면 그 자리에서 죽는다."

"죽음도 마다하지 않는 겁니까?"

"제가 보는 앞에서도 죽으라는 말을 듣고 죽은 사람이 있었습니다."

"그거 심하군. 너무 심해. 그렇게까지 그 법도인지 뭔지를."

소베가 말했다.

"그렇습니다. 법도를 어기면 섬은 멸망한다고 전적으로 믿고 있으니까요. 거역하지도 않거니와 무엇보다 거역한다는 개념 자체가 없습니다."

"없다?"

"없습니다. 말 나온 김에 덧붙이자면 에비스지마에는 화폐라는 것도 없습니다. 그러니 당연히 돈 많은 부자라는 개념도 없습니다. 가치라는 것이 사물과 따로 존재하지 않는 게지요. 아시겠습니까?"

"하지만 고베는 보물을 모으고 있지 않습니까?"

소베가 팔짱을 꼈다.

"아름답기 때문입니다. 바깥 세상과의 교류가 전혀 없으니까요. 돈이나 금화가 있다고 한들 아무런 의미도 없습니다. 돼지 목에 진주이지요. 가치가 없는 세계에는 착취도 없지 않습니까?"

"웃음도 없다고 하셨지요?"

요지로가 물었다. 요지로에게는 화폐의 가치를 모르는 것보다 이편이 더 기이했다. 노인은 없다고 대답했다.

"언제 그런 법도가 생겼는지, 무엇 때문에 생겼는지는 모릅니다. 뭐, 불을 밝히지 않는다는 건 섬에서는 기름이 귀중품이니까 당연한 규칙이겠지만, 웃지 않는 데 어떤 이점이 있는지는 잘 알 수 없었지요. 하지만 웃는 것은 일절 금지되어 있었고, 사실 누구 하나 웃지 않았습니다."

웃지 않는 세계.

요지로는 상상할 수 없었다.

"뭐, 그건 그것대로 잘 돌아가는 동안에는 좋았겠지만."

"역시 파탄을 맞았군요?"

쇼마가 말했다.

"파탄을 맞기는 했습니다. 하지만 도민들이 고베에게 반발했다거나 모반이 일어나지는 않았습니다."

"호. 그러면…… 그 고베라는 사내가 잘못을 깨달았다는 말씀이신가?"

소베가 몸을 내밀었다.

"잘못은 아니겠지요. 세상에 절대로 옳은 일은 없습니다. 마찬가지로 절대로 잘못된 일도 없지요. 아니, 그 고베라는 사내는 우리의 상식에 비추어보면…… 참으로 지독한 사내입니다. 미친 것처럼 보이기도 했습니다. 아니, 그 사람은 그 사람대로 역시 심하게 일그러져 있었겠지요. 하지만 그 일그러짐이 섬 안에서는 일그러져 보이지 않았습니다. 이것이…… 그 사내의 불행이었습니다."

잇파쿠 옹이 말했다.

"심했습니까?"

"네" 하고 노인은 서책을 넘겼다.

"고베는 제가 섬에 도착한 다음 날에 세 사람의 도적을 죽여버렸습니다."

"처형했다는 말입니까? 섬의 법에 따라 도적이 벌을 받았다고."

"그게 아닙니다, 겐노신 씨. 고베는 말이지요, 그놈들이…… 싫어하는 일을 했습니다."

"싫어하는 일?"

네 사람은 일제히 목소리를 높였다.

"네. 섬사람들은 누구 하나 고베에게 거역하지 않습니다. 뭐든지 시키는 대로 하지요. 춤을 추라고 하면 춤을 추고, 울라고 하면 울고, 죽으라고 하면 죽습니다. 제 자식을 눈앞에서 죽이라고 하면 아무렇지 않게 죽입니다."

"그……그건 너무 심하지 않은가." 소베가 큰소리로 말했다. "풍속이 어떤지는 모르지만 어떠한 경우에도 해서는 안 되는 일이 있어. 인륜에 반하지 않는가."

"도쿠가와 이에야스 공도 제 자식에게 할복을 시키지 않았습니까? 똑같은 일이지요."

노인이 말했다.

"하지만…… 장수의 경우에는 대의나 명분이."

"에비스지마 백성의 경우에는 더욱 뚜렷한 대의명분이 있습니다. 소베 씨."

노인의 말에 소베는 입을 다물었다.

"고베 님께 싫다고 하는 사람은 없습니다. 그러니 사람이 무언가를 싫어한다는 것을 이해하지 못합니다. 어떤 억지를 쓰더라도 시키는 대로 따르니까요. 싫어한다는 것이 어떤 감정인지, 싫다는 것은 무엇인지를 모르는 게지요. 그러니까 싫다는 일을 합니다. 해보는 겁니다……."

노인은 눈을 감았다.

9

그것은 정말이지 무시무시한 광경이었습니다.

무참하다 할까요.

네. 다음 날 일입니다.

고토시로 만. 네, 에비스지마의 해안은 고토시로가하마라 불렸습니다. 그래서 만은 고토시로 만. 이 이름은 제 마음대로 이렇게 기록해 둔 건데, 그 만의 왼쪽 끝이라 할까요, 남서쪽 맨 끄트머리 근처라고 할까요. 거기에 다이가하라라는 벌판이 있었습니다. 긴조 씨는 저를 깨워서 그리로 데려갔습니다.

아직 이른 아침이었습니다. 피로했던 것 치고는 잠을 못 들던 제가 선잠이 든 직후였으니까요.

초원에는 봉공 무리 네 사람이 늘어서 있었습니다. 적색, 청색, 녹색, 황색 모자를 쓰고, 손에는 저마다 노 비슷한 것을 들고 있었습니다. 그 앞에는 도적 세 사람을 앉혀 놓았고요. 앞에서는 불을 때고 있었습니다.

네.

세 사람 다 이마에 에비스의 낙인이 찍혀 있었습니다.

재갈은 없었지만 그래도 묘하게 온순했습니다.

무서웠던 거겠지요.

어쨌든 논리가 통하지 않는 이들이었으니까요.

목숨이 아깝지 않느냐고 위협을 하는데 아깝지 않다고 나오면 어찌할 방도가 없겠지요. 금품을 아끼고 목숨을 구걸하는 세상이기 때문에 도적 같은 직업도 성립할 테니까요.

제가 긴조 씨를 따라 그리로 갔을 때 고베 님은 아직 와 있지 않았습니다. 사분의 일 각쯤 지나자 고베 님은 이번에도 가마를 타고 오셨습니다. 시중 무리가 줄을 지어 따라왔지요.

고베 님은 우선 요타에게 물으셨습니다.

무슨 일을 당하면 싫으냐고요.

처음에 요타는 어리둥절해했습니다.

고베 님이 무슨 말씀을 하시는지 잘 몰랐겠지요. 곧 요타는 떠들어대기 시작했습니다. 네, 참말이지 꼴사납게 아우성을 치기 시작했습니다.

뭐라고 했냐고요?

네. 용서해주십시오, 뭐든지 할 테니까 용서해주십시오, 하고 울었지요. 그러자 고베 님은 그 모습을 잠시 바라보고 나서 이렇게 말씀하셨습니다.

뭘 하는 것도 원하지 않는다. 그러니까 용서해주지 않겠다고.

네. 요타는 한층 더 울며불며 아우성을 쳤고말고요.

용서해주세요, 용서해주세요, 죽고 싶지 않아요, **죽는 건 싫습니다**, 하고.

고베 님은 말이지요, 변함없이 험악한 표정이기는 했지만 분명 퍽 기뻐하고 계셨을 겁니다. 눈빛이 달라졌으니까요.

그래, 죽는 건 싫은가, 싫단 말인가.

싫습니다, 싫고말고요.

그래, 싫구나. 그럼 죽어라. 고베 님은…… 이렇게 말했습니다.

포승을 풀고 칼을 벗기고는 자, 어때, 죽어봐라, 죽어봐, 하고요.

죽을 수 있을 턱이 없습니다. 요타는 울면서 매달렸습니다.

매달리면 매달릴수록 고베 님은 기뻐했어요. 네, 얼굴은 여전히 험악했지만 눈동자는 형형하게 빛나고 있었으니까요.

그리고 이번에는 니키치의 포박을 풀었습니다.

그래서 고베 님이 뭐라 하셨을 것 같습니까?

아니, 아닙니다.

그게 아니에요. 니키치에게 요타가 좀처럼 못 죽고 있는 모양이니까 죽는 걸 도와줘라, 이러는 겁니다.

그러고는 니키치에게 봉공 무리가 들고 있던 노를 건넸습니다.

네, 노입니다. 이렇게 긴 나무 막대기 같은 것이요. 끝이 편평한, 그렇지, 간류지마의 미야모토 무사시처럼요.*

니키치 입장에서는 시키는 대로 따르지 않으면 죽임을 당한다고 생각했겠지요. 주저하면서도 요타를 향해 노를 겨누었습니다.

요타 입장에서 보면 일이 이렇게 되리라고는 짐작도 못했겠지요. 머리를 감싸고 쭈그리고 앉아서는 그만, 그만해, 하고……. 뭐, 보통 그렇게 되겠지요. 아니, 불쌍한 걸 넘어서서 우스꽝스러워 보였습니

* 미야모토 무사시는 숙적인 사사키 고지로와 간류지마에서 결전을 벌이기 전에 노를 깎아서 목도를 만들었다고 전해진다.

다. 아니, 그야 비참한 상황이지요. 웃어넘길 일이 아닙니다. 그래도 말리러 뛰어들 수도 없습니다. 저도 발이 얼어붙어서……. 아니, 정신을 잃을 정도로 무서웠으니까요.

그래도 동작 하나는 우스꽝스러웠습니다.

고베 님은 어서 도와주라고 하지요.

니키치는 쭈그리고 앉은 요타를 노로 때렸습니다.

첫 타는 그냥 평범했습니다.

하지만 그래서야 아무것도 안 됩니다.

어쨌든 도적이라고는 해도 사람 자식이니까요, 그리 쉽게 잔인해지지는 못하지 않겠습니까. 동료끼리고요. 하지만 목숨이 걸려 있으니까요. 그래서는 아플 뿐이야, 하고 고베 님은 말씀하시고요. 두 번째는 있는 힘껏…… 휘둘렀겠지요.

이것으로 니키치는 제정신을 잃은 듯했습니다.

그 뒤로는 엉망진창이었습니다. 아니, 날붙이와는 달라서 마음먹은 대로 되지는 않잖아요. 요타가 움직이지 않게 될 때까지 상당한 시간이 걸린 것 같습니다.

네. 움직이지 않게 되고서도 니키치는 정말로 노가 부러질 때까지 요타의 시신을 두들겨댔습니다. 고베 님은 그 옆에 웅크리고 앉아서 눈을 휘둥그레 뜨고 그 모습을 보고 계셨지요.

그러고는.

이미 죽었어, 하셨습니다.

그 순간 니키치는 노를 집어 던지고 주저앉았습니다.

네. 고베 님은 그 옆으로 가시더니 자, 소원을 들어주겠다. 무얼 바라느냐, 하고 니키치에게 물으셨습니다.

니키치는 입에서 거품을 뿜고 있었는데 핏발 선 눈으로 고베 님을 보더니 살려주십시오, 했습니다.

그래, 살려주기를 원하는가, 그럼 살려주는 것은 관두자, 하고 고베 님은 말씀하셨습니다. 그랬더니 니키치가 실성한 사람처럼……. 네, 덤벼들려고 했지만요. 봉공 무리가 붙어 있으니까요. 곧바로 제압당했습니다.

고베 님은 정신이 나간 것처럼 자초지종을 지켜보고 있던 산자에게로 갔습니다.

그리고 너는 살려주기를 원하느냐, 하고 물으셨습니다.

산자는 어떻게 흘러가는지를 보고 있었으니까요.

고개를 옆으로 저었습니다.

그러냐, 살려주기를 원하지 않느냐. 그럼 무엇을 어떻게 해주기를 원하느냐.

산자는 말문이 막혔습니다.

대답에 따라서는 목숨이 날아갈 판국이지 않습니까? 당연하지요.

빨리 말해라. 재촉을 받고 산자는 결국 물을 달라고 했습니다. 목이 말랐겠지요. 잡히고 나서 줄곧 먹지도 마시지도 못한 데다, 살아남기 위해서는 최선의 그리고 무난한 선택이라고 생각했겠지요.

그래, 물을 원하느냐.

고베 님은 이렇게 말씀하셨습니다. 알았다고.

이때의 산자의 얼굴을 저는 잊지 못합니다.

그렇게까지 안도한 얼굴을 저는 지금까지 본 적이 없습니다. 네, 실로 안심한 얼굴이었습니다. 바로 준비하라는 지시가 떨어지자 시중 무리가 달려갔습니다. 잠깐 틈이 생겼는데 그동안 산자는 어땠냐 하면, 이제 도적의 상판이고 형님의 위엄이고 전부 다 버리고 오로지 간살을 부리고 있었습니다.

이윽고.

물통과 김이 자욱하게 올라오는 가마솥이 운반되어 왔습니다.

고베 님은 국자로 물을 떠서 산자의 면전에 들더니 어때, 물을 원하느냐 물으셨습니다.

산자는 웃으며 네, 마시고 싶습니다. 이렇게 대답했지요.

마음을 푹 놓고 있었겠지요. 저 혼자만은 난관을 돌파했다고, 그렇게 생각했을 겁니다. 네에. 말대답에 실패해서 이미 한 사람이 죽었지 않습니까. 목숨이 달린 큰 노름에서 보기 좋게 이긴 듯했겠지요.

네.

고베 님은 그래, 그렇게 원하는가, 하고 말씀하셨습니다. 그러고는.

그래, 그럼 끓는 물을 마시는 것은 싫으냐. 고베 님은 이렇게 물으셨습니다.

아니, 맞습니다.

산자는 말이지요, 방심하고 있었겠지요. 싫습니다, 하고 솔직히 대답했습니다.

그래, 싫으냐, 싫단 말이냐, 하고 말씀하시고 고베 님은 국자에 든 물을 산자 얼굴 앞에서 버렸습니다. 그리고 그럼 뜨거운 물을 주지 하셨지요.

산자의 얼굴이 순식간에 창백해졌습니다.

네에. 싫어하는 걸 하겠다고 처음부터 말씀했으니까요.

봉공 무리 두 사람이 산자를 누르고, 시중 무리 한 사람이 입에 깔때기를 밀어넣었습니다. 산자는 이보다 더 벌어지지는 않을 정도로 눈을 크게 뜨고 얼굴을 격렬하게 떨었습니다. 정말이지 필사적으로 저항하고 있는 듯했습니다만.

사람을 몇 명이나 죽인 무시무시한 흉적의 모습은 어디에도 없었습니다. 무서워서 어쩔 줄 몰랐습니다. 저는 정말이지 무서워서 무릎이 후들후들 떨렸습니다. 두려움으로 머릿속이 새하얘졌습니다.

네.

잔혹한 이야기지요?

깔때기에 부글부글 끓는 열탕을 부었습니다. 비명 소리도 나오지 않습니다.

싫냐, 싫으냐, 하고 고베 님은 몇 번이고, 몇 번이고 다시 물으셨습니다. 산자는 얼굴이고 뭐고 붙잡혀 있어서 대답도 할 수 없지요.

한 잔 더 줄까, 하고.

네. 두 잔째는 얼굴에 끼얹었습니다.

산자는 거기서 기절했던가. 아니, 아마 절명했을 겁니다.

몇 번인가 경련하고서요.

그대로 움직이지 않게 되었습니다.

그러자마자 고베 님은 흥미를 잃었다는 듯 일어나셨습니다.

부서진 물건에는 흥미가 없다, 이런 느낌이었지요.

그리고 살아남은 니키치에게 갔어요.

네.

니키치는…… 이미 완전히 **망가져** 있었습니다.

폐인이라 해야 할까요. 아무래도 적절한 말이 없지만, 어쨌든 이제 평범한 상태가 아니었습니다.

긴장과 공포가 한계를 넘었겠지요. 완전히 제정신을 잃었습니다.

네, 말을 걸어도 대답이 없습니다. 불러도 대꾸도 없고요.

아니, 찔러봐도 두드려봐도 반응을 안 합니다.

눈이 이미 죽어 있었으니까요. 아무것도 보이질 않습니다.

네.

그저 입가에 침을 흘리면서 겨우 고개를 끄덕일 뿐이었지요.

아니, 그렇지 않습니다.

고베 님은 무척 화가 나셨습니다.

글쎄 얼굴에서 머리끝까지 시뻘개졌지요.

이유 말입니까?

네.

이래서는 섬 것들과 마찬가지 아니냐고.

그렇게 말씀하셨습니다.

네, 그렇습니다.

요컨대 절대 복종이란 무반응과 다를 바 없는 것이겠지요.

무슨 말을 해도 고개만 끄덕일 뿐이라면, 도민과 똑같아서 재미가 없다는 말입니다.

정신이 들게 하라고 고베 님은 지시하셨습니다.

네.

시중 무리가 달려가더니 이윽고 커다란 철판을 가지고 왔습니다. 무엇을 할 생각인지 저는 알 수 없었습니다. 얼마 안 있어 모닥불 위에 망루 같은 것을 짜고는 그 위에 철판을 걸쳤습니다. 네, 글쎄 뭐라고 할까요.

철은 머잖아 벌겋게 달아올랐습니다.

네. 그렇습니다.

허허 참. 뭐랄까, 떠올리고 싶지도 않습니다.

예, 말씀하신 대로입니다. 그렇지요.

니키치는…… 그 위에 눕혀졌습니다.

그리고.

10

세 도적은 보기에도 무참한 모습이 되어 그날이 가기 전에 저택 옆에 있는 묘지에 묻혔다.

장색 무리가 만든 기묘한 위패에 고베가 직접 세 사람의 이름을 기록했는데, 이것은 복 창고에 있는 위패 더미 제일 앞에 놓였다.

그리고 원래부터 잔혹한 일이나 잔인한 소행을 무엇보다 싫어하는 모모스케는 눈을 감고 머리를 흔들어도 쫓아낼 수 없는 지옥 같은 기억에 당분간 괴로워하게 되었다.

섬 생활은 단조로웠다.

손님인 모모스케는 뭐 하나 구속을 받거나 강요를 당하는 경우가 없었다. 식사도 삼시세끼 원하는 시간에 먹을 수 있었다. 피나 조를 중심으로 한 잡곡밥에 국, 뿌리채소, 그리고 해산물 한 가지로 된 상차림이었는데, 결코 호화로운 식사는 아니었지만 아무런 부족함도 없었다. 시골 요리이기는 하지만 입에 안 맞지도 않았다.

다만 모모스케 한 사람이 더 생김으로써 밑의 도민들에게 나눠줄 식량 배분이 줄어든 것만은 틀림없었다.

모처럼의 배려이기도 하고 필요 없다고는 결코 말할 수 없었지만, 모모스케는 마음이 아팠다. 물론 먹지 않으면 죽으니 못 받아도 곤란하지만 말이다.

기분이 무척 울적했다.

당연한 일이다.

돌아갈 수 없는 것이다. 모모스케에게는 섬에서 탈출할 수단이 없었다.

섬에는 배도 없다. 있다고 한들 배로 탈출하기란 절대 불가능하다. 만에서 외해로 나가는 일은 사실상 무리였다. 섬 주위의 해류는 엄청난 기세로 만 안으로 흘러 들어온다. 조수 흐름을 거슬러서 배를 저을 수는 없다. 게다가 만 안쪽 말고는 해안가도 없다. 모조리 깎아지른 절벽이다. 혹여 배를 준비해서 낭떠러지를 내려간 뒤 거기서 배를 저어 간다고 한들 이 역시 헛된 일이다. 섬 주위의 조수에 휩쓸려서 만으로 되돌아올 뿐이다. 게다가 좌우에서 만 안쪽으로 흘러드는 해류는 만 입구에서 소용돌이를 이루고 있다. 아와에서 본 나루토 해협의 소용돌이와 꼭 닮았으니까 상당히 커다란 소용돌이일 것이다. 작은 배 한 척으로는 어림도 없으리라.

그 길을 건널 수밖에 없다.

하지만 바닷길은 전혀 올라오지 않았다.

낮이고 밤이고 모모스케는 저택 마당에 나가 홍귤나무에 둘러싸인 돌계단 위에서 바닷속 길을 확인했다.

확실히 길처럼 보이는 융기를 확인할 수는 있었다. 아마도 발을 짚고 설 수 있을 정도의 깊이일 것이다. 상륙했을 때 융기 위의 길은 허리쯤 되는 높이였던 것 같다.

허나.

길이 해수면 높이로 올라오지 않는 이상 서 있을 수는 있어도 걸어갈 수는 없다. 꼼짝없이 떠내려갈 것이다.

탈출은 불가능하다.

모모스케가 생각할 수 있는 방도는 세 가지밖에 없었다.

이대로 손님으로서 죽을 때까지 아무것도 하지 않고 살든가.

고베에게 충성을 맹세하고 도민이 되어 어느 무리에든 끼워달라고 한 다음 감정도 버리고 웃는 것도 그만두고는 그저 묵묵히 일하며 살든가. 아니면 한 번 흘러갔다 다시금 해안에 떠내려 와서 이번에는 고베의 물건으로…… 도적들처럼 괴롭힘을 받고 농락당하다 너절한 쓰레기마냥 목숨을 빼앗기든가.

울적한 것이 당연한 상황이었다.

결심은 서지 않았다. 모모스케는 그저 침울하게 섬을 배회하다 웃지 않는 빈자들의 생활을 보고 한층 더 울적해졌다.

한편.

고베도 얼마 동안은 심기가 불편했다.

섬사람은 재미가 없다면서 틈만 나면 아무 데서나 분풀이를 했다. 고베에게 혼이 난 사람은 다음 날 확실히 죽었다.

고베가 죽으라고 명령하여 그 자리에서 죽는 사람을 제외한 그 외의 사람들, 그러니까 고베의 화를 산 사람들은 모두 봉공 무리가 처형하는 듯했다.

고베의 권위를 유지하기 위해.

섬 내부의 질서를 지키기 위해.

그것이 이 섬의 법도였다.

모모스케가 끼어들 문제는 아니었다. 그것이 이 섬의 법도이자 윤리이다.

고베에게 혼이 난 자, 힐책을 당한 자는 다음 날 아침에 반드시 해안가의 에비스 사당에 내걸렸다. 하지만 애초에 고베가 화를 낼 이유는 이 섬 안에 없는 것과 매한가지이다. 도민은 너나없이 고베에게 절대로 복종하니, 화를 낸다고 한들 역시 그냥 분풀이다. 걸음걸이가 이상하다느니 얼굴이 마음에 안 든다느니, 거의 생트집에 가까운 구실뿐이었지만……. 그래도 그 대가는 반드시 죽음으로 치러야 했다. 거역하는 사람은 아무도 없는 듯했다.

시체는 모두 싱글싱글 웃고 있었다.

이 섬에서 웃는 것은 죽을 때입니다…….

긴조가 한 말 그대로였다. 죽임을 당할 때 웃으라는 명령을 받는가 보다. 웃으면서 죽으라는 분부를 받는 것이다.

해골이 되어도 에비스처럼 웃는 얼굴.

온 것까지는 좋았는데 돌아갈 수 없네, 돌아갈 수 없네.

노래 가사는 전부 사실이었던 셈이다.

에비스지마의 도민들은 모두 에비스처럼 웃는 얼굴로 죽음을 맞이한다.

한 달쯤 흘렀다.

고베는 더욱더 얼토당토않은 말을 하기 시작했다.

도민을 철판 위에서 태워 죽이겠다는 말을 꺼낸 것이다.

이 무렵 모모스케는 섬의 기묘한 불문율에 익숙해지고 있었지만, 그래도 상당히 놀라고 또 동요했다. 왜 죄도 없는 사람을 태워 죽여야만 하는가? 그런 짓을 하면 즐거운가?

허나.

명령을 받은 긴조는 얼굴색 하나 변하지 않고 똑같은 표정, 똑같은 얼굴로 알겠습니다, 라고 말했다. 모모스케는 그 무표정함에 다시금 간담이 서늘해졌다. 어떤 상식 속에서 살아간들 사람에게는 마음이 있지 않은가? 긴조에게도 분명 있을 것이다.

하지만 유감스럽게도 모모스케는 그 마음을 조금도 짐작할 수가 없었다.

그날 밤……. 온 섬사람들이 다이가하라에 소집되었다. 그리고 있어서는 안 될 그 잔악무도한 구경거리가 강행되었다. 희생자는 가장 생산성이 낮은 복잡이 무리 중에서 고르는 모양이었다.

죽 늘어선 도민을 둘러보고 고베가 한 마디 "너"라며 한 남자를 손가락질했다.

이것만으로 그 남자의 인생은 끝나게 되었다. 하지만 남자는 날뛰거나 도망가지도 않거니와 목숨을 구걸하지도 않고 불평 한 마디 없이 느릿느릿 앞으로 나오더니 힘없이 절을 했다.

새빨갛게 타는 불꽃 위에 철판이 놓였다.

철은 서서히 달구어지더니 김을 뿜기 시작했다.

남자는 그 앞에 우두커니 서 있었다.

고베 옆에 앉아 있던 모모스케는 참지 못하고 아래를 보았다. 이런 일이 용서될 리 없다. 달아나고 싶었다. 바다에 몸을 던지고 싶은 기분이었다.

"이자의 부모와 아내와 자식을 불러라."

고베는 긴조에게 이렇게 명했다.

긴조는 곧 늙은 여인과 여윈 모자를 끌고 나와 고베 앞에 앉혔다.

"좋다. 너, 저 판 위에 올라가라."

남자는 "예이" 하고 낮은 목소리로 대답하고…….

달구어진 철판 위에…….

비명은 들리지 않았다.

"왜 그래? 뜨겁잖아. 뜨겁지 않나?"

"예이" 하는 대답만이 들렸다. 모모스케는 눈을 꾹 감았다.

이런 장면은 죽어도 보고 싶지 않았다.

"그래, 뜨거운가. 그럼 거기에 드러누워라. 어때? 싫은가? 싫지 않은가? 그 도적은 엄청나게 싫어했는데. 앵앵거리고 울며불며 난리법석을 피웠어. 싫지? 아니야? 왜 너는 싫어하지 않는 거냐?"

왜 싫어하지 않느냐고 고베는 고함을 쳤다.

지글지글 소리가 날 뿐 남자의 대답은 들리지 않았다. 대신 살이 타는 불쾌한 냄새가 모모스케를 덮쳤다.

토할 것 같았다.

고베의 야비한 목소리가 들렸다.

"이봐, 네 아들이 타고 있어. 잘 봐라. 점점 더 타고 있어."

이것은 더는 사람이 할 말이 아니었다.

"어때? 싫은가? 싫지 않은가? 자기 남편이 타는 것은 싫지 않은가? 어떠냐고. 대답해. 대답해라!"

고베는 고함을 쳤다.

답은 없었지만 아마 남자의 가족은 고개를 옆으로 저었을 것이다.

싫지 않기 때문이다. 당연한 일이기 때문이다.

"재미없어!"

고베는 한층 더 큰 목소리로 고함을 쳤다. 그리고 일어서자마자 너희도 죽으라고 하고는 총총 걸어가 가마를 타더니 돌아가겠다고 말했다.

모모스케의 인내심은 여기까지였다.

모모스케는 일어서서 큰소리로 외쳤다.

"다……당신들은 사람이잖아요. 이런 건 잘못되었어요. 이런 일을 용서해서 되겠습니까?"

즉시 봉공 무리가 일어나서 모모스케의 양팔을 붙들었다.

"사람은 슬프면 우는 겁니다. 웃기면 웃는 겁니다. 싫은 건 싫고, 해서는 안 될 일은 해서는 안 됩니다. 어째서……."

모모스케는 그 자리에서 질질 끌려 나갔다.

하지만 모모스케는 계속해서 외쳤다.

"어째서 당신들은."

그때.

모모스케는 왠지 절망했다.

뒤를 돌아본 남자의 가족은 무표정했다.

그리고 철판 위에서 빨갛게 탄 남자의 시체는…….

웃고 있었다.

"우아아아아."

모모스케는 봉공 무리의 팔을 뿌리치고 달렸다.

슬프고 애통해서 어쩔 수 없었다.

앞도 보지 않고 그저 달렸다. 살아있는 것이 무턱대고 싫어졌다. 아무것도, 아무것도 통하지 않았다.

아무것도 할 수 없었다.

모모스케는 아무도 구할 수 없다.

아니, 애당초 누구도 구해주기를 바라지 않는다.
구원받고 싶은 생각이 없는 사람은 절대로 구할 수 없다.
모모스케는 해안가를 달렸다.
곳곳에 에비스 님이 장식되어 있었다.
에비스. 에비스. 에비스.
뭐가 복을 주는 신이란 말인가?
왜 웃고 있지?
모모스케는 모래밭을 내달리고 언덕을 올랐다. 그리고 에비스 저택의 정원으로 나가서 히루코의 샘에 당도했다. 이제 싫다. 싫다. 다 싫다. 이 섬에서는 살 수 없다.
이제 모든 게 다 싫었다.
모모스케는 몸을 던질 생각이었다.
홍귤나무를 가르고 돌계단 위로 나갔다.
위를 올려다보았다. 눈을 뜨자…….
안개가 걷히고, 커다란 보름달이 밤하늘에서 빛나고 있었다.
……보름달.
그날도……. 모모스케가 이 섬에 온 날도 보름달이었다.
시선을 서서히 내렸다.
뉴도자키가 보였다. 그리고.
바다 위에 한 줄기 선이 떠올라 있었다.
……길이다.
그때였다.
짤랑, 하는 방울 소리가 들렸다.

11

그때 돌층계 아래에서 나타난 것은……. 놀라지 마십시오. 어행사 마타이치 씨, 바로 그 사람이었습니다.

네. 놀랐고말고요.

꿈인 줄 알았습니다.

하지만 너무나도 놀라서 저는 멈춰 서고 말았습니다.

네. 마타이치 씨가 나타나는 것이 조금만 더 늦었더라면 저는 확실히 물고기 밥이 되었겠지요.

그 정도로 동요했으니까요.

네.

마타이치 씨가 저를 구하러 온 거지요. 멍청한 지인이 괜한 호기심을 발휘한 것을 알고 설마 위험한 꼴을 당하고 있지나 않나 했던 걸까요. 먼 길을 마다 않고 쫓아오셨습니다. 뭐, 저로서는 이렇게 말하고 싶은 부분입니다만, 암만해도 이야기가 좀 달랐습니다.

네. 모사꾼은 그런 인정 같은 것으로 움직이지는 않습니다.

일을 부탁받았다고 하더군요. 네. 일을 부탁한 사람은 제게 에비스지마 이야기를 한 그 행상꾼이었습니다. 실은 그 행상꾼, 유람 삼아 뉴도자키까지 온 것이 아니었습니다.

네, 그렇습니다.

행상꾼은 어떤 분의 의뢰를 받고, 사람을 찾고 있었다고 합니다. 그래서 이렇게 외진 곳까지 와서 뉴도자키의 동굴에까지 들어갔답니다.

글쎄, 오가 위쪽에서 선박 객주의 배가 난파를 당했다지 뭡니까. 많이들 죽고, 행방불명된 사람도 많이 나왔다고 합니다.

네. 그 선박 객주의 장남이라는 사람이 글쎄 운 나쁘게도 그 난파된 배에 타고 있었다고 합니다. 그런데 그 장남의 행방을 알 수가 없답니다. 살아남은 뱃사람 이야기로는 무슨 일이 있어도 장남만은 살리겠다고 배가 가라앉기 전에 조각배에 태워 바다로 내보냈다고 합니다.

네, 그렇지요.

신비한 안개 쪽으로 빨려 들어가는 기묘한 조수를 탄 게 아닌가 하고 이 고장 어부가 말했을 거고, 그래서 도저히 단념할 수 없었던 객주 행수가 단골 행상꾼에게 조사하게 했다. 뭐, 이렇게 된 것이지요.

그랬더니 글쎄 섬이 있었어요.

게다가 행상꾼은 건물까지 보았습니다.

보고를 들은 행수는 그 섬에 흘러갔다면 혹여나 살아있을 수도 있다고 생각했겠지요. 아무리 해도 단념할 수 없었던 겁니다.

그래서.

행상꾼이 돌아다니다 알게 된 모사꾼에게 탐색해달라는 의뢰가 들어왔다. 뭐 이렇게 된 겁니다.

네.

에비스지마에 연고가 있는 도쿠지로 씨와도 아는 사이라고 마타이치 씨가 행상꾼에게 말했으니까 이 점도 영향을 주었겠지요.

어찌 되었든 지옥에서 부처님을 만난다는 건 바로 이런 걸 두고 하는 말입니다.

또 하나 놀란 건 마타이치 씨 뒤에 또 한 사람. 네, 주판 도쿠지로 씨도 있었습니다.

바다 건너 뉴도자키 동굴 쪽에 있는 에비스 신사의 파수꾼이 도쿠지로 씨를 키워줬다고 오긴 씨가 그랬지요. 듣고 보니 놀랄 노자였습니다.

글쎄, 도쿠지로 씨는 에비스지마 출신이랍니다.

네, 그렇습니다.

아니, 제가 걸려들었던 바닷속 길을 따라 달아난 처음이자 마지막 도민이 다름 아닌 도쿠지로 씨였던 겁니다.

네, 그렇습니다.

바닷속 길이 어디 있는지 도민은 모릅니다. 이것은 에비스 가의 당주와 봉공 무리, 시중 무리밖에 모르는 일이라 합니다. 어찌 되었든 그 길로 내려가는 돌계단은 에비스 저택 안쪽 정원에서만 내려갈 수 있으니까요.

에비스 저택에 들어갈 수 있는 사람은 고사하고 안쪽 정원에 들어갈 수 있는 사람도 도민 중에는 없습니다.

당연히 아무도 모르지요.

도쿠지로 씨는 성격이 비뚤어졌는지 어땠는지, 겨우 열 살쯤 먹었을 때 섬 생활에 의문을 품었다고 합니다.

장색 무리의 아이였다고 합디다.

아버지 이마에 에비스의 낙인이 있었다고 하니, 섬에 흘러와서 귀화한 목수인가 뭔가의 아이였겠지요.

네. 흘러온 사람이 반드시 죽임을 당하는 건 아니었던 모양입니다. 기술이 있는 사람은 특히 귀하게 여겼다는 이야기도 긴조 씨에게 들었고요.

그래서 말이지요.

어린 도쿠지로 씨는 글쎄 배가 고파서 밤중에 몰래 저택에 숨어들었답니다. 그런 짓을 하는 사람은 없는 데다……. 아니, 그보다 그런 짓을 한 사람이 과거에 단 한 사람도 없었으니 경계도 하지 않았던 모양입니다.

그런데 숨어들어도 어디가 어디인지 알 수가 없었습니다.

넓으니까요.

헤매다 보니 정원으로 나왔습니다.

그래서 정원 끝까지 가봤더니.

바다가 보이고 건너편이 보였습니다. 그리고 계단과 길이 보였지요. 사십 년도 더 전에 있었던 일이라고 도쿠지로 씨가 말했지요.

그래서 어린 도쿠지로 씨는 마침 제가 몸을 던지려고 섰던 장소에 섰습니다. 네. 달아나자, 이렇게 생각했다고 합니다. 어찌 되었든 건너편 기슭을 처음으로 봤으니까요.

정토로 보였다고, 뭐 그렇게 말합디다.

네. 건너편에서는 이쪽을 정토라고 부르는데 말이지요.

도쿠지로 씨는 돌계단을 따라 바다로 내려갔어요.

네, 용감하지요.

무모하다고요.

네에, 무모하기도 했을 겁니다.

달렸다고 합니다. 건너편 기슭에는 먹을 게 잔뜩 있다. 그저 그 생각만 했다고 하더군요. 하지만 이러니저러니 해도 어린아이의 다리니까요. 게다가 이십 리가 넘는 걷기 힘든 길 아닙니까. 가는 도중에 저와 마찬가지로 길이 바닷속으로 잠기기 시작했다고 합니다.

다행히 뉴도자키가 바로 눈앞에 보여서 그 뒤로는 필사적으로 헤엄을 쳤다고 합니다.

네. 앞으로 나아가는 게 조금만 늦었더라면 해류에 휩쓸렸겠지요.

간발의 차로 신역에서 벗어나 있었나 봅니다.

그래서.

글쎄, 도쿠지로 씨가 끝까지 헤엄을 쳤는지, 아니면 도중에 힘이 다 했는지, 그건 모르겠습니다. 하지만 다행히도 그 끔찍한 해류에 쓸려가지 않고 뉴도자키 벼랑 밑으로 밀려 올라갔습니다. 그렇게 되어서 신사의 파수꾼이 거둔 것이지요.

네, 그렇습니다.

통찰력이 좋으시군요.

그 길은 매달 보름달이 뜨는 밤에만 올라온다고 합니다. 게다가 달이 하늘에 떴다 질 동안에만 그곳을 건널 수 있답니다.

네.

옛날 옛적에는 그렇지 않았다고 합니다만.

긴조 씨가 한 말인데, 섬은 융기하고 길은 가라앉았겠지요. 그러니까 아마 그 옛날, 뭐 이백 년 전이나 삼백 년 전 같은 먼 옛날에는 길이 줄곧 바다 위로 나와 있었을 겁니다. 그게 서서히 가라앉아서 한 달에 한 번 정도밖에 건널 수 없게 되고, 백 년쯤 전에는 완전히 바다

속에 잠겼다고. 그래서 그 이후에는 보름달이 뜨는 밤에만 간신히 건널 수 있게 되었다. 이런 이야기이지요. 네, 백 년 전에도 손님이 오시는 것은 한 달에 한 번이었다고 듣기도 했고요.

도쿠지로 씨가 건넌 것은 저보다도 사십 년 전 일이니까요. 조금은 더 건너기 쉬웠을지도 모르겠지만요.

그리고.

네. 저는 도쿠지로 씨를 기른 파수꾼이 전해 들었다고 하는, 에비스지마에 관한 태곳적 전설을 도쿠지로 씨 입을 통해 들었던 겁니다.

삼백 년쯤 옛날 일이라고, 그 파수꾼은 말했다고 합니다.

그 시절에도 바닷길은 줄곧 바다 위로 드러나 있었다고 합니다. 게다가 섬 자체도 지금만큼 융기해 있지 않았어요. 그래서 왕래도 그런대로 있었다고 합니다.

그 근처는 아키타 번, 사타케 님의 영지이지요.

삼백 년 전이 어땠는지, 저는 자세히 모릅니다만…….

당연히 에비스지마도 어떤 분인가가 다스리는 어딘가의 영지이기는 했던 모양입니다.

다만 말씀드렸다시피 그 섬은 가난한 섬이어서 올릴 쌀이고 뭐고 수확할 수가 없습니다. 꽤나 지독한 형편이었다고 합니다.

그런 섬에 어느 날 순례 중인 육십육부*가 흘러왔다고 합니다. 궤를 메고 법화경을 든 채 각 지방을 떠도는 행각승이지요.

이 육부가 섬에 온 뒤에 참으로 지독한 폭풍이 섬을 덮쳤다고 하더군요. 엎친 데 덮친 격으로 지진과 해일까지 일어나서 섬에는 큰 혼란

---

* 법화경을 육십육 부 베껴 써서 일본 각지에 있는 육십육 곳의 신령한 장소에 봉납하는 순례승.

이 일어났습니다. 육부는 섬에서 가장 높은 장소, 그러니까 그 돌계단 꼭대기에 해당하는 곳에 서서 일심불란 독경을 외워 섬에 닥친 재액을 물리쳤다고 합니다.

이 사람은 상당한 법력을 지닌 육부였던 모양입니다. 기도가 효험이 있었는지 폭풍은 딱 그쳤지요. 도민은 육부에게 무척이나 감사하여 집을 주고 배필을 정해주었습니다.

육부를 섬 주민으로 받아들인 겁니다. 육부도 섬사람의 마음을 참작했는지, 섬 여기저기에 에비스 상을 모시고 결계를 쳐서 섬을 재액에서 지켰다고 합니다.

뿐만 아니라 섬에 부를 가져오기 위해 호마(護摩)를 피우고 기도를 올렸지요.

바다를 떠도는 온갖 부가 에비스지마에 흘러 들어오게 된 게 이때부터라고 합니다.

아아, 아니, 이건 전설이니까요. 그 뭐냐 문명개화 시대에 이런 이야기가 통하리라고는 생각하지 않습니다. 해류는 옛날부터 있었을 수도 있고, 어쩌면 육부가 진정시켰다고 하는 천변지이의 결과, 그런 조수 흐름이 생겼을지도 모르지요.

네. 아마도 그렇겠지요.

실제로 에비스지마는 그 뒤에 융기했지만 반대로 길은 가라앉았을 뿐더러 열탕이 솟고 안개로 뒤덮인 환상의 섬이 되어버렸으니까요. 이건 자연이 조화를 부렸기 때문이겠지요.

다만 삼백 년 전에 살던 사람들이 그렇게 생각하지 않았다는 이야기입니다.

네. 덕분에 섬은 풍요로워졌습니다. 보물은 돈으로 바꿀 수 있지요.

돈이 있으면 나라에 바칠 공물이든 뭐든 살 수 있으니 말이지요. 그때까지 입에 근근이 풀칠이나 하던 섬사람들이 떠내려온 물건으로 버틸 수 있게 된 겁니다.

이윽고 아이도 태어나서 육부는 완전히 섬 주민처럼 여겨졌습니다.

네에, 그렇습니다. 일이 그렇게 잘 풀리지 않는 것이 한 많은 세상의 법칙이지요.

네.

영주님이 의심을 품었습니다.

가난한 섬이 갑자기 부유해진 것을 수상쩍게 여겼겠지요. 재원을 밝히라고 들이닥쳤어요.

하지만 섬사람은 결코 입을 열지 않았다 합니다.

네? 네. 육부가 입막음을 하기도 했겠지만요.

네. 섬의 큰 은인에 대한 의리라고 할까요, 충성심이라고 할까요, 그런 게 없지는 않았겠지요.

하지만.

그보다는.

욕심이 생긴 거라고 저는 생각합니다.

재원을 밝히면 그야말로 착취를 당하게 되지 않습니까. 그리 되면 지금까지와 매한가지니까요. 섬에 흘러 들어온 부가 그대로 영주 손에 넘어가서야 섬은 유복해지지 않겠지요.

그렇습니다.

바로 그겁니다.

도민은 또다시 육부에게 매달려 영주를 저주해서 죽여달라고 부탁했습니다. 육부도 더는 두고 볼 수 없었겠지요. 나에게도 책임은 있다.

고민에 고민을 한 결과 육부는 저주의 기도를 시작했습니다.
그런데 이 계획이 영주에게 들켜버렸습니다.
불같이 화가 난 영주는 섬에 관리를 보내 섬의 우두머리를 불러서 엄격하게 고했습니다.
즉각 육부의 목을 내놓지 않으면 도민 전부를 같은 죄로 간주하고 사흘 안에 처형하겠다고 이야기한 겁니다.
은인인 육부의 목이냐, 아니면 도민 전체의 목숨이냐.
도민은 당연히 번민했겠지요.
하지만 제아무리 은인이라 한들 또 법력이 강하다 한들, 육부는 어차피 외지인이니까요.
네.
아, 은혜도 모른다고요.
그렇지요. 하지만 남의 목숨 살리자고 내 목숨 내놓겠습니까. 도민은 무사도 뭣도 아닙니다. 먹고사는 것도 버거운 빈민이니까, 은혜를 입었든 의를 맺었든 다른 사람까지 돌볼 수는 없지요.
도민은 기도하고 있는 육부를 에워쌌습니다.
네. 죽창이니 뭐니 들고요.
도민 전부가 육부의 집을 에워쌌어요.
네. 여자도, 아이도. 전부 말입니다. 섬 전체의 일이니까요. 죄를 지을 때도 섬 전체가 함께한다는 거지요.
시골 마을이란 그런 겁니다.
아니, 요즘은 달라졌지만요.
시골 마을은 죽든 살든 명운을 같이 하는 법입니다.
그렇기는 해도 내키지는 않았겠지요. 이 부분에 대해서는 잘 모르겠지만 얼굴을 보이고 싶지 않았던 걸까요.

도민들은 저마다 에비스 가면을 쓰고 있었다고 합니다.

육부는 어렴풋이 눈치챘겠지요.

섬사람들이 자신을 죽이려 한다는 걸.

네. 저는 그렇게 생각합니다.

알겠지요.

아니, 모를 리가 없습니다. 좁고 닫혀 있는 섬 안에서 일어나는 일이니까요. 게다가 처자식도 있습니다. 아내는 섬사람이니까요.

네.

그 때문인지 육부는 별다른 저항도 하지 않았다고 합니다.

하지만 온몸에 창과 낫을 맞고 피투성이가 된 육부는 자신을 에워싼 도민들을 부릅뜬 눈으로 노려보고는 단말마로 이렇게 외쳤다고 합니다.

은혜를…….

은혜를 원수로 갚다니 용서할 수 없다.

하지만 이 섬은 내 처와 내 자식의 섬이기도 할 것이다.

그 섬의 사람들이 나를 죽이려 한다면 죽어주마.

그 대신 내 아이를 이 섬의 우두머리로 정하라.

내 혈통을 이어가며 대대로 섬 아버지로 모셔라.

자자손손 마지막 대에 이르기까지 내 후손에게 절대 복종하라.

혹시라도 이 약속을 어기는 일이 있다면,

온 섬에 있는 에비스의 얼굴이 붉게 물들고

이 섬은 멸망할 것이다.

맹세하라, 맹세해야 할 것이다, 하고 외치고 육부는 숨이 다했다고 합니다.

그 목을 에비스 사당에 내걸었다고 하는데, 칠칠, 사십구 일 동안 계속해서 눈에서 괴이한 빛을 발했다지 뭡니까…….

12

"그러면 그 에비스 고베라는 사람은 그 옛날 섬사람들에게 살해된 육부의 자손……입니까?"

겐노신이 신묘한 얼굴로 물었다.

"네, 그렇습니다."

노인은 서책을 넘겼다.

"그렇다면 노인장, 그 에비스지마 도민들은 그러니까 큰 은혜를 입은 육부를 죽여버렸다는 빚을, 그 빚 하나를 짊어지고 삼백 년 동안이나 살아왔다. 이런 이야기입니까?"

"휴우" 하고 소베가 크게 숨을 내쉬었다.

"조상이 저지른 죄인데 그 죄책감만이 후세로 연면히 이어졌다. 이겁니까?"

쇼마도 음울한 얼굴을 하고 있었다.

"뭐, 그렇게 되겠지요."

노인은 말했다.

"그래서 절대 복종한다는 겁니까? 이거 원, 참으로 가슴 아픈 이야기입니다."

요지로가 이렇게 말하자 노인은 고개를 깊숙이 숙였다.

"맨 처음에는 속죄하는 기분이었겠지요. 어쨌든 자기들 편할 대로 매달려서 써먹다가 결국에는 죽여버렸으니까요. 남은 아이는 소중히 여겼다더군요."

"그건…… 그렇게 하겠지."

겐노신이 제 얼굴을 감쌌다.

"육부의 아이는 온 섬사람들이 소중히 길렀겠지요. 유언대로 섬의 우두머리로 삼고, 모시고 또 모셨겠지요. 하지만 그게 대대로 이어지면 말이지요. 긴 세월이 흐르다 보면 자칫 본뜻은 잃어버리고 말지 않습니까. 죄책감에 근거한 절대 복종이라는 법도만이 섬을 지배하게 되었지요. 그리고 이것이 몇 백 년이나 이어졌고요. 그러다 도민들은 굴절되어버린 겁니다."

"굴절……."

요지로가 되풀이했다.

태어날 때부터 굴절된 세계에 있는 사람은 그것이 구부러져 있다고 결코 생각지 않을 것이다. 노인은 물과 고기에 비유했는데, 이는 진실이었다.

"요지로 씨, 그 섬사람들은 모두 확실히 굴절되어 있었습니다. 하지만 가장 굴절되어 있던 건 육부의 자손인 고베 님이었지요."

노인이 다정한 어조로 말했다.

"하지만 노인장. 그 고베라는 인물은 날 때부터 줄곧 바라는 대로 다 이루어지는 편안한 생활을 하지 않았습니까?"

쇼마가 불만스레 말했다.

"그렇습니다. 무얼 바라든 다 들어주는 환경이지요."

"그런데 굴절될까요" 하고 쇼마가 고개를 갸웃했다. "그건 복 받은 환경 아닙니까? 가난한 자, 힘없는 자는 부득이 굴절되기도 하겠지요. 이런 말은 하고 싶지 않지만 신분이 낮은 사람은 죄도 저지릅니다. 아니, 사민이 평등한 세상에서 신분 차별을 하자는 말이 아닙니다. 하지만 이건 외국이라고 해도 마찬가지이지요. 가난이 죄라는 비유대로, 소득이 낮은 사람이나 학식이 없는 사람은 범하지 않아도 좋을 죄를 저지르기도 합니다. 하지만 교육받은 일정 이상의 가문 출신은……."

"잠깐만, 쇼마" 하고 소베가 말을 막았다. "그건 확실히 서글픈 사실이겠지. 하지만 말일세. 생각 좀 해보게. 유복하거나 신분이 높다고 해서 인격이 고결하고 품행이 방정하게 자란다는 법은 없네."

"그건 그렇네만."

"네. 고베 님은 확실히 복 받은 사람이겠지요. 굶주리는 일도 없습니다. 옷 입기부터 목욕까지 뭐든지 다 해줍니다. 그 말인즉슨 아무리 제멋대로 굴거나 억지를 부려도 통하는 환경에서 자라셨다는 겁니다."

노인은 엄숙하게 말했다.

"날 때부터 뭐 하나 부족함이 없는 생활. 무조건적으로 떠받들어주는 환경……."

그건.

"그건 역차별입니다."

요지로가 말했다.

"말씀하신 대로입니다. 아니, 차별이라 한다면 이건 최상급의 차별이겠지요. 누구에게 무슨 말을 하든, 반드시 네, 라는 대답이 돌아옵니다. 결코 아니라고는 하지 않고, 싫다고도 하지 않아요. 하는 말은 반드시 들어줍니다. 그런 관계에서 과연 사람과 사람 사이의 인연이 생겨날까요?"

"그건……."

소베는 한층 더 깊이 생각에 잠기고는 "아니, 그건 아니야" 하고 중얼거렸다.

"나는 사흘도 못 버티겠네."

"그럴까? 나라면……." 쇼마는 이렇게 말한 뒤 "아니, 그렇지는 않군" 하고 말을 흐렸다.

"진정한 애정이라는 게 그곳에는 없습니까?"

"글쎄요" 하고 잇파쿠 옹은 시치미를 뗐다.

"애정이 어떤 건지, 저는 아직도 잘 알 수 없는 부분이 있습니다. 하지만 적어도 그 고베라는 인물은 굶주려 있었습니다. 무언가를 갈망하고 있었지요. 자신이 원하는 게 무엇인지는 그분 자신도 모르셨겠지만요. 그렇습니다. 그날 밤 고베 님은 말이지요, 끝끝내 스스로 법도를 어기고 말았습니다."

노인은 씁쓸한 얼굴을 했다.

13

모모스케가 돌계단 위에서 마타이치와 도쿠지로를 만나 그들의 이야기를 듣고 겨우 한숨 돌렸을 때였다.

모모스케는 별안간 불안감을 느꼈다.

마타이치가 앞으로 슥 나오더니 조용히 하라고 지시했다.

"무슨 일이…… 벌어진 것 같소이다, 선생."

마타이치는 이렇게 말했다. 모모스케는 몸이 굳어졌다.

저택 안에서 소란이 일어난 듯했다.

"너희는."

고베의 목소리가 울렸다.

"너희는 왜 나를 거역하지 않느냐."

틈을 두지 않고 고베는 이렇게 마구 고함을 치고는 발을 쿵쿵 울리면서 복도를 달려 나왔다.

모모스케는 황급히 홍귤나무 그늘에 몸을 감추었다.

도쿠지로는 돌계단 그늘에, 마타이치는 히루코의 샘 옆에 숨었다.

모습을 드러낸 고베는 보검 같은 칼을 꼭 쥐고 머리끝까지 시뻘겋게 흥분한 상태였다. 뒤에서 봉공 무리가 우르르 따라 나왔다. 색색의 모자를 쓴 신관풍의 남자 넷이 저마다 "진정하십시오, 진정하십시오" 하고 몇 번씩 말했다. 하지만 고베는 전혀 아랑곳하지 않고 복도에 달린 계단에 버티고 선 채 있는 힘껏 기둥을 발로 찼다.

"왜냐, 왜 거스르지 않느냐."

고베는 한 번 더 이렇게 외쳤다.

봉공 무리는 계단 아래로 돌아가서 머리를 조아리고는 한목소리로 말했다.

"그것이."

"그것이."

"그것이."

"그것이 법도입니다."

고베는 일순 멈칫하더니 아주 간단하게 말했다.

"그래, 법도냐."

그러고는 "너희는 내가 하는 말을 반드시 듣는구나, 그것이 법도로구나" 하고 다짐받듯이 말했다. 봉공 무리는 엎드린 채 되풀이했다.

"그것이 법도입니다."

그러자.

고베는 한복판에 있던 파란 모자를 쓴 봉공의 머리를 지그시 밟으며 말했다.

"그래, 그렇다면."

그러고는 허공을 노려보았다.

"내가 **거역하라고 명령하면** 어떡하겠느냐."

"거역해라, 거역해, 명령이다" 하고 말하며 고베는 몇 번이고, 몇 번이고 봉공 무리를 발로 찼다. 네 사람의 봉공 무리는 잠깐 참고 있는 듯했지만, 이윽고 오른쪽 끝에 엎드려 있던 붉은 모자를 쓴 사내가 고개를 슥 들었다.

"농담을……."

봉공 무리는 이렇게 말했다.

그 순간 고베는 눈을 반쯤 감았다. 그리고 마치 잠꼬대하듯 "농담, 농담, 농담이라고?" 하면서 몇 번씩 입 밖으로 내어 말했다. 그러고는 붉은 모자를 쓴 사내를 세게 후려쳤다.

"꺼져라! 어서 꺼져!"

봉공 무리는 아무 말도 하지 않고 사라졌다.

고베는 한층 더 부아가 난 듯 그대로 정원으로 내려오더니 큰 소리로 "스미, 스미, 이헤, 이헤" 하고 불렀다.

곧바로.

어린 이헤를 품에 안은 스미가 긴조를 앞장세운 채 복도에 나타났다.

서두르는 것 같기는 했지만, 긴조와 스미뿐 아니라 어린아이인 이헤조차 표정은 전혀 바뀌지 않았다. "스미, 스미, 이리로 와라" 하고 고베는 외쳤다. 스미는 이헤를 안은 채 긴조를 밀치듯이 정원으로 나왔다.

고베는 그 팔에서 어린 차기 당주를 난폭하게 빼앗더니 히루코의 샘 옆에 세웠다.

그러고는 공손하게 서 있는 스미를 이상할 정도로 눈을 희번덕거리면서 구석구석 훑어본 뒤 이번에도 마찬가지로 난폭하게 스미를 끌어당겨 안았다.

그리고 머리가 벗어진 섬 아버지는 "스미, 스미" 하면서 그녀의 목과 뺨에 입술을 대고 그 몸을 몇 번씩 애무했다.

긴조는 희롱당하는 아내의 모습을 무표정하게 바라보고 있었다.

마치 어미젖을 빠는 어린아이처럼 고베는 스미에게 달라붙어서 살갗을 문지르고 몸을 더듬고 머리카락을 쓸었다.

그리고 느닷없이.

고베는 스미의 얼굴을 두 손으로 붙잡더니 표정 하나 바뀌지 않는 그 얼굴을 정면에서 똑바로 응시했다. 그리고 공이라도 던지듯이 내쳤다.

스미는 비틀거리며 뒤로 쓰러졌다.

그러고는 복도에서 대기하고 있는 긴조를 바라보며 중얼거리듯 내뱉었다.

"시시해……."

"네잇" 하고 긴조는 머리를 조아렸다.

스미도 땅바닥에 이마를 대고 "죄송합니다" 하고 무척이나 공손하게 말했다.

"흥."

고베는 납작하게 엎드린 스미 옆에 딱 붙어 앉아 그 얼굴을 확 잡아 올리더니 다시 한 번 그녀의 흰 얼굴을 빤히 쳐다보았다. 달빛을 받은 스미는 변함없이 무표정한 얼굴로 고베의 핏발 선 눈을 보았다.

"뭐야."

작은 목소리였다.

"뭐야, 뭐야. 뭐야, 그 얼굴은. 아아악."

고베는 갑자기 목이 찢어진 것 같은 소리를 질렀다.

"언제나 언제나 언제나 언제나, 언제나 언제나, 너희는 그런 얼굴이야. 언제나 언제나 똑같은 얼굴로 나를 보지 마. 에이, 기분 나빠. 그 얼굴을 보고 있으면 속이 메스꺼워. 명령이야."

명령이라고 외치고 나서 고베는 스미의 옷깃을 붙잡고 끌어서 똑바로 세우더니 돌변한 듯 자상한 목소리로 말했다.

"이봐, 스미."

"네."

"너라면 알겠지. 잘 들어, 스미. 내가 가장 싫어하는 짓을 해."

스미는 명백하게 머뭇거렸다.

표정은 전혀 바뀌지 않았지만 모모스케는 알았다. 스미는 맹렬하게 머뭇거리고 있음이 분명했다.

"해. 어서 싫어하는 짓을 해."

"그건……."

스미는 가느다란 목소리로 말했다.

"뭐야, 그런 것 하나 몰라?"

소리를 지른 고베는 느닷없이 들고 있던 칼자루에 손을 대더니 칼을 쑥 뺐다.

그 순간 스미는 뜨거운 샘 옆에 못 박힌 듯 서 있던 이헤를 감싸듯 안았다.

"뭐야. 너는 그 아이가 죽는 것이 싫은가?"

고베는 칼을 스미의 목에 댔다.

"고, 고베 님, 부디 진정을."

긴조가 계단을 뛰어 내려왔다.

"진정하십시오."

"뭐야."

고베는 긴 솜옷을 펄럭이며 돌아보더니 긴조에게 매서운 눈길을 던졌다.

"긴조. 너는…… 스미가, 여편네가 죽는 건 싫으냐? 싫구나. 어떠냐, 긴조!"

"그."

긴조는 고베의 발밑에 무릎을 꿇고 공손하게 대답했다.

"그런 것이 아닙니다. 저기 계신 이헤 님 옥체에 변이라도 생겼다가는 이 섬의 중대사입니다. 부디 진정을."

"뭣이!"

고베는 충혈한 눈으로 제 아들을 노려보았다.

"칼을 넣으십시오. 부디, 부디."

"흥. 너…… 나를 거역하는 것이냐?"

"그렇지 않습니다. 고베 님도 중요합니다. 하지만 이헤 님도 중요합니다. 이헤 님께 만에 하나의 일이 생기면 에비스 가의 핏줄이 끊어질 수도 있습니다. 핏줄이 끊어지면 안 됩니다. 핏줄을 끊지 않는 것이 이 섬의…… 법도."

그렇게 말한 순간.

긴조의 목에는.

칼날이 푸욱 꽂혀 있었다.

"법도라고?"

고베는 시뻘건 얼굴로 긴조의 얼굴을 노려보았다. 이마에 핏대가 서 있었다. 원래부터 창백한 긴조의 얼굴이 순식간에 흙빛으로 변해갔다.

"법도……. 법도, 법도, 법도. 뭐가 법도야! 내가 법도다!"

고베는 칼날을 한 번 깊숙이 밀어넣고 나서 기세 좋게 빼냈다. 긴조의 목에서 대량의 선혈이 뿜어져 나왔다. 뿜어져 나온 핏줄기가 달빛을 받아 반짝반짝 빛났다.

긴조가 앞으로 거꾸러지기 조금 전에 스미는 이혜를 감싸듯 품에 안았다.

움직이지 않게 된 긴조는 웃고 있지 않았다.

웃고 있지는 않았지만 살아있을 때와 똑같이 무표정한 얼굴이었다.

이 면상은 이제 두 번 다시 웃을 일도 울 일도 없다. 긴조는 끝끝내 한 번도 감정을 겉으로 드러내지 않고 세상을 뜬 것이다.

스미는.

스미는 역시나 똑같은 표정으로 아이를 안고 있었다.

"왜 지키느냐? 왜 감싸느냐? 아이가 죽는 것이 싫은 건가, 아니면 법도이기 때문이냐!"

고베는 절규하며 스미를 향해 돌진했다.

피 묻은 칼이 스미를 꿰뚫었다. 하지만 스미는 아이를 놓지 않았다. 고베는 손에 쥔 칼자루에 힘을 주었다. 스미는 아이를 안은 채 나가떨어지듯 히루코의 샘 옆에 쓰러졌다.

"뭐가 법도냐! 시시해. 모두 죽어라. 죽어버려."

고베는 스미에게서 칼을 빼더니 포효하면서 마구 휘둘렀다.

시중 무리와 봉공 무리 몇 명이 달려왔다. 예복 모자를 쓴 사내들이 스미에게 뛰어갔다. 하지만 봉공 무리는 스미를 구하려는 것이 아니다. 이혜를 지키려는 것이다. 이를 눈치챈 고베는 쓰러져 있는 스미에게 달려들더니 그 팔에서 아이를 떼어 냈다.

"고……고베 님."

스미가 애처롭게 손을 뻗었다.

"이따위 것!"

고베는.

이혜를 샘에 집어던졌다.

흰 연기가 자욱하게 올라왔다.

이 용천은…… 열탕이다.

모모스케는 아연실색하여 일어섰다.

봉공 무리의 움직임도 멈추었다.

이때.

고베는…… 스미의 얼굴을 보고 굳어 있었다.

스미의 뺨에 눈물 한 줄기가 달빛을 받아 빛나고 있었다. 고베는 무너지듯 주저앉더니 그 얼굴에 달려들어 머리카락을 쓰다듬고 눈물을 핥으며…….

"싫었……느냐? 역시."

이렇게 말했다.

"고베 님."

"고베 님."

"고베 님."

샘솟는 열탕 속에 가엾은 동자의 시신이 떠오른 것을 확인한 뒤 예복 모자를 쓴 사내들은 고베를 에워쌌다.

"고베 님, 몸소 법도를 어기셨군요."

"뭐라고."

"이혜 님은 돌아가셨습니다. 이대로는 혈통이 끊어집니다."

"뭐가 법도냐."

고베는 스미의 시신을 놓고, 내려다보고 있는 봉공 무리 네 사람을 올려다보았다.

"법도가 뭐냐고! 시시해. 법도는 내가 만든다. 너희는 나를 섬기고 있지 않느냐! 입 다물어라!"

"아닙니다."

"아닙니다."

"아닙니다."

"아니긴 뭐가 아니야! 너희는 내 분부를 지키기 위해서 살지 않느냐!"

"그게 아닙니다."

붉은 모자가 역시나 억양 없이 말했다.

"저희는 고베 님의 분부를 지킨다는 법도를 따를 뿐입니다."

붉은 모자는 냉정하게 말했다.

고베는 이해할 수 없다는 얼굴을 했다.

그 모습을 멸시하듯 "우리는 법도를 지키고 있는 것입니다" 하고 봉공 무리는 한 번 더 이구동성으로 말했다.

"법도, 법도가 다 뭐냐" 하면서 고베는 주춤했다.

"버, 법도 같은 건 바꿔버리면 그만이다!"

"섬의 법도는 무엇보다도 중요합니다."

"법도를 깨는 것은 결코 용서할 수 없는 일입니다."

"이는 설령 섬 아버님이라 해도 마찬가지입니다."

"이대로 뒀다가는 에비스의 얼굴이 붉게 변하여."

섬이 멸망한다.

"그런 건…… 시시한 전설일 뿐이야. 시시해."

고베가 외쳤다.

"붉어질 리가 있나. 그런 건 미신이야. 어째서 그런 것을 믿느냐? 저런 건 그냥 목상이야. 나뭇조각이야. 붉어질 턱이 있냐고! 미신이야!"

그렇게 외치는 고베의 옷깃을 봉공 무리가 붙잡았다.

"무슨 짓이냐, 놔라" 하고 고베가 날뛰었다. 하지만 네 사람은 간단히 칼을 뺏고는 고베를 떠멨다. 고베 얼굴에 확연한 공포가 떠올랐다.

"자."

"자."

"자, 혈통이 끊기면 큰일이니 다음 아기씨를."

"일각이라도 빨리 다음 아기씨를."

"안 그러면 붉어진다."

"에비스 얼굴이 붉어진다."

"붉어지면……."

섬이 멸망한다.

14

그리 긴 시간 동안 이어진 소동이 아니었습니다.

하지만 그 짧은 사이에 긴조 씨도, 스미 님도, 그리고 어린 이헤 님도 목숨을 잃었습니다.

마음 아픈 일이었습니다.

네. 하지만 아마 고베 님도 마찬가지로 마음이 아프지 않았을까 저는 생각합니다. 그리도 끔찍한 일을 하지 않고서는 그 아픔을 몰랐겠지요.

이 얼마나 큰 대가입니까.

그 뒤로 고베 님은 봉공 무리 네 사람에게 붙들려 끌려가듯이 저택 안쪽으로 들어갔습니다.

아니요. 감금당하거나 하지는 않습니다. 긴조 씨를 죽이든, 스미 씨를 죽이든 법도에 어긋나는 행동은 아니니까요.

네.

고베 님이 범한 죄는 단 하나. 에비스 가의 차기 당주인 이헤 님을 죽인 것뿐.

그 외에 에비스 가의 혈통을 잇는 사람은 없습니다. 그러니 고베 님은 이제 이보다 더 큰 죄를 저지르려야 저지를 수 없지요.

네. 그들이 고베 님을 데려간 곳은 규방이었습니다.

네. 맨 처음에 제가 고베 님을 뵌 그 넓은 방 말입니다. 네. 안쪽 제단 바로 앞에 요를 깔아놓은 그 방입니다.

규방에는 발가벗은 잠자리 시중 무리 아가씨들을 죽 눕혀놓았습니다.

네. 한시라도 빨리 아이를 낳아라. 이런 말이지요. 죽였으니 다시 만들라는 거겠지요.

네. 이건 이것대로 지독한 이야기입니다. 죽은 이헤 님은 히루코의 샘에 내버려둔 채이니까요.

네. 차마 보고 있을 수가 없어서 마타이치 씨와 도쿠지로 씨가 유해를 끌어올린 뒤에 긴조 씨, 스미 님과 함께 눕혀두기는 했지만요.

봉공 무리 입장에서는 법도를 지키는 쪽이 중요하니까요. 고베 님은 이제 그렇게 젊지도 않지 않습니까. 그러니까 이렇게 방 네 구석에 봉공 무리가 앉아서요.

네.

빨리 아기씨를, 빨리 아기씨를, 하고.

법도를 깨면 에비스 님의 얼굴이 붉어진다며 이렇게 노려보고 있는 게지요.

붉어지면…….

섬은 멸망하니까요.

고베 님은 계속해서 "그런 건 전설이야, 미신이야, 법도를 깬다 한들 아무 일도 일어나지 않아" 이렇게 말씀하시는 듯했지만요.

맞습니다. 그게 미신이었다면 미신의 상징인 육부의 자손이 스스로 그 미신을 부정한 것이지요. 그렇지만요. 아니, 무슨 일이 있었는지는 모릅니다. 저는 마타이치 씨와 함께 정원에 숨어 있었으니까요. 네. 그게, 고베 님이 갑자기 날뛰기 시작하더니 여자들을 밀치고 봉공 무리를 때려눕히고는…….

네.

달아났습니다.

네. 저택을 뛰쳐나와서.

경종이 울렸습니다. "고베 님이 달아나셨다, 고베 님이 달아났다." 남아 있던 시중 무리는 이렇게 외치면서 해안 쪽으로 달려갔습니다. 그랬더니 여기저기서 도민들이 마치 솟아나기라도 한 것처럼 떼를 지어 나타나지 뭡니까.

그런데 말이지요.

모두 에비스 가면을 쓰고 있었습니다.

손에 횃불을 들고요.

네. 무시무시했습니다.

그 무엇보다…….

그 무엇보다 무서웠습니다.

네, 그렇습니다. 빙긋이 웃고 있는 에비스 님 가면을 쓴 수많은 사람들이 보름달이 뜬 환상의 섬 안을 힘없이 헤매는 겁니다. 밝혀서는 안 되는 불을 밝히면서…….

네, 마치 망령처럼 누더기를 뒤집어쓴 무기력한 에비스 님이 이백오십 명. 악귀 같은 형상을 하고 뛰어다니는 고베 님 뒤를 졸졸 따라갑니다.

이 세상이라고는 생각할 수 없는 광경이었습니다.

네, 네. 아니, 고베 님은 곧 발견되었습니다. 좁은 섬이기도 한 데다 고베 님은 절규하며 여기저기 돌아다녔으니까요. 그야 곧장 발견되겠지요.

네?

왜 절규했냐고요.

그렇습니다.

온 섬에 있는.

에비스의 얼굴이.

그렇지요, 온 섬에 있는 에비스 님이란 에비스 님의 얼굴이 하나도 빠짐없이 전부…….

새빨갛게 물들어 있었던 겁니다.

네. 새빨갛게…….

15

"고베는 어떻게 되었습니까?"

겐노신이 물었다.

"역시 도민들 손에…… 죽었습니까?"

이렇게 말한 사람은 쇼마였다.

"잠깐 기다리게. 쌓이고 쌓인 원한을 풀었다. 이런 말인가, 쇼마? 하지만 그건 좀 아니지 않나? 지금까지 노인장의 이야기를 듣기로는 도민은 지독한 생활을 하는 것 치고는 불만이 없었다고 생각할 수 있네. 그렇지 않다면."

소베가 끼어들었다.

그렇지 않다면.

확실히 고베도 그렇게까지 내몰리는 일은 없었으리라고 요지로는 생각했다.

법도를 경시하는 자, 전통을 가벼이 여기는 자, 자신들의 삶에 의심을 품는 자가 조금이라도 있었다면…….

고베도 좀 더 생각할 여지가 있었을 테고.

"아니" 하고 쇼마가 집게손가락을 세웠다.

"그게 아니네, 소베. 확실히 도민에게 불만 같은 건 없었겠지. 허나 말일세. 그런 생활에 의심조차 품지 않았다면 그만큼 섬의 법도는 철저하게 지켜졌다, 이렇게 생각해야 하지 않겠나? 아닌가?"

쇼마가 물었다.

"그 말이 맞네. 말하자면 맹신이라고나 할까. 그 굴절된 죄책감은 섬사람들 마음속 깊숙한 곳에 단단히 뿌리내리고 있었다는 것 아니겠나."

겐노신이 대답했다.

"그렇다면" 하고 쇼마가 다리를 풀고 앉았다.

"고베라는 사내는 그때까지 법도 그 자체였던 셈이지. 오랫동안 에비스 고베라는 사내는……. 아니, 에비스 가 자체가 삼백 년 동안 줄곧 살아있는 법도였던 걸세. 그 에비스 가의 당주가, 섬의 우두머리가 말일세. 스스로 법도를 깨고 도주했다 하면 어떻게 되겠는가?"

"그렇군. 몇 번이고 다시 죽을죄에 해당한다. 이 말인가? 그건 확실히 그럴 수 있겠어. 믿는 사람에게 배신당했을 때의 반동은 엄청난 법이야. 믿는 정도가 강하면 강할수록 그 반동은 크겠지. 제 발밑이 단숨에 무너지는 일일세."

겐노신이 수긍했다는 듯 말했다.

발밑이 단숨에 무너진다.

이 느낌을 요지로는 잘 알 것 같았다.

"그러니까 나는" 하고 쇼마가 말을 이었다.

"그 고베라는 사내는 죽임을 당하지 않았을까, 뭐 이렇게 생각한 걸세. 고베가 배신하는 바람에 섬 인간들은 그때까지 꾸고 있던 악몽에서 깨어나버렸다. 그러면 그 원흉인 고베를 살려둘 까닭은 없다고 생각하는데 어떻습니까, 노인장?"

쇼마가 자신만만하게 물었다.

"죽였다, 죽임을 당했다. 흉흉한 이야기로군요."

노인은 이제껏 실컷 무참한 이야기를 해놓고는 마치 깡그리 잊어버리기라도 한 것처럼 표표한 말투로 이렇게 대답했다.

"그러니까 고베는 어떻게 되었습니까" 하고 소베가 감질이 난다는 듯 물었다. "가르쳐주십시오, 노인장" 하고 쇼마가 뒤를 이었다.

"그…… 도민들이 달려들어 괴롭히다 죽였지요?"

"설마 삼백 년 전 육부와 똑같은 꼴을 당했나?"

"이보게, 겐노신. 그건 너무 끼워 맞춘 것 같지 않은가?"

"무슨 소리인가? 인과응보는 세상의 법칙이야. 인연이란 끊을 수 없는 법일세. 게다가 그편이 이야기로서 마무리도 잘 지어지지 않나."

"이건 이야기가 아닙니다." 잇파쿠 옹이 난처하다는 듯 말했다. "이건 지어낸 이야기가 아닙니다. 전부 진실입니다."

전부.

그렇다. 이것은 노인의 경험담이다.

흥분은 싹 가라앉았다.

"뭐, 옛날 일이니까 여러분이 보기에는 현실감이 없는 그냥 이야기이겠지만요. 제게는…… 진실입니다."

"이거 미안하게 되었습니다. 그게 너무……."

소베가 고개를 숙였다.

"그러실 필요까지야. 어쨌든 그 부분은 지어낸 이야기처럼 잘 풀리지는 않았습니다. 뭐, 여러분은 믿지 않을지도 모르겠지만, 온 섬에 있는 에비스 상 얼굴이 붉어졌지 않습니까?"
"으음, 거기야" 하고 쇼마가 턱을 쓸었다.
"괜찮습니다, 괜찮아요." 하고 노인이 온화하게 말했다.
"쇼마 씨는 아마 이런 일은 있을 수 없다고 말씀하시고 싶겠지만, 그것도 어쩔 수 없는 노릇입니다. 있을 수 없는 일이겠지요."
'과연 그럴까' 하고 요지로는 생각했다.
요지로는 있을 법 하다고 생각하고 있었다.
"다만 저로서는 이 눈으로 보았으니까요."
잇파쿠 옹은 또 한 번 웃었다.
"믿을 수 없어도, 이치에 닿지 않아도 본 것만은 사실이니까요. 아니, 환각이었을지도 모릅니다. 이 눈을 의심하는 일은 간단하니 말이지요."
"착각이라고?"
"그럴지도 모릅니다. 하지만 저뿐 아니라 섬사람에게도 다 그렇게 보였어요. 고베 님에게도 보였고요. 네, 정말이지 얼굴은 짙은 홍색으로 물들어 있었습니다. 빛이 반사되어서가 아닙니다. 적색 안료라도 칠한 것처럼 빨갛게 보였습니다. 고베 님이 왜 저택에서 달아났는지 아시겠습니까?"
노인이 물었다.
"그건……. 그 같은 인습에 사로잡힌 광신적인 인간들에게 진절머리가 나서가 아닙니까?"
"그건 쇼마 말이 맞겠지" 하고 소베도 말했다.
"법도인지 뭔지 몰라도 말입니다. 그렇게 감시당하면서 아이를 만들라고 강요하면 누구든지 달아나고 싶어지지 않을까요. 안 그런가,

겐노신?"

"그러하네. 스스로 전설이 시시하다고 단언하고, 제 손으로 법도를 어기며 자기 아이까지 죽였지 않나. 그러면 그렇게 생각하는 것이 자연스럽기야 하겠지."

"아닙니다" 하고 노인이 딱 잘라 말했다. "그건 아닙니다."

"어디가 아닙니까?"

"네. 고베 님은…… 아마 그때 처음으로 **섬의 법도와 전설이 갖는 정당성을 실감**한 겁니다."

노인이 서책을 탁 하고 닫았다.

"무슨…… 뜻입니까?"

요지로가 노인에게 물었다.

"간단한 이야기입니다" 하고 노인이 대답했다. "그때까지 고베 님은 분명 섬의 법도 같은 걸 단 한 번도 의식한 적이 없었습니다. 뿐만 아니라 법도를 어기면 섬이 멸망하니 어쩌니 하는 전설은 손톱만큼도 믿지 않았습니다."

그건 그럴 것이다.

고베를 따르는 것이 법도이다.

고베 본인은 아무도 따르지 않아도 된다.

하물며 도민들이 고베를 따르지 않게 되는 일도 없다. 그것이 고베가 자신을 파멸로 내몬 이유였으니까.

"고베 님은…… 필시 규방 제단에 있는 커다란 에비스 상의 얼굴이 붉어졌음을 알아차린 겁니다."

"오오!" 겐노신이 외쳤다.

"법도를 깨고, 이도 저도 다 미신이라고 단언하던, 아니, 그렇게 믿고 있던 고베 님은 섬사람들이 자기를 따르는 게 아니라 자기를 따르라는 법도를 따르고 있었음을 알게 되었습니다. 그리고 자기 자신보다 더 큰 그 법도를 깬 사람이 다름 아닌 고베 님 본인이었음을 알게 되었어요. 그 결과 전설대로 에비스의 얼굴이 붉어진 걸 보고……. 그리고 그분은 망가져버렸겠지요."

망가졌다.

"그건 무엇으로도 바꾸기 힘든 공포 아니었을까요?"

노인이 동정하는 어조로 말했다.

"고베 님은 너무 무서워서 달아난 겁니다. 하지만 문을 빠져나와 돌아보니 문에 새긴 에비스 님도 새빨갛게 물들어 있었죠. 이건……."

무서웠으리라.

"달아나도, 달아나도……. 온 섬에 에비스 상은 빠짐없이 놓여 있습니다. 어쨌든 고베 님의 선조는 에비스 상으로 섬에 결계를 쳤으니까요. 중요한 곳마다 빙 둘러싸듯 배치해놓았지요. 그 에비스 님이 전부."

붉어졌다면…….

"달아나도, 달아나도 벗어날 수 없습니다. 섬에서 나가는 건 절대 불가능합니다. 그리고 그러는 사이에 횃불로 벌겋게 물든 에비스 가면을 쓴 도민 이백오십 명이 뒤를 쫓아왔지요."

요지로는 상상했다.

밤길을 쫓아오는 에비스 얼굴을 한 무기력한 자들.

가는 길마다 나타나는 새빨간 얼굴을 한 에비스 상.

붉은 얼굴 에비스.

내가 고베였다면.

요지로는 상상하다 상상을 그만두었다.

범인(凡人)이 상상할 수 있는 범위를 훨씬 넘어서는 것 같았기 때문이다.

"결국……."

잇파쿠 옹은 빈 찻잔을 무릎 위에 놓았다.

"결국 고베 님은 해변에 있는 에비스 사당으로 달아났습니다."

"그건…… 육부의 목을 내걸었다는 곳입니까?"

요지로의 물음에 "맞습니다" 하고 노인이 대답했다.

"거기서 고베 님은 뭔가 무시무시한 것을 보았습니다."

"뭔가……라 하심은?"

"그건 모릅니다" 하고 노인이 말했다. "모릅니다만. 그건 **당치도 않게** 무시무시한 것이었겠지요. 붉은 얼굴 에비스였는지, 죽인 자들의 망령이었는지, 육부의 목이었는지……. 아니, 아니, 그보다 훨씬 무서운 것이었을 수도 있습니다. 어쨌든 고베 님은 그곳에서 죽었습니다."

"극심한 공포로 목숨을 잃었다……."

"그렇다고밖에 생각할 수 없었지요. 탄력 있고 매끈매끈하던 얼굴이 단 하룻밤 사이에 흡사 미라처럼 변해 있었으니까요. 눈을 이렇게 부릅뜨고 말이지요."

노인은 작은 눈을 크게 떴다.

그리고 노인은 거기서 말을 끊더니 먼 곳을 보는 듯한 눈으로 요지로 일행 저 뒤쪽에 눈길을 주었다. 그곳은 흙벽이었다. 노인은 먼 곳이 아니라 옛날을 보고 있는지도 모른다고 요지로는 생각했다.

"그래서…… 그 섬은 그 뒤로 어떻게 되었습니까?"

이렇게 물은 사람은 겐노신이었다.

"설마, 그……."
노인이 희미하게 웃었다.
"무열, 처음에도 말씀드렸다시피 가라앉거나 하지는 않았습니다. 지진이나 해일도 일어나지 않았고요. 하지만 그 섬은 완전히 망가져서 사라지고 말았습니다. 에비스 님 얼굴색이 바뀌었던 것만으로."
노인이 말했다.
"더는 일하는 사람이 없었습니다. 저와 마타이치 씨와 도쿠지로 씨는 다음 보름달까지 섬을 나갈 수 없었기 때문에 그 뒤로 한 달 동안 섬에 머물렀습니다. 다만 섬사람들은 이제 완전히 빈 껍데기였지요."
"아무것도…… 하지 않았습니까?"
"아무것도 안 합니다. 복잡이 무리는 그물을 들지 않습니다. 농사아비 무리는 괭이를 잡지 않고, 장색 무리는 끌을 버렸습니다. 시중 무리와 잠자리 시중 무리는 저택을 나갔고, 봉공 무리 네 사람은 할복하여 죽었습니다."
"할복을……."
"무사도 아닌데 말입니다" 하고 노인이 소베를 보고 말했다. "마타이치 씨는 복 창고 안에서 무사히……. 아니, 전혀 무사하지는 않았지만, 찾던 사람의 위패를 발견했습니다. 선박 객주 행수의 장남은 역시 에비스지마로 흘러와서 죽었던 게지요. 그리고 마타이치 씨와 도쿠지로 씨는 창고 안에 있던 물건을 전부 꺼내 나눌 수 있는 것은 나누어서 도민에게 주었습니다."
"도민에게…… 말입니까?"
"네. 본토와 왕래가 있었을 무렵에는 이래저래 쓰임새가 있던 보물이지만, 교류가 끊어지면 그냥 잡동사니이지요. 창고에 넣어두어도 별 수가 없다면서요. 그리고 저택 안에 있는 곡물 창고에 저장되어 있던 식량을 꺼내 와서 그것도 분배했습니다. 일을 하지 않으니까요. 굶어 죽지 않겠습니까."

"그래서 도민의 반응은?"

쇼마가 물었다.

"아무 반응도 없었습니다. 뭐, 죽 같은 걸 끓여서 나누어주면 먹기는 하지만, 그렇게라도 하지 않으면 아무것도 안 합니다. 그저 하루 종일 멍하니 바다를 보고 있습니다. 이백오십 명이 그저 바다 저쪽을 바라보고 있는 겁니다."

"그건……."

이백오십 명이.

그저.

"네. 섬도 망가져버린 겁니다. 하지만 여러분."

노인이 분위기를 바꾸려는 듯 자세를 가다듬고 말했다.

"이것은 남 이야기가 아닙니다. 우리나라 또한 바깥에서 보면 에비스지마와 다를 바 없을지도 모릅니다. 우리가 당연하다 여기는 것이 실은 대단히 비상식적인 일일 수도 있습니다. 그럼 믿고 있던 발밑이 무너져버리면 망연자실할 수밖에 없지 않겠습니까?"

"그럴까……?"

소베가 몹시도 고분고분 말했다.

"아와 지방(安房国)*에……."

노인이 불쑥 화제를 바꾸었다.

* 현재 지바 현 남부에 해당.

"노지마가사키라는 곳이 있었는데, 거기에 실력이 무척 뛰어난 사공이 두 사람 있었습니다. 어찌나 배를 능숙하게 조종하는지 풍파가 와도 배를 띄웠습니다. 이 두 사람이 큰 배를 타고 바다로 나갔다가 폭풍을 만나서 난파를 당했지요."

무슨 이야기를 꺼내나 하고 요지로와 겐노신, 쇼마는 무심코 몸을 내밀었다.

노인은 계속했다.

"두 사람은 살아남은 스무 명 가량과 함께 조각배를 타고 섬으로 보이는 곳에 도착했습니다. 하지만 아무리 봐도 본 적도 들은 적도 없는 섬입니다. 제법 넓은데 인가 하나 없습니다. 낯선 풀과 나무가 바위 위에 우거져 있고, 나뭇가지 끝에는 어쩐지 해초 찌꺼기가 걸려 있습니다. 바위틈으로는 바닷물이 흘러 들어와 있고요. 이십 리, 삼십 리를 가봐도 인가는 없고, 또 소금물만 있지 담수가 없습니다. 이래서는 별 수 없겠다는 생각에 원래 있던 장소로 돌아와 타고 온 조각배를 타고 다시금 바다로 저어 나가서 십 정쯤 갔더니 섬 같아 보이던 그것은 눈 깜빡할 사이에 바다 밑에 가라앉아버렸다고 합니다."

"그건 또 왜……. 지진도 큰 파도도 없이 섬이 가라앉다니."

소베가 물었다.

"그건 말이지요, 소베 씨. 섬이 아니었습니다. 커다란 물고기였다 합니다."

"물고기? 고래도 아닐 텐데……. 아니, 고래라도 섬으로 착각하지는 않습니다."

소베가 큰소리로 말했다.

"고래가 아니라 가오리입니다."

"가오리……라고요?"

"네. 가오리 중에서도 붉은 가오리라는 것은 몸길이가 삼십 리까지 자란다지요. 가오리라는 생물은 해저에 있지 않습니까? 그러면 바닷속 모래가 내려와서 쌓입니다. 등에 모래가 쌓이면 그걸 떨어뜨리려고 이렇게 올라온다고 합니다. 이걸 섬이라 착각하는 일이 있다고 해요. 하지만 가까이 다가가면 가라앉아버린다고 합니다. 큰 바다에서는 이 붉은 가오리 섬을 발견하는 경우가 많다지요. 에비스지마도, 이 나라도, 아니, 모든 나라가 이 붉은 가오리 섬입니다."

잇파쿠 옹이 말을 이었다.

"우리가 대지라 믿는 것은 실은 물고기 등에 쌓인 모래인지도 모릅니다. 어떤 계기로 해서 가라앉지 말라는 법도 없습니다. 가라앉고 난 뒤에야 비로소 아아, 저건 대지가 아니었구나 압니다. 그때까지는 의심하는 이가 없습니다."

노인이 말했다.

"의심하는 이가 없다."

"없지 않겠습니까. 에비스지마는 일그러져 있었지만, 제가 갈 때까지는 아무도 그 일그러짐에 대해 깨닫지 못했습니다. 마찬가지로 우리가 살고 있는 이 나라도……."

"언제 가라앉을지 모르겠구나."

요지로가 말했다.

"네."

"그건 무섭습니다."

요지로가 말했다.

"무섭습니까?"

무섭지만 그게 진실이리라. 바로 그렇기 때문에.

그렇기 때문에 믿고 싶지 않다. 요지로는 이렇게 생각했다.

"실제로 도쿠가와는 가라앉지 않았습니까?"

노인이 말했다.

"불과 오십 년 전만 해도 이렇게 될 거라고 진심으로 생각하는 사람, 입 밖에 내는 사람은 누구 하나 없었지 않습니까? 아니, 그런 말을 했다가는 머리와 몸통이 이별해야 했지요. 그러니까 지금은 문명개화다, 유신이다, 하고 듣기 좋은 말만 들려오지만……."

그게 대지라는 보장은 어디에도 없다.

그렇게 된다면.

"지진이나 해일은 필요 없습니다" 하고 노인이 말했다. "우리는 모두 붉은 가오리 등에 타고 있는 에비스 고베입니다. 붉은 가오리가 가라앉아버리면 그저 당황하고 두려워할 수밖에요. 그리고 물고기가 가라앉는 데 대단한 이유는 필요 없지요. 붉은 얼굴 에비스면 충분합니다……" 하고 노인은 말을 맺었다.

16

젊은이들이 돌아간 뒤…….

잇파쿠 옹. 즉 야마오카 모모스케는 사십 년 전에 경험한 그 기묘한 섬의 기억에 싸여 잠깐 멍하니 있었다.

반각이 지나자 사요가 뒷술을 가지고 왔다.

사요는 모모스케의 얼굴을 슬쩍 보더니 "거짓말쟁이네요, 모모스케 씨는" 하고 말했다.

"뭐가 거짓말쟁이라는 거지요?"

"그렇잖아요. 고베 씨는 **죽지 않았잖아요**. 게다가 에비스 상도 붉어진 게 아니라 칠한 거 아니에요? 봉공 무리도 할복 같은 건 하지 않았지요?"

그 말은 말라고 모모스케가 제지했다.

그렇다. 모든 것은 마타이치가 꾸민 함정이었다.

행수의 의뢰를 받고 섬을 찾아온 마타이치와 도쿠지로는 아이까지 무자비하게 죽여버리는 고베의 모습을 보고 이미 한계가 왔음을 깨달았다.

이 붉은 가오리를 가라앉혀버리지 않으면…….

고베는 물론이거니와 정말로 섬이 멸망한다.

마을 사람들 이백오십 명이 전멸하겠다고 생각한 것이다.

그래서 우선 도쿠지로가 현혹술을 써서 봉공 무리를 밖으로 데리고 나왔다. 무슨 짓을 했는지는 모르지만 봉공 무리는 실력 없는 무사보다 잘 훈련되어 있었다고 한다.

사실상 섬을 폭력적으로 속박하는 것은 이 네 사람이었던 셈이니, 고베 또한 일종의 허수아비기는 했다.

유명무실화되어버리기는 했지만, 봉공 무리는 서양식으로 말하면 사법과 입법 양쪽 기능을 겸비한 데다 군사력까지 가진 기관이었다. 법도를 만들고 이를 지킬 것을 강제해온 것은 에비스 가문 자체가 아니라 실질적으로는 봉공 무리였으니까.

고베에게 성행위를 강요하던 봉공 무리 네 사람은 도쿠지로의 환술에 넘어가 어찌할 줄 모르다 결국 바다에 빠져 죽은 것 같다. 왜냐하면 며칠 뒤에 네 사람의 시신이 함께 고토시로 만으로 돌아왔기 때문이다.

물론 표착물로서.

봉공 무리가 없어졌기 때문에 고베는 저택에서 도망쳤다. 하지만 이것도 함정이기는 했다. 에비스 상 얼굴을 붉게 칠한 사람은 마타이치였다.

마타이치는 방울 소리로 고베를 교묘하게 유도하여 앞서 가서는 붉게 칠한 에비스 상을 차례차례 보여주었다. 고베는 경악하여 도망 다녔다.

모사꾼은 최소한의 장치밖에 하지 않았다.

하지만 작은 불씨는 순식간에 커졌다. 봉공 무리와 고용인 우두머리와 차기 섬 아버지를 단번에 잃은 도민들은 공황 상태에 빠져, 그저 도망 다니기만 하는 섬 아버지 고베를 찾아서, 온 섬을 유령처럼 뒤지고 다녔다. 도민들은 결코 고베를 죽이려고 했던 것이 아니었다.

하지만 고베 입장에서는 쫓아오는 도민들이 무엇보다도 무서운, 붉은 얼굴 에비스 괴물로 보였을 것이다. 고베는 하루 밤낮을 도망 다녔다. 그리고.

그리고 에비스지마는 하룻밤 사이에 붕괴했다…….

이렇게 생각되었지만.

다음 날 아침. 해변에 있는 에비스 사당에서 고베가 발견된 것은 사실이다.

하지만 고베는 살아있었다. 그저 넋이 완전히 나갔을 뿐이었다.

모모스케가 달려갔을 때 거기 있던 것은 폐인이었다. 말 그대로 살아있는 시체였다.

모래톱으로 데리고 나와도 고베는 전혀 움직이지 않았다.

마타이치는 그 코끝에 방울을 가져갔다.

그리고 짤랑, 하고 방울을 울렸다.

"어행봉위."

이 한마디를 듣고 에비스 고베는 큰 소리를 내더니 참으로 유쾌하다는 듯 소리 높여 웃기 시작했다.

모모스케는 몹시 놀랐던 것을 지금도 기억한다.

고베는 언제까지나, 언제까지나 계속 웃었다. 눈의 초점은 흐려졌고 손발은 이완되어 있었다. 그래도 고베는 지금까지 웃지 못한 것을 만회라도 하려는 듯 웃었다.

그러자.

그 웃음소리에 이끌리듯 섬의 백성들이 해변으로 속속 모여들었다. 이윽고 가마를 든 시중 무리가 나타나더니 여럿이서 고베의 빈 껍데기를 가마에 태우고는 저택으로 돌아갔다.

결국.

결국 아무것도 바뀌지 않았다.

무엇 하나 바뀌지 않았던 것이다.

"이제부터는 의미도 없이 죽임을 당하는 사람은 없어진다는 것 하나만으로도 그나마 잘되었어, 마타 씨."

이렇게 말하는 도쿠지로의 쓸쓸한 얼굴을 모모스케는 잊을 수가 없다.

그리고 말없이 있던 마타이치의 그 허무해 보이던 얼굴도.

수행승처럼 머리를 감싼 흰 베가 바닷바람에 하늘하늘 흔들리던 모습도.

목에 건 상자에서 꺼내 뿌린 수많은 부적이 바다로 날아가 떨어지던 광경도.

모모스케는 잊을 수 없다.

그 섬은…….

"결국 그 섬은 실제로는 어떻게 되었어요?"

사요가 물었다.

모모스케는 쓴웃음으로 답했다.

"싫어요, 모모스케 씨. 저에게까지 숨길 필요는 없잖아요."

"숨기는 게 아닙니다. 마타이치 씨가 섬사람들에게 보물을 나눠준 것도 사실. 비축된 곡물을 나눠준 것도 사실. 그 뒤로 어떻게 되었는지는 모릅니다. 섬 일은 섬사람이 정해야 한다고 마타이치 씨는 말했어요. 나도 그렇게 생각했으니까요. 보름달이 뜨는 밤에만 나타나는 바닷길에 대해서도 똑똑히 가르쳐주었고요."

"그래도 섬사람들은?"

"모르지요. 어쩌면 우리가 간 뒤에 섬을 떠났을지도 모릅니다. 그러지 않았을지도 모릅니다. 그저 말입니다, 사요 씨."

모모스케가 뒷술을 들이켰다.

"이 년쯤 전에 사람을 시켜서 오가까지 가달라고 한 적이 있습니다. 그랬더니……."

에비스지마는 자취를 싹 감췄다고 했다.

뉴도자키 동굴도, 도리이도, 사당도 전부 사라지고 없었다고 했다. 그 누구도 에비스지마에 대해 기억하고 있지 않았다. 그저 보름달이 뜨는 밤에 희미하게 길 같은 것이 수면 위로 떠오르는 모습을 봤다는 사람이 몇 명 있었다는 이야기였다.

그러니.

"그 섬은 역시 붉은 가오리였던 겁니다" 하고 모모스케가 말했다.

사요는 웃으며 흘려들은 모양이었다.

하늘불

또는 흔들불이라고도 한다

땅에서 서른 간(間)쯤 떨어진 곳은 마도(魔道)라

갖가지 악귀가 있어

재앙을 불러온다

회본백물어 · 도산진야화 / 제4권 · 32

1

옛날.

어느 마을에 자비롭고 고지식한 대관님이 계셨습니다. 마을 사람들은 이 대관님을 무척 경모하고 의지했으며 숭배하기까지 했습니다. 나이는 마흔 남짓. 다정한 얼굴은 복스러웠고 미소가 끊이지 않았을 뿐 아니라 아랫사람들에게는 관대하신 참으로 상냥한 대관님이었습니다. 공물을 걷을 때나 노역을 배분할 때도 공정하기로 평판이 자자했고, 백성들 눈에 눈물이 날 만한 사태라도 생기면 누구보다 앞장서서 상대가 누구든 간에 백성들을 힘껏 지켜주었습니다.

그런데.

그런 대관님에게도 걱정거리가 하나 있었습니다.

부인 마님에 관한 일이었습니다.

대관님의 부인 마님은 무슨 업보인지 사내들에게 미쳐, 살아서 색(色)의 지옥에 빠진 가여운 분이었습니다. 부인 마님은 밤만 되면 끓어오르는 몸과 소용돌이치는 정욕을 억누를 수가 없었습니다. 그래서 부인 마님은 밤이면 밤마다 하인에게 명해서 마을 사내를 불러들이게 한 뒤 밤 시중을 들게 했습니다.

대관님은 몹시 난감했습니다.

그런데.

어느 날 대단히 귀한 스님이 이 마을을 지나갔습니다.

이 스님의 가지기도(加持祈禱)는 영험하여 아무리 중한 병도 싹 낫는다고 평판이 났을 뿐 아니라 인격이 고매하여 누구라도 스님의 얼굴을 보면 합장하고 싶어지는 참으로 귀한 스님이었습니다.

마을 사람들은 부인 마님 때문에 골치를 썩이는 대관님이 측은해서 이 스님에게 청을 드렸습니다.

제발 대관님의 부인 마님을 색욕의 무간지옥에서 구해주십시오, 이렇게 부탁한 겁니다.

그래서.

스님은 대관 저택을 찾았습니다.

하지만 기도를 올리기 전에 부인 마님이 그 귀한 모습을 보자마자 스님을 연모하게 되었습니다. 부인 마님은 어떻게 해서든 스님과 백년해로하고 싶다, 이루어지지 않는다면 죽어버리겠다며 몸에 병이 날 정도로 집착했습니다. 하지만 스님은 이 또한 이 몸의 부덕, 수행이 얕은 탓이 아니겠느냐며 대단히 부끄러워했습니다.

대관님은 고민했습니다.

그리고 고민한 끝에 스님을 죽이고 말았습니다.

부인 마님을 지극히 아낀 나머지 죄 없는 스님을 죽이고 만 대관님은 스스로 무간지옥에 떨어진 것입니다. 그리하여 대관님은 실성해버렸습니다.

그리고 제정신이 아니게 된 대관님과 부인 마님은 이윽고 하늘에서 내려온 천벌의 맹화에 휩싸여…….

다 타버리고 말았습니다.

2

셋쓰 지방(攝津國)* 다카쓰키노쇼에 있는 니카이도 마을에 불이 나타났는데, 이 불은 3월 무렵부터 7월까지 출현했다. 크기는 한 자 남짓이며 집 용마루 혹은 온갖 나무의 가지나 우듬지에 머물렀다. 가까이서 보면 눈, 귀, 코, 입 형태가 있어서 흡사 사람 얼굴 같았다. 앙갚음을 하는 일이 없기 때문에 사람들은 그리 두려워하지 않았다.

옛날 이곳에 닛코보라는 수행승이 있었다. 기도의 힘이 뛰어났다.

촌장의 아내가 앓아누웠다. 닛코보에게 기도를 시켰는데, 침실에 들어가 열이레를 비니 곧 병이 나았다.

후에 수행승과 여자가 밀통했다는 말이 있어 수행승을 죽였다. 병을 고쳐준 은혜에 보답하기는커녕 살해까지 한 것이다. 이 두 가지 원한은 망령 불이 되어 매일 밤 이 집 용마루로 날아와 촌장에게 앙얼을 입혀 죽였다.

닛코보의 불을 니콘(二恨)보의 불이라 하는데…….

* 현재의 오사카 부와 효고 현 일부에 해당하는 일본의 옛 지명.

낭랑하게 읽고 나서 야하기 겐노신은 일동을 둘러보았다.

갸름한 얼굴에 살갗이 희어서 굳이 말하자면 동안에 들어가는 부류이지만, 갖다 붙이기라도 한 것처럼 점잔 빼는 수염을 기르고 있는 모습이 도통 어울리지 않는다. 아마 도쿄 경시청 일등 순사로서 위엄을 보이고 싶었나 보지만, 어린애가 숯덩이로 장난을 친 것 같은 모양이라 수염이 없는 편이 오히려 위엄을 지킬 수 있을 듯하다.

사사무라 요지로는 제 입가에 손끝을 대고 몇 번 어루만졌다.

요지로에게는 수염이 없다. 길러 봤자 햇빛을 못 본 숙주나물 같은 솜털밖에 나지 않아서 바지런히 깎기로 했다.

단발령으로 상투를 자르게 되자 수염을 기르는 사람들이 늘어난 듯해서 요지로는 아무래도 주눅이 든다.

'상투 대신이라고 생각하는 건가? 머리에 얹고 있던 것을 코밑에 가져와 본들 아무런 소용도 없을 텐데' 하고 요지로 같은 사람은 생각한다.

그렇게 생각하니 겐노신의 수염이 괜히 더 풀로 붙인 것처럼 보이기 시작한다.

얼굴에 있는 이물질이다. 찬찬히 뜯어보고 있으니, "자네라면 알겠지" 하고 겐노신이 말한다. "뭘 안다는 말인가" 하고 묻자 겐노신 옆에서 몸을 뒤로 젖히고 앉아 있던 시부야 소베가 호탕하게 웃었다.

소베는 한층 더 수염투성이이다.

도대체가 뻣뻣한 털이라 야비해 보이기가 이를 데 없다.

"요지로도 어이없어하고 있네. 그런 도깨비불 같은 이야기를 들은들 요즘 세상에 누가 놀라겠나? 그러고도 전직 무사인가? 신불이 얼마나 영험한지를 강론하면 또 모를까. 그런 요사스러운 일에 정신이 팔려서야 일등 순사 직함이 울겠네."

소베는 합리주의자이다. 단 말하는 품새를 보건대 근대적인 합리만 머리에 있지는 않은 모양이다. 이 사내의 이치는 유교에 근거한다. 그렇다면 옛 막부 시대부터 이런 이들은 있었을 테니 특별히 새로운 인간은 아니다.

"애초에 자네는 검술이 약해. 내가 지도를 하러 가도 자네는 잘난 척 구석에서 거들먹거리고만 있지. 잔챙이들이 얻어맞는 것을 유쾌한 듯 구경하고 있지만 한 번도 겨뤄본 적은 없지 않나. 그래서야 아랫사람에게 본이 안 서네."

소베가 딱히 관계없는 말을 했다.

"관계없지 않나?"

"관계없을 리가 있나. 그런 턱도 없는 괴담에 벌벌 떠는 것도 정신력이 약해서야. 뭐가 니콘보의 불인가. 무 하나 못 써는 겁쟁이가."

"겁쟁이라고 했나" 하고 겐노신이 일어서려는 것을 요지로가 황급히 만류했다.

"그렇게 열 올리지 말게, 겐노신. 소베, 자네도 그렇게 들쑤시지만 말고. 우리가 싸우기 위해 한자리에 모인 건 아니지 않나. 여기 있는 일등 순사 양반의 고민을 들어주려고 모인 것 아닌가. 애당초 소베 자네도 나와 같은 기타바야시 출신이라면 덴구의 등명(燈明) 이야기 정도는 들은 적이 있을 텐데."

"내 눈으로 본 적은 없네." 소베가 말했다.

"하지만 내 아버님은 보셨다 하네. 설마 자네는 내 아버님까지 우롱할 생각인가?"

요지로가 말했다.

"그, 그런 말은 아닐세. 뭐, 자연의 조화로 불이 생기는 일은 있을지 몰라도, 이 녀석이 말하는 건 원한의 불이야. 이런 엉터리 같은 이야기는 지어낸 걸세."

"아니네. 닌코보 이야기는 나도 읽은 적이 있어. 이보게, 겐노신. 자네가 지금 읽은 건 뭐라고 하는 책인가?"

요지로가 이렇게 묻자, 겐노신은 기쿠오카센료(菊岡沾涼)의 《쇼코쿠리진단(諸國里人談)》이라고 대답했다.

"센료라면 《에도스나고(江戸砂子)》*를 쓴 만사에 박통한 하이쿠 시인 아닌가?"

"역시 요지로는 잘 아는군. 봉행소 시절에 형방아전을 하던 사내가 하이쿠를 좋아해서 말일세. 지금은 은퇴하여 나카초에 살고 있는데, 그자가 가지고 있었네. 자네도 읽었나?"

"아니."

요지로가 읽은 건 다른 책이다.

"그 책 출판은 몇 년인가?"

"잠깐 기다리게" 하고 겐노신이 책장을 넘겼다.

"관보(寬保)** 3년 계해년 정월……이라 되어 있네만."

"그런가? 내가 읽은 건 분명 연보(延宝)*** 시절에 나온 책일 걸세. 그 책보다 육십 년쯤 앞서는군. 《도노이구사(宿直草)》던가? 나중에 본 《오토기모노가타리(御伽物語)》라는 책은 제목이 다르지만 내용이 똑같아서 똑똑히 기억하네. 그 책에는 닌코보(仁光坊)의 불이라는 이름

* 에도의 지명이나 명소 등을 그림을 넣어 설명한 책.
** 일본의 연호로 대략 1741년 – 1743년.
*** 일본의 연호로 대략 1673년 – 1681년.

으로 나왔던 것 같은데."

"이름이 다르지 않나?"

소베가 말했다.

"아니, 분명 장소가 똑같았을 걸세. 거기서는 쓰 지방(津の国) 이야기였지 싶네. 셋슈* 말일세. 이야기도 큰 줄거리는 똑같아."

요지로가 말을 이었다.

"비가 올 것 같은 밤에 동그란 불이 켜지지. 이게 커졌다 작아졌다 하면서 날아다니네. 대개는 공 하나 크기인데, 가까이서 보면 중의 머리라 하네."

"머리라고! 머리가 불타고 있는 건가?" 하고 소베가 불만스럽게 말했다.

"숯덩이도 아닐 텐데. 모가지가 불타는 거라면 금세 재가 되겠지."

"아니, 그 책에는 머리가 숨을 쉴 때마다 내쉬는 숨이 불길이 된다고 쓰여 있었네. 어떤 땅에……. 지명까지는 기억나지 않네만, 그곳 영주 집에 기도 법사가 있었는데, 그 중이 용모가 아주 수려한 미승이라 영주 아내가 반해버리네."

"파계승인가?"

소베가 물었다.

"아니, 파계승이었다면 자업자득이겠지만, 이 중은 품행도 단정하고 색을 범한 적도 없는 사람이었다 하네. 아내가 연모한 거지. 하지만 중이 상대를 안 해주니 되레 원한을 품고 몸부림치다 남편에게 거짓 밀고를 하네. 중이 구애를 해서 못 배기겠다고. 남편은 확인도 하

---

* 셋쓰 지방의 다른 이름.

지 않고 닌코보를 잡아 목을 쳐버리지."

"무법일세."

이렇게 말한 사람은 그때까지 잠자코 돌아가는 사정을 지켜보던 구라타 쇼마였다.

서양에 다녀온 걸 자랑하고 싶은지 오늘은 양장을 입었지만 도통 어울리지 않는다. 얼굴 생김새가 일본풍인 것이다.

"밀통한 것도 아닐 텐데. 나무랄 사람은 다른 사내에게 반한 아내이지."

"그러니 중도 화가 났겠지. 잘린 닌코보의 목은 그대로 날아가서 빛을 발하는 물체가 되었네."

"어리석은 소리. 물론 색은 사람을 유혹하네. 여자의 집념이 때로 사내를 죽이는 일도 있겠지. 하지만 그것과 이건 이야기가 다르지 않나. 아무리 원한을 품은들 잘린 목이 날거나 빛나거나 불을 뿜겠는가. 그랬으면 우에노 산은 전소했을 걸세. 쇼기타이(彰義隊)*가 불을 뿜으면서 날아다니기라도 했다가는 새 정부도 마음 편히 못 자지."

소베가 악담을 했다.

"그런 말이 아닐세. 이건 이야기로 들으면 되네. 잘 듣게, 소베. 요컨대 내가 읽은 연보 시대의 책에도 이런 기록이 나와 있다는 점이 중요해."

요지로가 대답했다.

"어떻게 중요한가?"

"서둘지 말게. 그러니까 누가 하는 말에 따르면 이 니콘보 이야기

* 쇼군 경호 및 에도의 치안 유지를 위해 결성된 부대로 메이지 정부에 반대하다 우에노 전쟁에서 패하여 해산되었다.

는 그 후 원록(元祿)* 때 쓰인 《혼초코지인넨슈(本朝故事因緣集)》에도 실렸다고 하는데, 지금 겐노신이 읽은 책에도 실려 있다면 적어도 셋쓰 부근에서 이런 괴이한 일이 있었다는 뜻 아니겠나, 이 말일세."

"셋쓰든 무쓰(陸奧)**든 잘린 목이 날아다니지는 않아. 목은 치면 떨어질 뿐이네."

"목이 아닐세."

소베는 머리가 나쁜 사람은 아니다. 다만 요지로는 소베와 이야기를 하고 있으면 합리적이라는 것은 유연성이 없는 사고를 달리 일컫는 말인가 착각하게 된다. 이성적이려면 오히려 그와는 정반대여야 하지 않은가?

"날아다니는 것은 불이야. 불이라기보다는 그렇지, 빛을 발하는 물체라 할까……. 기록으로 상상하건대 거대한 반딧불 같은 게 아닐까 싶네만. 이런 물체가 날아다니는 현상은 실제로 있지 않았나, 이 말일세. 그렇지 않다면 육십 년, 칠십 년씩 전해 내려왔다는 걸 이해할 수 없지 않겠나?"

요지로가 말했다.

"사실이라면 이야기마다 줄거리가 다른 게 이상하지 않은가?"

소베가 뻣뻣한 수염을 쓰다듬었다.

요지로도 수염이 없는 턱을 어루만졌다.

"이야기는 처음부터 억지로 갖다 붙인 거야. 그런 건……. 아니, 겐노신은 어떻게 생각할지 모르지만, 낸들 원한이 쌓여서 불을 피운다는 말을 믿지는 않네. 하지만 소베, 불이 날아다녔다는 것만은 사실이

---

* 일본의 연호로 대략 1688년 - 1704년.

** 현재의 도호쿠 지방 일부에 해당하는 지역.

라고 생각할 수는 없을까?"

"이야기만 꾸며냈다는 말인가?"

겐노신이 복잡한 얼굴을 했다.

"꾸며냈는지 아닌지는 모르네. 그 비슷한 일은 있었을지도 모르지. 다만 이야기가 바뀌어도 현상은 거의 똑같이 기술되어 있지 않나. 억지로 갖다 붙였기 때문에 시간이 흘러 변화한 것이네."

"요지로가 주장을 접지 않다니 웬일인가. 평소에는 물러서는데."

쇼마가 놀렸다.

"나는 그저 소베처럼 덮어놓고 부정하기만 하는 게 도리어 맹신적이지 않느냐는 말을 하고 싶을 뿐이네."

"덮어놓고 부정했다니 무슨 소리인가" 하고 소베가 무릎을 쳤다.

"여우불이니 귀신불이니 혼불이니 도깨비불이니……. 이런 종류는 에도 때부터 절도 있는 사람은 아무도 믿지 않네. 이런 것들은 대개 어린애를 겁주려고 게사쿠(戯作)* 작가가 구사조시(草双紙)**에 쓰지. 그게 아니면 잘못 본 거고. 겁쟁이가 초롱 불빛이나 수면에 비친 달그림자를 보고 허둥대는 걸세."

"그렇다고만은 할 수 없지."

뜻밖에도 이렇게 말한 사람은 쇼마였다.

쇼마는 외국 문화에 심취하여 이전부터 겐노신처럼 미신을 좋아하는 사람을 비웃던 사내이다. 이러쿵저러쿵 그럴싸한 논리를 늘어놓는 만큼, 완고하게 부정하기만 하는 소베보다 다루기가 더 어렵다.

"귀신불은 외국에도 있네."

---

* 에도 시대의 통속 소설.

** 에도 중기 이후에 유행한, 그림을 넣은 통속 소설책.

쇼마가 말했다.

"또 외국 타령인가? 서양 물이 들어서는. 외국에도 겁쟁이야 있겠지."

"아니야, 소베. 자네, 요지로 말이 딱 맞구먼. 혹여 그런 식으로 담대한 척하기만 해도 세상 이치를 똑바로 볼 수 있다 생각한다면, 자네가 훨씬 어리석은 걸세. 물체가 빛을 발하는 건 자연의 섭리에 따라 일어나는 현상이야."

"그런가?"

겐노신이 몸을 내밀었다.

"그렇고말고. 알겠나. 비가 내리고 바람이 부는 것과 매한가지네. 이런 물체……. 발광체라고 할까. 이런 건 번개의 일종이야."

"번개란 말인가? 그건 수긍할 수 없네."

소베가 언짢은 얼굴을 했다.

"어째서인가, 소베?"

겐노신이 심술궂은 얼굴을 했다.

"스가와라(菅公)*가 노여워하고 있다는 말이라도 할 생각인가, 소베? 아니면 뇌수(雷獸)가 떨어지는 것이라 할 텐가? 설마 호랑이 가죽으로 만든 훈도시를 두르고 북을 든 도깨비가 배꼽을 떼러 오는 거라고 하지는 않겠지. 자네, 곰 같은 면상을 한 주제에 벼락이 치면 모기장에 파고드는 부류 아닌가?"

겐노신은 수염을 쓰다듬으며 크게 웃었다.

"자네와 다 똑같은 줄 아나" 하고 소베는 한 번 더 주먹으로 무릎을

---

* 헤이안 시대의 귀족이자 학자인 스가와라노 미치자네를 뜻한다. 중상모략으로 좌천당한 그가 죽은 후에 조정에 벼락이 떨어졌다고 전해진다.

쳤다.

"벼락이라는 건 하늘에서 떨어지는 걸세. 게다가 번갯불이란 건 한 순간 빛날 뿐이야. 켜졌다 꺼졌다 하거나 둥실둥실 날거나 심지어 처마에 걸릴 리 있나."

"학식이 없구먼, 자네도. 그건 말이네, 전기야."

쇼마가 목을 움츠리고는 유쾌하게 웃었다.

"왜 웃나? 전기라니, 무슨 기 말인가?"

"전기는 전기지. 에레키테르* 모르나?"

"억."

소베는 두꺼비를 밟았을 때 같은 외마디 소리를 내고 수염 난 얼굴을 잔뜩 찡그리더니 서양 오랑캐가 쓰는 마법 따위 알 게 뭐냐고 내뱉듯이 말했다.

"뭐가 마법인가? 기술이네, 기술. 아니, 기술이라기보다는 자연의 이치이지."

"어디가 이치란 말인가? 마찰인가 뭔가라고 들었네. 속임수겠지."

"속임수와 똑같이 취급하지 말게. 뭐, 원리는 잘 모르겠네만 마찰로 전기를 일으키는 것이 에레키테르라더군. 아니, 바로 그렇기 때문에 마법이 아니라 자연의 이치라는 말일세. 어둠 속에서 고양이털이 빛나는 이유도 약한 전기 때문이야. 뭐, 나도 자세히는 모르네만 전기에는 양과 음의 기가 있다 하네. 보통 양과 음은 조화를 이루고 있어. 그런데 대기 중에 음기를 띤 구름이 솟아날 경우 하늘에 있는 음에서 땅에 있는 양으로 번개가 통한다고 들었네. 대기 상태가 불안정하면 어

---

* 네덜란드어에서 유래한 말. 마찰을 이용하여 전기를 발생시키는 도구로서 에도 시대에 들어왔다는 기록이 있다.

떤 계기로 이 힘이 대항하지. 그러면 이렇게 번갯불이 공처럼 되어서 굴러가는 일도 있다네."

"공!" 하고 소베는 일부러 큰 목소리를 냈다.

"번개라는 것은 선으로 천지를 잇는 놈이네. 본 적 없는가? 그게 둥글어질 리 있겠나?"

"있네. 게다가 날거나 구르면서 이동해 집 안에도 들어오지. 외국에서는 바로 이걸 귀신불이라 부르네. 죽은 사람의 영혼이라느니, 여우가 해골바가지를 머리에 쓰고 불을 밝힌다느니 하는 헛소리와는 다르지."

"아니, 하지만 그건……. 글쎄 어떨까?"

소베가 고개를 갸웃했다.

"빛을 발하는 물체란 보통 초상이 난 집이나 묘지 같은 데서 볼 수 있지 않나. 설사 그 공 같은 번개가 있다손 치더라도 그게 혼불이나 귀신불이라면 벼락이 장소를 골라서 떨어진다는 이야기가 되지 않나? 벼락이 묘지에만 떨어지던가? 하물며 사람이 죽은 집에만 떨어지거나 하겠나? 바보 같으니. 더구나 천둥번개라면 불을 일으킬 테지. 나무든 철이든 낙뢰를 만나면 불타버리네. 사람도 마찬가지야. 그렇다면 새로 초상을 치른 집이나 절에는 허구한 날 화재가 날 걸세. 안 그런가, 요지로?"

소베가 요지로를 불렀다.

"자네는 알지? 기타바야시 성 뒤에 있는 큰 바위. 낙뢰 때문에 무너진 것 아닌가."

요지로도 그렇게 들었다.

산 중턱에 있던 거대한 바위가 천둥 신의 위력으로 성을 향해 떨어졌다. 이런 전설이었다.

확실히 그 바위는 거대했다. 그런 것이 움직이리라고는 도저히 생각할 수 없었다. 요지로는 그저 전설로만 들었기 때문에 자연의 맹위 때문이라고 생각되지 않았다. 하지만 이렇게 터무니없는 예를 들 필요도 없이 낙뢰는 큰 나무도 쪼개고 집도 태우는 법이다.

"낙뢰라는 건 그 정도로 위력이 있네. 둥글든 네모졌든 그 힘이 없어진다는 건 이치에 맞지 않아. 귀신불에 타 죽었다, 혼불 때문에 집이 탔다, 하는 이야기는 들어본 적도 없네. 역시 전부 오싹 귀신*에 씐 겁쟁이가 환각을 봤다고 생각할 수밖에 없어."

"뭐든지 그렇게 뭉뚱그리지 말게. 이러니 야만이 좋은 줄 아는 부류는 곤란하단 말이네. 거친 데도 정도가 있어. 이봐, 겐노신. 자네는 미신을 곧잘 믿으니 잘 알겠지. 그 혼불 어쩌고 하는 발광체와 여우불이나 귀신불이니 하는 건 똑같나?"

쇼마가 말했다.

겐노신은 무어라 형용하기 어려운 표정을 짓더니 요지로 쪽을 한 번 보았다. 확실히 높이 사는지 바보 취급하는지 모를 말이기는 하다.

"흐음."

겐노신은 갖다 붙인 듯한 수염의 모양을 가다듬는 듯 쓰다듬었다. 그러고는 익살스럽게 말했다.

"그렇게까지 말씀하신다면 가르쳐드릴까. 우민들이 입에서 입으로 전한, 이 나라의 괴이한 불에 관한 갖가지 미신을……."

"갖가지까지는 안 들어도 되네."

---

* 공포를 느끼면 목덜미가 오싹하는 이유는 이 귀신이 붙었기 때문이라 전해진다.

쇼마가 얼굴을 찌푸렸다. 겐노신은 코에 주름을 잡았다.

"뭐, 쇼마 말마따나 혼불과 여우불은 다르네. 혼불이란 이름 그대로 구형*일세. 혼불에는 꼬리가 있다고도 하지. 그리고 소겐불**이니 노파불***처럼 사람이 남긴 원한으로 타는 불은 대체로 불 속에 얼굴이 있네. 귀신불, 둔갑불**** 같은 것도 분류하자면 이 종류야. 두레박 내리기***** 라고 나무에서 내려오는 불에서도 얼굴이 보일 때가 있지."

"불 속에 얼굴이 있다고?"

소베가 흥 코웃음을 쳤다.

"그런 이야기가 있는 것은 사실일세. 반면 짐승이 밝히는 불은 또 다르네. 가령 새불이나 여우불은 먼 데서 반짝반짝 깜빡이는 경우가 많아. 그게 둥실둥실 이동하지. 줄지어 있어서 행렬로 보일 때도 있어. 그리고 묘지나 벌판 같은 데서 나타나는 불……. 무덤불, 야숙불****** 같은 건 창백한 불이야. 이렇게 땅바닥에서 한 자쯤 되는 부근에서 활활 타지."

겐노신이 말했다.

"그건 인이 타는 걸세."

쇼마가 말했다.

"음, 그런 이야기는 들어봤네. 사람 뼈 한가운데 인이 있는데 그게

---

* 일본어에서 혼(魂)과 구(球)가 '다마'로 발음이 같다.

** 죄를 짓고 지옥에서 고통받는 소겐이라는 승려의 얼굴이 나타나는 불덩이.

*** 신사에서 기름을 훔친 벌로 괴이한 불이 된 노파의 얼굴이 나타나는 불덩이.

**** 흐린 날에 호숫가에서 나타나 이동하면서 점점 커지는 불덩이.

***** 거대한 사람의 잘린 머리 형태를 하고 있으며 나무에서 떨어져 사람을 덮치거나 잡아먹는 불덩이.

****** 사람이 많이 모였다가 사라진 경우 따위에 나타나는 마치 누군가가 피운 모닥불 같은 불덩이.

스며 나와서 타는 거라던가……. 무슨 책에서 읽은 기억이 있어."

소베가 대답했다.

"자네, 책을 읽는가?"

쇼마가 비웃었다.

"자네야말로 서양 오랑캐 문자에 물들어 가나도 못 읽는 꼴 아닌가? 무사란 자고로 문무에 뛰어난 법이네. 나는 죽도를 휘두르는 만큼 수양도 하고 있어."

"논어 말인가?" 하고 쇼마가 웃었다.

"공자님이 괴력난신을 이야기하지는 않을 텐데. 자네는 면상도 괴이하고 장점은 힘뿐인 데다 덤으로 주정까지 심하며 신과 요괴에 대해서도 곧잘 떠들지. 전혀 공부가 안 된 거 아닌가?"

"뚫린 입이라 이건가? 내가 읽은 책은 그렇지, 어렸을 때 읽은 심학을 바탕으로 한 수양서일세. 여우가 사람 뼈를 물고 불을 피우고 있는 그림이 실려 있었네. 그리고 《와칸산사이즈에(和漢三才圖會)》*야. 가랑비 내리는 어두운 밤, 인적 하나 없을 때 인(燐)이 나온다고 적혀 있었네."

"알았네. 그건 그렇고 겐노신이 지금 말한 불 가운데 묘지에서 볼 수 있는 귀신불이나 파르스름하게 타는 조용한 불은 대개 인으로 인한 불이겠지. 이런 건 이동하지 않고 금방 사라지네. 이런 건 특정한 조건만 갖춰지면 어디서든 볼 수 있어. 땅속에 인을 만들어 내는 물체, 예컨대 시체 따위가 묻혀 있고 대기의 습기나 온도 상태가 딱 맞으면 휘발된 인이 스며 나와서 타는 걸세. 가스등이 켜지는 것과 마찬

---

* 그림이 들어간 일종의 백과사전.

가지야. 단 금세 다 타버리지. 반면 여우불 같은 건 이동하네. 이동하니까 행렬이라고 하겠지. 여우가 시집가니 어쩌느니 하지 않나."

"그건 여우비지."

겐노신이 말했다.

"아니, 어쨌든 여우불은 금방 사라지지는 않고 움직이네. 뿐만 아니라 관측되는 곳은 정해져 있지. 게다가 대부분은 가랑비 내리는 밤에 나오지 않나? 이건 말이네. 지형이나 조건이 작용한다는 뜻이야. 다시 말해 자연 현상이지."

"모르쇠불*도 그런 거라고 들었는데."

요지로가 이렇게 말하자 쇼마가 손뼉을 탁 치고 오른손으로 요지로를 가리켰다.

"좋은 지적일세. 다시 봤네, 요지로. 그건 바로 신기루라더군. 해수면과 대기의 온도 차가 공기를 유리처럼 만들어서 빛을 굴절시킨다 하네."

"뭐든지 그렇게 똑같은 억지 논리로 정리하는가."

겐노신이 불만스레 말했다.

"똑같다니 무슨 소린가? 구상(球狀) 번개, 인, 대기 상태 모두 제각각 이치가 다르다고 나는 말하는 걸세. 자네가 처음에 말한 아무개 중의 불은 번개네, 번개."

"그…… 둥그런 번개 말인가? 하지만 혼불도 번개이지 않나?"

"그렇지."

"하지만 니콘보의 불은 혼불과는 모양이 달라."

---

* 밤사이 바다에서 수많은 불이 명멸하는 현상.

"어쨌든 빛덩이가 돌아다니는 것이잖나. 꼬리를 끄는 건 움직일 때 보이는 잔상이겠지. 보는 장소의 조건이 다르면 보이는 방식도 달라질 뿐이야."

"흠. 구상 번개라."

겐노신은 거세게 반발하지 않고 팔짱을 꼈다.

"그건 뜨거운가" 하고 겐노신이 묻자 쇼마는 고개를 끄덕였다.

"번개니까. 뭐, 다른 괴이한 불과는 달리 뜨겁겠지. 만지면 터지고 타버리지 싶은데."

"으음" 하고 일등 순사가 크게 신음했다.

뭔가 속뜻이라도 있는 듯 미적지근한 태도이다. "대체 무슨 일인가" 하고 소베가 겐노신 무릎을 손으로 흔들었다.

"도통 영문을 모르겠구먼. 대체 뭐가 어떻게 되었다는 겐가?"

"그게 말일세……."

생각해보면 요지로도 겐노신에게서 어떻게 된 일인지 전혀 듣지 못했다. 지혜를 좀 빌리겠다며 부르기에 늘 그렇듯 요지로의 하숙집에 넷이 모였을 뿐이다. 가장 먼저 온 겐노신은 다 모일 때까지 내내 입을 다물고 있다가 모이자마자 일단 들어보라면서 니콘보의 불 부분을 소리 내어 읽었다.

이것도 아니다 저것도 아니다 떠들어봤자 본심을 모르니 집중도 되지 않는다.

"실은……."

겐노신이 콧수염 끄트머리를 손가락으로 꼬는 듯한 동작을 했다.

"말하기 껄끄러운 일인가?" 소베가 물었다.

그러더니 호방하고 대범한 검술 사범이 일등 순사의 등을 세 번쯤

두드렸다.

“무슨 짓인가?”

“섭섭하네, 겐노신. 자네와 나 사이 아닌가. 부끄러워할 게 뭐 있나. 아항, 그렇군. 알았네. 자네, 혼불을 보고 놀라 자빠지기라도 했던 게야. 잘못 보고 그랬다고 하면 일등 순사 꼴이 말이 아니니까 그런 괴이한 불이 실제로 있다는 걸 증명해보겠다고…….”

“아니, 아닐세, 그렇지 않아.” 겐노신이 가슴을 폈다. “본관, 아니, 나는 혼불 같은 건 보지도 않았고, 설령 보았다고 해서 놀라 자빠질 리 없네. 그런 게 아닐세.”

“그럼 뭔가?”

“그러니까.”

“괜찮대도. 보게. 좀 분하기는 하지만 방금 여기 서양 물이 든 양반 선생이 열심히 설명해주지 않았나. 그런 건 아주 불가사의한 물건도 아니라 하네. 그러니 보았다고 해서 부끄러워할 필요는 없어. 뭐, 겁에 질려 허둥지둥하다 추태라도 보였다면야 살짝 꼴이 우습겠지만 말일세.”

“착각도 정도껏 하지 않으면 체포하겠네.”

겐노신이 호통을 쳤다.

“호통 칠 건 뭐 있나? 자네가 말을 않으니 그렇지.”

“그건 맞네.”

요지로도 거들었다. 겐노신은 침통한 표정을 지었다.

“으음. 그럼 말할 테니 잘 듣게. 최근 료고쿠 부근에서 원인 모를 불이 계속 나고 있다는 건 자네들도 알겠지?”

“아, 그 작은 불 소동 말인가?”

쇼마는 여전히 젠체하는 말투로 말했지만, 겐노신은 한층 더 심각해져서 작은 불이 아니라고 답했다.

"사흘 전, 마침내 전소된 곳이 나왔네. 기름 장사를 하는 네모토야야. 다행히 죽은 사람은 없었지만, 범인으로 잡힌 사람이 네모토야 후처일세. 지금까지 있었던 방화도 모두 이 여자 소행이라고 현재로서는 생각하고 있네. 한데."

"한데?"

"이 후처가 죄가 없다고 우기는 거야. 불을 지른 사람은 전처라고 하면서. 그런데 그 사람은…… 오 년도 전에 세상을 떠났네."

"거 참, 야릇하군. 죽은 사람이 방화라."

쇼마가 말했다.

"그러하네. 전처의 얼굴을 한 불덩이가 창문으로 날아 들어와서 남편을 좇아다녔다지 뭔가. 그때 불이 붙었다고……."

여기까지 말한 겐노신은 난처한 듯 수염을 문질렀다.

3

"허, 그렇군요." 야겐보리의 은거 노인 그러니까 잇파쿠 옹이 짧게 깎은 백발 머리를 긁적였다.

"니콘보의 불 말이지요. 그건 실제로 있었던 괴이한 불일 겁니다."

노인은 등을 구부리고 붙임성 있게 고개를 끄덕였다.

은거 노인이 한적하게 살고 있는 쓰쿠모안의 별채이다.

늘 그렇듯 이야기가 막히고 늘 그렇듯 앞이 막막해진 요지로 일행은 이 또한 늘 그렇듯 이 박학하고 욕심 없는 은자의 지혜를 빌리러 온 것이다.

잇파쿠 옹은 고금의 괴담과 기담에 밝으며 동서의 진기한 이야기와 세상 소문에 정통하다. 지금은 볼품없이 쪼그라들어서 마음 좋은 할아버지 같은 면모까지 보이지만, 옛날에는 제 발로 각 지방을 두루 다니며 기기묘묘한 일을 찾아다니는 삶을 살았다고 한다.

"노인장."

앞으로 나선 사람은 겐노신이었다.

"그러면 니콘보의 불을 혹시 그 눈으로?"

노인은 껄껄 웃었다.

"물론 얼마나 되었는지 잊어버릴 만큼 오래 살고는 있지만, 그 정도로 오래된 일은 모릅니다. 연보 시대라 하면 원록 시대보다 더 옛날이지 않습니까? 그러면 이백 년이나 살아있는 셈이겠지요."

맞는 말이다. 다만 오십 년 전이나 이백 년 전이나, 요지로가 보기에는 똑같이 아득한 옛날이다.

오십 년 전에 있었던 일을 보고 들은 잇파쿠 옹은 이백 년 전에 일어난 일도 보고 듣지 않았을까, 하고 요지로는 착각했다. 사실 노인은 뭐든지 잘 알고 있지만 이는 배워서 아는 것이지 보거나 들은 것은 아니리라.

"그 괴이한 불에 대한 이야기는 여러분이 읽으신 책 외에도 실려 있습니다. 야마오카 겐조(山岡元恕)가 엮은 《고콘햐쿠모노가타리효반(古今百物語評判)》 같은 데에도 나오지요. 이건 정향(貞享)* 시대에 나온 개정판이니까 시대적으로는 《도노이구사》보다는 뒤이고 《혼초코지인넨슈》보다는 앞이 될까요. 이 책은 '백 가지 이야기(햐쿠모노가타리)'라고는 해도 흔한 괴담 이야기를 모아서 기록한 형식의 책이 아닙니다. 편자의 아버지인 야마오카 겐린이라는 학자가 문하생을 모아 고금에 있었던 괴이한 일을 이야기하게 한 다음 여기에 하나하나 평을 다는 형식이지요."

"평……이라."

"네. 이건 거짓이다, 이건 속임수이다, 여기에는 이러저러한 연유가 있다는 식으로……. 꼭 여러분이 나누시는 괴담 이야기 같은 거지요. 뭐, 옛날 일이니까 요즘 같은 문명개화 시대와 비교하면 제법 거친 이

* 일본의 연호로 대략 1684년-1688년.

야기이지만, 뜻밖에 상당한 혜안을 보여주기도 합니다. 게사쿠가 아니니 **해학**은 없지만 말입니다."

"괴담에 대해 비판적이라는 말씀입니까?"

쇼마가 묻자 노인은 꼭 부정적이지만은 않다고 대답했다.

"겐린은 덮어놓고 부정하지는 않습니다. 그저 없는 건 없는 거니까요. 거짓은 거짓, 착각은 착각이라고 말합니다. 그렇지 않은 것에 대해서는 왜 그런 불가사의한 일이 일어나는지 해명하려 노력합니다. 이성적이기는 하지요. 유학자이기도 하다 보니 약간 설교조인 것이 옥에 티일 뿐……."

쇼마가 와하하 웃더니, "이백 년 전의 유학자가 자네보다는 낫네" 하고 소베에게 말했다.

"그건 어떤 이야기입니까?"

요지로가 물었다.

"《도노이구사》와 얼개는 같습니다. 배 유령(후나유레이) 같은 항목에서 단바(丹波)*의 노파불, 쓰 지방의 닌코보에 대해 이야기합니다."

노인이 답했다.

"당연히 부정했겠지요? 그분이 유학자라면 그런 턱도 없는 괴현상을 인정하지는 않을걸."

소베가 득의양양하게 말했다.

"아니, 아니."

노인은 마른 나뭇가지 같은 손을 저었다.

"겐린은 괴이한 불 자체를 부정하지는 않습니다. 예를 들어 수면 위

---

* 일본의 옛 지명으로 현재의 교토 부 중부, 효고 현 동부에 해당한다.

에 괴이한 불이 생기는 건 전혀 이상한 일이 아니라고 하지요."

"거, 모르겠군."

소베가 고개를 갸우뚱했다.

"모르시겠습니까?"

"모르겠어. 유학자란 사람이 괴담 같은 이야기를."

"괴담이 아닙니다. 무슨 일이든 세상 이치를 알지 못하고 그저 그냥 이상하다, 희한하다 하면서 무서워한다면 괴담이 되겠지만, 이는 이러저러한 이치로 일어나는 일이다, 하고 설명할 수 있으면 더는 괴담이 아니겠지요. 겐린은 넓은 바다에 보이는 불은 물속 음화(陰火) 중 하나라고 합니다. 높은 산꼭대기에 물이 있듯 물속에도 불이 있다는 것이지요. 많은 사람들이 목숨을 잃은 장소처럼 강한 집착과 원한이 남았을 경우에는 이것이 그런 불로 보일 수도 있으리라고 합니다. 그러면서 노파불과 닌코보의 불을 유사한 예로 듭니다. 이런 원한 불이 나타나는 경우에 대해서는 중국 서적에도 유사한 예가 있다고요."

"물속에 있는 음화라고요?"

"그렇지요." 노인은 고개를 끄덕였다. "하늘과 땅 사이에 있는 그 무엇도 음양오행의 이치에서 벗어나지 않는다고 겐린은 주장합니다. 이건 또 다른 항목에 들어 있는데, 예컨대 두레박 내리기라는 괴이한 불은 목생화(木生火)의 이치에 들어맞는다고 합니다. 수목의 정기가 발광체로 보이는 것은 당연한 이치라, 낮에 보이지 않는 이유는 주위가 햇빛으로 가득하기 때문이니 밤중이나 나무 밑의 어두운 곳에 보이는 까닭이다. 이렇게 설명합니다."

"나무의 정기……."

쇼마가 묘한 목소리로 말했다. 노인이 달래듯이 말을 이었다.

"정기라는 게 불가사의한 뭔가가 아닙니다. 생명 활동의 증거라고 하면 될까요."

"하지만 수목에서 불이 생기는 것이 이치라 하신들. 온갖 나무에서 불이 나타나는 건 아니지 않습니까?"

쇼마가 수상쩍다는 듯 말했다.

노인은 다시금 껄껄 웃었다.

"그렇지요. 아니, 겐린은 이렇게도 말합니다. 음양의 변화, 오행의 상생이란 사계절이 변하는 것과 마찬가지이다. 어린 나무에 불이 생기지 않는 이유는 봄이 저물고 여름이 오며 가을이 차서 겨울이 되는 것과 같이 첫 기가 차지 않으면 다음 기가 생기지 않기 때문이라고요. 한 치밖에 안 되는 나무, 한 자밖에 안 되는 나무에도 목생화의 이치는 있지만, 아직 나무의 기가 차지 않은 까닭에 불의 기가 생기지 않는다고……. 약간 변명 같기도 하지요."

쇼마와 소베는 웃었지만, 요지로는 이 이치가 지당하게 들렸다.

"겐린이 이어서 말하기로 이 세상에 불은 세 종류가 있다고 합니다. 별의 불, 용의 불, 번갯불을 하늘불이라 하고, 나무를 태우거나 돌을 비벼서 붙이는 불을 땅불이라 하며, 마음의 불, 생명의 불을 사람불이라 하지요. 이 세 종류의 불은 음화와 양화로 나뉩니다."

"음화와 양화……요?"

"양화는 사물을 태우지만 음화는 태우지 않습니다. 양화는 음기로 끌 수 있지만 음화는 물로는 꺼지지 않습니다. 뭐, 이런 건 실재하는 사물의 이치이겠지만요."

"그건…… 물리이기도 하지요."

쇼마가 턱을 내밀었다.

서양에 있었다고는 해도 고작 몇 년. 얼마나 많이 배우고 왔는지 모르지만 확실히 쇼마는 그럴싸한 것을 많이 안다.

"사물을 태우지 않는 불은 있습니다. 번개도 음양의 기가 맞부딪히는 현상이라 설명한다면, 음양오행이니 하는 것도 서양의 자연과학과 일치할지 모르지요."

"그건 그렇습니다." 노인이 말했다. "무릇 사물은 밖에서 보건 안에서 보건 있는 그대로 똑같은 법입니다. 접시는 옆에서 보면 평평하지만 위에서 보면 둥글지요. 평평하고 둥근 건 크게 다르지만, 둘 다 접시이기는 매한가지입니다. 동양과 서양에서 보고 있는 곳이 서로 다를 뿐이지요. 보십시오, 이 찻잔……."

노인은 조금 전에 내어온 다기를 가리켰다.

"이건 바다 건너 말로 뭐라고 합니까?"

"컵 아닐까요."

쇼마가 대답했다.

"컵입니까? 뭐, 부르는 이름은 전혀 다르지만 찻그릇과 똑같은 물건을 가리키기는 하겠지요. 음양오행이나 서양 학문이나 그리 다른 결론이 나오지는 않을 겁니다."

요지로는 과연 그럴 거라고 생각했다.

"그렇다면……."

겐노신이 어깨를 움츠리며 몸을 앞으로 기울였다.

"아까 쇼마 이 친구가 말하기로 혼불은 그러니까 번개의 일종일 거라는데요. 노인장, 지금 하신 이야기에 따르면 하늘불 중 하나가 됩니다. 하지만 혼불은 생명의 불이라고도 할 수 있지 않습니까? 그러면 사람불이 되기도 합니다."

"네, 네."
"이건 어느 쪽일까요?"
"글쎄요." 노인이 고개를 갸웃했다.
"먼저 사람불이라고 하는 것이 실제로 눈에 보이느냐는 문제가 있겠지요. 사람은 살아있으니까 마음속에서 불이 타기도 하고 기를 발하기도 할 겝니다. 생명을 불에 비유할 수도 있겠지요. 하지만 그것이 과연 눈에 보이는 형태로 빠져나오는 일이 있을지, 없을지."
"없다는 말투이신데요, 노인장."
쇼마가 말했다.
"아쉽게도 저는 이 나이가 될 때까지 임종을 맞은 사람 몸에서 그런 것이 빠져나오는 모습을 본 적이 없습니다. 그렇다고 없다고 단언할 수는 없지요. 봤다고 한들, 설령 사람 몸에서 빠져나오는 발광체가 있다 하더라도, 예를 들어 쇼마 씨 말씀처럼 구상 번갯불이 따로 있다면 그 번갯불을 혼불이라 착각하는 경우도 있겠지요."
"구별이 안 된다. 이 말씀입니까?"
"대개는 멀리서나 볼 테니까요. 이 발광체를 무엇이라 판단할지는 본 사람 마음에 달렸습니다. 기분에 따라 어떻게도 보이겠지요. 그야말로 귀신인 줄 알고 봤더니 마른 억새더라 같은 경우도 많을 겁니다."
"흐음."
겐노신은 무척이나 수긍하는 눈치였다.
"그렇다면……. 아니, 겐노신. 자네 말대로 료고쿠의 기름 가게에 나온 발광체를 번개 같은 것이었다 쳐보세."
"화재를 일으키겠지?"
겐노신이 물었다.

“그야 일으키겠지. 영감님이 말씀하신 양화야. 부딪히면 뜨거우니까 종이나 나무는 불타겠지.”

“그렇군. 그런데 노인장, 번갯불이었다 해도 그 속에서 사람 얼굴을 알아보는 일도 있을 수 있겠지요?”

“사람 얼굴…… 말입니까?”

“그렇습니다. 아니, 고용인이나 이웃 증언을 들어보아도, 괴이한 불이 나왔다는 건 틀림없는 사실입니다. 정체가 무엇이든 간에 발광체가 바깥에서 가게 안으로 침입하고 나서 곧바로 화재가 일어났다는 말은 정말인 듯합니다. 그 집 후처가 이 발광체를 보고 전처의 원념이라는 겁니다. 불 속에 전처 얼굴이 뚜렷하게 있었다고요. 그 불이 남편을 쫓아다녔다 이겁니다. 남편 본인은 화상으로 입원해서는 아직도 정신을 못 차린 상태이고…….”

“호오.”

노인이 흥미롭다는 듯 눈을 크게 떴다. 젊었을 적부터 괴담, 기담을 지독히 좋아했다더니 여전히 이런 이야기를 좋아하는 모양이다.

“아시겠지만 료고쿠 일대에서는 원인 모를 불이 잇따르고 있어서요. 후처가 작은 불이 난 현장에서 몇 번이나 목격되었습니다. 그러니까 이 후처……. 미요라고 하는데, 미요가 불을 지른 범인이 아니냐는 의심을 받고 있었습니다. 그런 참에 벌어진 일이에요.”

“전소되었습니까?”

노인이 물었다.

“전소되었습니다. 기름 가게이니까 속수무책이지요. 불이 옮겨 붙지 않았고 죽은 사람도 없었던 게 불행 중 다행입니다. 이것도 다 그 발광체가 들어오는 바람에 고용인이고 누구고 다 놀라서 밖으로 달아났기 때문이지요. 이웃들도 불이 번지기 전에 소방대에 알렸습니다. 게다가 그날은 밤에 비가 내렸지 않습니까? 마침 불을 한창 끄는 중에 내리기 시작했습니다. 덕분에 옮겨 붙는 걸 막았지요. 건조했다면 대여섯 채는 탔을 겁니다. 불은 집 안에서 타기 시작했고 바깥양반 혼자 달아나는 게 늦어져 화상을 입었지요."

"불덩이에 쫓겨 다녔나?"

소베가 눈썹을 치켜세웠다.

"참으로 불운한 이야기로군. 도저히 못 믿겠지만."

"뭐, 믿고 안 믿고는 놔두더라도 발광체 자체는 많은 사람들이 목격했네. 물론 그게 무엇이냐 하는 건 다른 이야기이지만."

"구상 번개라고 하지 않나. 영혼이 둥실둥실 날아다녔을 리가 없어."

쇼마가 말했다.

"노인장 말씀대로 혼불이 없다고 단언할 수는 없겠지. 그래도 만약 그 발광체가 혼불 같은 것이었다면 불이 나지는 않았을 것이다. 저는 이렇게 생각했습니다. 혼불 때문에 불이 붙었다는 이야기는 듣지 못했으니까요. 그러면 불을 붙인 건 사람이다 생각해서 일단 그 후처를 체포했습니다. 하지만 이자가 완강하게 부인하는 겁니다. 다른 일이라면 모를까, 자기 가게에 불을 붙이는 등신짓을 하는 사람이 어디 있겠냐면서. 뭐, 그 말이 맞기는 하지요. 그래서 오래된 문헌을 찾아봤습니다."

"불을 붙이는 혼불……이라."

"아니, 혼불이라기보다는 질투의 불꽃인가. 그랬더니 니콘보의 불 이야기에 다다른 걸세. 이건 불을 붙이지는 않지만 마찬가지로 가랑비가 내리는 날에 나오는 데다 얼굴이 있다고 하질 않나. 그래서 자네들 의견을 들어보려고."

"답답하기는. 그 여자를 추궁하면 끝날 일 아닌가."

소베가 비웃었다.

"그렇게 간단하지 않네. 애초에 작은 불 소동도 확고한 증거가 있지는 않아. 불이 난 건 공터니 묘지 뒤니 강변이니 하는 인기척 없는 곳이라서 불을 지르는 모습을 본 사람도 없어. 때마침 미요가 근처에 있었을 뿐일 수도 있고 말이네."

"그 부분이 수상하지 않나. 그렇게 인기척 없는 곳에 장사꾼 여편네가 왜 가느냔 말일세. 게다가 밤중 아닌가."

소베는 이번에는 화난 얼굴을 했다.

"그건 그렇네만……. 생각을 해보게. 그런 곳에 불을 지를 의미가 없지 않은가. 하물며 많은 사람들이 지켜보는 가운데 자기 가게에 방화를 하다니, 제정신으로 할 행동은 아니지."

"정신이 나갔나 보지."

소베가 쌀쌀맞게 말하고는 노인 쪽으로 돌아앉았다.

"노인장, 노인장이 전에 분명 불 지르는 병에 걸린 여자 이야기를 하지 않았던가?"

노인은 "네" 하고 빙긋 웃으며 대답했다.

"화재를 좋아하는 성벽을 가진 분들이 계시기는 한 모양입니다. 이건 상당히 성가신 병인가 봅니다. 낫지 않는 것은 아니지만 고치기 어려운 건 분명하겠지요. 참다 참다 끝내 못 참고 결국에는 불을 지르고 맙니다. 이런 분들은 결과적으로 기구한 인생을 살아가겠지요. 평생에 걸쳐 불기운을 좋아하여 몇 명이나 되는 사람을 태워 죽인 끝에 불기운의 지벌을 받아 불 속에서 죽은 여인을 저는 압니다."

노인은 어쩐지 슬퍼 보이는 얼굴이었다.

"거 보게. 그 여자도 이런 부류였던 것 아닌가? 그렇지 않아도 불 지르는 건 버릇이 된다고 하지 않나."

소베가 눈을 가늘게 떴다.

"그런 기색은 없단 말일세."

겐노신이 대답했다.

"없나?"

"없어. 불 속에서 겨우겨우 도망쳐 나온 미요는 그야말로 엄청난 소란을 피웠다고 하네. 불을 좋아한다면 그렇게 허둥대지도 않을 테고, 먼저 제가 지른 불을 바라보지 않겠나? 미요는 남편이 타고 있는데도 눈길 한 번 주지 않고 무섭다는 소리만 하고 있었다더군."

"연기 아닌가?"

"모르지."

겐노신은 다시금 팔짱을 꼈다. 좌중은 일순 조용해졌다.

불쑥 노인이 말을 꺼냈다.

"그건…… 쇼마 씨 말씀대로 역시 하늘불일 겁니다."

"하, 하늘불이요?"

"네. 다른 방화 소동과 기름 가게 화재는 별개라고 생각하시는 편이 좋지 않을까요, 겐노신 씨. 화재가 있었던 날은 대기가 불안했던 데다 습기도 많았지요. 번개가 생기기 쉬운 조건입니다. 그렇다면 그건 자연이 일으킨 구상 번개일 겁니다. 허나…… **천벌**이었을지도 모르지요."

"천벌이라니요?"

일동은 노인을 보았다.

"하늘은 때로 우연을 가장하여 사람들에게 벌을 내리기도 합니다."

그리고 잇파쿠 옹이 이야기를 시작했다.

4

언제 일이었을까요.

그렇지. 분명 교토에서 돌아오는 길이었으니까……. 맞아. 오래전에 이야기해드렸지요, 가타비라가쓰지에서 기묘한 사건이 일어난 후입니다.

그렇지요. 갈림길에 부패한 여자 시신이 홀연히 나타난 그 사건 말입니다. 네, 그 사건도 참으로 기묘한 사건이었지요.

네.

같이 있었습니다. 어행사 마타이치 씨 말씀이지요? 네네, 그 사건이 있은 뒤부터 마타이치 씨는 묘하게 풀이 죽어 있었습니다. 네.

그런 마타이치 씨는 처음이다 보니 저도 어떻게 말을 걸어야 할지. 뭐라고 해야 하나, 다루기 어려웠다고 할까요.

저 말입니까?

네. 종이니 붓 따위를 파는 린조 씨라는 사람 집에 신세를 지며 교토 구경을 하고 있었습니다. 교토는 볼거리가 많지 않습니까?

네. 저는 신사와 불당에는 사족을 못 쓰니까요.

제가 들떠 있는 동안 마타이치 씨는 줄곧 교토 변두리에 있는 황폐한 절에 틀어박혀 있었습니다.

한 달쯤 그러고 있었을까요.

네. 오사카에 있는 이치몬지야 니조라는 사람의 판원(版元)*이 제 게사쿠를 사간 참이어서 주머니가 두둑했습니다.

그렇지요. 아라시야마의 단풍이……. 네, 참 아름답습니다. 그 단풍이 조금씩 들기 시작할 무렵이었을까요.

마타이치 씨가 갑자기 길 떠날 채비를 시작했습니다. 솔직히 말씀드리면 저는 당황했습니다. 네, 그때까지만 해도 혼이 빠져나간 사람처럼 기운이 없었으니까요.

아니, 마타이치라는 사람은 보통내기가 아닙니다. 어딘지 모르게 사람을 초월한 듯한……. 아니지, 지금 생각하면 무척이나 사람다운 사람이었던 것도 같지만 어쨌든 요즘은 볼 수 없는 부류의 사람입니다. 네, 비웃으실 수도 있겠지만 뭐라고 할까요. 어딘지 그리운 곳과 이어져 있는 듯한……. 아니, 그 시절은 그런 시대였던 걸까요.

네. 글쎄 오사카에서 서신이 왔답니다.

네. 제 게사쿠를 사간 이치몬지야 씨가 보낸 겁니다. 이치몬지야란 사람은 마타이치 씨 일행처럼 어둠의 세계에서 일하는 사람들을 통솔하는 교토 일대의 우두머리 같은 분이기도 했거든요.

네. 마타이치 씨에게 무슨 일을 의뢰했나 봅니다. 그래서 오사카에 간답니다.

아, 네. 저도 같이 갔습니다.

---

* 출판사.

네?

아니요. 물론 저는 그때 마타이치 씨가 무슨 의뢰를 받았는지도 몰랐던 데다, 물어볼 수도 없었습니다. 묻지 않는 게 규칙입니다. 네. 제가 거드는 경우도 있었지만 대부분은 어떻게 된 사정인지 듣지 못했고, 그 결과 뭐가 어떻게 되었는지조차 모를 때도 있었으니까요. 아니, 그게 좋습니다. 몰라도 되는 일을 아는 바람에 평범한 사람인 제게 해가 미칠 수도 있지요.

그 사람들은 그런 점을 잘 알고 있었습니다.

그렇고말고요.

잘 알고…… 있었습니다.

아, 아니, 아니. 그러니까 말이지요. 저는 신경이 쓰였습니다. 무엇이? 이거 무척 부끄러운 이야기이지만요. 제 게사쿠에 대한 감상을 듣고 싶었습니다.

네.

결과적으로 그때 썼던 걸 바탕으로 고쳐 쓴 작품이 나중에 개판(開版)되었지만요.

네. 그때 이치몬지야 씨가 정확하게 지적해준 덕분입니다. 지난번에 넘긴 게사쿠에 대한 비평을 들으려고 저는 마타이치 씨와 동행했습니다.

오사카라는 곳은 활기가 있지 않습니까? 도쿄는 지금에야 하이칼라지만 그 시절에 에도라 하면 글쎄 가난한 동네라 전혀 보기가 좋지 않았으니까요. 거리 모양도 너저분해서 빈말이라도 번듯하다고는 못했지요. 그에 비하면 교토, 오사카 일대는 풍족했습니다. 건물도 번듯하겠다. 기근이 있은 뒤인데 음식도 호화로웠어요. 천하의 부엌이니까요.

네, 그 지방이 그렇습니다. 에도도 똑같이 물가에 있지만 물 빠짐이 나빠요. 수로로 나뉜 도시지 않습니까? 게다가 화재도 많지요. 지진도 많아요. 건물은 금방 무너져버리고. 부수는 게 문화가 되었지요. 그날 번 돈은 그날 쓴다고 할 정도로 시원시원한 성격도 그런 데서 유래하는지 모르지요.

네.

저는 또다시 이치몬지야 씨 댁의 식객이 되었습니다.

마타이치 씨는 도착한 다음 날에 어딘가로 갔습니다.

네. 곧바로 쫓아가지는 않았습니다. 따라간다고 말하기도 껄끄러워서요.

저는…… 그렇지요. 이치몬지야 씨의 후의에 기대어 보름 정도 오사카에서 지냈습니다.

이치몬지야 씨는 그림을 보여주시기도 하고 게사쿠 작가를 만나게도 해주시면서 이래저래 돌봐주었습니다.

하지만.

마음에 걸리기는 했습니다.

네. 제 마음이 싱숭생숭하다는 건 니조 씨도 알고 계셨겠지요. 어느 날 방으로 부르더니 어떤 곳에 가보지 않겠냐고 하십니다.

어떤 곳……. 네, 어딘지 분명히 말씀드릴 수는 없겠네요. 셋쓰 지방의 어딘가라고 이해해주십시오. 거기서 이상한 일이 일어난다는 겁니다.

이상한 불이 나온다고. 이렇게, 땅바닥에서 석 자 정도 되는 곳을 불덩이가 날아다닌답니다. 그게 바로 야마토 지방(大和国)*이나 오미 지방(近江国)**에서 말하는 고에몬불일 거라고 이치몬지야 씨는 말씀하셨습니다.

아, 네. 그런 괴이한 불이 있습니다.

네. 바킨(馬琴)***의 《도엔쇼세쓰(兎園小説)》 같은 데도 나옵니다, 이런 음화 이야기가. 문정(文政)**** 시대 이전의 이야기이지요. 그리고 《오토기아쓰게쇼(御伽厚化粧)》 같은 책에도 나옵니다. 장소는 다르지만 두 곳에서 다 고에몬불이라 합니다.

야마토 쪽……. 《도엔쇼세쓰》에서는 비가 추적추적 내리는 밤에 무덤에서 무덤으로 다니는 불이라고 하더군요.

그 괴이한 불과 고에몬이라는 농민이 만났다고 해요. 오다가다 마주쳤다고 해야 할까요.

네. 그 고에몬 씨가 이렇게 불을 지팡이로 때렸어요. 그러자 불이 몇 백 개로 나뉘더니 고에몬을 둘러쌌다. 이렇게 적혀 있습니다. 제가 본 건 아니에요.

네. 그러고 나서 고에몬은 열이 나더니 며칠 뒤에 죽습니다. 흔한 이야기이지요.

그 뒤로 이 괴이한 불은 고에몬불이라 불리게 되었다고 기록되어 있습니다.

한편 《오토기아쓰게쇼》에 실려 있는 오미의 고에몬 이야기는 전혀

---

* 일본의 옛 지명으로 현재의 나라 현에 해당한다.

** 일본의 옛 지명으로 현재의 시가 현에 해당한다.

*** 에도 시대 후기의 게사쿠 작가.

**** 일본의 연호로 대략 1818년 – 1830년.

달라요.

거기서는 고에몬이라는 탐욕스러운 촌장의 원한이 담긴 불이라고 합니다.

이 촌장, 악행이 탄로 나는 바람에 사형에 처해집니다. 죽은 뒤에 그의 집착이 불로 변해 사람들을 괴롭혔다고 해요. 네, 망자의 원한이지요. 불 속에는 무시무시한 표정을 한 고에몬의 얼굴이 있다고 합니다. 네. 얼굴이요.

똑같습니다. 망자의 원한이 담긴 불에는 아무래도 얼굴이 있나 봅니다.

네. 당시부터 저는 니콘보의 불 이야기를 알고 있었습니다. 그래서 듣자마자 떠올랐어요. 장소도 가깝고요.

똑같은 것일 수도 있다. 그렇게 생각했습니다. 네, 이렇게 되면 가만히 있을 수가 없지요. 호기심이 끓어올랐습니다.

네.

갔습니다. 그 마을에.

네. 지난해까지만 해도 기근이었으니까 아무래도 가난하기는 했습니다. 전국 방방곡곡 많이도 돌아다녔는데 어디나 큰일이었습니다. 다만 다른 곳에 비하면 그 지역은 나은 편이었습니다. 기후와 풍토도 그랬지만 사람들이 여유가 있었지요.

네. 가난해도 다들 친절했고요.

네?

괴이한 불 말입니까?

그게……. 네, 실제로 소문은 여기저기 퍼져 있었습니다.

가는 길에 이 마을 저 마을에서 물어보고 다녔거든요. 네, 그런 습관이 붙어버렸습니다.

이런 이야기였습니다. 밤이 되면 산 쪽에 있는 묘지에서 이상한 불이 나타나 둥실둥실 날아서 강 쪽으로 간다고요. 네, 제법 떨어진 곳에서도 보였답니다. 불빛의 궤적이.

실제로 가까이에서 본 사람도 많았어요.

얼굴이요?

얼굴은 있었다는 이도 있고 없었다는 이도 있습디다. 있었다는 사람도 도적이라느니 뭐라느니 그 얼굴이 뭐였는지에 대한 의견은 각양각색이었고, 개중에는 분명 니콘보의 불과 헷갈린 것 같은 이야기도 있었지요.

네. 수행승이다, 도 닦는 중이다, 하는 겁니다. 하지만 이야기 자체는 이미 싹 잊힌 모양인지 오랜 옛날에 원한을 품고 죽었다고만.

네. 이런 이야기는 단편적으로 남게 마련일 겁니다. 이름과 약간의 속성만 있으면 나머지는 어찌어찌 앞뒤를 끼워 맞추지요. 네. 요지로 씨 말씀대로 이야기라는 건 나중에 억지로 갖다 붙인 해석입니다.

많은 경우에는.

하지만 완전히 거짓말이라고 할 수는 없겠습니다.

나중에 갖다 붙인 해석에도 진실의 몇몇 조각은 포함되어 있지 않습니까? 실제로 기록뿐 아니라 이런 괴이한 불의 이름이나 기억이 그 근방 사람들 사이에 남아 있었다는 것을 봐도요.

네. 그 옛날 그 땅에 그러한 사실이……. 이 경우에는 괴이한 불이 나타났다는 사실이 있었다는 뜻이겠지요.

네, 맞습니다.

제가 수소문했을 때 이건 더는 옛날이야기가 아니었습니다. 네, 그렇게 전해져 온다거나 그런 이야기가 있었다는 게 아니라 나도 봤다, 나도 만났다, 하는 겁니다.

잘못 봤다?

아니, 그건 모를 일입니다.

본 사람은 제 눈을 믿을 게고요. 착각이라는 건 뭐 있을 수도 있겠지만요. 아니, 저는 상당히 광범위하게 조사를 했으니까요. 미리 입을 맞춰서 거짓말을 할 수도 없었을 테고, 애초에 저 같은 떠돌이 방랑객에게 거짓말을 한들 득 볼 일도 없지 않습니까?

네. 그야 기대했습니다.

네, 네. 보고 싶었거든요.

아니요, **그때는** 못 봤습니다. 네.

괴현상은 그친 뒤였습니다.

네. 분명 목격한 사람은 많이 있었고말고요. 하지만 현장에 다가가면 갈수록 사람들이 입을 모아서 괴이한 불은 이제 **끝났다**고 하는 겁니다.

나는 봤지만 이제는 끝났다고요.

퇴치되었다고 하는 사람도 있었고, 봉인되었다느니 성불했다는 표현을 쓰는 사람도 있었습니다.

네. 그런 표현은 말하는 사람들이 그 불이 대체 무엇이라고 해석했느냐에 따라 달라지지요. 망령이나 원령이라 봤다면 성불했다고, 요괴나 괴물로 봤다면 퇴치했다, 봉인했다고 하겠지요. 어느 쪽도 아니었다면 그쳤다는 식으로 말하겠고요.

네, 그쳤습니다.

시작된 때가 마침 제가 교토 구경을 하고 있었을 무렵인 모양인데,

맨 처음이 언제였는지는 확실치 않지만 아무런 전조도 없이 시작되더니 낮이고 밤이고 계속 보였다고 합니다. 그러던 것이 며칠 전에 뚝 그쳤다고 하지 뭡니까.

네, 까닭이 있었습니다.

불쑥 나타나서 마을 변두리에 정착한, 신통력을 가진 육부가 기도로 잠재웠다는 겁니다. 맞습니다. 그렇지요. 육부라 하면 아시다시피 육십육부의 약자이지요. 각지에 있는 신령한 장소를 순례하는 반은 승려, 반은 속인인 떠돌이 수행자를 말합니다.

네.

그 육부는 어느 날 갑자기 마을을 찾아왔다고 합니다. 아, 아니, 찾아왔다는 표현은 틀렸겠네요. 네, 떠돌아다니는 도중이니까 들렀다고 하는 편이 옳겠지요.

그렇습니다. 물론 정착하겠다는 생각으로 오지는 않았던 모양이에요. 그런데…… 어떤 신통력을 보여준 겁니다.

마을 사람들이 음식을 시주한 데 대한 답례로 잃어버린 물건을 찾아줬다거나 뭐라고 예언 같은 말을 했는데 그게 들어맞았다거나, 그런 일이 몇 번 있었던 모양입니다.

네.

감사하는 마음에 붙들었다고 마을 사람들은 말하더군요. 네, 네. 아니, 이 사람이 단순히 구걸이나 하고 다니는 반쪽짜리 승려였다면 그렇게 환대받지도 않았겠지만, 이 육부는 진즉에 위패를 모신 절에 참배를 하고 주지승에게도 인사를 딱 올렸습니다.

아니, 이런 건 중요합니다. 방문자가 신뢰할 만한 사람인지 아닌지, 동네 사람들이 알 리 만무하니까요. 그 지역에서 가장 신뢰받는 인물이 알아보고 대접했다는 건 그 사람이 믿을 만한 사람인지 아닌지를 결정하는 중요한 증거가 되겠지요. 특히 신앙심과 관련이 있을 경우에는 그럴 겁니다.

마을 사람들은 이 육부를 신뢰하여 그가 당분간 마을에 머물러주기를 바랐습니다.

네. 여기에는 물론 이 무렵 마을을 떠들썩하게 하던 괴이한 불도 염두에 있었겠지요. 이 불이 특별히 재앙을 초래하지는 않았던 모양이지만……. 네, 누가 죽임을 당했느니 어느 집이 망했느니 하는 일은 없었나 봅니다. 그래도 꺼림칙한 일인 건 분명하지요. 억측도 난무했던 모양입니다.

네, 주지 스님도 심려했던 모양이에요.

네.

아, 그야 스님도 기도를 올리거나 했던 모양이지만 효험은 없었나 봐요. 아, 아니, 그건 착각입니다, 겐노신 씨.

부처님은 고마우신 존재이지만 불덕이란 원래 신심이 있는 사람에게만 미치는 법입니다. 마음속으로 염불을 외는 사람은 부처님의 공덕을 얻고 가호도 받겠지요. 다만 여우, 너구리와 요괴는 불덕과 무관합니다.

네, 맞습니다.

마을을 재앙으로부터 지키는 것과 정체불명의 괴현상을 봉인하는 일은 또 다릅니다.

애당초 조왕신을 쫓거나 귀신에 씐 사람을 고치는 일은 절의 관할이 아니에요. 물론 없어진 물건을 찾느니 병을 고치느니 하는 기도도 스님이 할 일이 아닙니다. 괴이한 불도 매한가지입니다. 절이 이런 괴이한 일에서 지켜주기는 할 테지만요. 요물 퇴치는 전문 영역이 아닐 겁니다.

네. 그래서 마을 사람들도 안심하고 있기는 했던 모양입니다. 절을 신뢰한 거지요. 다만 이런 소문은 퍼지게 마련 아니겠습니까?

네. 사실 제가 거기까지 가는 도중에도 유언비어가 나돌고 있었으니까요. 내버려둘 수는 없었겠지요.

네. 그래서 그 영험함을 믿고 육부와 상의를 했습니다.

네, 괴이한 불을 퇴치해달라고요.

육부는 흔쾌히 받아들였다고 합니다.

네.

쇠뿔도 단김에 빼랬다고, 마을 대표와 마을 관리, 절의 주지 스님이 입회하여 불이 나타난다는 묘지로 나섰답니다.

묘지라고는 해도 평범한 묘지가 아닙니다. 저도 보고 왔는데 마을에서는 꽤 떨어진 산속에 황폐한 오륜탑 같은 게 풀에 파묻히다시피 몇 개 서 있습니다. 누구 무덤인지도 알 수가 없어요. 탑에 새긴 글자는 닳아 없어졌고요.

네. 땅거미가 질 무렵에는 완전히 어두웠겠지요.

초롱불 같은 건 산속에서는 의지가 안 됩니다. 마을 안과는 달리 불빛이 전부 어둠속으로 빨려 들어가지 않습니까? 가스등과는 전혀 다르지요.

네. 그야말로 몸뚱이가 녹아 없어질 정도로 어둡습니다.

색깔도 형체도 없습니다. 한밤중의 산은.

네, 맞습니다.

무시무시하지요.

산에 들어가면 말입니다. 별이 가깝게 느껴지지요. 그건 고도가 올라갔기 때문이 아니에요. 어둠이 깊기 때문입니다. 자그마한 빛이 눈부시게 느껴집니다.

네. 그러니까 가령 쇼마 씨가 말씀하신 인의 불빛 같은 것도 원래는 희미한 빛이겠지만 산속에서 보면 눈부시게 보이겠지요.

네. 야마오카 겐린이 말한 대로입니다.

같이 간 마을 대표에게 들었는데, 이 괴이한 불이 글쎄 글자를 읽을 수 있을 정도로 밝았다고 합니다. 이 또한 그런 상황에서 봤기 때문에 그렇게 여겨졌을 뿐일 수도 있겠지만요.

아니, 아니군요.

그건 정말로 밝습니다.

네?

아니, 아니. 그건 또 나중 이야기이고요.

어쨌든 육부를 선두로 해서 네 사람은 그 무덤이 있는 곳으로 향했지요. 술시(戌時)*쯤이었다고 합니다.

꺼림칙한 느낌이 들었답니다. 네, 불이 날아다니는 장면과 맞닥뜨린 사람은 많았던 모양이지만, 제 발로 그 불이 나타나는 곳으로 가는 사람은 없었습니다.

아니, 애초에 누가 묻혀 있는지도 모를 그런 산속 무덤에 해가 진 뒤에 찾아가는 사람이 어디 있겠습니까.

음, 기척이라 할까요. 그런 건 있습니다. 아니요. 소베 씨는 겁쟁이라 하실 테고, 쇼마 씨는 미신이라 하시겠지요. 겐노신 씨는 요마가

---

* 대략 저녁 8시 정도.

발하는 기라고……. 아, 그런 건 아니라고요?

그렇군요. 실례했습니다.

하지만 이 말은 전부 틀렸습니다. 겁쟁이라서 기척을 느끼는 것도 아니거니와 기척이 없는 것도 아니에요. 그런 건 실제로 있습니다. 특히 산에서는 강하게 느껴지지요. 다만 이는 특수한 무언가가 아닙니다. 결코 영감이나 육감으로 느끼는 게 아닙니다.

이건 오감으로 평범하게 느낄 수 있습니다. 그저 보이거나 들리거나 하는 단순한 것이 아닙니다. 요즘 말로는 종합적이라고 할까요.

기척이란 눈과 귀와 코와 피부처럼 바깥 세상과 접하고 있는 다양한 부분이 감지한 것을 나란히 놓고 맞춰보거나 비교해서, 머리로 생각하는 건 아니지만 종합적으로 판단하는 겁니다. 그렇기에 분명히 들리지도 않았고 확실히 보이지도 않았는데…….

어쩐지 느껴지는.

이런 것이 기척입니다. 특히 산은 사람의 오감이 예민해지는 곳이지요.

네. 산에는 보이지 않는 게 더 많습니다. 나무가 있지요, 풀이 있지요, 물도 흐르고 곤충이나 짐승도 있지요. 그게 전부 보이지는 않습니다. 나무 그늘에 무엇이 있는지, 땅 밑에 무엇이 있는지, 산 뒤쪽에 무엇이 숨어 있는지, 이런 건 보기만 해서는 모릅니다.

소리나 냄새, 온도, 습기, 바람 방향으로 많은 것을 알 수 있지요. 자연스레 온몸으로 느끼게 됩니다.

저도 시코쿠 산속에서 상당히 무서운 일을 겪었으니까요. 네, 뭐라고 해야 하나, 인간의 틀을 초월했다고 할까. 그런 무서운 존재를 느끼게 됩니다. 그러니 그때도 무언가 심상치 않은 기척을 느꼈겠지요.

네. 나왔다고 합니다.

석탑 뒤에서. 불이.

얼굴이요?

네. 대표는 뭔가 무서운 얼굴이 있었다고 하는데, 마을 관리는 없었다고 합니다. 주지 스님에게도 물었는데, 눈이 부셔서 보이지 않았다고 하시더군요. 관리 말로는 대표는 불이 나타나자마자 머리를 감싸고 주저앉아버려서……. 그러니까 제대로 보지도 못했을 텐데, 하고 관리는 비웃었습니다.

주지 스님 말로는 그러는 관리도 기겁을 했다지만요.

불은 마치 살아있는 것처럼 공중을 돌아다녔답니다. 네, 어디 보자. 고양이한테 쫓기는 쥐가 이렇게 조르르 달아나지 않습니까?

그런 느낌이었을까요.

나이든 마을 관리는 쉭쉭 하는 이상한 소리가 났다고 말하더군요. 들어본 적도 없는 기분 나쁜 소리였답니다.

불은……. 불이라기보다는 빛줄기 같은 느낌이라고 해야 할까요. 이게 마치 뱀처럼 공중에서 구불거리면서 이쪽을 향해 왔답니다.

네. 서로가 서로를 비웃고는 있지만 같이 간 세 사람은 다 혼비백산해서 꼼짝도 못했던 모양입니다.

네.

육부는 무서워하지도 않고 불을 보며 똑바로 서 있었답니다. 그러고는 무어라 난해한 주문을 외더니 이렇게, 활활 타는 요상한 불 쪽으로 손에 들고 있던 방울을 쳐들었다고 합니다.

"어행봉위."

이렇게 말하고 나서 짤랑, 하고 방울을 한 번 흔들었답니다.

그랬더니.

글쎄, 놀랍게도 그 괴상한 불이 순식간에 훅 꺼지더니 주위가 새카맣게 어두워졌다지 뭡니까.

괴이한 소리도 그쳐서 마치 아무 일도 없었던 듯이 벌레 소리까지 들려왔답니다.

하늘에는 가느다란 달이 보였다 하고요.

마을 대표는 손으로 감싼 고개를 들고 올려다본 하늘에 평온하게 떠 있던 달을 똑똑히 기억한다고 했어요. 조금 전까지만 해도 가득하던 불길한 기운 같은 것이 싹 갰다면서 방금 본 게 전부 거짓은 아니었을까 하는 생각이 들었다고 주지 스님도 말씀하시더군요.

관리도 여우에 홀리기라도 한 기분이 들었다고 했고요.

네. 그 뒤로 괴현상은 뚝 그쳤다고 합니다.

그렇습니다.

제가 갔을 때에는 그 괴이한 불, 고에몬불이라고 하는 사람도 니콘보의 불이라고 하는 사람도 있었는데, 그 불은 이미 그친 뒤였습니다. 네, 아쉬웠지요.

네. 그러니까 제가 이치몬지야 씨 댁을 나섰을 무렵에 이미 괴현상은 사그라들었던 겁니다. 네. 교토에 있었을 때 시작되었다고 하니까 대략 한 달쯤 이어진 셈일까요.

네.

그럼요.

일의 진위야 어찌 되었든 이 육부와 만나지 않고 넘어갈 수는 없지요. 여러분이라도 그렇지 않겠습니까? 저는 남보다 갑절은 그런 이야기를 좋아하니까요. 당장 만나러 갔습니다.

네. 그렇습니다.

다행히 그 육부는 제가 갔을 때 아직 마을에 머무르고 있었습니다. 네. 그야 마을 사람들은 육부에게 깊이 감사하고 있어서 더 오래 머물러달라고 강하게 바랐지요. 육부는 마을 변두리에 있는 오두막을 얻어서 병자를 위한 기도 같은 걸 하고 있었습니다.

네, 만났습니다. 저는…….

5

그때 야마오카 모모스케는 대체 뭐라고 말을 걸어야 하나 망설였다. 모모스케는 마타이치의 속셈을 도저히 짐작도 할 수 없었기 때문이다.

덴교보라는 가짜 이름을 쓰고 있었지만, 이 사람이 마타이치임을 모모스케는 금방 알아차렸다. 집단 속으로 들어가서는 눈 깜빡할 사이에 사람의 마음을 사로잡고 마음대로 조종하는 것은 마타이치의 주특기였다. 세 치 혀를 놀리는 모습은 청산유수. 속이고, 달래고, 으르고, 어르고, 칭찬하고, 위협하고, 구슬리고……. 모사꾼이라는 별명을 가진 이 어행사의 말재주 하나면 순박한 마을 사람들을 손바닥에 놓고 움직이는 일쯤은 식은 죽 먹기일 것이다.

어찌 되었든 마타이치는 작다고는 해도 지방 하나를 통째로 속인 적도 있다. 마타이치가 이 마을에 파고들어 마을 사람들의 환심을 사서 무슨 일인가를 벌이려 한다는 것은 틀림없었다. 하지만…….

모모스케가 보기에 이 시골 마을은 평온했다.

물론 외지인인 모모스케에게는 보이지 않는 일도 있다. 시골 마을

이란 결국 어딘가가 닫혀 있게 마련이다. 내부 사정까지는 알 수 없다. 하지만 한편으로는 밖에서 보아야 아는 일도 있다. 집 뼈대가 일그러졌다 한들 집 안에만 있어서야 알아차리지 못할 수도 있다. 그런 경우에는 밖에서 보면 금방 알 수 있다.

이것도 일종의 기척……이라 하면 될까.

상태가 안 좋은 부분이 있으면 명확하게는 모르더라도 어쩐지 아는 법이다. 괴롭거나, 슬프거나, 덧없거나……. 이런 감정은 아닌 체 꾸며도 들키게 마련이다. 그게 눈에 보이지 않는 냄새일 때도 있고 들리지 않는 비명일 때도 있다.

아무리 가난해도 마음가짐이 건전하면 이런 감정은 느껴지지 않는다. 마타이치는 이런 곳에 숨어들어서 무엇을 할 생각일까? 확실히 마타이치는 갖은 수를 써서 사람의 틀어진 부분을 수선한다. 하지만 구멍이 나지 않은 천은 애초에 꿰맬 수가 없다. 가난을 보충하는 것은 금전과 물자인데, 이것을 마타이치가 보충할 수는 없다.

아니면 모모스케가 느끼지 못했을 뿐, 이 마을에도 정체 모를 문제가 있는 것일까?

모모스케는 이런 생각을 곰곰이 하면서 마을 변두리에 있는 오두막의 문을 두드렸다.

여.

마타이치는 예상과는 달리—아니, 모모스케는 아무런 예상도 하지 못했지만— 평범한 인사를 했다. 아니, 너무 평범하기는 했다만.

어째서 여기 있냐고도 무얼 하러 왔냐고도 묻지 않았다. 마타이치는 "모모스케 선생, 잘 오셨습니다" 하고 마치 모모스케가 올 줄 알고 있었다는 듯이 말했다.

"역시…… 당신이었습니까?"
모모스케는 상황을 이해하지 못한 채 이렇게 말했다. "역시라니 무슨 소립니까" 하며 마타이치는 웃었다.
"소생이 그렇게 눈에 띕니까?"
"눈에 띈달까……. 무얼 하시는 겝니까?"
"조왕신 쫓는 흉내를 내고 있습니다. 이곳 사람들이 있어달라고 해서요. 뭐, 정어리 대가리도 믿기 나름이라고, 믿음이 있으면 나름의 구원을 얻는 법입니다. 소생처럼 신심이 없는 사람도 믿는 사람 눈에는 고마우신 육부님인 모양인지. 상대방이 믿고만 있으면 잃어버린 물건도 나오고 병도 낫는다, 이런 이야기이지요. 도움이 된다면 도와줘야지 하고 이렇게 영험한 육부님 흉내를 내고 있습니다."
마타이치가 말했다.
"흉내라니……."
"젖값을 갚으려고요." 마타이치가 웃었다.
"혓바닥으로 사람을 속여서 하고 싶은 대로 하고, 까놓고 말할 수 없는 일도 많이 했으니까요. 종잇장처럼 얄팍한 인생, 한 번쯤은 남에게 감사를 받는 것도 나쁘지 않겠지 싶어서……. 아차, 들어오십쇼."
마타이치는 모모스케를 방에 들였다.
안쪽은 마룻장을 깐 방이었는데 아무것도 없었다.
"속이고 있는 건 매한가지이지만, 그 덕에 갓난아기가 밤중에 우는 것이 멎었다, 할머니 허리가 펴졌다, 감사를 받으니……. 뭐, 나쁜 일은 아니잖습니까?"
"그건…… 나쁜 일은 아닙니다."
악행은 아니다.

그렇게 해서 터무니없는 돈을 챙긴다면 설령 효험이 있다 한들 사기가 되겠지만, 겉보기에는 마타이치가 마을 사람들에게서 기도 값 따위를 받는 낌새는 전혀 없었다. 아니, 마타이치라는 사내는 절대 이런 일로 돈벌이를 하는 사내가 아니다.

물론 소악당이니만큼 속이거나 공갈을 하거나 뭔가를 뜯어내는 경우는 있다.

다만 그럴 경우에는 뭔가 다른 목적이 있고 이런 일은 그 수단이다. 모모스케는 적어도 돈을 목적으로 하는 사기 행각을 본 적이 없다. 마타이치 정도 되는 사람이 그럴 마음만 먹으면 구태여 귀찮은 장치를 꾸미지 않더라도 말만 가지고 곳간을 몇 채는 세울 텐데 어찌 된 셈인지 그런 일은 없다. 마타이치는 곳간은커녕 제대로 된 집도 없다. 살림살이만 보면 돈과는 전혀 인연이 없다.

하지만 이는 마타이치가 욕심이 없거나 돈에 무관심해서 생긴 결과가 아니다.

모사꾼은 일한 만큼의 대가는 챙겨 받으며 결코 공짜로 일해주지 않는다. 받을 건 받는다. 소악당들은 모모스케 같은 사람보다 돈의 고마움을 훨씬 잘 안다. 그렇기 때문에 말재주만으로 돈을 버는 짓은 하지 않을 뿐이다.

다만 이 경우에는…….

어떤 의뢰인지 알 수가 없다.

목적이 도통 보이지 않는다.

정말로 도움이 된다면 하겠다는, 소악당에게는 없을 법한 갸륵한 마음으로 하는 일이라면 이도 나쁜 일은 아닐 것이다.

물론 속인다는 사실에는 변함이 없지만, 그로 인해 누군가가 구원을 받는다면 거짓말도 하나의 방편이다.

하지만 모모스케가 마타이치의 말을 순순히 받아들이지 못한 것 또한 사실이다. 마타이치가 하는 일이니 나쁜 짓을 꾸미고 있다고 생각하지는 않는다. 생각하지 않지만, 마찬가지로 마타이치가 하는 일이니 속에 꿍꿍이가 없다고는 생각할 수 없다.

마을 사람들과 마찬가지로 모모스케 또한 속고 있을 가능성 역시 있다.

"믿고 있는 거지요. 믿고 싶겠지요. 얼마 전까지의 참상을 선생도 아시잖습니까. 온 나라에서 모든 사람이 굶주렸으니까요. 기타바야시 같은 곳도 지독했지만, 이 부근도 상당히 지독했습니다. 오사카 시내에서까지 굶어죽는 사람이 나왔으니까요."

마타이치가 말했다.

"오사카에서 말입니까?"

"윗분들이 지독해서요." 이렇게 말한 순간만은 마타이치의 눈빛이 어두워졌다.

"에도는 그나마 나아요. 그곳은 어떻게 살아가는지 잘 알 수 없는 곳이 되어버렸지요. 하지만 보통은 그렇지 않잖아요? 작물이 말라죽으면 굶주리고, 물고기가 안 잡히면 굶주리고. 허나 오사카 부근에서는 몇 안 되는 사람들만 계속해서 재미를 봤지요."

"무사…… 말입니까?"

"무사도 그렇지요. 쇼군 임명식에 보낼 쌀이다 뭐다 하면서 쌀을 사들이는 한편, 농민이나 장색이 제 입에 풀칠할 쌀 좀 확보했다고 암거래라면서 투옥하지를 않나. 상인은 상인대로 쌀을 매점하여 가격을 끌어올려 자기들은 호화롭게 살지요. 기근이 생긴 걸 알고 그럽니다.

죽게 내버려두고 손쓰지 않는 정도가 아닙니다. 더더욱 빼앗아 가니까 참을 수가 없지요."

그건 알고 있다. 기근에 대해 아무런 대책도 취하지 않는 체제 측에 반발하는 목소리도 많았던 모양이다. 한때 막부의 신하였으면서도 반기를 든 오시오 헤이하치로(大塩平八郎)*의 난은 기억에 새롭다.

"이 나라의 형태를 잡아주는 틀은 꽤나 헐거워졌습니다. 고치의 수군 봉행이 한 말은 사실입니다. 지금의 형태는 그리 오래가지 못할 걸요. 그건 정사를 보는 놈들보다 미천한 사람들이 민감하게 알 겁니다. 이 근처는 유채 씨니 무명이니 술이니, 팔기 위해 심는 작물이 성했으니까요. 어떤 때에도 어찌어찌해나갈 수는 있었을 테지요. 돈이 좀 되었을 겁니다. 하지만 다른 번도 바보는 아니지요. 요즘은 번의 전매품이 나돌아서 오사카 시장에 나오는 물건도 반으로 줄었습니다. 저쪽에서 똑같이 나오면 안 팔리죠. 예전과 마찬가지로 좋은 물건을 만들어도 들어오는 돈은 반으로 줍니다. 구조가 바뀌기 시작했다는 건 농민들도 알아요."

마타이치가 말했다.

과연.

이 나라 자체가 일그러지기 시작했는가.

바깥쪽이 일그러지면 안의 건전함은 오히려 거북한 느낌을 준다.

"다들 불안한 겁니다."

"무언가를 믿고 싶다……는 말씀이신지."

---

* 에도 시대 후기의 양명학자로 대기근 때 사람들을 도와줄 것을 봉행소에 제안했지만 해결되지 않자 장서를 전부 팔아 빈민을 구제하다 결국 무장 봉기를 일으켰다.

마타이치는 고개를 끄덕이는 대신 머리를 쓸었다.

"그런 사정이어서요."

가짜 육부는 왠지 멋쩍음을 감추는 듯한 동작으로 마룻방 한가운데 화로를 놓기 위해 네모나게 파놓은 곳의 가장자리에 앉았다.

"선생도 소생이 에도에서 이름을 날린 모사꾼에 거짓말쟁이 악당이다, 이런 말은 마을 사람들에게는 하지 말아주십쇼. 모처럼 잘 듣는 **주문**인데 그랬다가는 효험이 뚝 떨어집니다요."

"그건 알겠지만……."

많은 이야기를 하지 않는 것.

이는 늘 있는 일이다.

"믿고 있습니다." 마타이치는 되풀이했다. "그러니까 여기서 소생은 덴교보니까 이 부분은 입을 맞춰주십쇼."

"입을 맞추라고요?"

"얼마 동안은 머무르실 거잖습니까."

마타이치가 말했다

"네, 뭐 그럴 작정입니다."

여기까지 와서 바로 돌아가는 것도 이상하지 싶다. 게다가 또다시 이치몬지야 씨 댁에 돌아가서 신세를 지기도 그렇다.

거기로 돌아간다면 인사만 하고 그길로 에도에 돌아가는 것이 보통이리라. 애초에 모모스케는 아무런 볼일도 없이 오사카에서 밥만 축내고 있었던 것이다.

"여관 같은 건 없지만요." 마타이치가 말을 이었다.

"뭐, 소생이 촌장에게 말해두겠습니다. 에도에서 신세를 진 게사쿠 작가 선생이라 하면 흔쾌히 묵게 해주실 겁니다. 이곳 촌장의 부친이 진기한 것을 대단히 좋아하니까요."

"저, 저는."

"진기한 것이라는 말은 실례였습니까?"

마타이치가 또 웃었다.

잘 웃는다.

교토에서는 풀이 죽어 있었는데.

어느 시점에서 심경에 무슨 변화라도 있었나? 아니면 기분이 좋은 척하는 것인가?

어차피 모모스케는 알 수 없다.

"저는 수수께끼를 쓰고 있을 뿐, 그…… 게사쿠 작가라는 건……"

"알지도 못할 겁니다. 요 근방에서 수수께끼 작가라 한들 통하지도 않을 테고, 게사쿠 작가를 더 좋아할 걸요. 게다가 선생은 앞으로도 영원히 영험한 행자가 될 수는 없는 소생과는 달리 머잖아 진짜 게사쿠 작가가 될 것 아닙니까. 소생의 거짓말보다야 훨씬 더 진실미가 있지요."

마타이치가 말했다.

"아니, 아직 개판이 정해지지는……."

"이런, 그렇게 겸손하시다니 섭섭합니다." 마타이치가 손을 들었다. "다름 아닌 이치몬지 너구리가 재미있다고 했잖아요. 잘 팔릴지도 몰라요."

마타이치가 화로를 걸어놓은 갈고리 너머로 지긋이 모모스케를 바라보았다.

또 하나 떨쳐버린 건가.

모모스케는 이렇게 생각했다.

마타이치는 무슨 일을 하나 꾸밀 때마다, 그러니까 누군가 생판 모르는 타인의 마음에 난 틈새를 들여다볼 때마다 제 속에 있는 무언가를 버리는 것 같다. 모모스케는 그러지 못한다. 모모스케에게는 뭔지 몰라도 매우 소중한 것이 있는데, 이것을 깎아 없애는 게 두려워서 꽁무니를 빼면서 살고 있다. 그래서 모모스케는 마타이치처럼 되지는 못한다.

그렇다고는 하나.

"마타이치 씨, 저기…… 당신이 그 괴이한 불을?"

모모스케가 물었다.

"괴이한 불?"

마타이치가 순간 의아하다는 얼굴을 했다.

"아아, 불 말입니까?"

"그렇습니다." 모모스케가 몸을 앞으로 내밀었다.

"마타이치 씨의 사기 기술은 저도 압니다. 직접 말씀하셨다시피 그건 신기한 일이 아니겠지요. 하지만 불은 어떻게 한 겁니까?"

"어떻게 했냐니. 무슨 이야기입니까?"

"무슨 이야기라니요. 떠돌이 육부가 봉인했다고 하던데요. 마타이치 씨가 괴이한 불을 없앴지요? 당신이 괴현상을 잠재운 거 아닙니까?"

"그랬지요."

"그랬지요라니……. 그 불은 우리가 교토에 있을 때부터 나왔습니다. 그럼 진짜잖아요. 어떻게 없앴습니까?"

"선생에게는 못 당하겠습니다."

마타이치는 화롯가에 떨어져 있던 지푸라기를 하나 집더니 자기 얼굴 앞에 대고 가지고 놀았다.

"그런 건 요괴도 뭣도 아닙니다."

"뭣도 아니라니……. 그럼 뭡니까?"

모모스케가 물고 늘어졌다.

"그건 산새예요."

마타이치가 말했다.

"산새? 그럴 리 없지 않습니까? 새는 밤에 날아다니지도 않거니와, 애초에 새는 불을 발하지 않습니다."

"아니, 새는 빛납니다. 오품백로(해오라기, 五位鷺)는 파랗게 빛나고, 긴꼬리꿩은 붉게 빛나지요. 이게 날면 귀신불처럼 보이는 겁니다. 산 사람들은 새불 혹은 **흔들**불이라고 하지요."

"흔들불?"

"흔들거리기 때문이겠지요." 마타이치가 간단히 대답했다.

"뭐, 고에몬불이죠."

"옛날 옛적의 고에몬불도 새라고요?"

"글쎄요, 소생은 모릅니다." 마타이치는 이렇게 말하고 바싹 깎은 머리를 긁었다. "뭐, 새니까요. 겁먹지 않고 소리라도 내면 조용해지겠지요. 그날 밤은 그렇게 해서 해결하고, 다음 날 낮 동안에 새잡이 흉내를 내서 산 채로 잡았습니다요. 그랬더니 이제 안 나오네요."

마타이치가 거듭 말했다.

"새입니다, 새."

"하지만 마타이치 씨. 새 날개가 빛난다 치고, 그건 무언가를 반사하는 겁니까? 날개 자체가 빛나는 건 아니잖아요? 본 사람들 증언을 들어보면 그 불은 꽤나 밝다고 하던데요. 달빛이 날개에 내리쬔 건지 그도 아니면 인이 내는 불빛인지는 모르지만, 책을 읽을 수 있을 정도로 밝은 빛이 생길 리가 없습니다."

"잘못 본 게죠."

"착각이라고요?"

"밤중에는 산이 캄캄하다는 걸 선생도 아시면서. 주위가 어두우면 어두울수록 불빛은 두드러지는 법이잖아요."

"아니, 아니."

모모스케는 이런 말로는 수긍할 수 없었다. 빛이끼나 반딧불, 해파리처럼 발광하는 생물체는 확실히 있다. 하지만 금수는 빛나지 않는다. 짐승의 눈동자가 빛나는 이유는 빛을 반사하기 때문이며, 털가죽이 빛나는 이유는 공중의 음기, 양기를 축적하기 때문이다. 그 자체가 빛을 내지는 않는다.

하물며 새가 빛날까.

마타이치가 흥 코웃음을 쳤다.

"그렇다면…… 그건 번개 같은 것이었는지도 모르겠습니다. 이건 어떻습니까?"

"어떻냐니……."

모모스케도 이런 생각은 하고 있었다. 어떠한 원리인지는 알 수 없지만, 괴이한 불 중 일부는 확실히 자연적으로 일어날 수 있는 현상이 아닐까 하고.

하늘 위에 번개가 있고 땅속에 불과 진흙이 있다면, 하늘과 땅 사이에 불덩이나 동그란 번개도 있겠지.

하지만 그러면.

"그러면 역시 이상합니다."

그러면 이치가 통하지 않는다.

"왜냐하면 마타이치 씨, 그렇다고 하면 그 괴이한 불은 바람이 불고 비가 내리는 것과 마찬가지로 천지와 세상의 이치에 따라 발생한 셈입니다. 그러면 비를 마음대로 내리게 할 수 없고 바람을 멈출 수 없듯, 사람인 당신이 그걸 잠재울 수는 없을 텐데요. 예로부터 비를 기원하고 산을 진정시키는 등 자연을 자유자재로 조종하려고 하는 행법은 많이 있었지만, 하나같이 효험은 없었습니다. 효험이 있었다 할지라도 그건 우연이지요, 안 그렇습니까?"

"우연이겠죠."

마타이치가 이렇게 대답했다.

개구리 낯짝에 물 붓기이다.

"말씀대로 소생에게 그런 신통력은 없습니다. 그러니 불이 그친 건 우연일지도 모르죠."

"우연이라니, 그런."

그렇게 편리한 이야기가 있을까.

"아니, 소생은 그게 새라고 믿고 새 잡는 끈끈이로 산새를 잡았으니 다 끝났다 생각했는데, 실은 그게 아니었을 수도 있습니다. 그건 소생이 뭘 하든, 혹은 아무것도 하지 않든 멋대로 시작되었다 멋대로 그쳤을지도 몰라요. 아니, 자연적인 기상 현상이라면 틀림없이 그렇겠죠."

"그럼 어째서. 그러니까 어떤……."

"기후 탓은 아닐까요?"

"기, 기후?"

"장마가 이어지고 있었잖아요."

확실히 모모스케가 교토를 출발했을 무렵에는 잔뜩 찌푸린 날씨였다.

“그런데 소생이 산에 있는 그 무덤에 간 뒤로는 어찌 된 까닭인지 비가 안 옵디다. 아주 그냥 바싹 마른 가을 날씨예요. 지난번 그건 습도가 높을 때 어떤 이유로 불이 붙는 물건일 수도 있습니다. 그렇다면 이건 우연이겠지요. 날씨에 따라서는 다시 나올지도 몰라요.”

어행사가 말했다.

“그렇다면.”

“뭐, 혹 다시 나오면 그걸로 이 덴교보의 영험도 끝이지요. 그렇게 되면 얼른 작별하겠지만요.”

확실히 앞뒤가 맞기는 하다.

그저 도저히 수긍할 수가 없었다. 마타이치는 두 번 다시 **나올 리 없다**고 단정하고 있는 것처럼 보였기 때문이다.

모사꾼은 모모스케의 얼굴을 들여다보고는 “안 믿는 얼굴이네요” 하고 말했다. “의심도 참 많습니다.”

“의심이 많아……진 겁니다.”

모모스케는 유학자나 불교학자도 아니고, 원래는 괴력난신에 대해 실컷 떠들고 싶어하는 성미이다. 세상에는 괴이한 일이 있다고 **생각하고 싶은** 인간인 것이다. 그렇게 생각하고 싶기 때문에 속임수를 싫어한다. 거짓된 괴이함을 간파하는 것은 진정한 괴이함을 판별하기 위해서 필요한 일이었다.

그런데 마타이치 일행과 만난 뒤로 모모스케는 수수께끼를 불가사의하다고 여기지도 못하고 이치에 맞는 일이라고 딱 잘라버리지도 못하게 되었다. 이는 물론 뒤에서 조종하는 사람이 있기 때문이다. 거짓이 진실인지 진실이 거짓인지, 결국 눈속임이라 모모스케 따위가 판단할 수는 없다.

무슨 일이든지 간단히 믿지는 못하게 되었다.

"그럼, 이런 건 어떻습니까." 마타이치가 말을 꺼낸다.

"그건…… 원한의 불꽃이었습니다."

"원한의 불꽃이요?"

마타이치 씨답지 않은 말을 한다고 모모스케가 말하자 마타이치는 그렇다며 웃었다.

"마타이치 씨는 신심이 없는 사람 아니었습니까?"

"하지만 선생, 믿고 안 믿고는 별개로 만약 죽은 사람의 원한이 불이 되는 일이 있다 치면, 지난번 그건 그 옛날에 무연고 무덤의 주인이 남긴 원한의 불꽃이 되지 않겠습니까? 이름도 잊히고 찾아오는 발길도 끊긴 채 오랜 세월 버려졌다는 원념이 불꽃이 되어 타고 있었다면 어떻습니까?"

진심으로 하는 말이라고는 생각할 수 없다. 모모스케가 그렇게 말하자 마타이치는 왜냐고 물었다.

"왜냐니……. 마타이치 씨는 원령 같은 건 믿지도 않으실 텐데요."

"소생이 믿지 않는다고 해서 이 세상에 없는 건 아닐 텐데요."

"그건 그렇지만……. 그럼 어떻게 없앴습니까? 마타이치 씨는 신심이 없기로는 확고한 사람 아니었습니까? 진짜 원령이라면 없앨 수 있을 리 없습니다."

"그렇지만도 않을 겁니다. 소생에게는 신심이 없지만 보시다시피 기도는 듣습니다. 죽은 넋이라고 해도 원래는 사람이죠. 살아있는 사람한테도 효험이 있었으니까 똑같이 효험이 있었다고 생각할 순 없을까요. 벼락 육부의 사기 경문도, 사칭 어행사의 가짜 부적도 효과가 있었는지 누가 압니까."

어행사가 대답했다.

그렇다면 이야기는 쉽다.

아니, 그렇게 생각하는 편이 안심할 수 있다.

이 세상에 불가해한 일이 있다고 생각하는 것은 무척 편한 일이다. 불가사의라는 네 글자는 정말 든든하다.

"가끔은 이런 것도 좋지 않습니까" 하더니 마타이치가 일어나서 덧문으로 바깥을 살폈다.

"어라, 납셨군."

"네?"

마타이치는 실로 그답지 않은 표정을 보였다.

"뭐가 왔는데요?"

"아니, 슬슬 구경꾼이 나온 모양입니다. 좀 있으면 여기에 마을 사람들이 올 거예요."

"허……."

"아차, 선생, 연기 좀 잘 부탁합니다요. 소생은 육부 덴교보입니다."

마타이치는 이렇게 말하고 품에서 희고 두꺼운 무명을 꺼내 머리에 감았다.

"이 사람들, 끊이지 않고 와요. 너무 힘들어서 오시부터 술시까지로 시간을 정해놨습니다. 그래도 별 용건도 없이 줄줄 온다니까요. 촌장도 올 테니, 선생을 소개할 좋은 기회가 되겠네요."

마타이치는 자세를 바로 했다.

그러고는 정말로 많은 사람들이 찾아왔다.

머리가 아프다, 엉덩이가 아프다, 눈이 흐리다, 기운이 없다, 애가 계속 자면서 오줌을 싼다, 할아버지가 망령이 났다, 할머니가 허리가 굽었다, 심지어는 좋은 인연을 맺어달라거나 순산을 기원하기까지……. 이 사람, 저 사람 돌아가면서 참 고민이 많기도 하다 싶을 정도로 정말 많은 사람들이 마타이치를 찾아왔다.

근처에 사는 사람뿐 아니라 풍문을 듣고 멀리서 온 사람, 행자님의 존안을 뵙기 위해 온 사람부터 손만 만져보면 된다는 사람, 이 인파를 보러 온 구경꾼까지 문전성시를 이루었다. 듣자니 요 며칠 계속 이런 행렬이라고 한다. 아니, 날이 갈수록 늘어난단다.

대단한 노릇이다.

겉으로 보기에는 어엿한 생불이다. 유행을 좋아하는 에도 사람들도 이 정도로 열을 올리지는 않을 것이다. 흡사 축제같이 떠들썩하다.

마타이치는……. 아니, 덴교보는 찾아오는 사람 하나하나를 실로 정성껏 대했다. 얼토당토않은 부탁이라 하더라도 가족처럼 정답게 들어주었다.

돈은 역시 받지 않는 모양이었다.

그래도 어제 일에 대한 사례라는 둥, 그제 일에 대한 사례라는 둥, 마을 사람들은 무언가 공물을 가져왔다. 마타이치는 깊은 감사의 뜻을 표하고 나서, 이건 어려운 사람들에게 나눠주겠습니다고 덧붙였다. 그리고 실제로 배를 곯는 듯한 사람이 오면 전부 나눠주었다.

그 태도가 성인의 경지에 올랐다.

미리 상의했던 대로 모모스케는 집을 방문한 마을의 유력 인사들에게 에도에서 온 게사쿠 작가로 소개되었다. 촌장의 아버지라는 노인은 모모스케에게 흥미를 이만저만 느낀 게 아닌지, 집에 머무르게 하며 잘 대접하겠다고 약속했다.

모모스케는 옆에 앉아 남의 상담거리를 듣고 있는 것도 내키지 않아서 밖으로 나갔다. 오두막 밖은 장사진을 이루고 있고, 멀리서 둘러싸고 그 모습을 구경하는 사람들이 보였다.

문을 나서면서 돌아보니, 미소를 띤 마타이치가 노파의 등을 쓸어내리는 참이었다.

부드럽고 온화한 표정이다.

아아, 그렇구나.

모모스케는 조용히 문을 닫았다.

이런 삶이 어쩌면 마타이치에게는 더 좋을지도 모른다는 생각이 문득 들었기 때문이다.

여기에 있는 이상, 마타이치는 마을 기도사로 줄곧 감사를 받고 떠받들어질 것이 틀림없다. 마을 사람들은 마타이치를 필요로 한다.

마타이치 덕분에 아무것도 아닌 일에 의미가 생겨나고 불가해한 일이 생겨난다. 사람에게는 불가해한 일이 필요하다.

사기 치는 기술이 일류이다.

기껏해야 세 치 혀이지만 놀리기에 따라서는 나라 하나를 멸망시킬 수도 있을 것이다. 반대로 많은 사람들을 구할 수도 있으리라. 이 지방 저 지방 돌아다니면서 위험을 무릅쓰고 커다란 일을 꾸미기보다는 시골 마을 기도사로 평온하게 여생을 보내는 편이 안온할 것이 틀림없다.

어쩌면 마타이치도 이 사실을 깨달았는지 모른다고 모모스케는 생각했다. 교토에서 그 사건이 있었던 뒤로 마타이치는 무척이나 침울해했다.

지쳤나?

그야 지치기도 하겠지.

모모스케는 줄지어 있는 마을 사람들의 얼굴을 바라보았다.

참으로 희한한 광경이다.

다들 믿고 있다.

이제 와서 그 괴이한 불의 정체를 파헤친다 한들 아무 소용도 없음을 모모스케는 실감했다. 정체가 뭐든 간에 그 불이 그들에게는 꺼림칙한 괴현상이었던 것이 사실이고, 어떤 수를 썼든 마타이치가 이 현상을 잠재운 것도 사실이다.

모모스케는 시선을 멀리 던졌다.

그때.

모모스케의 눈은 숲 저편에서 무언가를 보았다.

저건.

가마인 듯했다. 신분이 높은 사람이 이용하는 가마이다. 주위에 하인이나 짐을 멘 종의 모습도 확인할 수 있었다.

무사처럼 보이는 자도 있었다.

누구지?

가마 문은 살짝 열려 있는 듯했다.

안에 있는 사람, 아마도 귀한 신분으로 보이는 사람이 이쪽을 살피고 있는 것 같다고 모모스케는 생각했다. 이동하던 중에 이 소란을 발견하고 구경을 하고 있나? 아니, 어디에서 어디로 간들 저런 곳을 지나지는 않을 것이다.

저건…….

상황을 지켜보기 위해 일부러.

저곳으로 올라갔을 것이다.

문이 탁 닫혔다.

모모스케의 시선을 눈치챘는지도 모른다.

가마는 이윽고 언덕 너머로 사라졌다.

행렬은 끝이 없었다.

모모스케는 발을 뗄 기회를 놓치는 바람에 오도 가도 못하고 그렇다고 오두막으로 돌아가지도 못한 채, 하릴없이 오두막 옆에 서 있는 감나무 뿌리에 앉았다.

마을 사람들은 여위었다.

기근의 영향일까? 하지만 얼굴 표정은 특별히 불행해 보이지 않았다. 모모스케가 언젠가 보았던 절해고도 사람들이나 앙화가 일어나고 있는 번에 사는 사람들의 얼굴과는 기본적으로 다른 것 같았다.

그들은 하나같이 지독하게 지쳐 있었으며 패기가 없었다.

하지만 오두막 앞에 줄지어 있는 사람들은 달랐다. 물론 여기에 줄을 서 있는 이상, 각자 고민을 안고 온 사람일 테니 행복하냐고 물으면 아니라고 답할 수밖에 없을 것이고, 굶주림에 시달리며 항상 죽음과 가까이 있는 살림살이가 얼마만큼 행복하냐고 물으면 여기에도 대답할 말이 없기는 했지만 말이다.

모모스케는 멍하니 행렬을 바라보았다.

볼품없는 작물을 손에 든 사람도 있고, 술병을 든 사람도 있다.

누구나 이제나저제나 순서를 기다리고 있다. 무심히 그들의 얼굴을 바라보다 모모스케는 아는 얼굴을 발견했다. 괴이한 불을 퇴치하러 가는 데 합세했다는 마을 대표였다.

모스케라는 이름이었던 것 같다.

모스케는 모모스케를 보더니 입 모양으로만 어라, 하고 말했다.

반각쯤 지나자 모스케의 차례가 왔다.

오두막에서 나온 모스케는 만면에 웃음을 띠고 모모스케에게 다가왔다.

"에이, 그랬구먼요."

모스케는 이렇게 말했다.

"그랬다니……. 뭐가요?"

"뭐가요는요. 사람 참 고약하구먼. 당신, 육부님이랑 아는 사이라면서요? 그럼 그렇다고 빨리 말씀을 해주셔야지. 육부님 아는 사람을 막 대했다는 소문이라도 퍼지면 내가 혼쭐이 납니다."

"아니, 그게……."

뭐라고 대답해야 하나. 진실을 밝힐 수는 없을 테고.

"그러니까 그게, 제가 아는 인물인지 아닌지 확신이 없어서……. 덴교보 같은 이름은 여기저기에 있을 법한 이름이잖아요. 그래서."

"그런가요?"

모스케가 묘한 얼굴을 했다.

임시방편으로 나온 변명이니 수상쩍게 여기는 것도 당연하다.

"이름은 어떤지 모르겠지만 저런 영험한 육부님은 별로 없잖습니까. 방금도 우리 집 할머니 중풍을 막아줄 부적을 받아왔지요."

모스케는 낯익은 부적을 보여주었다.

"그건 들을 겁니다."

모모스케가 말했다.

"그래요? 에고, 고맙기도 하지. 어때요, 당신. 내 이제부터 촌장 댁에 안내하리다. 촌장 댁 어르신이 먼저 돌아갔으니까 지금쯤 환영할 준비를 하고 있을 겁니다."

"환영……이요?"

그런 대접을 받을 연유는 없는데.

"괘념치 마쇼, 괘념치 마." 모스케가 말했다.

"촌장 댁 어르신으로 말할 것 같으면 진기한 이야기를 세 끼 밥보다 더 좋아하는, 아주 특이한 사람이에요. 댁이 그런 이야기를 모으고 있잖아요. 그거 한두 개 들려주면 좋아서 펄쩍 뛸 사람이지요."

"하지만…… 그게."

외지인을 환대할 만한 여유가 있을까?

모스케는 민감하게 모모스케의 얼굴빛을 읽었다.

"무얼, 올해는 그래도 나아요. 먹을 것도 있고. 굶어죽은 사람도 안 나왔어요. 자, 갑시다."

재촉을 받고 모모스케는 일어났다.

"이 근방은 이래저래 복잡합니다."

물어보지도 않았는데 모스케가 말을 꺼냈다.

"한마디로 셋슈라고는 해도 한 덩어리의 지방은 아니거든요. 몇 개의 군으로 되어 있잖아요? 원래부터 장원을 한데 모은 것이고. 지금만 봐도 천황 영지가 있나 하면, 하타모토(旗本)* 영지, 다이묘 영지, 절 영지도 있는 데다 먼 지방 다이묘의 영지까지 있어요. 이건 뭐, 다른 번의 원격 영지 같은 거잖아요. 뭐 오사카가 있으니까 그냥 뭉쳐 있는 거지요. 이 근방만 해도 도이 번이 차지하고 있고."

"그렇습니까?"

"그렇지요."

---

* 에도 시대 쇼군에 직속된 무사로 만 석 미만의 녹봉을 받았으며 쇼군을 직접 만날 수도 있었다.

모스케가 말했다.

도이 번이라는 곳이 어느 정도 되는 번이며 어디에 있는지 모모스케는 잘 몰랐다.

"아니지, 아니야" 하고 모스케는 얼굴을 찡그리며 말하고는 "뭐라고 하나" 하고 혼자서 납득한 뒤에 분주하게 한숨을 쉬었다. "오사카 사방 백 리를 천황 영지로 하자는 계획도 있었던 모양이지만요. 어떻게 돌아가는지 잘 모르겠어요. 뭐, 어느 시절이든 높으신 분들 뱃속을 우리 같은 아랫것들이 알겠느냐마는. 지금도 대관님 부르심이 떨어져서 촌장은 정말이지 아주 바빠요. 무슨 일인지는 몰라도……."

"그러면 폐가 되지 않겠습니까."

모모스케가 묻자 바쁜 사람은 촌장 선생이라고 모스케가 대답했다.

"어르신은 한가하시지. 누워서 방귀나 뀌는 것 말고는 할 일 없는 영감이니까. 다른 데서는 어떨지 몰라도 이 마을은 평화로운 마을이라 촌장이라고 해서 어깨에 힘주는 분도 아니고, 어르신이라고 해봤자 그냥 쪼글쪼글한 할아버지예요."

모스케는 쾌활하게 웃었다.

모모스케는 고개를 돌려 마타이치의 오두막을 보았다.

행렬은 꽤 줄어 있었다.

6

"오시오의 난 이후에 있었던 일이로군요."

겐노신의 질문에 잇파쿠 옹이 "네, 네" 하고 붙임성 있게 대답했다.

"이듬해였나, 그 이듬해였나……."

"그렇다면 아직 기근의 충격에서 벗어나지 못했을 무렵 아닌가. 치안도 좋지 않았을 테고. 셋쓰에 있던 막부 직할지에서는 오시오의 영향을 받은 이들이 '덕정(德政) 오시오 우군'이라는 깃발을 내걸고 들고 일어나는 소동이 일어나지 않았습니까?"

노인은 위쪽을 한번 쳐다보았다.

"제가 갔던 마을은…… 그때는 조용했습니다. 마을 이름은 말씀드릴 수 없지만……. 아니, 그렇다기보다는 잊어버렸지요. 이래저래 삼가야 해서 기록하지 않았습니다. 적어놓으면 어디서 누구 눈에 띌지 모르지 않습니까? 피해를 주는 일도 있어요."

"지금까지 듣기로는 그렇게 말을 삼갈 만한 내용은 없을 성싶은데."

소베가 수염을 쓰다듬었다.

"혹시 그 육부……. 덴교보라 했던가요. 그 육부가 사람들을 선동해서 봉기라도 일으켰습니까?"

"그런 이야기는 못 들었네."

겐노신이 말했다. 이 사내는 이런 일에는 해박하다. 오래된 문서 읽는 것을 좋아하기 때문이다.

"셋슈에서 있었던 봉기라 해봤자 안정(安政)* 4년에 일어난 오카베번 영지의 봉기나 연향(延享)** 2년에 셋카센(摂河泉)***의 천황 영지에서 일어난 봉기 정도밖에 생각나지 않네. 둘 다 시대가 맞지 않아."

"말 많은 녀석일세. 나는 노인장에게 물은 거야."

소베가 악담을 했다.

"자, 자" 하며 잇파쿠 옹이 달랬다.

"그보다 그…… 육부 말입니다."

쇼마가 이어받았다.

"정말 영험이 있었다고 생각하십니까, 노인장?"

"글쎄요."

노인은 시치미를 뗐다.

"기도로 괴이한 불을 잠재워서 마을 사람들의 신용을 얻은 건 사실이겠지요. 뭐, 이것도 쇼마 씨가 말씀하신 번개라고 한다면 우연히 가라앉은 셈이지만요. 하지만 우연일지는 몰라도 덕분에 육부가 신용을 얻은 건 사실이고, 신용을 얻으면 무슨 일이든 하기 쉬워지지 않습니까? 기도도 효험이 있었던 것 아닐까요."

---

* 일본의 연호로 대략 1854년 – 1860년.

** 일본의 연호로 대략 1744년 – 1748년.

*** 셋쓰, 가와치, 이즈미 세 지방.

"우연 치고는 너무 기막히지 않은가?"

소베가 이렇게 묻자 노인은 "네, 그렇지요" 하고 다시금 붙임성 있게 말했다. "하지만 그런 일은 우연입니다. 기우제가 효과를 발휘한 것처럼 보이는 이유는 때마침 비가 내릴 때도 있기 때문이기도 하지만 내리지 않았을 경우에는 전해지지 않기 때문이기도 합니다."

"전해지지 않는다……고 하시면?"

"이건 일종의 말장난 같은 거지요. 기우제를 했는데 비가 내리지 않으면 실패라고 하지 않습니까? 실패라고 하는 걸 보면 비가 내리리라고 전제하고 있겠지요. 비가 내릴 리 없다고 전제한다면 비가 내릴 때는 그야말로 우연인 것이 됩니다."

요지로도 같은 생각이다.

하지만 비가 내리기를 기원하는 것이 기우제니까 당연한 소리라는 생각도 든다.

그렇게 말하자 노인은 "그도 그렇지만요" 하고 말했다. "하지만 내리지 않으면 실패라고 했을 때야 비로소 실패한 이유가 영험**하지 않기** 때문이라는 이야기가 되지 않겠습니까? 뭐, 그게 대부분이지요. 빈다고 비가 올 리 없으니까요. 이런 실패 사례가 있은 뒤에야 비로소 비가 내린 이유는 영험**하기** 때문이다. 이렇게 됩니다. 이게 영험을 믿는 사람들의 생각이지요. 하지만 반면 비가 내리지 않는다고 전제하면, 다시 말해 믿지 않는 사람들 눈으로 보면 내리지 않는 게 당연하고 내리는 게 진기한 우연입니다. 진기한 일은 기록하기도 하고 기억하기도 하지만, 진기하지 않은 일은 기록하지 않겠지요."

"믿는 쪽이나 믿지 않는 쪽이나 기도를 해서 비가 내렸을 때에 대해서만 문제 삼는다. 이런 뜻입니까?"

요지로가 이렇게 묻자 노인은 기분 좋게 명답이라고 말했다.

"기도가 통하지 않은 사례가 압도적으로 많았을 텐데, 어찌 된 셈인지 이러한 사례들은 무시됩니다. 결과적으로 기우제에 대해서는 비가 내렸을 때만을 두고 신통력 때문이니 우연이니 논하게 되겠지요. 이래서는 결론이 나올 수가 없습니다. 기도가 통했는지 아닌지를 누구도 판단할 수 없으니까요. 증명할 수도 없을 겁니다. 그렇다면 오히려 내리지 않았던 사례를 가지고 어째서 통하지 않았는지를 따지는 편이 유효할 것 같은데, 그렇게는 또 잘 안 되지요."

노인이 비썩 마른 두 손을 맞비볐다.

"다시 말해 그때는 성공했다, 이 경우에는 이 사실만이 문제로군요."

쇼마가 말했다.

"맞습니다. 괴이한 불이 어째서 그쳤는지 그 이유는 모릅니다. 옛날 일이기도 하고 이제 와서 조사할 방법도 없어요. 여기서 이리저리 추리를 해본들 결론은 나오지 않을 겝니다. 하지만 그 육부가 기도하고 나서 괴현상이 멎은 건 사실이니까요. 마을 사람들은 덴교보라는 육부를 전폭적으로 신뢰했습니다. 아니, 저도 만나봤지만 상당한 인물이었어요."

노인이 대답했다.

"사기꾼이잖습니까."

"아니요. 봉사 정신으로 가득한, 훌륭한 분이셨습니다."

"하지만 사기예요, 눈속임입니다. 영국에도 심령술사가 있지만 역시나 사기이지요. 비열한 구경거리라고요."

쇼마가 말했다.

"보여주기만 한다면 그렇겠지요. 하지만 사람을 구할 수 있다면 그것도 방편입니다. 묘한 재주는 사람들을 이해시키기 위한 수단이니까요. 그 육부는 마을 사람들의 불안을 없애는 데 도움이 되었습니다. 사람 됨됨이도 좋았고."

"돈은 안 받았습니까? 그렇다면야."

소베가 말했다.

"네, 네. 사람들이 무척 좋아했습니다. 저는 그 육부가 잘 말해준 덕에 촌장 댁에서 신세를 지게 되었지요. 나이가 들어 촌장 자리에서 물러난 곤베 씨라는 노인이……. 아, 저도 그 시절에는 아직 젊었으니까요. 그 노인이 진기한 이야기를 아주 좋아하시는 분이라……."

"그렇다면 노인장이 **안성맞춤** 아닙니까."

"네. 저도 좋아했으니까요. 이즈의 날아다니는 잘린 머리 이야기와 아와지 섬의 시바에몬 너구리 이야기를 해드렸더니 매우 기뻐하셨습니다. 아와지는 가까우니까 거기까지 소문이 나 있었지요."

이 이야기는 요지로도 전에 들은 적이 있다.

쇼군의 서자로 둔갑한 너구리가 길에서 행인들을 거듭 베다가 도쿠시마 번 영주의 눈앞에서 개에게 물려 죽었다는 이야기였다. 살인자의 시신은 너구리로 변했다고 한다. 좀체 믿기 힘든 이야기이지만 에도 시대를 오래 살아온 이 노인은 눈으로 확실히 보았다고 한다. 다른 세 사람은 어떻게 생각할지 몰라도 요지로는 믿어도 좋으리라고 생각했다.

"며칠 동안 머물렀습니다만, 그사이 마을에서 성가신 일이 벌어졌습니다."

노인은 하던 이야기로 돌아갔다.

"성가신 일이라니요?"

"네, 실은 연공 때문에요."

"조세를 늘리겠다고 했군요."

"네. 그 마을은 동쪽 지방에 근거지를 두고 있는 작은 번의 영지였는데, 이 번의 재정 상태가 어려워졌습니다. 일만오천 석 규모의 작은 번이었던 모양이에요. 나중에 조사해보니 은 이천 관(貫)*을 너끈히 넘는 빚이 있었답니다."

"그건 힘들겠는데. 그 번이 셋슈에서 가지고 있던 녹봉 양은 얼마나 되었습니까?"

겐노신이 말했다.

"네, 각 군을 합해서 마을 열다섯 개 촌에 오천 석이 조금 넘었을까요. 뭐, 일만오천 석이었으니까 외부에 있는 영지가 그중 삼 할이었던 셈이지요."

"그러면 상당히 급박했겠네요. 재정을 졸라맨다고 극복할 수 있는 수준이 아닌데."

겐노신이 심각한 목소리로 말했다.

"네. 번에서 화폐를 발행하기도 하고 여러 모로 손을 쓴 모양이지만 잘 안 되었나 봅니다. 그래서 결국 연공을 올려 받겠다고 한 거지요."

"어쩔 수 없었겠군. 안 그러면 지방이 통째로 무너져."

소베가 고개를 끄덕였다.

"네. 하지만 그쪽에서 제시한 연공 비율이 터무니없었습니다. 거기

---

* 에도 시대에 은화를 세던 단위.

다 짚신을 만들라고 강요하지를 않나, 번이 만든 계 같은 것에 강제로 가입시키지를 않나……. 이래저래 당치도 않은 덤이 따라왔나 봅니다."

"흠."

소베가 눈살을 찌푸렸다.

"촌장은 얼굴이 시뻘개져서 돌아왔지요. 글쎄, 그때까지만 해도 그 마을은 평화로웠습니다. 대기근 때는 죽어 나간 사람도 있었던 모양이지만, 그것도 어찌어찌 힘을 합쳐 극복해내고 새로 시작하려던 때였겠지요."

노인 또한 옅은 눈썹을 모았다.

"괴이한 불을 보고 기겁한 나이든 마을 관리에 마을 대표인 모스케 씨, 그리고 마을 사람들까지 촌장 저택에 모여서 정말이지 그런 난리가 없었습니다. 외지인인 저는 주눅이 들어서……. 때를 잘못 맞췄다고 해야 할까요, 참 어울리지 않는 자리에 있구나 싶었습니다."

그건 그렇겠다고 요지로도 생각했다. 한쪽은 생사가 걸린 중대사를 두고 많은 사람들이 심각하게 이야기를 나누는 장면이다. 다른 한쪽은 여기저기 관람하며 다니다 그저 괴이한 불을 구경하러 온 호사가이다. 그렇지 않아도 대접받을 처지가 아니다. 그때 노인이 어떤 심경이었을지 상상하고 있으니 요지로까지 몸 둘 바를 모를 것 같은 기분이 들었다.

"뭐, 촌장 아버님이 신경을 써주셔서 어떻게 넘어갔지만요." 잇파쿠 옹이 부끄러워하는 듯한 말투로 말을 이었다. "워낙 지독한 통달이라 아무리 마을 사람들이라도 참을 수가 없었나 봅니다. 다른 마을과도 의논해보고 오사카 봉행소에 직소하는 게 어떻겠느냐고."

"봉행소에 직소를 한단 말입니까?"

쇼마가 물었다.

"네. 셋쓰 부근은 영지가 복잡하게 얽혀 있기도 해서 각 마을이 봉행소 그러니까 막부에 직접 호소하는 게 합법적으로 인정되었습니다. 고쿠소(国訴)*라고도 하지요. 그걸 하자는 말이 나왔어요. 하지만 그건 좀 기다려보자는 결론이 났습니다."

"왜입니까?"

"그 대관님이 그때까지만 해도 무척 평판이 좋은 분이었답니다. 아랫사람들에게도 격식 없이 대하고 말도 통하는 대관님이라고들 생각했지요. 다른 번 대관에 대해서는 꽤 험한 소문이 있었던 모양이에요. 다른 곳에 비하면 우리 대관님은 훌륭한 분이라는 이야기가 줄곧 있었나 봅니다. 실제로도 기근을 빌미로 이것저것 횡령하여 자기 배를 채우는 대관은 고쿠소를 당했던 모양이에요. 상부에서 조사관이 오거나 해임을 당하는 경우도 있었던 것 같으니까요."

"아까 말한 오카베 번 같은 경우가 그렇습니다." 겐노신이 앞으로 나섰다. "고쿠소 때문에 부정이 들통나서 관리들이 전부 경질되었습니다. 그런데도 대우가 바뀌기는커녕 도리어 나빠졌기 때문에 봉기가 일어났다고……. 하기야 이건 노인장이 떠난 다음에 있었던 이야기지만요."

"그렇군요. 그러니까 그런 일이 있었겠지만요." 노인이 말을 이었다. "그건 부정이 있었을 경우이지 않습니까? 이때는 부정이 아니라 번의 정치와 관련된 문제였으니까요. 게다가 아직 시행되지도 않았습

* 에도 시대에 농민들이 특정 지역을 넘어 광범위하게 연계하면서 합법적인 호소를 통해 투쟁하던 방식.

니다. 더구나 대관님은 번이 결정한 사항을 전달했을 뿐이니 대관님 잘못은 아닙니다. 촌장님 이야기로는 애초에 대관님 본인이 이렇게 도리에 어긋나는 경우가 어디 있느냐며 상부에 항의도 했답니다. 뭐, 대관님이 뭐라 말을 한들 번에서 내린 결정이 뒤집힐 것 같지는 않지만, 공공연히 일을 크게 만들기보다는 일단 상황을 지켜보자는 결론이 나왔습니다."

"오히려 대관에게 기대를 걸어보자?"

"네. 쇼마 씨 말씀처럼 그런 분위기는 있었습니다. 그분이라면 어떻게 해줄지도 모른다고. 인망이 있었던 게지요."

"대관 치고는 드문 인재군. 임기 동안 자기 배를 얼마나 채울 수 있는지나 다투는 직책일 텐데."

쇼마가 업신여기듯 말했다.

"그게 막부의 요직에 있던 사람 아들이 할 말인가?" 소베가 쇼마를 노려보며 말했다.

"그런 썩은 관리만 있지는 않네. 아니, 썩은 것은 막부였어. 지방 관리를 업신여기고. 그러니 무너진 게 아닌가."

"그런 건 관계없잖나."

겐노신이 두 사람을 제지하고 노인에게 이야기를 계속해달라고 재촉했다. 겐노신이 듣고 싶은 부분은 아마도 이 뒷이야기일 것이다.

"네, 네. 뭐, 이 대관님은 인격이 고결한 분이라 여겨졌습니다. 다만 나쁜 소문이 없지는 않았습니다. 하지만 그건 마을 사람들의 생활과는 별로 관계가 없었지만요. 부인 마님 일입니다."

노인이 말했다.

"대관의 아내 말입니까?"

"맞습니다. 그 부인 마님이…… 말씀드리기가 껄끄럽지만 그러니까…… 음탕한 병에 걸리셨다고, 입방아 찧기 좋아하는 사람들이 수군댔던 모양입니다."

"음탕한 병이라……. 그건 사내에 미쳤다는 말이군. 꽃을 밝히는 병……. 음란증이라 하나. 하룻밤이라도 사내가 없으면 안 된다는……."

"상스러운 말은 그만하게."

쇼마의 말을 소베가 막았다.

"네. 그렇지만 쇼마 씨 말이 맞습니다. 그런 소문이 있었기 때문에 오히려 대관님 평판이 올라갔는지도 모르지요."

"동정심을 샀다는 뜻입니까?"

"그렇습니다. 대관님은 데릴사위였던 모양이에요. 부인 마님은 번의 요직에 있는 분의 따님이었나 봅니다. 이 사실이 영지의 백성들에게도 알려져 있었습니다. 그야 물론 공공연히 입에 올릴 수 있는 이야기는 아니다 보니 시끄럽게 떠들어대지는 않았던 것 같지만요. 뭐라고 해야 하나, 암묵적인 인식이 있었다고 할까요. 저 대관님은 부인에게는 꼼짝도 못한다. 그걸 이용해서 부인은 매일 밤 미친한 사내를 끌어들이고 있다. 이런 소문이 있었습니다."

"그걸 용케 알아냈네요."

요지로가 이렇게 말했다. 마을의 이런 사정은 보통 외지인에게는 말하지 않는다. 사람 입을 막을 수는 없다지만 이는 닫힌 집단 안에서나 그렇다. 말을 해서는 안 되는 내용은 밖에서는 들을 수 없으며 또 묻지 않는 것이 나그네의 예의이기도 하다. 이런 이야기를 캐내는 건 지난한 일이고, 묻지도 않았는데 들려왔다면 이는 그 집단이 무너지고 있다는 뜻일 것이다.

"어르신이 가르쳐주셨습니다. 제가 이런저런 이야기를 들려드린 데 대한 답례로 가르쳐주셨습니다. 아, 험담을 한 것은 아닙니다. 대관님의 인품을 칭찬할 때 무심코 입 밖으로 흘러나왔다는 느낌일까요."

잇파쿠 옹이 대답했다.

"노인장은 흘려듣지 않았군요. 타고난 호사가네요, 노인장."

쇼마가 끼어들었다.

"맞습니다."

노인이 주름을 떨면서 웃었다.

"뭐, 이로써 준비는 대충 끝났습니다. 지금부터가…… 제가 실제로 이 눈으로 본 하늘불 이야기입니다."

이렇게 말한 노인은 진지한 얼굴로 돌아가서 요지로 일행을 죽 둘러보았다.

"그다음 날이었습니다. 대관님의 심부름꾼이 마을 변두리에 있는 육부, 덴교보의 오두막을 찾아왔습니다."

"호."

모두 몸을 앞으로 내밀었다.

"심부름꾼이 부인 마님의 병을 고쳐달라고 말했다고 합니다. 덴교보의 평판이 마침내 관사에까지 전해진 거지요. 이것이 그 비극의 시작이었습니다.

그리고 노인은 다시 이야기를 시작했다.

7

네.

그날도 사람들은 줄을 짓고 있었으니까요.

무사가 오면 알지 않겠습니까. 금세 촌장님 이하 마을 관리들이 줄지어 오두막으로 달려왔습니다. 네, 저도 따라갔습니다.

네.

쇼마 씨 말씀대로 저는 천생 호사꾼이니까요. 아니, 마을 관리 양반들은 이크, 단속이라도 나왔나 생각했지요. 절에 말을 해두기는 했지만 관청의 허가를 받지는 않았거든요.

번 입장에서 보자면 떠돌이 주술사 같은 건 어쨌든 부정한 귀신에게 제사를 지내는 사교 종류니까요. 단속 대상이기도 하겠지요. 기도에 효험이 있으면 있을수록 세상을 떠들썩하게 하는 괘씸한 놈이 되니 말이에요. 못 본 척 넘어갈 수는 없지 않습니까.

네, 그러니까 여기서는 촌장이 나서야겠다고.

이러니저러니 해도 붙잡은 건 마을 사람들이니까요.

육부에게는 죄가 없습니다. 이 문제로 문책을 당한다면 있어달라고 붙잡은 사람들은 육부에게 면목이 없지 않겠습니까? 추방 정도로 끝나면 모를까 더 무거운 죄가 된다면 돌이킬 수가 없지요.

물론 사형을 당할 수도 있습니다. 육부는 호적이 없는 사람이지 않습니까. 만일 에도에서 붙잡히면 수용소나 사도 섬에서 노역을 살게 됩니다.

네, 네. 그렇게 되면 큰일이니까요. 무엇보다 덴교보 씨는 마을의 은인입니다. 은혜를 원수로 갚는 꼴이지요. 그러니까…….

괴이한 불에 대해 이야기하면서 붙잡아둔 사정을 털어놓으면 대관님은 이해해줄 것이다. 그래도 안 되면 주지 스님을 앞장세워서 마을 사람들이 다 같이 탄원할 수밖에 없으리라. 가면서 이런 이야기를 합디다.

네.

그럼요. 아니고말고요.

그런 일이 아니었습니다.

대관님이 직접 병을 고치는 기도를 부탁한 겁니다. 네, 놀랐습니다. 저도 놀랐어요.

네.

마침 제가 도착했을 때 말을 전하러 온 무사는 돌아가려던 참이었습니다. 네, 어엿한 사자의 옷차림이었습니다.

덴교보 씨는 곧바로 대답하지는 않았다고 합니다.

그렇습니다. 나는 이 마을의 식객이지 조정의 허가를 얻어서 기도를 하는 건 아니니까 마을 사람들과 상의해보고 나서 대답하겠다. 이렇게 답했지요.

일리 있는 이야기입니다.

네, 사자도 알았다고 했답니다.

아니요, 그게 그렇지 않습니다.

마을로서는 오히려 환영할 만한 일이었습니다. 네, 맞습니다.

대관님에게는 은혜를 입혀두는 편이 좋습니다.

연공 문제가 있지 않습니까.

그래요. 그렇습니다. 대관님이 상부에 무어라 말을 해주는 게 가장 온당한 해결책이겠지요. 네. 아까도 말씀드렸다시피 그런다고 해서 번이 쉽사리 꺾일 것 같지는 않지만, 백성의 사정을 가장 잘 아는 사람은 대관님일 테니 그 대관님이 무리라고 한다면 번도 조금은 재고하지 않을까. 이렇게 생각한 거지요.

아니, 아닙니다.

가령 봉행소에 고쿠소를 해서 다툰다 한들, 어떻게든 되기야 하겠지만 일을 크게 만들면 나름의 보상이……. 보상이라기보다는 어떠한 대가를 치를 각오를 해야만 합니다. 합법이라고는 해도 번을 고발하는 일임은 분명하니까요.

그러니까 여기서는 대관님이 막아주는 게 가장 좋은 계책이다. 그야 이렇게 생각하겠지요. 네. 그러니 은혜를 입혀놓으면 도움이 되지 않을까 하는 거예요.

네.

육부는 신뢰를 얻고 있었으니까요. 아까도 말씀드렸지만 이 마을에서 그의 신통력을 의심하는 사람은 한 명도 없었습니다. 그러니까 마을 사람들에게는 덴교보 님은 영험하다, 이런 전제가 있었겠지요.

맞습니다. 부인 마님의 병을 고칠 수 있다면 대관님에게 엄청난 은혜를 입힐 수 있을 테지요.

네, 그 시점에서 마을 사람 대다수가 부인 마님의 병이 예의 그…….

그렇지요, 음탕한 병이라 생각하고 있었습니다.

촌장님이 덴교보 씨에게 물었지요.

네.

고칠 수 있는지 어떤지요. 고칠 수만 있다면 어떻게든 고쳐달라면서. 하지만 덴교보 님은 고개를 갸웃거리셨습니다.

아니, 아닙니다. 못 고치겠다고 하신 게 아닙니다. 아니, 사자 말로는 부인 마님은 열병에 걸렸답니다.

열병이요.

네. 쓰러진 뒤로 회복할 조짐이 보이지 않고 의원도 포기했답니다.

네.

뭐가 되었든 마찬가지이지요.

열병이든 음탕한 병이든, 은혜를 입히는 건 똑같지 않습니까?

아니, 열병이라면 목숨이 달린 문제니까요. 오히려 더 큰 은혜를 입힐 수 있지 않겠습니까?

아, 이건 마을에서 내린 판단이었고요.

이런 일과는 무관하게 덴교보 님은 죽어가고 있다면 어떻게든 구해주고 싶다고 말씀하셨습니다. 무가든 백성이든 관계없이 목숨은 소중한 것이라면서요.

네, 글쎄 부인 마님의 목숨이라는 불꽃이 꺼져 가는 것이 훤히 보인다. 이런 말씀도 하셨습니다.

음, 뭐 그럴지도 모르지요.

입에서 나온 대로 말한 임시방편일 뿐인지도 모릅니다. 하지만 마을 사람들은 아무도 그렇게 생각하지 않았습니다. 고마운 일이라면서 절을 올릴 뿐이었습니다. 네. 저도 어쩐지 감사한 생각이 들었지요.

후광이 비친다고 말하는 사람도 있었어요.

그날 중에 덴교보 씨는 촌장님에게 이끌려 관사로 향했습니다. 관사는 어째 소란스러웠다고 합니다. 네, 부인 마님이 몸져누운 것은 사실이라서 덴교보 님은 곧장 부인 마님 방으로 안내되었다고 합니다.

네.

하루이틀 기도해서 될 일이 아니라 해서 촌장님은 밤중에 돌아왔습니다.

그러고 나서 이레가 지났지요.

네. 마을 사람들도 저마다 불단이나 신단에 기도를 올렸고말고요. 물론 부인 마님의 병이 낫기를 기원한 겁니다.

그건 그렇겠지요.

그 무렵에는 이미 부인 마님의 병이 낫는다는 것은 곧 연공 문제 해결로 이어진다고 굳게 믿고 있었으니까요. 아니, 단락적이라는 말씀은 마십시오.

지푸라기라도 잡고 싶은 심정이었겠지요.

게다가 사람이 죽기를 바라는 상황과 비교하면 훨씬 더 건전하지 않습니까? 자신들의 이익을 위해서이기는 해도 병마 퇴치를 비는 것이니까요.

네.

일곱 날, 일곱 밤이 지나 덴교보 님은 마을로 돌아왔습니다. 네, 핼쑥하게 야위셨더군요.

부인 마님의 병은…….

네, 싹 나았다고 말씀하셨습니다.

마을은 그야말로 축제 분위기였습니다. 다만 덴교보 님은 왠지 어두운 얼굴이었습니다. 뭐, 어마어마한 기도를 마친 뒤니까 피곤하신 게지. 다들 그렇게 생각했는데…….

네.

그렇습니다.

이튿날이었을까요.

촌장님은 다른 마을의 대표와 이야기를 나누었습니다. 네, 물론 소작료 문제로요. 네, 부인 마님도 완쾌되었다 하니 한 번 더 부탁을 드리러 가자는 결론이 났습니다.

그래서 제가 있던 마을의 촌장님이 대표로 관사에 갔지요.

네.

결론부터 말씀드리면 그건 큰 오산이었습니다.

네.

사실 대관님은 맨 처음에 각 마을의 대표들을 모아서 통지를 내린 다음 날에 곧장 번으로 갔다는 겁니다. 그래서 금전 출납 관리님이나 가신님 들과 직접 담판을 지었답니다. 네, 마을 사람들이 걱정할 필요도 없었습니다. 아무리 봐도 무리다, 무모하다, 이렇게 아뢰었다고 합니다. 다만 번의 반응은 그리 좋지 않았던 모양이지만요.

네, 할 말은 했다고요.

네.

그렇습니다.

덴교보 님이 부름을 받은 건 대관님이 집을 비우셨을 때였습니다. 네. 이 모든 것이 대관님은 전혀 모르는 일이었습니다.

네.

있는 그대로 말씀드리자면, 전부 부인 마님이 꾸민 일이었습니다.

그렇습니다.

촌장님의 아뢰는 말을 들은 대관님의 얼굴은 순식간에 새빨개졌다고 합니다. 그리고 평소에는 대단히 온후한 대관님이 느닷없이 언성을 높였다지 뭡니까.

부인이 병에 걸렸을 리 없다, 가기 전에도 돌아온 뒤에도 지극히 멀쩡하다. 그런 헛소리를 하다니 어찌 된 일이냐. 이렇게 말씀하셨습니다. 촌장님은 당황했겠지요. 그래서 아뢰옵기 황송하오나 하고 변명을 했습니다.

그러자 대관님은 점점 더 화를 내셨다고 합니다.

나는 목이 날아갈 것도 각오하고 위에 이의를 제기했다. 이는 어찌 되었든 영지의 백성들을 생각해서 했기 때문이다. 그런데…….

그런데 너희가 이런 비열한 짓을 하다니. 이렇게 말씀하셨습니다. 촌장님은 그야말로 새파랗게 질렸겠지요. 핏기가 가신 채로 그저 용서를 빌고 변명했습니다.

네, 당연하지요.

부인 마님이 병에 걸린 것도 사실, 육부가 불려간 것도 사실, 그래서 병이 나은 것도 사실. 어디 한구석 켕기는 곳이 없다고 말씀드렸습니다.

네.

대관님은 부인 마님을 부르셨다고 합니다.

그런데.

네. 부인 마님은 이렇게 말씀하셨습니다.

시키지도 않았는데 이 촌장 놈이 어디선가 보기 흉한 비렁뱅이 중을 데려오더니 수상한 기도를 하라고 했다. 바깥양반이 집을 비웠다며 내가 거절했지만 수상한 자는 괘씸하게도 방에 들어오더니 일곱 날 일곱 밤을 버티고 있다가 어제서야 겨우 돌아갔다고…….

그동안에 그 비렁뱅이 중놈은 몇 번이나 내게 무례한 짓을 하려고 했다. 필사적으로 저항하여 정조만은 지켰지만 그렇다 해도 무가의 여인으로서 참을 수 없는 갖가지 나쁜 짓으로 능욕을 당하였으니, 이대로 잠자코 있을 수도 없고 그렇다고 해서 할 수 있는 일도 없다.

바깥양반이 돌아온 뒤에도 뜻대로 변명조차 못하고 차라리 자결을 할까 생각하던 참이라고…….

네.

새빨간 거짓말입니다.

촌장님은 너무나도 말이 안 되는 일에 정신이 아득해졌다고 합디다. 대관님은 불같이 화를 내셨지요. 이제 무슨 말을 어떻게 해도 듣지 않는 지경이었습니다. 촌장님은 이제 죽었구나 싶었답니다. 그도 그럴 것이 그 자리에서 포박을 당했거든요.

네. 소식은 금방 전해졌습니다.

마을 관리는 황급히 덴교보 씨에게 달려갔습니다.

저도 갔습니다.

덴교보 씨는 각오한 듯 앉아 계셨습니다.

네, 네. 이렇게 되지 않을까 하는 예감이 있었다고 합니다.

네?

어찌된 일이냐고요.

네, 네. 애초에 부인은 꾀병이었습니다. 부인은 영험한 육부에 대한 소문을 듣고 정황을 살피러 왔던 거지요. 그때 덴교보 씨의 모습을 보고…….

네. 뭐라고 하면 좋을까요.

네, 밤 시중을 들게 하겠다고 생각한 거지요. 소문은 정말이었던 겁니다.

그래서 대관님이 관사를 비운 것을 이용해 덴교보 씨를 불러들였습니다. 요컨대 남편이 집을 비운 사이에 샛서방을 끌어들였다 이 말입니다.

그런데.

이 샛서방이 도통 넘어오질 않습니다. 네, 덴교보 씨는 도리를 아는 사람이라 부인의 유혹에 걸려들지 않았던 겁니다. 네, 손가락 하나 대지 않았다고 합니다. 부인 쪽은 **발정**이 나서 놓아주지 않고요. 단념시키는 데 이레가 걸렸던 거지요.

네.

아무리 유혹해도 덴교보 씨가 상대를 안 하니 부인도 단념했다고 합니다.

네, 네. 이레째 되는 날에 풀려나서 돌아온 건 좋았지만 입이 찢어져도 이 진상만큼은 마을 사람들에게 말 못하지 않겠습니까?

어떻게 이야기를 한들 상황이 좋지 않으니까요.

세상에 알려지면 부인 마님뿐 아니라 대관님까지 창피를 당하지 않겠습니까? 아니, 무가의 체면에 흙칠을 하는 셈입니다. 그래서 덴교보 씨는 묵묵히 있었습니다.

네, 맞습니다. 게다가 이 사실을 대관님이 알게 될 경우 누구보다 난처한 사람은 부인 마님 아니겠습니까? 네. 그래서 덴교보 씨는 부인 마님의 입장을 생각해서 입을 다물기도 했겠지요.

다만 병은 나았다고 말씀하셨습니다.

네. 무얼, 음탕한 불이 꺼진 덕에 풀려났으니 꼭 거짓말은 아니잖습니까. 뭐, 달리 어떻게 할 수도 없는 일입니다. 덴교보 씨를 탓할 일이 아니라는 사실은 마을 사람들도 금세 이해했습니다.

네.

음탕한 부인이 나쁘니까요.

오히려 유혹에 못 이긴 척 관계를 가지지 않은 덴교보 씨는 칭찬받아 마땅하지 않겠습니까?

네, 아무리 유혹당했다고는 해도 대관의 아내와 관계를 맺으면 변명할 말도 없지요. 덴교보 씨는 농민은 고사하고 호적도 없는 사람이니까요.

아니, 신분 문제가 아니군요.

이건 엄연한 간통이니까요.

거절하는 게 당연하겠지요. 달리 선택지도 없었을 테고요.

하지만, 하지만요.

부인 마님 쪽은 달랐습니다.

네. 사랑이 지나치면 미움도 커진다고 하지요.

구애를 거절하고 창피를 주었다고 생각했던 걸까요.

육부가 미워서 거짓말을 했습니다.

네.

마을 사람들과 제가 덴교보 씨에게 그런 사정을 한참 듣고 있을 때 관리들이 우르르 몰려왔습니다.

네. 정말이지 엄청난 기세였습니다. 오두막이 다 무너졌으니까요.

네. 마을 사람들은 허둥대고 도망가고.

저항할 수는 없지 않습니까. 네. 이런 경우에는 칼로 베어버린들 불평할 수 없으니까요.

덴교보 씨는 그 자리에서 체포되었습니다.

네.

아니요, 그렇게 간단한 일이 아닙니다.

아주 험악한 분위기라……. 네, 이야기를 들어줄 만한 상태가 아니었습니다. 글쎄 처음부터 죄인 취급이었으니까요. 나무 막대기니 뭐니 하는 걸로 이렇게 칭칭 붙들어 묶었습니다. 덴교보 씨는 저항하지도 않았는데. 그도 그럴 것이 갑자기 그런 취급을 받으면 어안이 벙벙하지 않겠습니까.

네, 설명할 여지도 없었습니다.

덴교보 씨는 이중 삼중으로 둘러싸여 단단히 결박당했습니다. 네. 솔직히 저도 어쩌면 좋을지 알 수가 없었어요. 겁을 집어먹기도 했지만요.

마을 사람들은 무척이나 당황했습니다.

네.

마을 여기저기에서 사람들이 하나둘 나왔습니다.

그야 그렇지요. 덴교보 씨는 마을의 은인이니까요. 그 무렵에는 둘도 없이 소중한 사람이기도 했습니다. 그런 분이 칭칭 묶여 있거든요.

이건 뭔가 착오가 있습니다, 부디 이야기를 들어주십시오, 하면서 온 마을 사람들이 관리에게 매달렸습니다. 참 이상한 광경이었지만 들어줄 생각은 없었겠지요.

그곳에……. 네, 마찬가지로 결박당한 촌장님을 데리고 대관님이 도착했습니다.

네.

촌장까지 포박당한 걸 보고 마을 사람들은 얼굴빛이 변했습니다.

네.

말을 잃었지요.

대관은 무시무시한 얼굴을 하고 있었습니다.

네 놈이 덴교보인가 하고. 네, 소리를 쳤지요.

덴교보 씨는 그래도 대관을 똑바로 쳐다보면서 무엇 때문에 체포되는지 짚이는 구석은 없지만 어쨌든 거기 계시는 촌장님은 관계없다며 또랑또랑한 목소리로 말씀하셨습니다.

대관은 그것을 결정할 사람은 네가 아니라며 호통을 쳤습니다.

네, 글쎄 바늘 하나 들어갈 구멍도 없는 느낌이었습니다. 그리고 꽁꽁 묶인 덴교보 님을 채찍으로 몇 번 쳤지요.

그러고 나서.

그 자리에서 사형을 선고했습니다.

네. 정말이지 다짜고짜.

졸도하듯 쓰러지는 촌장님의 모습을 저는 또렷이 기억합니다.

네.

덴교보 님은 대관을 노려보았습니다.

죽일 테면 죽여라.

단 이것만은 잘 알아두어라.

내 원한이 네 몸을 태워 없앨 것이다.

이렇게 말씀하셨습니다.

8

모모스케는…….

아연실색했다.

마타이치가 포박을 당하다니 누가 상상이나 했겠는가.

마타이치는 여러 지방을 두루 다니며 잇따라 큰 계략을 성공시킨 사내이다. 대상인과 거물 악당, 불량배와 도적, 심지어는 다이묘까지 이 소악당의 혀끝에 속아 농락당하고 마음대로 조종당했다. 모모스케는 그 모습을 직접 보았다.

위험하기 짝이 없는 상황에 내몰리는 경우도 많았지만, 모모스케가 아는 한 마타이치 본인이 그런 처지에 몰린 적은 한 번도 없었다. 어떤 궁지에서도 모든 일은 계산 빠른 사기꾼의 손바닥 위였다. 마타이치가 스스로 겉으로 나서는 일도 없었거니와 남모르게 빠져나갈 방법과 달아날 공간 또한 반드시 확보해두었다.

언제 어느 때에도 계산을 벗어나는 일은 없었다.

없었음이 분명하다.

사기꾼이 마련한 교묘한 속임수에는 늘 자그마한 틈도 없었으니까.

그런데.

방심했나? 아니다.

이것은 일이 아니다.

마타이치는 일을 하고 있었던 것이 아니다.

지난번에 보았던 그 흡족한 얼굴은 연기가 아닐 것이다.

그렇다면.

소란이 일어나는 동안 비틀비틀 사람들을 피하며 이리저리 밀린 모모스케는 감나무에 등을 대고 그대로 미끄러지듯 **털썩** 주저앉았다.

포박을 당한 마타이치는 대관 고노스 겐바를 냉엄한 눈길로 노려보았다.

모모스케 생각으로는 마타이치는 처음부터 겐바의 아내인 유키노가 꾀병임을 알고 있었던 것 같았다. 하지만 마을이 처한 복잡한 상황을 고려하면 그렇게 말할 수 없었을 것이다. 꾀병이라고 짐작하고 있었기 때문에, 열병이 아님을 꿰뚫어 보고 있었기 때문에 마타이치는 마을 사람들 앞에서 고칠 수 있는 병이라고 단언했을 것이다. 마타이치는 이미 다 알고서 관사로 갔다.

그것은 계책이 아니다.

물론 일도 아니었을 것이다.

그 결과가…….

겐바가 끌고 가라고 소리쳤다.

이제는 저항하는 마을 사람도 없었다. 무리도 아니다.

무사에게 반항하는 농민은 없다. 그것은 목숨을 버린다는 뜻이다. 마을의 은인이든 생명의 은인이든 이렇게 된 이상 손쓸 방도가 없다. 모스케도, 곤베 노인도, 그리고 모모스케도 그저 눈을 크게 뜨고 끌려가는 육부의 뒷모습을 배웅할 수밖에 없었다.

그날 밤 마을은 조용히 잠들지 않았다.

이 일은 한 마을만의 문제가 아니었다. 도이 번의 영지에 속한 열다섯 개 마을의 대표로 교섭하러 간 촌장 곤자에몬이 붙잡혔고 육부 또한 붙잡혔다. 이는 이미 셋쓰에 있는 도이 번 영지 전체의 문제였다.

곤베 노인은 즉시 다른 마을로 심부름꾼을 보냈고, 긴급 집회가 열렸다.

마당에 화톳불이 탔고 마을 사람들은 우왕좌왕했다.

모모스케는…….

아무 일도 손에 잡히지 않았다.

하기야 모모스케가 할 수 있는 일은 하나도 없었다.

여기에 무언가 계책이 준비되어 있다면……. 예컨대 관사에 쳐들어가서 어떻게든 할 수 있었을지도 모르지만, 이런 상황에서는 어찌할 방법이 없다. 모모스케로서는 마타이치를 구하는 동시에 마을 사람들을 구할 수 있는 함정을 생각해낼 수가 없었다.

그저 기다릴 수밖에 없다.

마타이치가 혼자 힘으로 난국을 타개하기를 기다릴 수밖에 없다.

모모스케는 주인 없는 촌장 집 별채에서 왁자한 소음을 베개 삼아 그저 몸을 길게 누이고 아침을 기다렸다.

길고 불쾌한 시간이었다.

그래도 모모스케는 아침 해와 함께 태연한 얼굴로 돌아올 마타이치의 모습을 몽상했다.

그리고 아침이 왔다.

잠에 취한 듯한 색깔의 아침이었다. 마당 구석에는 아직 화톳불이 타고 있었다. 햇살 속의 화톳불은 그저 그을린 연기만을 뿜어내는 지저분한 잔불에 지나지 않았다.

모모스케는 마당으로 나갔다.

추웠다. 흐린 하늘은 청회색이라 상쾌한 느낌은 조금도 없었다. 손 씻을 물을 떠놓은 그릇 옆으로 이리저리 짓밟힌 마당의 흙을 바라보고 있었더니, 심각한 얼굴을 한 모스케가 나무로 된 쪽문을 열고 들어왔다. 모스케는 모모스케의 얼굴을 보자 불쑥 고쿠소를 하기로 했다고 말했다.

"봉행소에요?"

"그럼요. 호소할 겁니다. 지금 옆 마을 촌장이 좌장이 되어서 소장을 쓰고 있어요."

"그…… 연공에 관한 고쿠소인가요?"

"그건 나중 일입니다. 연공도 문제지만 지금은 붙잡혀 간 사람 건입니다."

모스케가 말했다.

"방면해달라는 탄원을 한다는 말입니까?"

"네. 이런 법이 어디 있습니까. 고노스 님은 지금까지는 좋은 대관이었어요. 다들 그렇게 생각했지요. 하지만 이번에는 아닙니다. 덴교보 님은 아무 잘못도 없고 죄도 없어요. 촌장도 그렇고. 그런데 조사 한 번 하지 않고 붙잡아서 사형이라니……. 이건 너무해요."

"하지만……."

아니, 모스케는 고개를 저었다.

"농민이라고 해서 얕보면 안 됩니다. 열다섯 마을이 다 같이 소장을 내면 받아들이지 않을 수 없을 걸요. 왜냐하면 이건 누가 봐도 무법하잖아요. 봉행소도 사정을 알면 이런 일은 용서하지 않을 겁니다. 사내에 미친 남의 집 아내의 구애를 거절했다고 사형이라니, 이런 일이 어디 있습니까."

그야 그럴 것이다.

하지만 과연 그렇게 잘 풀릴까?

잘 풀린다 한들.

만약 탄원서가 통과되기 전에…….

모모스케는 하늘을 올려다보았다.

젖은 솜 같은 구름이 하늘을 뒤덮고 있었다.

멀리서 소란스러운 소리가 들리는 것과 거의 동시에 빗방울 하나가 모모스케의 이마에 떨어졌다.

"뭐지?"

모스케는 들어온 쪽문으로 달려 나갔다.

모모스케는 뒤를 쫓지 않았다. 무척 기분 나쁜 예감이 들었기 때문이다. 아니, 그때는 이미 예감이 아니라 어떤 종류의 확신으로 바뀐 뒤였다.

이미 틀렸다.

처음부터 알고 있던 일이라고 모모스케는 생각했다.

잡힌 시점에서 이미 틀렸다.

마타이치는…….

"큰일이다, 큰일이야"라는 목소리.

"촌장님이 돌아오셨다"라는 목소리.

돌아왔다?

곤자에몬이 돌아왔단 말인가?

모모스케는 황급히 밖으로 나갔다.

현관 앞은 야단법석이었다. 촌장이 땅바닥에 주저앉아 있는 모양이었다. 그 주위를 많은 사람들이 겹겹이 둘러싸고 있었다. 파고들어 가보니 초췌해진 곤자에몬의 어깨를 곤베 노인이 거세게 흔드는 참이었다.

"초, 촌장님."

"곤자에몬, 어찌 된 일이냐? 왜 돌아왔어? 덴교보 님은 어떻게 되었고? 정신 좀 차려봐."

노인이 몇 번을 물어도 촌장은 이가 덜덜 떨리는지 딱딱 하고 입만 몇 번 뻐끔거렸다.

이윽고.

물방울 하나는 무수히 많은 물방울로 변했다.

곤자에몬은 떨어지는 빗방울을 여러 차례 맞고서야 겨우 정신이 든 모양이었다.

"나, 나는…… 푸, 풀려났어."

촌장은 이렇게 말했다. 그리고 이어서 곤자에몬은 예상했던 최악의 결말을 알려주었다.

"덴교보 님은…… 오늘 아침에…… 목이 잘렸어."

촌장이 말했다.

"모, 목이 잘렸다고."

"나, 날이 밝기도 전에……."

"그런 말도 안 되는 일이. 너무 빠르잖아!"

모스케가 소리쳤다. 그것을 시작으로 거짓말이다, 거짓말이야, 그럴 리가 있겠어, 하고 마을 사람들은 저마다 웅성거리기 시작했다.

"거짓말이 아니야!"

촌장의 말 한마디에 마을 사람들은 입을 다물었다.

"거짓말이 아니라고." 곤자에몬은 흙을 움켜쥐었다.

"우리는 관사의 옥에 갇혀 있었어. 그런데 아직 어두컴컴할 때 덴교보 님을 데리고 나갔다고. 그리고…… 그리고 그분은 목을."

"잘렸다는 말이야?"

"잘렸어" 하고 곤자에몬은 흙덩이를 뿌렸다.

"어, 엄청난 신음 소리였어. 흡사 관사가 진동하는 듯한……."

"신음 소리라니?"

"그, 그러니까 데, 덴교보 님이 노여워하는 소리야. 덴교보 님은 모, 목이 잘린 뒤에 저주의 말을 내뱉으면서 나를 당장 놓아주지 않으면 이 자리에서 관사를 모조리 태워버리겠다고 하셨어."

"뭐라고?"

마을 사람들은 일제히 동요했다.

"그게 정말인가, 곤자에몬?"

"정말이라니까. 나도 이 귀로 들었어. 게다가 그 증거로 대, 대관님과 무사들이 죄다 새, 새파랗게 질려서 나를 풀어줬어. 나는 그래서……."

"정말로 덴교보 님은 목이 잘린 거냐? 그분이 널 놓아주라고 잘 말해준 게 아니고?"

노인이 다시 촌장의 어깨를 흔들었다.

"저, 정말이야. 관사 앞에…… 내걸린 머리가, 머리가……."

촌장은 바들바들 떨었다.

"머리가 어쨌다고?"

"잘린 머리가 공중으로 날아오르더니."

"뭣이."

"관사의 큰 지붕 위로 올라갔어."

"나, 날아다니는 잘린 머리다" 하면서 노인은 모모스케 쪽으로 고개를 돌리더니 철퍽 엉덩방아를 찧었다.

마타이치의 목이…….

마타이치가.

마타이치가 죽었다.

모모스케는 의식이 스윽 멀어지는 느낌을 받았다.

하지만 모모스케는 정신을 잃을 수 없었다.

마을 사람들이 흐느껴 우는지 통곡하는지 울부짖는지 알 수 없는 이상한 소리를 내기 시작했기 때문이었다. 이 소리는 축축한 공기와 공명하여 이상한 신음 소리로 변했다. 소리는 이윽고 "고쿠소다, 고쿠소다" 하는 말로 바뀌었다.

"그래. 고쿠소다. 더는 못 참겠어. 잘 들어라, 곤자에몬. 네가 붙잡혀 있는 동안 나는 도이 번 영지 열다섯 마을의 수장들을 모아 고쿠소를 준비했어. 옆 마을 긴자에몬 씨가 지금쯤 채비를 갖추고 있을 거야. 내일이라도 가려고 했지만 일이 그렇게 되었다면 이야기가 다르지. 나는 지금 당장 오사카로 가겠다."

"우리는 관사로 가자."

모스케가 소리를 높였다.

"육부님은 마을의 은인이잖아. 이대로 잘린 머리를 걸어두게 할 수는 없지. 육부님은 원망하고 있을 거야. 우리가 가서 시신을 되찾아 오자."

"옳소" 하는 소리가 터져 나왔다.

마을 사람들이 줄지어 이동하기 시작했다.

모모스케는 꼼짝 못 하고 서 있을 수밖에 없었다.

안개 같은 비가 내려왔다. 하늘은 새하얗고 모모스케는 그저 그 흰색을 올려다보고 있었다.

마타이치가 참수를 당했다.

그 사기꾼이. 호락호락.

모모스케는 떠올렸다. 마타이치의 얼굴을. 행동거지를.

윤곽이 흐릿해서 아무래도 선명하게 생각나지 않는다.

너무도 싱겁다.

그래서 떠올릴 수가 없다.

참수당한 마타이치를 모모스케는 떠올릴 수 없다.

저주의 말을 내뱉으면서 공중을 날아다니는 마타이치의 잘린 머리라니.

그런…….

아니.

그럴 리 없다.

분명 무언가가 잘못되었다.

그렇다.

모모스케는 세차게 고개를 저었다.

뺨을 따라 흐르던 물방울이 좌우로 흩날렸다.

애초에 아무리 마타이치라도 참수당한 뒤에 신음 소리를 내거나 말을 하고 하물며 지붕 위에까지 올라갈 수 있을 리 없지 않은가. 이런 불가사의는 없다는 걸 누구보다도 마타이치가 몸소 보여주지 않았던가. 세상의 불가사의한 일에는 술수가 숨어 있다. 괴이한 현상의 이면, 요괴의 등 뒤, 괴기한 일의 틈새, 바로 이런 곳에 사기꾼이 있지 않았던가.

사람을 홀리는 여우도, 사람으로 둔갑하는 너구리도, 사람에게 앙화를 입히는 말도, 하늘을 나는 잘린 머리도, 아기를 안은 귀신도, 환상처럼 나타나는 시체도, 사람에게 해를 끼치는 짐승도, 죽지 않는 요물도, 불 기운을 뿜는 악마도, 바다 위를 떠다니는 요괴도, 한 지방을 멸망시키는 원령조차도…….

모두 마타이치의 속임수가 아니던가.

그렇다면.

마타이치 없이 이렇게 기괴한 일이 **일어날 리가 없다.**

일어날 리 없는 것이다.

모모스케는 다시금 고개를 젓고 빗방울을 닦아낸 뒤 비틀거리면서 마을 사람들 뒤를 좇았다.

하지만.

관사의 큰 지붕 위에는 확실히.

마타이치의 잘린 머리가 놓여 있었다.

그것은.

틀림없이 마타이치의 잘린 머리였다.

모모스케는 관사가 내려다보이는 언덕에 서서 그 하얀 잘린 머리를 바라보며 할 말을 잃었다.

모모스케 주위에는 도이 번 영지에 속하는 마을에서 달려온 많은 농민들이 무리를 짓고 마찬가지로 그 잘린 머리를 바라보고 있었다.

관사 주위에서는 몇몇 무사들이 마찬가지로 지붕을 올려다보며 군어 있었다.

"마타이치 씨."

모모스케는 간신히 이 말만 하고 그 자리에 주저앉았다. 물론 침착하지는 않았다. 하지만 슬프지도 않았고 당황하지도 않았다. 놀라움이란 한순간에 찾아오기에 가능한 감정의 움직임이며, 지속된다면 더 이상 감정의 형태를 취하지 않는다.

"야마오카 씨."

누가 부르는 소리에 돌아보니 수척해진 모스케가 서 있었다.

"아까…… 봉행소에 간 영감님과 옆 마을 촌장에게서 소식이 왔어요. 오늘 밤 늦게라도 여력*님이 오신답니다."

"여력이?"

"네. 이건 부정이니 뭐니 그런 이야기가 아니잖아요. 어쨌든 대관에게 사정을 들어봐야겠다는 결론이 나서…… 영 심상찮네요" 하고 모스케가 말을 이었다. "우리가 붙드는 바람에 저렇게 끔찍한 일이 벌어지고 말았어요. 덴교보 님은 원통했을 거예요. 분했을 거예요. 그렇지 않았다면 저렇게는 안 되었겠지요. 아니, 하지만…… 저래서는 해명도 할 수 없잖아요."

확실히 그렇다.

어디를 어떻게 생각해도 지붕 위에 잘린 머리를 올려둘 이유는 없다. 목을 친 이유라면 아무렇게나 갖다 붙일 수 있겠지만, 저 잘린 머리를 지붕 위에 올려놓을 의미는 없을 것이다.

목이 스스로 올라갔다면……. 모모스케로서는 믿을 수 없는 일이었

---

* 에도 시대 봉행소에서 동심을 지휘하던 관리.

지만, 그렇다면 **뭔가가 있다**고 생각할 수밖에 없다. 아무런 까닭도 없이 이렇게 기이한 일이 일어날 턱이 없으니까.

주위는 벌써 어둑어둑해졌다.

농민들 수는 늘어났으면 늘어났을까 전혀 줄어들 기미가 없었다.

모모스케는 언덕을 뛰어 내려갔다. 잘린 머리를…… 가까이에서 보고 싶었다. 언덕 밑에도 농민들이 있었다. 남자뿐 아니라 여자며 노인까지 관사를 에워싸고 있었다. 개중에는 합장을 하고 염불인지 경인지를 외고 있는 사람도 있었다. 더 가까이 가자, 하인 몇몇과 젊은 무사가 지붕을 올려다보며 떨고 있었다.

모모스케의 모습을 보자 젊은 무사가 눈살을 찌푸리더니 "그대는 누군가" 하고 물었다. 딱 봐도 농민처럼은 보이지 않았을 것이다.

"저는…… 에도에서 온 여행자입니다."

모모스케가 대답했다.

"여행자가 이곳 영지에는 무슨 일로?"

"아니요. 오사카에 볼일이 있습니다. 이쪽에는 유람 삼아……. 다만 저는 저기 있는 육부의 친척입니다."

모모스케는 왠지 솔직하게 이렇게 말했다.

"뭐라고? 그러한가?"

무사는 놀라더니 몹시 서글픈 얼굴을 했다.

"저자는…… 실로……. 아니."

무사는 말끝을 흐리며 입을 다물었다. 그러고는 잠깐 동안 지붕을 바라보다 모모스케 쪽으로 천천히 시선을 돌렸다.

"그대는 알고 있나? 마을 사람들은…… 고쿠소를 했겠지."

"그런 듯합니다. 머잖아 봉행소에서 검분할 관리가 오시지 않을까

합니다."

모모스케가 대답했다.

"그런가? 해명할 수는 없겠군."

"해명이라 하시면……."

"저기 있는 잘린 머리 말이야."

무사가 얼굴을 들었다.

모모스케도 지붕을 올려다보았다. 하늘은 벌써 어두웠다. 잘린 머리의 얼굴도 모호하게 반쯤 하늘로 녹아들었다.

"저건……. 저건 정말로 제가 아는 육부 덴교보입니까?"

"그건 틀림없네." 무사가 대답했다.

"저건…… 틀림없이 그 육부야. 어쨌든 오늘 아침 일찍 대관님께서 직접 목을 치셨으니까. 게다가 몸소 저 문 쪽에……."

무사가 턱으로 가리켰다.

턱이 가리키는 곳에는 급조한 듯한 효수대가 놓여 있었다.

"그 잘린 머리를 내거셨다. 거기까지는 나도 보고 있었지. 허나."

"그게…… 날아올랐습니까?"

"어느 틈에. 이렇게 되면 우리는 어리둥절할 뿐이다."

무사가 대답했다.

"어리둥절하다……는 말씀은?"

"아니……."

하인이 무사를 만류하는 듯했다. 하지만 무사는 눈살을 찌푸리며 괜찮다고 말했다.

"친척이라면…… 말해도 되겠지. 저자가 행패를 부렸는지 아닌지, 이는 나로서는 알 수 없는 일이네. 하지만 설령 저자에게 잘못이 있었다 해도 이 재판에는 수긍할 수 없어."

"그…… 말씀은?"

"저자를 부른 사람은 부인 마님이다. 이 사실은 우리가 알지. 사자를 보낸 사람이 나니까. 이 일은 몇 번이나 말씀드렸는데……. 대관님이 어떻게 되셨네. 실성하셨다고밖에 생각할 수 없어."

무사가 이마를 훔쳤다.

오후에 한번 그쳤던 안개비가 다시 내리기 시작한 것이다.

"또…… 신음하기 시작한 것 아닙니까?"

하인이 조심스럽게 말했다.

"저건 바람 소리야."

무사가 말했다.

"저 잘린 머리…… 신음을 합니까?"

"신음했네. 저기 있는 육부는…… 정말로 신통력을 갖고 있었을까?"

모모스케는 눈을 가늘게 떴다.

분명 저건 마타이치의 머리일 것이다. 하지만 모모스케는 하늘의 힘과 부처의 벌을 털끝만큼도 믿지 않던 마타이치가 죽고 나서 이런 요상한 일을 벌이리라고는 생각할 수 없었다.

"믿을 수 없습니다."

모모스케는 이렇게 대답했다.

"분명 육부는 갖가지 신통력으로 마을 사람들을 구했습니다. 하지만 잘린 머리가 하늘을 날고 하물며 신음까지 하다니."

"신음만 한 게 아니다."

무사가 이마에 주름을 만들며 하인들을 둘러보았다.

"반드시 천벌이 내릴 것이다……. 이렇게 말했어. 너무도 무시무시한 목소리여서 관사에 있던 자들이 모두 달아났네. 무사라고는 해도 요마를 이길 수는 없어. 나를 포함해서 세 사람이 남아 있었는데 도무지 무서워서 말이지. 그런데 대관님은 절대 움직이려 하지 않아. 이제…… 관사 안에는 대관님과 부인 마님밖에 없다."

훅 하고.

어둠이 짙어졌다.

가을 해는 두레박 떨어지듯 빨리 떨어진다더니 어둠이 급격히 침식해 들어왔다.

하루 종일 먹지도 마시지도 않고 돌아다닌 탓인지 모모스케는 가벼운 현기증을 느꼈다. 밤하늘에 하얗게 떠오른 잘린 머리가 이중으로 흔들리는 것처럼 보였다.

이때.

언덕 위에서 비명소리가 들렸다.

무사는 기세 좋게 뒤를 돌아보더니 곧바로 지붕을 다시 한 번 올려다보았다. 하인들도 똑같이 따라하더니 히익 소리를 질렀다.

지붕 위에 불기둥이 서 있었다.

"부, 불이……."

불기둥은 이윽고 살아있는 생물처럼 모습을 바꾸어 공중에서 꿈틀꿈틀 움직이기 시작했다. 여기저기에서 비명소리가 터져 나왔다.

"저, 저 불은……."

그렇다. 흡사 니콘보의 불이다.

아니.

이 이야기는 **니콘보의 불과 완전히 똑같은** 줄거리 아닌가?

불은 마치 몸부림치는 용처럼 빛의 궤적을 끌면서 관사 위를 돌아 다녔다.

농민들은 겁을 먹고, 허둥대고, 무서워하더니 이윽고 일제히 염불을 외기 시작했다.

이런 일이 있을 수 있나?

이것은 현실인가?

천둥소리가 울려 퍼졌다.

그리고.

9

"그리고 어떻게 되었습니까?"

흥분해서 목소리를 높인 사람은 겐노신이었다.

"그건 사실이지요? 노인장이 그 눈으로 직접 보신 거지요?"

"그렇습니다." 잇파쿠 옹이 신묘한 일이라는 듯 대답했다.

"저는 결코 과장하지도 않았고 날조하지도 않았습니다. 착각을 하거나 잘못 보지도 않았습니다. 뭣보다 저만 본 것이 아니었으니까요. 가까운 곳에 농민이……. 그렇지요. 얼추 이백 명쯤 있었을까요."

"이백 명이나."

소베가 감탄스럽다는 듯 수염을 쓰다듬었다.

"그렇다면 소소한 봉기가 아니지 않나?"

"네, 거기서 괴이한 불이 나타나지 않았다면 봉기 비슷한 일도 일어났을지 모릅니다. 그 육부가 워낙 인망이 두터웠을 뿐 아니라 연공을 올린 데 대한 불만도 꽤나 끓어올랐으니까요. 하지만 그런 기운도 괴이한 불로 인해."

"사그라졌다는 말이군요."

쇼마가 말을 이었다.

"뭐, 무리도 아니겠지요."

"공중을 날아다니던 그 괴이한 불은 뭐 구상 번개이겠지만요. 잘린 머리가 날아다녔다느니 신음했다느니 하는 건."

쇼마가 고개를 갸웃했다.

"잘린 머리가 날아다니는 장면은 저도 보지 못했습니다. 그리고 신음 소리도 듣지는 못했지요. 그러니까 그 부분은 전해들은 이야기입니다. 다만 괴이한 불만은 이 눈으로 보았습니다."

노인이 대답했다.

"아하. 뭐, 무섭다, 무섭다 생각하다보면 바람 소리조차 수상쩍게 들리는 법이지. 겁쟁이는 제가 뀐 방귀 소리에도 놀란다고."

소베가 호쾌하게 말했다.

"잘린 머리가 날아오른 건 어떻게 되나?"

"글쎄다. 누가 지붕 위로 던졌겠지."

소베의 대답에 겐노신은 납득이 가지 않는다는 듯 입을 비쭉거렸다.

"자, 자. 그럴 수도 있고 아닐 수도 있습니다. 어찌 되었든 육부의 잘린 머리가 지붕 위에 놓여 있었습니다. 그리고 괴이한 빛이 이렇게 꼬리를 끌면서 여기저기로."

"가랑비가 내리고 있었지요?"

쇼마가 물었다. 노인은 크게 고개를 끄덕였다.

"아침부터 줄곧 내리다 그치다 했습니다. 정말 안개처럼 가느다란 비였는데, 우비 같은 게 없어서 저는 흠뻑 젖어버렸지요."

"그렇다면 역시 번개의 일종이었겠네요. 조건은 갖추어져 있습니다. 노인장, 실제로 보신 느낌은…… 그러니까…….”

“뭐, 번개이겠지요.” 노인이 대답했다.

“그런 느낌이 들었습니까?” 겐노신이 물었다.

“그렇지요. 뭐, 불에도 여러 종류가 있지만 그건 불꽃이나 화염과는 달랐습니다. 연극할 때 쓰는 소줏불이나 아이들이 가지고 노는 장뇌(樟腦) 구슬과도 달랐어요. 발광체라는 말이 딱 맞는데 무엇에 가깝냐고 묻는다면 그야…….”

“번개이겠지요?” 쇼마가 끝맺었다.

“번개 종류이기는 했겠지요.”

“그러면 그 얼굴은?” 겐노신이 물었다.

“번개라고 하시지 않나. 그런 것에 얼굴이 있겠나? 해에 얼굴을 그리는 건 애들이지, 애들.”

소베가 말했다.

“하지만 노인장이 보신 건 문제의 니콘보 불과 흡사하지 않은가? 그러니까 묻는 걸세.”

“얼굴은 말이지요. 있었다고 하는 사람이 대부분이었습니다.”

잇파쿠 옹이 대답했다. 소베는 깜짝 놀라 말을 멈췄고 겐노신은 “거 보게나” 하고 말했다.

“아니, 그러니까 저에게는 보이지 않았습니다. 자세히 들여다보았으니까요. 아주 그냥 뚫어져라 쳐다봤습니다. 하지만 아무것도 없었어요. 그런데 제 주위에 있던 농민들은 입을 모아 육부님이다, 육부님의 얼굴이다, 그러더군요.”

“잘린 머리는 지붕 위에 있는 것 아니었습니까?”

“네……. 그런데 어느새 없어졌지 뭡니까. 처음에는 어두워져서 안 보이는 거라고 생각했지만 암만해도."

"머, 머리가…… 사라졌습니까?"

겐노신이 바닥에 손을 짚었다.

"아니, 제 생각에 목은 튕겨 나갔거나 타지 않았나 싶습니다."

"탔다?"

"네. 그게 번개 같은 것이었다면 당연히……."

"아, 알겠다. 그 불은 잘린 머리 바로 옆에 나타나서 그 주위를 날아다녔군요. 번개라면 당연히 그렇게 되겠지요."

쇼마가 감탄했다. 그러자 소베가 이해가 안 간다는 듯 말했다.

"하지만 그렇다면 건물은 어찌 되나? 그랬다면 당연히 건물도 탔겠지. 그게 이치일세. 그렇지요, 영감님?"

"그건 말입니다. 제가 보기에 그 괴이한 불은 건물에는 닿지 않았습니다. 가까이 다가가면 이렇게 튕기듯이 떨어집디다. 아니, 이건 잘 모르는 사람의 얕은 지혜, 벼락치기로 얻은 잔 지식으로 드리는 말씀인데, 아까 쇼마 씨가 이야기했듯 전기에 양과 음의 차이가 있다면 서로 끌어당기기도 하고 밀어내기도 하겠지요."

노인이 말했다.

"전기라고요?"

소베가 뜻밖이라는 듯 말했다.

"네. 음양에도 상생상극의 원리가 있으니까요. 그래서 건물 주변을 날아다니기는 하지만 건물 자체에는 닿지 않는 게 아니겠습니까? 하지만 잘린 머리처럼 작은 물체는 밀어내는 힘에 튕겨 나가기도 할 테고, 불에 닿으면 불이 붙거나 타기도 하지 않을까요?"

"이치에 맞습니다, 노인장. 그러면 그 얼굴이니 머리이니 하는 건."

쇼마가 말했다.

"착각이겠지요."

노인이 단언했다.

겐노신과 소베는 예상이 빗나갔다는 얼굴로 서로 마주 보았다. 쇼마 혼자만 유쾌하게 "그것 보게나" 하고 겐노신이 한 말을 흉내 냈다.

"차, 착각이라는 말씀입니까?"

"착각입니다. 마을 사람들에게는 그게 평범한 불로 보이지 않았겠지요. 육부님의 노여움의 불꽃, 원한의 불덩이로밖에 보이지 않았을 테니까요. 저도 그렇게 생각했습니다. 그저 얼굴이 보이지 않았다는 것뿐이지 그게 우연히 일어난 자연 현상이라고는 생각할 수 없었습니다."

"과연 우연일까." 겐노신이 중얼거렸다. "정말 우연일까요, 그게?"

"**결단코 우연**입니다."

노인이 보기 드물게 강한 어조로 말했다.

"사람 마음이 천지의 이치를 좌우한다는 건 거만한 생각이 아닐까요? 사람은 고작해야 지혜를 가진 짐승. 영리하기는 하지만 대단하지는 않습니다. 신불처럼 천연 자연을 조종할 수 있을 리 없지요. 그러니까 이건 어쩌다 일어난 일입니다. 우연히 사람 마음에 부합하는 현상이 일어난, 아니…… 우연히 일어난 현상을 사람이 제멋대로 그렇게 해석했을 뿐일 테지요."

"얼굴이 있는 게 아니라 얼굴을 **보는** 것이로군요."

요지로가 이렇게 말했다.

"좋은 말씀을 하십니다." 노인이 대답했다.

"사람은 거기서 얼굴을 보고 안심하거나 두려워하면서 자연의 이치를 자기 마음 쪽으로 끌어당기는 겁니다. 사람은 약한 존재이니까요. 그렇게 할 수밖에 없을 때도 있겠지요. 그러니까 이건 쇼마 씨 말씀대로 번개의 일종이었겠지요. 그 증거로."

"증거가…… 있습니까?"

겐노신은 몸을 낮추며 물었다.

노인은 고개를 끄덕였다.

"쇼마 씨 이야기에 따르면 이런 구상 번개 같은 괴이한 불은 진짜 낙뢰와 함께 나타난다고 했지요?"

"그렇습니다. 대기 중의 전기가 양이나 음으로 치우쳐서 불안정할 때 이런 현상은 일어날 겁니다. 그러면 이 불안정한 균형을 바로잡는 강한 작용이 일어날 테지요. 외국에서도 귀신불이 나온 전후에는 번개가 지나가는 경우가 많은 모양이에요. 그렇다면 그때도……."

"네."

잇파쿠 옹이 어쩐지 송구스러운 듯 자세를 바로 했다.

"얼마나 지났을 때일까요. 마을 사람들은 합장을 하고 있었고, 무사는 벌써 언덕 너머까지 달아나버렸습니다. 저도 무서워져서 언덕 쪽까지 물러났는데 그때…… 하늘이 갈라지는 줄 알았습니다."

노인이 말했다.

"하늘이…… 어떻게 되기라도 했습니까?"

"네. 어마어마하게 밝았습니다. 섬광이라고 하나요. 그러고는 귀가 찢어질 정도로 커다란 우렛소리가 났습니다."

"벼락이 떨어졌습니까?"

"네. 뭐, 거기 있던 이백 몇 십 명이 일제히 기겁을 했습니다. 당연한 이야기이지만 급작스러웠으니까요. 그야말로 엄청난 벼락이 관사를 덮쳤습니다."

"과, 관사를 직격했습니까?"

"산산조각이 났습니다. 뭐, 관사라고는 해도 무가의 저택은 아닙니다. 그렇게 큰 건물도 아니니까요. 그게 이렇게, 손뼉을 한 번 딱 칠 만큼 짧은 시간에 완전히 날아가버렸습니다."

"그건…… 엄청난 이야기이군요."

소베가 입을 열었다.

확실히 엄청난 일이다. 눈앞에서 건물이 하나 날아가다니 그리 쉽게 목격할 수 있는 사태가 아니다. 괴이한 일, 이상한 일이라기보다는 큰일이다.

"네. 구경꾼이 그렇게 많았는데 다친 사람이 없다는 게 신기할 정도였습니다. 정신을 차리고 보니 건물은 완전히 없어졌고, 담 안쪽에서는 기둥이니 뭐니 활활 타고 있었습니다. 구경꾼들은…… 뭐, 삼십 분 정도는 멍하게 있었을 겁니다. 이윽고…… 염불은 대합창이 되었습니다. 봉행소 관리가 아무리 돌아가라고 해도 누구 한 사람 돌아가지 않았습니다. 사람은 늘어나기만 했지요."

"봉행소……. 오사카 봉행소의 관리 말입니까?"

"네. 고쿠소를 받아주신 여력님이."

"아. 도착했군요. 검분할 사람이."

"그렇다기보다 옆 마을 촌장님과 촌장님 댁 어르신, 그리고 관리가 관사에 도착한 직후에 괴이한 불이 나타났습니다. 엄청난 인파에 놀라 관사로 들어가지도 못하고 상황을 살피고 있는데 괴이한 불이 나타났어요. 하도 괴이한 일이라……. 그야 관리도 놀랐겠지만 그 괴이한 불을 보고 있을 때."

"벼락이 떨어졌습니까?"

"그렇습니다." 잇파쿠 옹이 고개를 끄덕였다.

"이제는 대관에게 이야기를 듣고 자시고 할 때가 아니었지요. 당장 파발꾼을 보냈더니, 다음 날 아침에 봉행소에서 뒤처리를 위해 관리들이 줄지어 찾아왔습니다. 도이 번에도 파발꾼을 보내고……. 뭐, 열흘 정도는 엄청나게 소란스러웠지요. 저도 호되게 조사를 받았습니다."

"잠깐." 겐노신이 말을 막았다. "그, 그 대관과 대관의 부인은?"

"맞습니다. 안에 있었던 것 아닙니까?"

쇼마도 말했다.

"물론…… 돌아가셨습니다."

"돌아가셨습니까?"

"그야 그렇지요. 어쨌든 관사 안에 계셨으니까 뼈도 못 추리지요. 저택은 이미 산산조각이 났고요. 시신도 나오지 않았습니다. 육부의 잘린 머리며 몸도 모조리 다 불에 타버렸어요. 벼락의 위력이란 무시무시합니다."

잇파쿠 옹이 읊조리듯 말했다.

"자연의 맹위겠지요. 다만."

"다만?"

"네. 이건 육부의 저주라는 결론이 내려졌습니다. 봉행소 조서에도 그렇게 쓰여 있을 겁니다."

"봉행소가 저주를 인정했단 말입니까?"

쇼마가 뜻밖이라는 듯 말했다.

"아니, 인정을 하니 마니 하는 문제가 아닙니다. 조서에는 사실과 그에 관해 탐문한 내용을 쓰지 않습니까? 아닙니까?"

"맞습니다." 겐노신이 대답했다. "하지만 노인장, 이 경우에는……."

"이 경우에는…… 사실이라 하면 우선 육부의 목이 잘린 것, 그 잘린 머리가 지붕 위에 올라가 있었던 것, 괴이한 불이 나타난 것, 그리고 하늘을 찢을 듯한 낙뢰로 관사가 파괴된 것……. 이뿐입니다. 이건 여럭님도 자초지종을 보셨으니 사실이겠지요."

틀린 말은 아니다.

이 부분은 굽힐 수 없는 사실이다.

"그러니 그전에 일어난 일에 대해서는 마을 사람들이나 관사에 있던 관리나 하인에게 물어보는 수밖에 없겠지요. 그러면 어찌 되겠습니까?"

"저주라고…… 말하게 될까요."

겐노신이 고개를 갸웃했다.

"그렇지요. 쌍방 이야기를 합쳐보면 마을에서도 평판이 자자한 영험한 육부를 대관이 집을 비운 사이에 부인 마님이 불러내어 저택에 들였다가 이레 후에 놓아주었다, 대관이 돌아온 뒤에 이 사람을 체포하여 목을 쳤다. 이렇게 되지 않습니까?"

이것도 사실이다.

"저택 안에서 무슨 일이 있었나……. 이 부분은 부인 마님과 육부밖에 모릅니다. 무사나 농민은 알 도리가 없는 일이니 상상이나 풍문이 되겠지만, 이건 대관에게는 불리합니다. 부인 마님에 관한 나쁜 소문은 처음부터 있었던 데다 수사도 하지 않고 목을 친 대관의 부조리한 재판에 대해서는 저택에 있던 무사들 생각도 똑같았으니까요."

"거기에 그 괴현상입니까?"

"네. 예의 괴현상이지요. 아무 일도 일어나지 않았다면, 저주 같은 건 항간에 떠도는 일종의 뜬소문이니 기록할 필요도 없었겠지만, 이유야 어찌 되었든 누가 뭐라 해도 실제로 관사가 날아가버렸으니까요. 그런데 증언하는 사람들은 하나같이 입을 모아 저주다, 저주다, 하지요. 봉행소 측에서도 그렇게 쓸 수밖에 없습니다."

"그렇군요. 그렇게 되겠네요."

정말로 저주가 있었는지 여부는 차치하더라도 항간에서 이를 두고 저주라고 하는 것만은 사실인 것이다.

"막부에서는 저주 운운의 진위 여부는 어떻든 간에 이 일은 도이 번의 잘못이라고 간주했습니다. 셋쓰에 있던 도이 번 영지 열다섯 개 마을을 몰수해서 다른 번 영지와 천황 영지로 나누었지요. 도이 번은 녹봉의 삼 할 가까이를 잃었지만 마을은 지독한 연공 인상에서 벗어날 수 있었습니다. 다 육부님 덕이라고 생각했답니다. 그 점에서……."

잇파쿠 옹이 말을 잠시 끊고 겐노신 쪽을 바라보았다.

"이것을 저주라고 해야 할지 어떨지 저는 모릅니다. 단지 쇼마 씨 말대로 자연 현상이라는 점만은 분명할 겁니다. 그렇다면…… 우연히 나타난 하늘불이 천벌을 내린 셈이겠지요."

"잘 알겠습니다."

겐노신이 말했다.

10

요지로가 혼자서 야겐보리를 찾아온 것은 그로부터 열흘 뒤의 일이었다. 찾아온 이유는 다름이 아니라 료고쿠 사건을 보기 좋게 해결한 일등 순사 야하기 겐노신의 공로를 보고하기 위해서이다.

세상 사람들은 몰랐지만 겐노신이 그 사건을 해결할 수 있었던 것은 전적으로 잇파쿠 옹과 나눈 대화의 도움이 컸다고 한다.

원래대로라면 겐노신이 와야겠지만 일등 순사 양반은 사건 뒤처리니 뭐니 하도 바빠서 어찌 된 연유인지 요지로를 대리로 지목했다. 왜 자신인지 요지로로서는 잘 알 수 없었지만, 겐노신은 자네밖에 없다며 집요하게 부탁했다. 소베나 쇼마에게는 부탁하고 싶지 않았던 것이리라. 겐노신은 귀중한 조언을 해준 노인에게 무척 감사하게 생각하는지, 고급스러운 과자 상자를 요지로의 손에 들려주었다.

쓰쿠모안 입구에는 사요가 있었다.

사요는 잇파쿠 옹의 생활을 이래저래 돌봐주는 아가씨이다. 먼 친척이라고는 하지만 과연 노인과 무슨 관계인지는 요지로도 모른다.

사요는 마당에 있는 나무를 손질하는 중인 듯했다. 부지런한 아가씨이다.

요지로는 사요의 흰 옆얼굴을 보고 어쩐지 친구들을 따돌리고 혼자 앞질러 가는 듯한 묘한 기분을 느꼈다. 요지로 자신은 사요에게 특별한 감정을 가지고 있지 않다. 자기 자신은 이렇게 생각하지만 적어도 쇼마나 겐노신은 연모하고 있음이 분명하다. 아니, 관심 없는 척하지만 소베도 수상쩍다.

인사를 하자 사요가 빙글 돌아보더니 "어머, 사사무라 씨" 하고 밝은 목소리로 말했다.

"슬슬 오실 때가 되었다고 생각하던 참이에요."

"제가…… 말입니까? 어째서이지요?"

"그야 평판이 자자하잖아요. 열녀(烈女)에게 불덩이라는 천벌이 내리다. 료고쿠의 원인 모를 화재 사건 의외의 전말……. 야하기 님께서 활약하셨지요?"

"아, 네."

소문을 들은 모양이다. 하지만 왜 요지로가 올 거라고 생각했을까? 이를 묻자 사요는 새끼 고양이처럼 까르르 웃었다.

"그야 사사무라 씨는 야하기 님의 심부름꾼이잖아요. 시부야 님은 싫다고 하실 테고, 야하기 님은 구라타 씨한테는 부탁하지 않을 걸요."

그도 그렇다.

어떤 부탁을 받아도 넙죽넙죽 떠맡는 사람은 나 정도이겠지 싶어 약간 한심스러워진 요지로는 겸연쩍음을 감추려고 웃으며 사요에게 과자 상자를 건넸다.

"집에 계시지요?"

"아무 데도 안 가세요. 별채로 드세요."

사요가 방긋 웃으며 요지로를 안으로 들였다.

노인은 열흘 전과 똑같은 자리에 똑같은 모습으로 앉아 있었다.

요지로는 공손하게 인사를 하고 맞은편에 앉았다. 언제나 우르르 몰려오다 보니 단둘이 있는 것은 오랜만이다.

"해결했다고요?"

노인이 말했다.

"아, 네. 역시 천벌이었답니다."

"천벌이라고요. 그러면."

"네. 우선 순서대로 말씀드리면……."

료고쿠 일대에서 일어난 원인 모를 화재는 기름 장사의 아내인 미요의 소행이었다.

하지만 미요는 화재를 일으키기 위해 계속 불을 놓은 것이 아니었다. 물론 불을 좋아하는 병에 걸리지도 않았다.

미요는 어떤 물건을 태우려 했던 것이다.

어떤 물건이란…….

네모토야의 전처인 기누를 살해한 증거였다.

네모토야의 주인인 고자부로와 후처인 미요가 둘이 짜고 전처를 살해했던 것이다.

"호오, 그렇군요." 노인은 감탄했다. 몰랐던 모양이다.

"그랬습니까? 아니, 요즘 인쇄물은 읽기가 어려워서 별로 안 읽거든요. 사요는 곧잘 읽는 모양이지만요."

"네……. 이 고자부로라는 사람은 데릴사위인데 처음부터 재산을 노리고 네모토야에 들어왔다고 합니다. 미요와는 한참 전부터 그런 관계였나 봅니다."

"아하. 데릴사위로 들어간 뒤에 부인을 살해하고 자기 여자를 후처로 들이려고."

"네. 계획을 세운 사람은 미요인 모양입니다. 그 때문에 열녀라는 문구가 신문 도판이나 속보에 실려 있는 겁니다."

"그렇군요. 그 말을 듣고 이해했습니다. 뭐가 열녀인가 하고 희한하게 여기고 있었거든요. 그래, 무엇을 태웠습니까?"

노인은 고개를 끄덕였다.

"시체입니다."

"시체!"

노인은 가물거리던 눈을 휘둥그레 떴다.

"시, 시체라니, 그건 또."

"네. 전처인 기누 씨는 아무래도 독살당한 모양인데, 수은이 많이 포함된 독을 먹인 모양입니다."

"허, 수은이라고요."

"네. 이 뒷이야기는 아무래도 괴담 같아지는데요."

"괜찮습니다. 괴담과 기담은 과자보다 더 좋아하니까요."

노인이 말했다.

"계기는…… 역시 귀신불이었습니다."

요지로는 이렇게 말했다. 불운한 이야기이다.

기누를 묻은 묘지에서 밤이면 밤마다 인(燐)불이 나온다는 소문이 돌았다고 한다.

조사해보니 실없는 소문이었던 모양이지만, 미요와 고자부로는 단순한 소문으로 흘려들을 수 없었다.

물론 전처를 죽였다는 죄책감이 있었기 때문일 것이다.

겁 많은 고자부로는 기누가 저주를 내리는 게 아닐까 크게 겁을 먹었다.

하지만 미요는 달랐다. 미요는 대량으로 먹인 수은이 시신에서 스며 나와 타고 있는 게 아닐까 생각했다.

"그건 또…… 뭐라고 하면 좋을까요."

"네. 마치 쇼마 같은데……. 옳고 그름은 별도로 치고 합리적인 사고를 하는 부인이기는 했나 봅니다. 확실히 수은은 금을 정련할 때 쓰기도 하고 그럴 때는 상온에서도 타는 경우가 있는 모양이지만, 독으로 먹인 수은이 시체에서 스며 나와서 타는 일은 생각하기 어렵습니다. 다만 이 미요라는 여자는 아무래도 유령이나 도깨비불이라고 생각하고 싶지는 않았겠지요."

"어떻게든 이유를 만들어 붙이고 싶었다."

"네. 그래서 그저 그냥 무서워만 하는 고자부로는 겁쟁이라 포기하고……."

미요는 그 귀신불을 **퇴치**하자고 생각했다.

미요는 한밤중에 묘지에 가서 몰래 기누의 시체를 파낸 뒤…….

정말로 태우려 했다. 그런데 이 일은 여자가 혼자서 하기에는 꽤 어려운 작업이었다.

"뭐, 오 년이나 지났으니 완전히 뼈만 남았겠지요. 미요는 이걸 일단 파내고 나서 무덤을 원래대로 돌려놓았습니다. 파냈다는 걸 들키면 글자 그대로 제 무덤을 판 셈이 되니까요, 정성껏 돌려놓았다고 합니다."

"다부진 여인이네요."

노인이 말했다. 요지로도 그렇게 생각한다. 귀신불을 보거나 유령과 마주치는 것보다 무덤에서 뼈를 파내는 편이 훨씬 무서운……. 아니, 기분 나쁜 일 아닐까?

"그러고 나서 미요는 뼈를 태우려 했겠지요. 이게 좀처럼 안 타지 않겠습니까?"

"안 타겠지요. 오래된 뼈는."

"네. 몇 번이나 불을 붙였지만 결국은 태우지 못한 상태에서 시간이 다 되고 맙니다. 미요는 하는 수 없이 뼈를 가지고 돌아왔습니다. 하지만 말이에요. 그렇지 않아도 남편은 겁에 질려 있습니다. 이런 물건을 언제까지고 갖고 있을 수는 없지요. 마당에 묻었다가 또 불이 나오면……. 미요는 그렇게 믿었습니다. 그러면 남편이 또 겁을 먹겠지요. 그래서."

미요는 또다시 인기척이 없는 곳에서 뼈를 몰래 태우려고 했단다.

"그랬군요. 그게 화재의 정체입니까?"

"맞습니다. 기름도 뿌려보고 장작도 덧대보고, 이런저런 시도를 해본 모양이지만 종이가 아니니 간단히 타지는 않았겠지요. 결국 주위에 불이 붙어서 황급히 끄기도 하고, 인기척을 느끼고 도망가는 바람에 불만 남기도 하고, 호되게 경을 친 모양입니다. 한번 작은 불 소동이 일어나면 같은 곳에서 하기 힘들어지잖아요. 그래서 여기저기 옮겨 다니면서."

"결국 연속 방화범이 되어버렸군요."

"그렇습니다. 그러다 예의 그 구상 번개가 나온 날이 되었습니다."

"네."

"그건…… 겐노신이 판단하기로는 역시 구상 번개였다는 결론입니다. 자연 현상이지요. 이 현상은 우연히 일어났습니다. 그런데 미요와 고자부로는 우연이라고는 생각하지 않았습니다. 고자부로는 처음부터 유령과 귀신불을 겁내고 있었으니까 이크, 귀신이다, 하며 도망 다닙니다. 미요도 이렇게 된 이상 단념할 수밖에 없지 않겠습니까? 하물며 미요는 무덤까지 파냈으니, 마찬가지로 기누 씨의 혼백이 길을 잃고 떠돈다고 생각했습니다. 고용인들은 아무것도 모르니 그냥 불덩이라 생각하고 달아났습니다. 하지만."

"마음속에 켕기는 구석이 있는 사람에게는 얼굴이 보였다……."

"맞습니다. 얼굴이 있는 것이 아니라 얼굴을 본 겁니다."

요지로가 대답했다.

보이는 게 아니라 보는 것이다. 거기서 무엇을 보는지는 보는 사람 마음에 달렸다. 이도 저도 다 노인이 이야기한 셋쓰의 괴이한 불 이야기에서 얻은 교훈이다.

"이 사건은 어르신 말씀대로, 작은 불 소동과 기름 가게 화재는 별개였습니다. 그리고 이 또한 어르신이 말씀했듯 천연 자연 현상이 일종의 천벌로 발현된 이야기이기도 했습니다."

작은 불 소동은 미요의 소행이고 구상 번개는 자연 현상이다. 한쪽은 인위적으로 일으켰고 다른 한쪽은 우연히 일어난 일이기 때문에 원래 화재와 구상 번개 사이에는 아무런 관계도 없다. 이 둘을 잇는 것은 단 하나, 미요와 고자부로의 공포심. 그러니 뒤집어보면 죄책감뿐이었다.

두 가지가 따로따로 일어났다고 판단하고, 나아가 이 무관한 일에서 인과관계를 꿰뚫어 봤을 때, 미요와 고자부로의 범죄가 뚜렷하게 드러난다.

"겐노신이 추궁하자 미요와 고자부로가 전부 자백한 모양입니다. 전소된 가게에서는 새카맣게 탄 기누의 뼈도 발견되었고, 증거도 나왔으니 이것으로 사건은 일단락되었습니다. 겐노신은 통찰력 있고 재주가 뛰어난 순사로 이름을 크게 날렸습니다. 전부…… 어르신 덕입니다."

요지로가 이렇게 전하자 노인은 몇 번이나 고개를 끄덕였다.

11

요지로가 돌아간 뒤…….

잇파쿠 옹, 그러니까 야마오카 모모스케는 사방등을 끌어당겨서 요지로가 두고 간 료고쿠 사건에 관한 기사를 읽었다. 눈을 가늘게 뜨고 얼굴을 가까이 갖다 댔다 멀리 뺐다 해보았지만 아무래도 글자가 흐릿했다.

사방등의 명장지를 열고 촛불을 직접 갖다 대려 했더니 "안 돼요" 하고 사요가 말했다.

"이 집에까지 불을 낼 생각이에요, 모모스케 씨?"

"그런 걱정은 안 해도 됩니다. 아직 손끝이 떨리지는 않으니까요."

"손끝을 어떻게 믿겠어요."

사요는 요지로가 가져온 과자와 새로 끓인 차를 모모스케 앞에 내밀었다.

"아직 그렇게까지 어둡지는 않아요. 그래도 안 보인다면 불을 암만 가까이 대도 마찬가지예요. 조금만 더, 조금만 더 하면서 가까이 가져가는 사이에 분명 태워버릴 걸요."

가혹한 소리를 한다고 모모스케가 말했다.

하지만 아마도 사요 말이 맞을 것이다. 사요가 웃으면서 읽어드릴까 묻기에 괜찮다고 거절했다. 요지로에게 소상하게 들었으니 이제 와서 읽어봤자 별 수 없다.

"그건 그렇고 호리병에서 망아지가 나온다*는 건 이럴 때 쓰는 말이네요, 모모스케 씨."

사요가 앞에 마시던 차를 치우면서 말했다.

"뭐가 호리병에서 망아지일까요?"

"그야 요전에 하신 이야기, 그건 표면만 이야기하신 거잖아요. 그다음이 있을 텐데요."

"다음……이라."

"모모스케 씨가 이야기하신 건 그냥 항간에 떠도는 말. 그 뒷면에 무엇이 있었는지는 전혀 들려주지 않으시던데요. 사사무라 씨에게는 가르쳐주셔도 되잖아요. 참 심술궂어요."

사요가 말했다.

뒤.

확실히 뒤가 있었다.

그 참사……. 관사 소실과 대관 부부의 죽음은 결과적으로 셋쓰 도이 번 영지의 열다섯 마을로서는 다행한 일이었다.

육부 살해에 관한 고쿠소는 결국 미궁에 빠졌지만, 천하의 부엌인 오사카의 코앞에서 일어난 대재난, 그것도 영지 백성의 반감을 크게 산 저주 소동쯤 되면 막부로서도 그냥 넘어갈 수는 없었을 것이다. 그

* 농담으로 한 말이 현실이 된다는 뜻의 일본 속담.

도 그럴 것이 오시오 헤이하치로의 난 이후로 셋쓰 일대는 막부 입장에서도 성가신 동네였기 때문이다. 오시오의 영향으로 영지 백성들에게 묘한 지혜가 생겼으니 무슨 일을 계기로 봉기나 반란이 일어날지 알 수가 없었다.

때문에 우선 도이 번을 철저하게 조사했다.

영유하고 있던 열다섯 개 마을은 대부분 다른 번에 나누어주고 오사카와 가까운 곳은 막부가 천황 영지로 몰수했다. 그 결과, 도이 번은 파탄을 맞았고 이 년 후에는 폐지되어버렸다.

번이 망하든 무사가 할복하든 그런 대의명분은 농민들과 무관한 일이기도 하지만, 적어도 마을이 계속 도이 번의 영지였다면 망하기 전까지의 짧은 기간이라고는 해도 영지 백성들은 과혹한 연공을 짊어져야 했을 것이다. 그랬다면 그사이에 무슨 일이 일어났을지 모른다.

다만 문제는 그런 데 있지 않았다.

모든 일이 매듭지어진 뒤에 모모스케는 오사카의 이치몬지야로 돌아갔다. 이 단계에 이르러서야 모모스케는 간신히 마타이치의 죽음을 곱씹어볼 수 있었다. 관사가 소실된 뒤 보름. 이만큼 시간이 지나고 난 뒤에야 모모스케는 가슴에 커다란 구멍이 뚫린 듯한 상실감을 느꼈다.

이때의 느낌은 꽤 나중까지 꼬리를 끌었다.

그런데 이치몬지야의 안방에서는 한 인물이 모모스케가 돌아오기를 기다리고 있었다. 짚이는 구석이 없었던 모모스케는 고개를 갸웃거렸다.

군데군데 하얗게 센 뻣뻣한 수염이 온 얼굴을 덮은, 키가 크고 위엄이 넘치는 노인이었다. 위압감을 주는 시선에 몸이 움찔했던 것을 모모스케는 똑똑히 기억한다.

그리고 이치몬지야 니조에게 노인의 이름을 들은 모모스케는 무척 놀랐다. 이 노인은 등명 고에몬이라는 것이다.

옛날에는 산 사람 같은 인형을 잘 만들기로는 따라올 자가 없다고 일컬어지던, 인형 얼굴 제작의 명인이 고에몬이다. 게다가 뒤에서는 화약을 써서 에도의 뒤쪽을 좌지우지하는 거물이기도 했다고 한다. 십 년쯤 전에 손을 떼고 은둔하던 고에몬은 얼마 전에 기타바야시 번을 뒤덮은 꺼림칙한 먹구름의 부름이라도 받은 것처럼 어둠의 세계로 되돌아와 마타이치 일당과 함께 다이묘를 상대로 일생일대의 큰일을 치른 참이었다.

그 건에는 모모스케도 깊이 관여했다.

하지만 그 커다란 계획의 가장 중요한 열쇠를 쥐고 있었음에도 불구하고 고에몬은 한 번도 모모스케 앞에 모습을 드러내지 않았다. 이치몬지야가 소개하기 전까지 모모스케는 그의 얼굴을 몰랐다.

고에몬은 모모스케의 얼굴 생김새를 음미하듯이 잠시 바라보고 나서 히죽 웃더니 등 뒤를 돌아보며 "언제까지 숨어 있는 게냐" 하고 큰 목소리로 말했다.

모모스케는 무슨 일인지 전혀 알 수가 없었다.

그리고.

고에몬 등 뒤에서 장지문을 열고 들어온 인물을 보고 모모스케는 진심으로 간이 떨어질 만큼 놀랐다.

그곳에 있던 건…….

베로 된 홑옷에 흰 무명으로 머리를 감싸고 가슴팍에는 상자를 건 어행사 복장을 한.

모사꾼 마타이치, 바로 그 사람이었다.

마타이치는 뻔뻔하게 웃으면서 "걱정을 끼쳤습니다 그려" 하고 말했다.

모모스케가 할 말을 잃고 서 있자 마타이치 옆에 앉아 있던 상인 같은 차림의 남녀가 모모스케에게 머리를 숙였다.

정말 뭐가 뭔지 알 수 없었다.

그리고 고개를 든 얼굴을 보고 모모스케는 한 번 더 놀랐다.

그는…… 겉모양이 바뀌기는 했지만 틀림없이 도이 번 셋슈 대관 고노스 겐바였기 때문이었다.

그리하여.

모모스케는 마침내 모든 사정을 알게 되었다.

고노스 겐바는…… 놀랍게도 오시오 헤이하치로 우군 중 하나였다.

원래 겐바는 농업 행정에 조예가 깊고 양명학 등을 배워 농민들도 차별 없이 대하는 사내였다고 한다. 그러다 보니 겐바는 개인적으로 오시오에게 가르침을 구하기도 했던 모양이다.

기근이 마을을 덮쳤을 때 농민의 궁핍한 상황을 무척 염려했을 뿐 아니라 막부와 번이 아무런 대책도 없는 데 화가 난 겐바는 결과적으로 오시오에게 경도되어 모반에 협력하겠다고 약속했다고 한다.

하지만 관사에 있던 번 소속 무사 가운데 이 사실을 알았던 사람은 보좌나 하인을 포함해 한 사람도 없었다.

오시오의 사상에 공명할 만한 동지가 관사 안에는 없었던 것이다.

겐바가 구태여 계몽하지 않은 이유는 번 소속 무사를 신용하지 않았다기보다는 만일의 경우 번에 폐를 끼치지 않겠다는 배려 때문이었는지도 모른다.

하지만 겐바는 영지 백성들과 상의해보았다.

각 마을 촌장에게는 모반할 의사가 있음을 전해두었다고 한다. 영지 백성들은 오시오 헤이하치로보다는 고노스 겐바를 신용하여 유사시에는 같이 싸우겠다고 약속했단다. 굳이 오시오의 이름을 내걸지 않았던 것도 장차 실패할 때를 생각해서인 모양이다. 오시오가 보낸 격문도 겐바는 아무에게도 보여주지 않고 태워서 버렸다고 한다.

하지만.

오시오의 난은 밀고로 인해 계획대로 진행되지 않았다.

예정대로 봉화가 오르면 일제히 봉기할 태세를 갖춘 채 대기하고 있던 겐바는 이 시점에서 모반이 실패로 돌아갔고 형세가 불리함을 간파했다. 겐바는 여기서 봉기한다면 분명 일시적으로는 오시오를 지원할 수 있겠지만, 결과적으로는 함께 쓰러질 수밖에 없다고 판단했다.

그래서 서둘러 촌장들을 모은 뒤 아직 기운이 무르익지 않았으니 반란에 대해서는 앞으로 절대 입 밖으로 내지 말 것과 오사카에서 모반을 일으킨 오시오와는 관계가 없다는 것을 엄격하게 고지했다고 한다. 마을을 지키려면 그럴 수밖에 없었다.

결과적으로 이 판단은 옳았다.

오시오의 난은 결국 오사카의 덴마 일대를 불태우는 데 그쳤다. 참가한 농민 백여 명은 개죽음을 당했다.

주모자나 찬동자는 엄중한 문초를 받고 차례차례 처형당하거나 스스로 목숨을 끊었다. 난이 있은 지 사십 일 뒤에 오시오 부자의 자결로 소동은 표면적으로는 진정되었다.

하지만 오시오의 잔당이나 오시오의 제자 같은 사람들이 끝도 없이 나타나, 세상의 불안 요소는 전혀 제거되지 않았다.

막부의 위신과도 관련된 일이다. 오사카 봉행소도 과민하게 대응하지 않을 수 없었다.

만약 오시오에게 가담할 용의가 있었다는 사실을 봉행소가 알게 되면, 겐바는 물론이고 영지 백성들도 처벌을 면치 못할 것이다. 또한 번에도 피해를 입힐 것이 분명하다.

다만 오시오와 관계를 맺은 사람은 어디까지나 겐바 개인이다. 도이 번과 옛 막부의 신하인 오시오 사이에는 겉으로 보기에 아무런 관계도 없다. 관사에 파견된 무사들조차 모르는 일이었다. 그렇다면 영지 백성들만 입을 다물고 있으면 발각될 염려는 없었다. 그 때문인지 오시오의 난 이후로 수년 동안 도이 번 영지는 아무런 혐의도 받지 않고 지냈다.

하지만 그래도 겐바에게는 우려되는 점이 두 가지 있었다.

하나는…… 군량 문제였다.

겐바는 각 마을 촌장들과 비밀리에 상의한 끝에 조공 양을 조정하여 번이 모르게 쌀을 비축했다고 한다. 다른 번의 대관이 사복을 채우는 것과 방법은 다르지 않았지만, 이는 겐바의 주머니를 불리지는 않았다. 전부 반란에 대비한 비축이었다. 만약의 경우를 생각하여 관사 사람들에게도 숨겼다고 한다.

모든 것은 촌장과 겐바밖에 모르는 일이었고 이 쌀도 반란이 실패했을 때 은밀하게 각 마을에 돌려주었다지만, 이러한 장부 조작은 조사하면 발각될 일이기는 했다.

다른 하나는.

대포이다.

오시오 헤이하치로가 반란 당시에 대포를 끌고 다닌 것은 유명한데,

실은 겐바 또한 어딘가에서 대포를 조달했다고 한다. 어떻게 준비했는지는 확실치 않다. 하지만 겐바는 이 대포를 몰래 관사로 운반해서 창고에 감춰두었다. 물론 이 또한 겐바밖에 모르는 일이었다.

하지만 이것은 처리하기가 곤란하다. 한번 들여놓으면 그리 간단히 실어 낼 수 있는 물건이 아니다. 실어 냈다 한들 어떻게 할 수도 없다. 겐바는 결국 계속해서 감춰둘 수밖에 없었다.

그러다 난처한 사태가 생겼다.

번의 재정이 어려워졌다. 조공을 올려 받을 뿐 아니라 부족한 자금을 조달하기 위한 계에 강제로 가입하게 하는 등 다양한 부역을 제시했다. 이를 그대로 통과시켰다가는 영지 백성들은 반드시 곤궁해질 테고, 그렇게 되면 고쿠소도 있을 수 있다. 물론 겐바의 마음은 늘 영주 백성들에게 있으니, 고쿠소를 해서 이 사태를 회피할 수 있다면 그건 그것대로 개의치 않기는 했다는데…….

다만 고쿠소를 한다 해서 요구가 받아들여지리라고는 생각할 수 없다. 생각할 수 없지만, 그렇다고 해서 겐바는 이렇게 부조리한 요구를 해놓고 그냥 밀어붙일 수는 없었다고 한다. 만에 하나의 경우도 있으니 고쿠소를 하겠다면 하게 해주고 싶다. 허나.

고쿠소를 당하면 조사를 받는다.

그러면 군량을 비축했을 당시의 부정이 발각될 가능성이 있었다. 그래도 단지 조공을 횡령해서 잇속을 채웠다는 이유로 경질될 뿐이라면 겐바는 그래도 좋았다.

하지만 관사에는 대포가 있었다.

이것은 틀림없이 노출된다. 변명할 수도 없다. 그렇다면 역적이다.

영지 백성들까지 함께 죄를 받는다. 미리 의논해서 끝까지 모르는 일이라고 잡아떼라고 한들 부질없는 일이다. 농민들을 믿어주리라고는 도저히 생각할 수 없었다.

겐바가 선택할 수 있는 방법은 몇 개 없었다.

우선 증세가 결정되기 전에 저지하는 것이 가장 좋은 해결책이기는 했다. 하지만 이는 아무래도 어려웠다. 번의 재정은 빼도 박도 못하는 지경까지 와 있었던 것이다.

그래서 겐바는 증세 결정을 막기 위해 번에 손을 쓰는 동시에, 오사카 일대의 어둠의 세계를 잘 아는 이치몬지야에게 상담해보았다.

이쪽을 취하면 저쪽을 잃어 이러지도 저러지도 못하고 있으니 둘 다를 취할 수 있는 계책을 마련해달라고.

그리하여 모사꾼이 나설 차례가 왔다.

이번 연극에는 두 가지 중요한 부분이 있었다.

우선 어떤 사태가 되더라도 도이 번 영지의 열다섯 마을이 모반에 가담할 의지를 가지고 있었음을 막부 쪽에 들키지 않는 것. 이것이 가장 우선이다. 그리고 가능하면 증세와 노역 부과를 회피하는 것. 이것이 두 번째이다.

그러기 위해서는 우선 관사에 감춘 대포와 함께 대관 고노스 겐바를 이 세상에서 없애버려야 했다.

이것은 자잘한 연기로 처리할 수 있는 일이 아니었다. 몰래 대포를 꺼내어 처분한다 한들 상황은 그리 달라지지 않고, 겐바 혼자 모습을 감춘다 한들 마찬가지로 그다지 달라지지 않는다.

우선 겐바와 마을 사람들의 관계를 마을 사람들 쪽에서 끊게 하는 것이 선결 문제였다. 그러려면 겐바를 악인으로 만드는 것. 마을 사람들이 겐바를 미워하게 하는 것이 가장 손쉬웠다.

그렇다고 해서 대관이 부정을 저질렀다는 소문을 흘릴 수는 없었다. 부정이 있다면 감사가 들어온다. 그러면 모든 것이 끝이다. 그래서 이치몬지야는 뒤쪽을 공략하기로 했다.

대관 부인 마님은 음탕하다는 소문과 니콘보의 불 전설의 복원이다.

그리하여 모셔 온 사람이 고에몬이었다.

고에몬은 화약을 살아있는 생물처럼 다룬다. 그리고 산도 날려 보낸다는, 먼 옛날의 금지된 기술도 쓸 수 있는 사내이다.

괴이한 불의 정체는 고에몬의 화약 밧줄이었다.

생각해보면, 니조는 처음부터 괴이한 불을 고에몬불이라 불렀다. 모모스케는 고문서에 나오는 괴이한 불을 말한다고 지레짐작했지만, 넌지시 정답을 암시한 것이리라.

그리고 마타이치가 불려 왔다.

마타이치는 괴이한 불을 잠재우고 교묘한 말재간으로 마을 사람들의 환심을 사서 크나큰 신뢰를 얻었다. 이도 저도 다 대관에게 **살해당하기 위해서**였다.

여기서 미리 퍼뜨려두었던 음탕한 소문이 효력을 발휘하게 된다는 계산이다.

대관 자신은 인망이 있다. 하지만 부인은 마을 사람들과 접점이 없다. 대관에 대한 나쁜 소문은 퍼지기 어려웠지만 부인에 대한 나쁜 소문은 비교적 퍼지기 쉬웠다. 음탕한 아내의 소문은 인망이 있는 대관을 동정하는 말이 되어 이 마을 저 마을로 퍼졌다.

여기에 마타이치가 편승한다.

물론 관사에 파견된 무사들은 전혀 모르는 일이다.

마타이치는 함정에 빠진 척하고 대관의 손에 죽는다.

별일 아니다. 대관과 마타이치는 내통했던 것이다.

대관 고노스 겐바를 향한 마을 사람들의 신뢰감은 여기서 완전히 부서졌다.

그리고 마을 사람들은 대관 자신의 악행을 들어 고쿠소를 하게 된다. 이는 번의 정치와 관련된 호소보다 훨씬 더 받아들여질 가능성이 높았다.

그리고 괴이한 일이 일어난다.

잘린 머리는 고에몬이 만든 인형이었다고 한다.

괴이한 불도 고에몬의 화약 기술이었다.

그리고.

대관의 관사를 파괴한 사람도 고에몬이었다.

산도 날려 보내는 금지된 기술은 대포까지 가루로 만들어버렸다. 그 잔해는 불에 타버린 벌판의 쇠 부스러기에 지나지 않았다.

겐바와 그의 아내는 마타이치의 도움으로 이미 관사를 탈출하여 이치몬지야를 향해 전력으로 달리고 있었다고 한다.

이리하여 겐바는 나쁜 대관이 되었다.

이제는 겐바를 변호하는 농민도 없었으니 당연히 모반에 대해 말하는 사람도 없었다. 그런 놈의 감언이설에 넘어갔다고 떠들어대다 이제 와서 불똥을 맞을 만큼 어리석은 이는 한 사람도 없었다. 결국 조공과 관련한 부정도 겐바가 횡령한 것이 되었고, 이런 사람을 요직에 앉혔다는 이유로 번에도 조사의 손길이 뻗었다.

그리고 천하의 나쁜 대관 고노스 겐바와 음탕한 아내가 영험한 육부를 죽인 벌을 받고 하늘불과 함께 사라졌다는 그럴싸한 이야기가 완성되었다. 이 떠도는 이야기가 셋쓰의 도이 번 영지에 있던 열다섯 마을을 구했다.

"온통 거짓말뿐잖아요."

사요가 말했다.

"어떻게 알았습니까?"

"알지요." 사요가 미소를 지었다. "애초에 모모스케 씨는 덴교보가 마타이치 씨였다는 사실조차 그 사람들에게 말하지 않았잖아요. 그 정도는 짐작이 간답니다. 제가 누구인데요, 우연이다, 자연 현상이다, 하면서 하고 싶은 말씀만 하셨지만, 제 귀는 못 속여요. 모모스케 씨의 시중을 몇 년 들었다고 생각하시는 거예요."

"아니, 우연이면 됩니다. 보세요, 사요 씨. 사람이 사람을 심판하면 안 된다고 생각하지 않습니까? 어떠한 경우라도 심판하는 건 사람보다 위에 있는 존재예요. 법률이나 그런 것이지요. 그렇지 않으면 제어할 방법이 없잖아요."

이 말에 사요는 "그렇네요" 하며 순순히 동의했다. "그렇게 되면 힘 있는 사람이 옳은 게 되니까요."

"그렇지요? 그리 되면 무시무시한 일이 생길 겁니다. 싫다, 밉다, 이런 이유로 죽임을 당하거나 감옥에 갇혀서야 살 수가 없지요. 그래서 그 사람들은 결코 겉으로 나오지 않았던 겁니다."

모모스케가 옛날을 그리워하듯 말했다.

"그건 하늘의 심판, 하늘에서 내려온 하늘불이었습니다. 사람이 한 짓이라는 걸 알았다면 어떻게 되었을지 알 수가 없습니다. 그러니까 그건 그것대로 되었습니다. 뜻하지 않게 살인사건까지 해결되었다니 그것으로 충분하지 않습니까."

이렇게 말하자 사요는 "그 사건에는 이면이 없을까요" 하고 물었다.

"그 화재도."

"아니, 아니지" 하고 모모스케는 고개를 저었다. "아마 없겠지요. 이제 그런 시대가 아닙니다."

마타이치는 이제 없다.

"풍류가 없는 시대이지요."

모모스케는 명장지를 열어달라고 사요에게 부탁했다.

해질녘 하늘이 보였다.

바람이 휙 들어오더니 늘 달아놓는 풍경이…….

짤랑.

소리를 냈다.

"세상에 불가사의는 없고 세상 모든 것이 불가사의입니다."

모모스케는 자기 자신에게 들려주듯 이렇게 말했다.

사요는 역시나 웃으며 흘려들은 모양이었다.

상처 입은 뱀

밤을 반만 죽여서 버려놓으면

그날 밤 찾아와서 앙갚음한다고 하지만

모기장을 쳐놓으면 들어오지 못한다

다음 날 모기장 주위를 보면

붉은 피가 떨어져 있는데

절로 글자 모양을 이루어

원수를 갚고 싶다고 쓰여 있다

회본백물어 · 도산진야화 / 제4권 · 27

1

옛날 옛적에.

어느 마을에 늙은 부부와 딸 하나가 살았습니다.

노부부는 살림살이가 무척 가난했지만, 딸도 얌전한 데다 불평 한 마디 하지 않고 부지런히 일했기 때문에 유복한 것과는 거리가 먼 형편이기는 했어도 결코 불행하지는 않았습니다.

어느 날.

딸은 산에 섶나무를 하러 갔습니다.

근면한 딸이다 보니 일심불란 열심히 섶나무를 벴습니다. 하도 정성껏 베다 보니 딸은 땀이 났습니다. 땀 때문에 낫을 든 손이 살짝 미끄러지고 말았습니다.

썩둑 소리가 났습니다.

발밑으로 피가 뚝뚝 떨어졌습니다.

당황해서 섶나무를 헤쳐보았더니 뱀 한 마리가 피투성이가 되어 몸부림치고 있었습니다.

딸의 낫이 뱀 대가리 아래쪽을 비스듬하게 베어버린 것입니다.

딸은 덜컥 겁이 나서 뱀을 그냥 둔 채 집으로 달아났습니다.

다음 날 밤.

딸 집 앞에 다친 젊은이가 쓰러져 있었습니다.

꽤 쇠약한 상태였지만 옷차림도 번듯하고 용모도 아름다운 젊은이였기 때문에 노부부와 딸은 남자를 집으로 데려와서 돌봐주었습니다.

극진하게 돌본 보람이 있어서 젊은이의 용태는 차도를 보였습니다. 그리고 말끔히 나을 즈음, 딸과 젊은이는 사랑에 빠졌습니다.

딸은 완쾌된 젊은이에게 이 집에 머물러달라고 부탁했습니다.

노부부 또한 그러기를 바랐습니다.

젊은이는 은혜를 베풀어준 가족의 부탁을 거절할 수는 없다며 그 집 사위가 되었습니다.

그 후로.

이 집안은 대단히 번성했습니다.

일 년이 채 지나지 않아 재산은 늘고, 복이 잇따라 굴러들어 온 덕분에 그야말로 눈 깜빡할 사이에 노부부는 부자가 되었습니다.

행복했습니다.

아무런 불편함이 없는 생활은 즐거웠습니다.

노부부나 딸이나 정말로 재미있고 유쾌하게 살 수 있게 되었습니다.

그런데.

유복해지면 욕심이 생기게 마련입니다.

욕심이 생기면 못된 생각도 듭니다.

못된 생각이 들면 마음이 흐트러지고, 마음이 흐트러지면 행복도 달아나는 법입니다.

그러다 보면.

질투와 선망과 의심과 경멸이 솟아납니다. 다툼과 멸시와 악담과 비웃음이 만연합니다.

정신을 차리고 보니 딸과 노부부는 돈만 있었다 뿐이지 아주 불행했습니다.

그리고 딸은 깨달았습니다. 남자는 그때 상처 입은 뱀이라는 것을.

뱀은 복수를 하기 위해 돈 기운을 불러와서는…….

딸에게서 행복을 앗아간 것입니다.

2

와타나베에 지난날 불당이었던 곳이 있다. 약사당이라 한다. 미나모토노 산자에몬 가케루의 선조의 위패를 모신 절이다. 쓰가우가 관마의 사육을 맡아보는 관청의 삼등관이었을 때 이 불당을 수리하였다. 원래 널조각으로 이었던 지붕이 오래되어 전부 썩어버린 것을 갈려고 윗부분을 떼어 내니 커다란 뱀이 있었다. 어찌 된 일인지 커다란 못에 박혀서 긴 세월 움직이지도 않고 이렇게 있었다. 불당을 건립한 뒤부터 이때까지의 햇수를 헤아려보니 육십여 년이었다. 그동안 이렇게 못이 박혀서도 살아있는 긴 수명이란 무시무시하기 그지없다. 뱀이 있던 지붕 밑의 널빤지는 기름으로 윤을 낸 듯 반짝거렸다. 어찌 된 연유인지 확실치 않다. 이는 바로 가케루가 한 이야기이다…….

"가케루라. 가케루라 함은 미나모토노 가케루, 그 와타나베노 쓰나(渡辺綱)*의 자손 말인가?"

야하기 겐노신이 물었다.

---

* 헤이안 시대 중기의 무사. 미나모토노 요리미쓰를 섬긴 무용담의 주인공.

질문을 받은 사사무라 요지로는 그런 쪽에 대해서는 잘 몰랐기 때문에 "그런가" 하고 적당히 대꾸했다.

"그렇잖나. 미나모토노 산자에몬 가케루라 하면 천황의 호위무사이자 황실 장원의 관리자인 와타나베노 쓰타우의 자손이야. 사대(四代) 위가 미나모토노 요리미쓰를 모신 사천왕 중 한 사람이자 요괴 퇴치로 유명한 와타나베노 쓰나 아닌가."

겐노신이라는 사내는 도쿄 경시청 일등 순사인데도 고전 서적에 정통해서 이런 것을 괜히 잘 알았다.

반면 요지로는 이런 종류의 이야기, 그러니까 기이한 사건이나 불가해한 사건에 다소 흥미가 있는 정도이고, 오래된 책 따위를 즐겨 읽기는 하지만 역사니 뭐니 하는 데에는 통 어두웠다. 누가 누구의 손자인지 아들인지, 그런 것은 도통 모른다.

"와타나베노 쓰나라면 긴타로 말인가?"

구라타 쇼마가 물었다.

"그건 사카타노 긴토키지. 멍청한 놈."

시부야 소베가 꾸짖듯 말했다.

쇼마는 오늘도 서양에 다녀온 것을 자랑하는 듯 얼굴에 안 어울리는 양장 차림이다. 보다 보니 익숙해졌는지 예전에 비하면 약간 어울리게 된 듯도 하지만 결국 다다미 위에 책상다리를 하고 앉아 있으니 우스꽝스럽다고 평할 수밖에.

반면 검술을 가르치는 소베는 상투를 잘라도 여전히 무사 같은 풍모가 가시지 않아 등을 쭉 뻗고 앉은 자세도 제법 잘 어울린다. 하지만 시대에 뒤떨어지는 느낌은 지울 수 없다. 어쨌든 둘 다 거기서 거기이다.

"쓰나고 긴타로고 관계없을 텐데. 오늘은 뱀 이야기였을 테니."

요지로가 말했다.

"그렇지, 뱀이야. 뱀 이야기를 하고 있지. 자네들, 남 일이라 생각하고 이야기를 뒤섞지 말게나."

겐노신이 말했다.

"뒤섞은 건 자네지. 애초에 긴토키 같은 걸 끄집어낸 사람은 겐노신 아닌가."

"내가 이야기한 건 와타나베노 쓰나야. 그런데 긴타로니 하면서 무식한 소리를 한 건 거기 서양 물에 심취한 바보이지 않나?"

손가락질을 당한 쇼마는 언짢은 기색으로 "뭣이라" 하고 반응했다.

"겐노신, 요지로가 자네 장기를 가로채서 분한 거지?"

"분하다니 희한한 소리를 하는군. 장기는 또 무슨 소린가?"

"곰팡이라도 슬었을 것 같은 케케묵은 고사를 끌고 오는 건 우리 일등 순사 나리의 주특기 아닌가? 무슨무슨 이야기니 무슨무슨 기록이니, 내가 서양 물에 심취한 바보라면 자네는 고전에 심취한 얼간이이겠지."

쇼마가 응수했다.

"보게, 요지로. 바보와 얼간이가 싸우고 있어." 소베가 호쾌하게 웃었다.

"아무렴 어떤가." 요지로가 말했다.

이야기가 조금도 앞으로 나아가지 않는다.

"겐노신, 늘 그렇듯 자네가 생각에 잠겨 있었기 때문에 이렇게 나도 진력하고 있지 않나? 조금쯤은 열심히 들어주어도 좋지 않은가."

"옳소" 하고 소베가 맞장구를 쳤다.

"이봐, 자네들. 요지로가 모처럼 뭔가 어려운 책을 읽고 찾아 왔잖아. 조금은 들어주라고. 안되었지 않나."

바보로 여긴다고밖에 생각되지 않는 말투이다.

"듣고 있어. 이봐, 요지로. 지금 읽은 건 《고콘초몬주(古今著聞集)》* 지?"

겐노신이 언짢은 얼굴로 콧수염을 쓰다듬었다. 요지로가 맞다고 대답하자 겐노신은 "그렇겠지" 하고 미적지근한 투로 말했다.

"《고콘초몬주》에 문제라도 있나? 아니면 자네라면 이 기록 정도는 벌써 알고 있었나?"

"아니, 그건 잊고 있었어. 게다가 《고콘초몬주》에 문제가 있다는 건 아니네. 아니네만……."

"너무 낡았나?"

요지로도 그렇게 생각하기는 했다. 겐노신이 생각에 잠겨 있는 것을 보면 역시나 범죄와 관련한 안건이겠고, 그렇다면 이 자료는 너무 낡았다는 느낌도 들었다.

"하지만 자료가 오래되고 새롭고는 따지지 않는다고 자네가 그랬지 않나, 겐노신. 이렇게 자연의 이치와 관련한 일은 천지개벽 이래 앞으로도 영원히 변하지 않으니까 동양인지 서양인지, 시대가 옛날인지 지금인지는 일절 따지지 않는다고……."

"그야 따지지 않네. 다만 《고콘초몬주》는 이른바 설화집이잖나. 많은 사람을 교화하겠다는 목적으로 쓰인 문헌은 신빙성이 떨어지지 않을까, 나는 이 점을 걱정하고 있는 걸세. 중국과 인도에서 기원을 찾

---

* 가마쿠라 시대 중기의 설화집.

을 수 있는 이야기도 많네."

겐노신이 말했다.

"설화와 **그냥** 이야기는 다른가?"

쇼마가 물었다.

"음" 하고 겐노신이 팔짱을 꼈다. "그렇게 물어보면 꽤 어렵네만……."

"몇 년에 어디어디서 무슨 일이 일어났다고 기록풍으로 쓰여 있는 듯하고 게사쿠와는 달라서 완전히 지어낸 것도 아닐 텐데."

"그렇지."

겐노신이 팔짱을 꼈다.

"알겠다."

쇼마가 고개를 끄덕였다.

"그러니까 그런 종류는 불교 냄새가 나서 신용할 수 없다. 겐노신 자네는 이 말을 하는 거로군?"

"신용할 수 없다고는 안 했네."

비뚤어진 녀석이라며 쇼마는 자세를 풀고 다리를 쭉 뻗었다.

"어쨌든 미신이 깊은 시대에 쓰였지 않나. 나는 신심을 가벼이 여길 생각은 전혀 없네만, 무슨 일이든 신불의 영험이니 인과응보의 이치라고 해서야 그대로 받아들일 수는 없지."

"그건 해석의 문제겠지. 쓰여 있는 내용이 사실인지 아닌지와 일어난 사실을 기술한 사람이 그걸 어떻게 해석했는지는 무관하다고 생각하네만."

요지로가 끼어들었다.

"요지로, 자네가 하는 말은 그럭저럭 조리에 맞는 듯하지만, 그러면 귀신이 나왔니, 요물이 나타났니 하는 것도 신용할 수밖에 없어지네."

소베가 말했다.

"왜인가?"

"똑같이 쓰여 있기 때문이네. 돌연 폭풍이 불어오더니 무슨무슨 분묘가 큰 소리를 내며 움직이고 천공에 용이 나타나…… 이 모든 것은 어디어디 산에 있는 아무개 신이 노한 까닭이라……. 이렇게 기록되어 있을 경우에 우리 읽는 사람들은 어디까지 믿으면 좋을지 모르게 되네. 쓴 사람은 다름 아닌 신불의 영험을 전하고 싶었을 테니 문투에 구별은 없어. 하지만 비가 갑자기 내릴 수는 있지만 용이 나타나는 일은 거의 없겠지. 그러면 분묘가 큰 소리를 낸 것은 어떻게 봐야 하느냐 이 말일세. 이게 돌연 비가 내리고 분묘가 큰 소리를 내며 움직이더니 용이 나타났다는 **소문이 퍼졌다**고 기록되어 있다면 뭐 어쩌다 분묘에서 소리가 났을 거라고 하겠지만 말이야. 신심을 빼고 쓴 것이 아니면 구별이 안 간다는 말이네."

소베가 말했다.

"똥이나 된장이나 매한가지니까." 쇼마가 이어받았다.

"어쨌든 요즘 시대에 《곤자쿠모노가타리슈》나 《우지슈이모노가타리》를 조사 자료로 쓰는 식자는 없을 걸세. 우리나라는 문명국이야. 알겠나, 요지로. 겐노신이 봉직하고 있는 곳은 봉행소가 아니라 도쿄 경시청이네. 죄인을 잡는 데 옛날이야기를 쓰는 건 좀 그렇다는 말이네."

잠깐 기다리라며 쇼마와 겐노신이 손을 들었다.

"나는 그렇게까지 말하지는 않았네. 게다가 그런 고전 서적에 쓰여 있는 내용이 전부 엉터리다, 미덥지 못하다고 말하는 것이야말로 좀 그렇다 싶네만."

"그 말인즉슨?"

"아니, 쓴 동기나 용도야 어쨌든 역사적인 자료성이 전혀 없다고는 단언할 수 없겠지. 예컨대 조금 전에 소베가 든 예로 말하자면, 용은 논외라 치고 분묘가 소리를 내며 움직이는 것도 차치하더라도 몇 년 몇 월 며칠에 비가 내렸다는 것 하나만은 알 수 있지 않은가. 그건 틀림없을 걸세. 이건 자료가 되겠지."

"그렇게 먼 옛날의 날씨를 안들 아무 득도 없을 걸세."

"나는 그런 멋없는 소리를 하는 게 아닐세. 특히 요지로가 끄집어낸《고콘초몬주》는 다른 설화집보다 각색이 적고 간결하게 기록되어 있으며, 연호와 장소까지 적혀 있네. 경험한 사람의 가문과 이력까지 밝히고 있으니 말일세. 그래서 나는."

겐노신은 소베를 노려보았다.

"와타나베노 쓰나의 자손이 이야기했다고 적혀 있으니까 믿을 수 있을지도 모른다고 생각한 게로군."

소베가 뻣뻣한 수염이 난 뺨을 떨었다.

"흥. 그런 건 쓰려고 마음만 먹으면 뭐라고도 쓸 수 있지 않은가?"

"지금의 척도로 보면 미신처럼 보이는 글이라도 거짓을 쓴 건 아닐세. 옛 사람이 남긴 귀중한 기록이라고 생각해야 마땅하겠지. 몇 백 년 전의 날씨를 알 수 있다는 건 보기보다 굉장한 일이라고 생각하지 않나?"

요지로는 순순히 동조했다.

먼 이국으로 가는 여행보다 오래전으로 거슬러 올라가는 여행 쪽이 요지로의 마음을 훨씬 더 흔든다. 쇼마처럼 외유하고 싶다는 생각은 추호도 없지만 옛날을 들여다볼 수 있다면 어떻게 해서든 보고 싶다.

"귀중한 기록은 무슨. 보물을 어디에 묻어놓았는지라도 써놓았다면 모를까, 뱀이 오래 살았다고 써놓은 기록 어디가 귀중한가."

소베가 콧방귀 뀌듯 말했다.

"아니, 귀중하네. 나도 처음에는 설화 종류는 미덥지 못하다고 생각했는데, 이렇게 명료하게 기록되어 있는 이상, 그런 사례도 있었다고 생각해야 하는 게 아닌가. 뱀은 역시 오래 사는 거야" 하고 말한 뒤 겐노신이 요지로에게 감사 인사를 했다. "이야, 살았네. 덕분에 성가신 수사를 안 해도 될지 몰라. 방증할 것이 조금만 더 있으면 좋겠네만."

"방증이라니 어처구니가 없구먼. 관리라는 건 그렇게 사소한 데만 신경을 쓰는 법인가?"

소베가 물고 늘어졌다.

"사소하다고는 생각하지 않네."

"사소하지. 어디에 뭐가 어떻게 쓰여 있는가, 그런 건 관계없네. 옛날 옛적에 쓴 책 같은 것을 뒤지지 않아도 뻔히 알지 않나. 장충(長蟲) 따위가 몇 십 년씩 살 리 없을 걸세. 자네, 바보인가?"

소베가 호쾌하게 공언했다.

확실히 요지로도 그렇게 생각한다. 아까부터 요지로가 취하던 태도와는 좀 모순되는 것 같지만 이것만큼은 어쩔 수 없다. 《고콘초몬주》의 기록을 믿고 안 믿고와는 조금 맥락이 다르다는 생각이 든다.

뱀이 되었든 지네가 되었든, 벌레나 물고기 종류가 몇 십 년씩 살 리가 없다. 없을 터이다. 거북은 만 년을 산다고 하지만 그렇게까지 산 예는 없을 것이다. 이런 종류는 대개 단명하게 마련이고, 그것이 세상의 이치이다.

물론 그렇다고 해서 요지로의 경우 이를 뒷받침할 만한 이론을 아는 것도 아니니 확신이 있지는 않다. 보통 다 그러니까 아마도 그러리라는 것일 뿐이다. 그래도 역시 그렇게 오래 사는 뱀은 없을 것이다.

아니, 요지로는 그래도 그런 일이 있으면 재미있으리라고는 생각했다. 아니, 오히려 그랬으면 좋겠다고 생각했다. 그렇게 생각하기 때문에 고사를 찾아온 것이다. 소베처럼 단칼에 잘라버리는 것에는 거부감이 있다.

하지만.

이러니저러니 해도 고작해야 뱀 따위가 몇 십 년을 산다는 이야기는 믿기 힘들기는 하다.

겐노신은 언짢은 표정을 지었다.

"바보라니 무슨 말인가? 관리 모욕으로 고소하겠네."

"그만두게. 이렇게 난폭한 자를 감옥에 넣었다가는 수인들이 겁을 먹을 거야."

다리를 뻗고 있던 쇼마가 몸을 일으키더니 중간에 끼어들었다.

"성가시구먼. 좁은 데서 싸우지들 말게. 소베, 자네는 말을 너무 야비하게 해. 거친 건 얼굴 하나만 하게. 겐노신도 겐노신이야. 어차피 지난번 일로 맛을 들이고 공을 세우겠다는 일심 아닌가."

쇼마가 말하는 **지난번 일**이란 세간에서 일컫는 료고쿠 기름 가게 전처 살인. 이들 사이에서는 구상 번개 사건이라고 불리는 사건이다.

그때도 역시 귀신불, 도깨비불 종류의 정체와 진위에 대해 이래저래 검토했다. 그리고 그때 얻은 착상을 실마리로 겐노신이 보기 좋게 사건의 진상을 간파했다. 겐노신 일등 순사는 큰 공을 세우고, 쾌도가 난마를 자른 명수사라는 항간의 평판을 얻었다.

명순사는 깔끔하게 다듬은 콧수염을 쓰다듬었다.

"고, 공이 어떻고 하는 문제가 아닐세."

"그러면 뭔가?"

"나는 일등 순사로서 가급적이면 신속하게 사건을 해결해야만 해. 관헌으로서 책무가 있단 말일세."

"그것과 뱀이 무슨 상관이란 말인가? 늘 그렇듯 중요한 부분은 하나도 이야기 안 했지 않나."

쇼마가 말했다.

"맞는 말이네."

소베도 동조했다.

지난번 구상 번개 사건에 이어 이번에 겐노신이 가지고 온 난제는 뱀의 생명력에 관한 의문이었다.

사흘쯤 전.

요지로를 비롯한 세 친구를 불러 모은 겐노신은 이렇게 말했다.

"뱀이라는 동물은 과연 얼마나 오래 살 수 있을까?"

장기간이라는 말은 몹시 모호하다.

모호하기는 하지만 이 점이 무엇보다도 중요한 부분이기는 했다. 이 말이 어느 정도의 기간을 가리키는지, 열흘인지 일 년인지에 따라 이야기는 아주 많이 달라지기 때문이다.

한편 겐노신에게 묻자 겐노신은 칠십 년이라고 대답했다.

졸지에 이야기가 수상쩍어졌다.

칠 년, 팔 년이라면 몰라도 칠십 년씩 되면 미심쩍다.

합리주의자인 소베는 코웃음을 쳤고, 서양 물이 든 쇼마는 어깨를 움츠렸다. 요지로는 전에 어딘가에서 그런 기록을 읽은 기억이 있었기 때문에 이리저리 기억을 뒤적이다 겨우《고콘초몬주》에 이르렀다.

"대체 무슨 사건이기에 그런가? 도적을 잡는 데 뱀 수명은 관계없을 텐데. 하잘 것 없는 일에 얽매이지 말고 자네도 **검술** 실력이나 더 기르게."

소베가 물었다.

"나나 자네나 무사가 아닐세. 큰 칼 작은 칼 차고 다니는 게 아니란 말이야. 죽도를 휘두른들 뭐가 된단 말인가."

"나는 지금도 무사네. 상투를 잘랐어도 무사는 무사야. 이건 근성의 문제일세."

소베가 말했다.

"근성으로 사건이 해결되지는 않네. 요는 여기지."

겐노신이 자기 머리를 가리켰다.

"증기기관차가 화살처럼 달리고 가스등이 밤을 밝히며 전신기로 먼 곳의 소식도 들을 수 있는 세상에 베느니 치느니 하는 무사 정신은 무용지물이야. 이제부터는 뭐든지 머리를 쓰지 않으면 아무것도 안 돼."

"그건 겐노신 말이 맞네."

쇼마가 고쳐 앉았다. 양복 주름이 신경 쓰이는 모양이다.

"구라파의 경찰 기구는 신사적이지. 문명국에서 죄인을 잡을 때에는 날붙이로 위협하거나 막대기에 붙들어 매는 야만적인 짓은 하지 않아. 게다가 뱀 수명에 관심도 없고."

쇼마가 다시 책상다리를 했다.

"이봐, 겐노신."

"뭔가? 나를 바보로 만드는 이야기라면 이제 듣고 싶지 않네."

"그게 아닐세. 보게. 미신 종류가 아니더라도 장충류는 수명이 길다고 들었네."

당연히 악담을 예상하고 있었을 겐노신은 골탕을 먹은 얼굴로 "그런가" 하고 말했다.

"거북이나 자라는 죽이지 않는 다음에야 끝없이 사네. 잘 기르면 자꾸 자란다더군. 중국, 인도 언저리에는 대야만 한 자라가 있다고 해."

"그, 그러면 거북의 수명이 만 년이라는 말은 진실인가?"

요지로는 무심코 입 밖으로 내고 말았다.

얼마나 몸에 익혔는지는 모르지만 서양 학문을 어느 정도 배웠다는 쇼마가 하는 말이니 정말인지도 모른다.

이렇게 생각하니 요지로는 어쩐지 가슴이 뛰었다.

하지만 쇼마는 "만 년을 산 사람은 없으니 그건 알 수 없는 일이지" 하고 대답했다.

그건…… 그렇겠다.

"아무리 그래도 만 년은 비유야. 하지만 큰 뱀, **이무기**류의 이야기는 이국에도 있네. 나는 서양에 갔을 때 박물지라는 것을 보았는데, 뱀 종류도 많이 그려져 있었어. 대양을 헤엄치는, 통나무라 착각할 만큼 큰 바다뱀 같은 것도 보았지. 이국의 배보다 더 컸으니, 그렇게까지 커지려면 몇 십 년 세월을 보내야만 하겠지. 게다가 동남아시아에는 몇 자나 되는 거대 뱀이 서식하고 있다는 이야기도 들었네. 뱀은 형상이나 성질 때문에 신성시하는 곳도 많고 말일세. 그런 점에서 생각해보면 뱀은 다른 벌레나 물고기, 금수보다는 오래 살지도 모르지."

순사는 "으음" 하고 신음했다.

"칠십 년 정도는 살겠나?"

"나도 단언은 못하네만 그 정도라면 살지도 모르지. 하지만 그 칠십 년이란 건 대체 뭔가? 백 년이나 십 년과는 달리 지독히 어중간하지 않나."

"그건 말일세."

"조금 더 자세히 말해주지 않으면 조언이고 뭐고 해줄 수가 없어."

"그렇고말고. 자네가 그렇게 우물우물 모호한 말밖에 하지 않으니까 요지로가 애써 찾아 왔음에도 지금처럼 쓸데없는 대화밖에 못 하는 걸세."

소베가 불퉁한 얼굴로 말했다.

"잘은 모르겠지만 서양 물을 자신 양반이 칠십 년 정도는 산다고 말씀하시니까 그건 그것으로 되었지 않았나? 이제 와서 요지로가 찾아온 횡설수설에 귀를 기울일 필요는 없어. 대관절 뭐가 어찌 된 건지 자백하게나."

투박하고 거친 소베가 호쾌한 동작으로 겐노신의 팔 위쪽을 쳤다. 겐노신은 언짢은 얼굴로 소베가 친 곳을 털어냈다.

그러고는 의미심장하게 고개를 갸웃하고는 말했다.

"아니, 요지로가 가져온 《고콘초몬주》의 한 부분은 무시하지 못하겠네."

"왜? 자네가 말하는 칠십 년과 비슷하게 육십여 년을 살았다고 기록하고 있기 때문인가?"

"그런 건 아니네."

"그럼 어떤 건가? 짐작건대 말하면 비웃음을 살 만한 엉터리 이야기이겠지?"

"엉터리는 절대 아니네."

겐노신이 얼굴을 찌푸렸다.

소베는 한층 더 얼굴을 찌푸렸다.

"난처한 친구로구먼. 어쨌든 요지로가 보고한 예는 창작이라고까지는 하지 않겠네만 지어낸 이야기가 분명해. 아니, 작자는 본 대로, 들은 대로 기록했는지 몰라도 어차피 그 부분은 전해 들었겠지. 어떤 신분을 가진 자가 이야기했다 한들 결국은 항설, 풍문에 불과하네."

"어떻게 아는가?"

"이보게."

이번에는 소베가 고쳐 앉았다.

"오래 사는 건 좋다 이거야. 뱀이 육십여 년을 살았다. 거기까지는 좋네. 하지만 잘 생각해보게, 겐노신. 요지로가 읽은 기록 속의 뱀은 육십여 년 동안 **먹지도 마시지도 않고 옴짝달싹할 수도 없는** 상태였어."

"그렇지."

"그럴 리가 있겠나? 이보게, 겐노신. 인생 오십 년이라고 하지만 일흔, 여든 된 할멈 할아범은 널렸네. 인간은 수명이 길어. 그래도 먹지 않으면 죽네. 오곡을 끊고 십곡을 끊는 수행을 한다고 아무것도 안 먹지는 않아. 단식 수행에서도 물 정도는 마시네. 아무것도 먹지 않고 아무것도 마시지 않으면 인간인들 열흘도 못 버텨. 굶어 죽네, 굶어 죽어."

"하지만 소베, 뱀은 겨울잠을 자지 않나. 겨울에는 아무것도 먹지 않고 잠만 자지 않는가."

"그건 말일세, 자기 전에 배 터지게 먹었겠지."

소베가 말하자 그건 곰이라고 쇼마가 끼어들었다.

"털 짐승의 겨울잠과는 다르네. 뱀과 같은 음성 생물은 체온이라는 게 없어. 몸에서 온기를 만들어 낼 수가 없으니까 기온이 떨어지면 차가워지는 걸세. 그러니까 그건 잔다기보다는 가사 상태야."

"가사라고?"

"살아있는 것을 일단 멈추는 걸세."

"그렇군." 겐노신은 무언가를 이해했다.

"그러니 괜한 억측으로 어림짐작하지 말게. 육십 년을 가사 상태로 있는 건 불가능하네. 그건 진짜 죽음이야. 되살아나는 일은 있을 수 없네."

쇼마가 말했다.

"있을 수 없는가? 하지만 미나모토노 가케루의……."

"그러니까 그건 **이야기**라고, 여기 이 검잡이가 말하지 않았나. 무슨 증거가 되겠는가? 자네는 이런 종류의 이야기만 들으면 하늘로 날아갈 듯 기뻐하니까 요지로도 그런 걸 어디서 듣고 왔겠지만 무턱대고 믿는 바보가 어디 있나? 애초에 옛날이야기라면 또 모를까, 어디서 칠십 년이나 갇혀 있던 뱀이 살아있었다는 이야기는 들은 적이……."

여기서 쇼마는 미간에 주름을 만들며 겐노신을 보았다.

"……설마 그런 이야기인가?"

야하기 겐노신 일등 순사는 얼굴을 한 번 찡그리고는 깊숙이 고개를 끄덕였다.

3

겐노신이 관여하고 있는 사건의 개요는 다음과 같았다.

이케부쿠로무라에 쓰카모리(塚守) 아무개라는 오래된 가문이 있다고 한다.

근처 마을에서 제일이라고는 못해도 두 번째, 세 번째에 들어갈 만큼은 큰 농가로, 유신 이후에도 형편이 달라지지 않고 그럭저럭 유복한 모양이다. 쓰카모리라는 성도 누군가에게 내려 받은 것이 아니라 안채 뒤편에 있는 고분과 연관 지어 붙였다고 한다.

다만 쓰카모리 집안은 가족 구성이 복잡했다.

원래 가장인 이사지라는 자는 삼십 몇 년 전에 아내와 함께 세상을 떠났다. 그 뒤 이 집안은 이사지의 남동생인 구메시치가 꾸려 온 모양이다.

쓰카모리 구메시치는 욕심이 없고 정직한 사내로 지금은 이미 예순이 넘은 노인이지만 주위 평판이 아주 좋다. 구메시치의 아들인 쇼고로도 부모를 닮아 성실해서 세상이 어지럽든 변하든 마누라, 자식들과 함께 이마에 땀을 흘리며 계속 일했기 때문에 집안이 기우는 일 없이 지금에 이르렀다고 한다.

문제는 죽은 이사지가 남긴 아들이었다.

이 사내, 이름은 이노스케라 한다.

이사지가 죽었을 때 다섯 살인가 여섯 살이었다고 하니 지금은 마흔이 넘었을 것이다.

이 이노스케가 일을 전혀 하지 않는다. 타고난 게으름뱅이인지 아니면 부모를 여의고 세상에 토라져서 길을 잘못 들었는지는 확실하지 않지만, 어쨌든 농사일 한 번 제대로 한 적이 없다. 장가를 가서도 마음에 안 든다며 곧장 부부의 연을 끊어버리거나, 그렇지 않더라도 난폭하게 굴기 때문에 마누라가 금방 떠나버린다. 그래서 마흔을 넘은 지금도 여전히 홀몸이라고 한다.

길러준 아버지인 구메시치는 우직한 사내였다고 하니, 친아들이 아니더라도 형이 남기고 간 아들을 구박하며 키웠다고 생각하기는 어렵다. 오히려 친아들인 쇼고로와 구별하지 않고 길렀으리라 상상할 수 있다.

하지만 이노스케는 그 점이 마음에 들지 않았던 모양이다.

이럴 경우 보통은 방해꾼 취급을 받아서 세상을 원망하고 나쁜 길로 빠져드는 것이 예사이겠지만, 이노스케의 경우는 정반대였다.

말만 꺼냈다 하면 내가 가장이다, 적통은 나다, 하면서 구메시치 부자에게 덤벼든다. 이 집의 상속자는 죽은 이사지이니 원래 분가인 동생 따위가 가장 행세를 하지 말라는 논리이다.

무사 가문도 아닐진대 적통이고 뭐고 있을 턱이 없고, 하물며 시대가 크게 바뀌었다. 아무런 불편 없이 키워준 은혜에 보답하기는커녕 되레 힐책을 한다니 도리에 어긋나기 짝이 없는 행동이다.

구메시치 부자는 그래도 불평 한 마디 하지 않았다고 한다. 언젠가 알아줄 날이 오리라. 오직 그것만을 믿고 형이 남긴 외아들의 변변치 못함을 그저 세상에 사죄하는 매일이었다.

이노스케의 행실은 아주 나빴다.

절도, 살인만 안 했다 뿐이지 돈을 쓰고 싶은 대로 쓰고 술도 마시고 싶은 대로 마시며, 나쁜 친구를 만들어 노는 데 빠져서는 노름하느라 밤낮을 잊는가 하면 유곽에 죽치고 앉아 행패를 부리다 투옥되는 꼴이었다.

무전취식, 무임승차, 돈 떼어먹기에 폭행 상해는 일상다반사.

하다하다 쇼고로의 처에게까지 손을 대는 형국이었다.

이렇게도 저렇게도 손을 쓸 수 없는 상태였다고 한다.

그러던 이노스케가 닷새 전에 덜컥 죽었다.

독사가 목덜미를 물었다고 한다.

이노스케를 문 뱀은 달아나버린 모양이지만 그 자리에 있던 사람의 증언과 몸속에 남아 있던 독극물 검사 결과로 추측하건대 아무래도 살무사였던 듯하다.

살무사가 있는 힘껏 목을 물었으니 죽었다고 해서 이상하지는 않다. 다리를 가볍게 물려도 처치를 잘못하면 목숨이 날아가니 말이다.

뱀에 물려 죽었다면 이것은 사고이다.

구태여 관헌이 나설 필요도 없다.

하지만.

겐노신 일등 순사의 골치를 썩이는 것은 바로 이 뱀이었다.

"어디가 수상하단 말인가?"

쇼마가 웃옷을 벗고 셔츠의 목단추를 풀었다.

좁은 방안은 무더웠다. 하지만 쇼마의 경우는 덥다기보다는 옷에 익숙하지 않아서일 것이다.

"뱀을 체포하겠다는 말인가?"

"그게 아니야. 농을 칠 거라면 이야기하지 않겠네."

겐노신이 불퉁해졌다.

"농을 치는 건 아니네만 이해가 안 된다는 말일세. 왜 뱀 한 마리 때문에 도쿄 경시청 순사 나리가 이케부쿠로 같은 시골에 가야만 하는지 나는 모르겠어."

"그렇지" 하고 소베도 보조를 맞추었다.

쇼마와 소베는 애초에 물과 기름 같은 사이이지만 겐노신이나 요지로를 공격할 때만큼은 죽이 딱 맞았다.

자네들은 사쓰마와 조슈 같다고 겐노신은 곧잘 말했다.

"듣자 하니 그 농민은 듣던 것 이상으로 무뢰한이 아닌가. 효를 잊고 예를 다하지 않으며 의를 행하지 않고 인을 버리는 악행 삼매경 아니냔 말일세. 천벌이 내렸나 보지."

"천벌로 끝나면 경찰이 필요 없지. 그것이야말로 소베 자네가 싫어하는 미신 아닌가? 괴력난신을 이야기하는 사이비 유학자라니, 기가 막히는구먼."

겐노신이 말했다.

"있어 보게. 소베가 천벌이라고 한 것은 그야말로 비유이네. 개에 물리고 말에 차이고 구덩이에 떨어지고 물에 빠지고, 이런 재앙은 전부 화를 입은 자가 자초한 불행. 누구 탓도 아닐 걸세."

그 점이 틀렸다고 겐노신이 말했다.

아무래도 부자연스러운 이야기이기는 한 모양이다.

죽기 전날.

이노스케는 소작인의 딸에게 손을 대어 말썽을 일으켰다. 쓰카모리 집안이 고용한 소작인 대부분이 몰려올 정도로 큰 소동이었다고 한다.

아무리 은혜를 입은 쓰카모리의 상속자라 해도 시집도 가지 않은 처녀를 건드렸는데 그냥 넘어갈 수는 없다, 구메시치 나리에 대한 갖가지 폭언과 평소 행동거지도 눈뜨고 볼 수 없다며 소작인들이 들고 일어선 것이다.

소동이 어찌나 컸던지 신고가 들어갔는지, 포리까지 출동했다.

이노스케는 늘 하던 대로 날뛰었던 모양이지만 어쨌든 상대가 한두 사람이 아니니까 도무지 수습이 되지 않는다. 평소에는 온화한 구메시치조차 이렇게까지 소동이 커지니 잠자코 있을 수 없어서 그 자리를 잘 마무리하기 위해 이노스케를 붙잡아서 엄하게 훈계했다.

그리고 소작인들에게는 무릎을 꿇고 잘못을 빈 뒤 한 사람 한 사람에게 사죄금과 보상금을 건넸다고 한다. 소작인들은 처음부터 구메시치에게는 아무런 원한도 없었을 뿐더러 오히려 경모하는 마음이 더 강했던 모양이라 이 정도에서 나리의 체면을 세워주자며 소동이 마무리되었다고 한다.

이렇게 되면 포리도 물러날 수밖에 없다. 소동이 마무리된 이상 이노스케를 체포할 이유도 없기 때문이다.

석연치 않은 것은 이노스케였다.

형세가 불리한 것을 알고 그 자리에서는 잠자코 있었지만 이노스케의 논리로 따지면 이건 도통 이해가 되지 않는 전개였다.

쓰카모리의 주인은 나이다. 원래는 아랫사람일 구메시치 따위에게 훈계를 들을 이유는 없다. 거기에 더해 소작인들에게 합의금을 건넨 것도 마음에 들지 않았다. 쓰카모리의 재산은 모조리 내 것이니까 양해도 구하지 않고 아랫것들에게 주는 일은 용서할 수 없다. 이것이 이노스케의 논리였다.

참 제멋대로인 주장이다.

죽기 전날 밤 이노스케는 질 나쁜 친구들을 모아 실컷 푸념을 늘어놓고 진탕 술을 마시며 **주정**을 한 모양이다.

그때 이노스케는 이런 말을 했다고 한다.

쓰카모리 집안이 유복한 건 구메시치 숙부나 쇼고로가 더럽게 고지식하게 일하기 때문이라고 세상 사람들은 생각하는 것 같지만 그건 큰 착각이야.

쓰카모리 집안에는 숨겨둔 재산이 있어. 아무리 써도 다 쓸 수 없을 정도의 금은보화를 어딘가에 숨겨두었다, 나는 이렇게 들었어.

그건 원래 가장만이 아는 집안의 비밀이었어. 그런데 아버지가 뻗어버린 걸 구실로 빌어먹을 숙부가 보물을 독차지한 게 분명해. 그 욕심쟁이는 나한테는 땡전 한 푼 안 넘길 작정이야.

이노스케는 이렇게 말하며 길길이 날뛰었다고 한다.

하지만 이 이야기에 전혀 근거가 없지는 않았던 모양이다. 이런 소문은 실제로 옛날부터 근방 일대에 퍼져 있었다고 한다.

집 뒤에 있는 분묘…….

쓰카모리라는 이름의 기원이기도 한 이 분묘를 근처 사람들은 **구치나와** 분묘라고 부르는 모양이다.

구치나와, 즉 뱀이다.

작은 산 같은 이 낡은 분묘에 손을 대면 뱀의 지벌이 내린다는 전설이 있다고 한다. 쓰카모리 집안 부지 안에 있기 때문이기도 하겠지만 쓰카모리 집안사람 외에는 아무도 다가가지 않는다고 한다.

이 무시무시한 지벌의 분묘 위에는 작은 사당이 있다.

이 사당은 쓰카모리 집안의 수호신을 모신 곳이라고 한다.

그런데 이 사당의 유래가 아무래도 꺼림칙하다는 것이다.

다만 자세한 사정을 아는 사람은 별로 없다.

이야기하는 것 자체가 금기시되었는지 아니면 세월과 함께 풍화해 버렸는지는 확실하지 않다.

그저 쓰카모리의 조상이 뱀을 죽였기 때문에 저주가 남았다거나 전전대가 도적을 죽이고 재산을 빼앗았다는 뜬소문만 희미하게 남아 있다고 한다. 어쨌든 풍문에 불과해 진심으로 믿는 사람은 아무도 없다는 이야기이다.

왠지 모르게 꺼림칙한 인상만이 남아 있다. 그래서 아무도 다가가지 않고 아무 말도 하지 않는다. 이것이 진상인 듯하다.

하지만.

단 한 사람, 이노스케만은 그렇게 생각하지 않았다.

"그 분묘에는 돈이 숨겨져 있다."

이노스케는 질 나쁜 친구들에게 이렇게 말했다.

명색이 근방에서도 손꼽히는 큰 농가의 수호신을 모신 장소이다. 지벌이니 저주니 하는 나쁜 소문이 떠도는데도 묵인하는 것은 이해가 되지 않는다. 돈을 숨긴 장소이기 때문에 일부러 나쁜 소문을 퍼뜨렸다고 생각한 것이다.

그리고.

"이노스케는 같이 노는 친구 다섯 명을 꼬드겨서 다음 날 낮에…….

그러니까 닷새 전에 그 분묘에 올랐네."

"허어. 미신을 믿지 않는다니 제법 진보적인 건달이군. 시골 사람은 미신을 믿어서 지벌이 내린다는 소문이 있는 장소에 쉽게 다가가지 않네만."

쇼마가 감탄했다.

"칭찬할 일이 아니네. 욕심에 눈이 멀었을 뿐이겠지."

"그건 요지로 말이 맞아. 따라간 다섯 명은 겁을 먹었던 모양이야. 하도 무서워 죽는 줄 알았다고 하니 말일세."

겐노신이 말했다.

보통의 경우라면 숨어드는 시간은 응당 밤이겠지만 이노스케 입장에서 보면 자기 집 땅이다. 누구 눈치도 볼 필요가 없다. 굳이 몰래 올라갈 필요도 없을 것이라며 그야말로 백주에 당당하게 결행하기로 했다고 한다.

밤이었다면 측근들은 참가하지 않았을지도 모른다.

이노스케를 선두로 마을의 기피 인물들은 분묘에 올라갔다.

분묘 위에는 확실히 작은 사당이 있었다.

"사당이라고?"

"그건 나도 검분했네."

"지벌이 내리는 분묘에 올라갔는가?"

"현장이니까. 올라가지. 안 올라가고 어떻게 하겠나."

"아니, 요물을 무서워하고 망령에 떠는 겁쟁이 겐노신 나리가 잘도 올라갔구나 싶어서 말일세."

소베가 놀리는 듯한 눈길을 던졌다.

겐노신은 무시했다. 그는 진지했다.

"놈들의 증언에 따르면 올라간 단계에서 사당 문은 단단히 닫혀 있었던 데다 위에는 패가 붙어 있었다고 하네."

"패라니."

"부적이라고 하는 편이 좋을까. 일부는 문에 남아 있었고 뜯긴 부분은 바닥에 떨어져 있어서 증거품으로 압수했네. 절에서 찍어냈는지 아니면 신사인지 지금으로서는 알 수 없네만, 뭐라고 주문이 찍혀 있었어. 잘 아는 사람에게 보여주었더니 다라니 부적일 거라더군."

"야겐보리 노인이 곧잘 이야기하던 그거로군."

야겐보리에 사는 박식한 은자 잇파쿠 옹이 들려주는 옛날이야기에 이 부적 이름이 곧잘 나왔다.

"상당히 오래된 물건이었네. 꽤 너덜너덜했으니 말일세. 차양 밑에 있지 않고 비를 그대로 맞았더라면 오래전에 떨어지고 없었을 테고, 튼튼한 종이가 아니었다면 썩어버렸겠지."

"문을 봉인하듯 붙어 있던가?"

"봉인하듯이 아니라 봉인했던 거겠지."

요지로의 질문에 겐노신이 대답했다.

"사당을 봉인하고 있었다. 이 말인가?"

"그러하네. 아니, 낡은 부적을 최근에 붙였을 수도 있겠다는 생각이 들어서 붙어 있던 문의 상태 같은 것도 자세히 봤네만, 적어도 최근에 붙인 건 아니었어. 붙인 부분만 색이 바라지 않았고 조작한 흔적도 없었네. 붙이고 나서 적어도 십 년 이상은 지난 것처럼 보였네만."

"그걸 그 이노스케라는 사내가 뗐나?"

"뭐야, 이런 잔재주를 부리다니."

이노스케는 이렇게 외쳤다고 측근들이 말했다.

하지만 측근 무리의 눈에 그것은 결코 잔재주를 부린 것처럼 보이지는 않았다고 한다. 부적은 무언가를 굳게 봉하듯 단단히 붙어 있었다고 한다.

이노스케는 사당 앞에 있던 공물을 발로 차서 치워버리고 부적을 떼어 냈다. 좀체 떨어지지 않았다고 한다.

"확실히 문 앞에는 음식물을 올리는 받침대 같은 것이 놓여 있었던 모양이야. 이노스케가 발로 찼을 때 부서졌는지 잔해가 흩어져 있었네. 받침대 위에는 술병에 든 제주와 비쭈기나무 가지를 올렸던 것 같아. 듣자니 쓰카모리 가의 당주, 정확하게는 당주 대리인 구메시치 노인이 매일 빠짐없이 동 트기 전에 올린다고 해. 이 사당을 세울 당시에 권청을 해준 행자와 약속했다던가."

"약속했나? 구메시치 노인이?"

"그런 모양이야. 아니, 분묘 자체는 오래전부터 있었던 것 같지만 사당을 지은 건 구메시치의 형인 이사지, 그러니까 이노스케의 부친이 죽었을 때 일이라고 하네. 삼십 몇 년 전 일이야. 그때까지만 해도 사당은 없었다고 하네."

"어째 수상쩍은데."

쇼마가 말했다.

"그때까지 아무것도 모시지 않았다는 건가?"

"자세히 듣지는 못했네만……. 아마 그전까지는 그냥 구덩이가 있었을 뿐인 듯하네. 전대인 이사지, 이 사람 역시 뱀에 물려 죽은 모양이야. 그때 지벌이다 하는 이야기가 나와서 화가 미칠 것을 두려워해 구덩이 위에 사당을 세우고 뱀에게 제사를 지냈다. 이런 이야기였네."

"거 보게."

쇼마가 말했다.
"무슨 말인가?"
"구덩이를 숨겼지 않나? 이노스케의 **해석**이 맞았던 것 아닌가?"
"크게 빗나갔네. 나도 사당 안은 들여다보았어. 이 사당은 딱 한 사람 들어가면 꽉 찰 정도로 작은데, 바닥을 이렇게 사각형으로 도려냈고 그 밑은 땅바닥이야. 거기에 구덩이가 입을 벌리고 있지. 구덩이라고는 해도 찻잎을 넣어놓는 상자 하나 들어갈 만큼 작아서 아무것도 숨길 수는 없네. 실제로 거기에는 함이 들어 있었으니 말일세."
겐노신이 말했다.
"함이라니?"
"글쎄. 천 냥쯤 들어가는 크기의 함이라고 할까, 돌을 파내서 만든 뚜껑 달린 감실 같은 것이라고 하면 될까."
"괴상한 물건이군."
"그렇지. 이 돌 상자는 사당을 세우기 전부터 구덩이 속에 있었다고 해. 물론 열어본 사람은 없네."
지벌이 내리는 분묘 꼭대기에 있는 구덩이 속에 들어 있는 내력을 알 수 없는 돌 상자를 열 사람은 없을 것이다.
"열기는커녕 상자 자체를 본 사람도 없는 모양이네만."
여기까지 말하고 겐노신은 어쩐지 머뭇거렸다.
"왜 그러는가."
소베가 재촉했다.
"아니, 본 사람이 없다고 했네만 그건 정확하지 않아. 정확히 말하면…… 칠십 년쯤 전에 이사지의 부친이자 이노스케의 조부에 해당하는 인물이 뚜껑을 열었다고 하네."

"허어. 또 왜?"

"그건 모르네. 뭐 그때도 지벌이 있어서 말일세."

"조부도 목숨을 잃었는가?"

겐노신은 잠깐 틈을 두고 나서 그렇다고 대답했다.

"뱀인가?"

"옛날 일이라 말일세. 거기에 대해서는 전혀 모르네. 그런데."

"그런데 뭔가?"

"**상자 속에는 뱀이 들어 있어서 곧바로 뚜껑을 덮었다**고 그 조부라는 사람이 말했다던가."

"뱀이 들어 있었다고?"

"그렇게 전해지네. 그 뒤로 그 돌 상자를 건드린 이는 아무도 없었다고 해. 뭐, 안 건드리겠지."

"안 건드리겠지. 볼일이 없으니까."

"그렇지. 쇼마는 시골 사람은 미신이 깊다고 얕보지만 특별히 미신이 깊지 않더라도 그런 기분 나쁜 곳에는 가지 않아. 간다고 해서 별반 득도 없으니까. 게다가 전대인 이사지도 전해 내려오는 말을 확인하려다 목숨을 잃었다고 하네. 상자 내용물을 보고 오겠다고 하더니 보기도 전에 죽었어. 게다가 사인은 뱀 아닌가. 이리 되면 사당을 세울 만도 하지. 제사도 지낼 법해. 구메시치 같은 사람은 무척 두려워하고 있으니 매일 아침 공물을 올리는 일도 빼놓지 않겠지."

쇼마가 팔짱을 꼈다.

"이봐, 겐노신."

"왜?"

"설마하니."

"바로 그 설마야. 부적을 뜯고 사당 안으로 들어간 이노스케는 돌 상자를 발견하더니 이거다, 이거야, 하고 큰 소리를 치고는 뚜껑을 열었네. 그랬더니……."

상자 속에는.

"**상자 속에는 뱀이 있었어**. 이노스케는 이렇게 웅크린 자세로 안을 들여다보았으니, 뱀은 얼굴 근처를 노리고 덮쳤겠지. 그래서 목을 있는 힘껏 물린 이노스케는 비명을 지를 새도 없이 몸을 뒤로 젖히듯 하며 사당 앞에 쓰러진 뒤 얼마 안 되어 죽었네."

"잠깐" 하고 이번에는 소베가 말했다.

하지만 말만 그렇게 했을 뿐 다음 말이 나오지 않는다.

"부적이 붙어 있었단 말이지."

"그렇지. 구메시치 노인 이야기를 믿는다면 그건 삼십 몇 년 전에 붙인 물건이야. 아까도 말했지만 부적은 나도 검분했네. 붙이고 나서 확실히 십 몇 년 이상 경과했을 걸세. 구메시치의 말은 믿어도 좋다고 보네."

"아니, 잠깐. 그 돌로 된 상자에 틈이나 갈라진 부분은 없나?"

소베가 한 번 더 말했다.

"없지. 내가 이 손으로 뚜껑을 덮어보았네. 뚜껑도 돌로 만들었으니 닫으면 작은 틈도 없어. 뚜껑 자체가 무거우니 말일세. 어쩌다 열리는 일도 없을 걸세. 설사 지진이 일어났다 해도 무리야."

"뚜껑을 덮은 건?"

"뭐, 전해 오는 말을 믿는다면 칠십 년 전이 되겠지."

그래서.

"그래서 칠십 년인가." 소베가 큰 소리로 외쳤다.

"하지만 겐노신, 그건 그."

"그건 그……라고 말할 수밖에 없을 걸세. 확실히 이노스케는 뱀에 물려 죽었네. 이건 쇼마가 말했듯 사고일 테지. 하지만 거기에 **뱀이 있었다**는 건 도무지 수긍이 안 될 걸세."

칠십 년 동안이나 밀폐되어 있던 돌 상자 속에서 나온 뱀에 물려 죽었다.

겐노신이 곤혹스러워하는 것도 이해가 된다. 괴상한 이야기이다.

"대체 어떻게 생각해야 마땅할지 갈피를 못 잡고 있네."

겐노신은 약간 힘없는 말투로 말했다.

"생각해야 마땅하다니 무슨 뜻인가? 마땅하고 뭐고 없지 않나?"

"그러니까 무뢰한이 뱀에 물려 죽었다. 흐음, 그렇군. 이렇게 끝내서 될 일인가 하는 게지."

"끝내지 않으면 어쩔 텐가? 아니, 그것 말고는 끝낼 수 없지 않나. 설사 아무리 기괴한 요물 뱀이 물었다고 한들 뱀에 물려 죽었으면 그건 사고야. 상대는 장충이네. 순사가 난처해할 필요는 없을 텐데."

"잠깐만. 잘 들어보게, 이노스케라는 자는 마을의 기피 인물이자 미움을 받는 자였네. 쓰카모리 집안사람들에게도 눈엣가시였을 테고, 소작인들도 심히 원망하고 치를 떨었네. 거북하게 여기는 사람도 많았을 걸세. 분묘를 터는 데 동행한 놈들이라고 해서 이노스케의 인물 됨됨이를 좋아하지는 않았네. 어차피 오합지졸, 친구라고 생각하지도 않았겠지."

"그것 참 모르겠군. 그게 뭐 어쨌다는 건가?"

쇼마가 말했다.

"그러니까 이 상황을 잘 생각해보게. 이노스케를 살해할 동기가 있는 자는 주위에 쓸어 담을 정도로 많단 말이네."

"살해당했다. 그 말인가?"

"가능성은 있을 걸세."

"하지만 뱀이야."

"뱀이지. 하지만 숨기고 있던 뱀을 이렇게 목덜미에 갖다 대면……."

겐노신이 묘한 손놀림으로 눈에 보이지 않는 뱀 대가리를 붙잡고 요지로 목에 댔다.

"이건 버젓한 살인이야. 아닌가?"

그렇다면 확실히 살인이다.

"살인이라면 범인이 있어. 그러면 간과할 수는 없네."

"그건 그렇네만……."

"달리 생각할 도리가 없어. 분묘 위에는 땅바닥이 드러나 있었고 풀도 별로 없네. 뱀이 기어 왔다면 금세 알아차렸겠지. 게다가 다리를 물렸다면 어느 정도 이해가 가지만 이노스케는 목덜미를 물렸네. 이건 너무나도 부자연스럽지 않나? 땅바닥에 엎드려 있는데 때마침 뱀이 왔다는 말인가?"

일등 순사는 분개했다.

그럴 리는 없을 것이다.

하지만 그렇다면…….

"만일 그게 아니라면 뱀은 증언대로 사당 안에 있는 상자 속에 들어 있었다는 이야기가 되네. 시신의 상태와 상황을 검분한 결과로 생각하면 그게 가장 자연스러운 결론이기는 해. 하지만 그렇다면 뱀은 칠십 년을 밀폐된 돌 상자 속에서 살아있었다는 결론이 돼."

겐노신은 이렇게 말을 맺고는 입을 다물었다.

"뱀이 칠십 년 동안 먹지도 마시지도 않고 살 수 있다면…… 이건 그냥 사고야. 하지만 역시 그런 일은 있을 수 없다고 한다면…… 살인자가 있네."

겐노신은 이렇게 말을 맺었다.

4

그날 잇파쿠 옹의 분위기는 평소와 조금 달랐다.

하지만 다른 세 사람은 특별히 아무것도 못 느낀 모양이니 그렇게 생각한 사람은 요지로뿐이었을지도 모른다.

들떠 있다.

요지로 눈에는 그렇게 보였다.

그렇다고 해서 노인이 침착하지 않았던 것은 결코 아니고, 표표하고 태연자약한 태도나 경쾌하면서도 깊은 함축으로 넘치는 이야기도 평소와 다르지 않았다.

그러면 어디가 어떻게 달랐냐고 묻는다면.

아마 눈이 조금 더 반짝거리고 있는 것처럼 요지로에게는 보였다.

야겐보리에 있는 쓰쿠모안의 별채이다.

번번이 이야기가 막히고 번번이 이렇게 찾아온다.

요지로를 비롯한 네 사람은 이러니저러니 해도 이곳을 좋아하는 것이다. 활짝 열어젖힌 둥근 명장지 너머로 푸른 수국이 보인다. 수국 그늘에는 아마 사요가 있을 것이다.

노인의 시중을 들고 있는 이 일 잘하는 아가씨는 아까부터 수국에 물을 주고 있었다.

"어떻습니까? 아니, 처음에는 엉터리라고 생각했습니다. 하지만 이야기를 들을수록 희한해요. 이 겐노신이 수상쩍게 여기는 것도 수긍이 가지 않습니까?"

소베가 말했다.

"수상쩍다는 말씀은……."

잇파쿠 옹이 짧게 깎은 백발을 긁었다.

"역시 여러분은 마을 사람 누군가가 그 이노스케인가 하는 사람을 죽였다. 이렇게 생각하십니까?"

"아니, 이 친구들은 현장에 가지 않았습니다. 간 사람은 본관뿐입니다. 마을 사람이나 구메시치 부자를 만난 사람도 저뿐입니다. 그때 느낀 솔직한 감상을 말씀드리면……."

맨 먼저 부정한 사람은 겐노신이었다.

"어떠셨나요?"

노인이 상냥하게 물었다.

"네, 사람을 죽일 것 같은 자들은 결코 아닙니다. 얌전하고 온화한 참으로 선량한 사람들이었습니다."

"인상만 보고 단정하면 안 되네. 그러면 예단이 되지. 또 말하네만 자네는 포졸이 아니라 순사야. 알겠나. 근대적인 범죄 수사는 의리와 인정으로는 성립하지 않네. 우선 증거야, 증거. 증거를 모아서 진실을 밝히고 법에 비추는 걸세."

쇼마가 말했다.

"하지만 그 법을 지탱하는 것은 정의겠지요. 정의를 지탱하는 것은 권력이 아니라 역시 인정이면 좋겠군요."
노인이 말했다.
"그건 그렇겠지만 노인장, 그게."
"법의 수호자인 경찰 순사님은 역시 정이 두터운 분이면 좋겠지요. 그런 점에서 야하기 씨가 딱인 것 같습니다. 그런 야하기 씨가 직관적으로 마을 사람들은 범인이 아니다. 이렇게 생각하신 거지요?"
"직관이라고 할까요……. 뭐, 쇼마 말처럼 인상입니다만."
"인상이면 되었지요." 잇파쿠 옹이 웃었다.
"사람을 보면 도둑이라고 생각하라고들 하지만 세상이 그렇게 각박하지만도 않지 않습니까? 세상 어디 가도 인정은 있는 법, 착한 사람들도 많이 있을 겁니다."
"하지만 노인장, 그러면 뱀이……."
소베가 나섰다.
"뱀은 집념이 강한 존재."
노인은 수염 난 거친 얼굴이 하는 말을 잘랐다.
"집념이 강하다?"
"네. 뭐, 그런 미물에게 마음이 있을지 의심스러우니 이렇게 말하면 미신이겠지만요. 동서양을 가리지 않고 뱀은 오랜 옛날부터 숭상받지 않았습니까? 이유는 여러 가지 있겠지만 뱀은 탈피를 합니다."
노인이 말했다.
"그렇긴 하지만 그게 무슨……?"
"시해선(尸解仙)이라는 신선이 있는데 말이지요."
"아, 네."
"낡은 몸을 벗어버리고 다시 태어납니다."

"다시 태어난다고요?"

요지로가 무릎걸음으로 앞으로 나왔다.

"뭐, 불로불사의 한 형태겠지요. 이것도 탈피에서 얻은 착상이 아닐까 저는 생각합니다. 충류 가운데 일부는 쇠한 몸을 벗어버리고 새로운 몸으로 다시 태어나지 않습니까? 그게 꼭 다시 태어나는 건 아니겠지만 옛날 사람들은 그렇게 생각했겠지요. 이런 일을 반복하면 불사가 되지 않겠습니까. 다시 말해 뱀 같은 동물은 죽은 뒤에 다시 태어나는 불사의 존재라 여겨졌습니다."

"그렇군요. 하지만."

"아니, 잘 알고 있습니다." 노인은 쇼마의 말도 잘랐다. "그런 만큼 뱀과 관련된 전설은 생각 밖으로 많습니다. 뱀은 해충을 먹지 않습니까? 벌레나 쥐, 새처럼 곡물을 먹어 피해를 주는 놈들을 잡아먹지요. 익충인 셈입니다. 그러니까 죽이지 말라는 전설이 만들어지지 않았을까요."

"아아, 그렇군요."

쇼마는 어째서인지 수긍하고 말았다.

"하지만 그저 죽이지 말라고 해도 그게 생김새가 어여쁜 동물은 아니지요. 굳이 따지자면 징그럽다고 느끼는 사람들이 많을 겁니다."

하긴 뱀이 좋다는 사람은 드물 것이다.

"사갈(蛇蝎) 보듯 싫어한다. 이런 말도 있고 특히 여자들에게 인기가 없습니다. 게다가 독도 있고요."

노인이 말을 이었다.

"하지만 뱀이라는 놈은 겉보기와는 다르게 온화한 동물입니다. 포식 행동이 아니고서야 공격도 하지 않아요. 이쪽이 덤벼들지 않는 다음에야……. 뭐, 덤벼들지 않아도 밟거나 발로 차버리는 경우도 있겠지만, 먼저 물지는 않습니다. 하지만 꿈틀꿈틀 기어 나오면 어쩐지 께름칙해서 당황하지요. 그러다 물립니다."

"짐승이라는 놈은 그런 법이겠지. 늑대나 곰처럼 사람을 잡아먹는 놈들이라면 모를까, 사나운 짐승이라도 불필요한 싸움은 하지 않고 무용한 살생도 하지 않으니까."

이번에는 소베가 수긍했다.

"그럼요." 노인이 기분 좋게 고개를 끄덕였다. "뭐, 여러 가지 의미로 죽이기 어렵습니다. 생명력도 강합니다. 그래서 뱀은 끈질기고 집념이 강하다고 했겠지요. 거기에 더해 겨울잠이나 탈피에서 오는 불로불사라는 인상도 있지 않습니까? 끈질겨서 잘 죽지 않는다면 몇 대를 이어가며 원수가 됩니다. 후세에까지 지벌을 내린다는 이야기가 나오겠지요."

"이치에 맞는 말씀입니다. 그렇겠지요."

"그러니 뱀을 죽일 때는 **완전히 죽이라**는 이야기도 나오게 되는 겁니다."

"완전히 죽이라는 건 무슨 뜻입니까?"

요지로가 물었다.

"말 그대로의 뜻입니다. 저는 여러 지방을 구석구석 돌아다니며 다양한 이야기를 모았으니까 소상히 압니다. 어디 보자."

잇파쿠 옹이 대답했다.

잇파쿠 옹은 도코노마 옆에 둔 문서궤 같은 곳에서 상가에서 쓰는 장부처럼 생긴 서책을 한 권 끄집어냈다.

"이거네요. 〈뱀, 이무기에 관한 세간의 믿음〉. 들어보십시오. 어디

보자, 장충은 집념이 강한 생물이라 반만 죽이면 지벌을 받는다…….
이 말은 북쪽 오슈에서 남쪽 게이슈(芸州)*까지 거의 온 나라에서 전해지고 있습니다. 그 외에도 앙갚음을 하러 온다, 재난을 당한다, 원수를 갚으러 온다 등등. 이런 말은 어느 지방에나 있지요. 그러니까 반드시 숨통을 확실히 끊어놓으라는 겁니다. 그렇지 않으면 둔갑하거나 다시 살아난다고 합니다."

"다시 살아난다고요?"

"뭐, 이것도 아까 말씀드린 이유가 있어서 나온 말이겠지만요. 히고(肥後)** 근방에서는 뱀의 혼은 꼬리에 깃들어 있으니 죽일 때는 꼬리를 으깨라고 합니다. 스루가(駿河)*** 근방에도 비슷한 말이 있습니다. 이는 뱀 같은 동물은 머리를 잘라도 몸이 움직이거나 하지 않습니까? 그래서 나온 말이 아닐까 합니다마는."

확실히 뱀이나 물고기는 머리를 잘라도 한동안은 움직인다.

"생명력이 강하다는 뜻이겠지요. 이런 면도 끈질기다는 인상을 주었을 테고요. 사가미(相模)**** 부근에서는 뱀은 죽고 나서도 망념으로 움직인다고까지 하니까요."

노인이 말했다.

망념으로 움직인다.

이렇게 되면 무시무시하다고 할 수밖에 없다.

"엣추(越中)*****에서는 뱀을 죽일 때는 반드시 세 토막으로 자르라고

---

* 옛 지방의 이름으로 현재의 히로시마 현 서부에 해당한다.
** 구마모토 현을 가리키는 옛 지명.
*** 현재의 시즈오카 현 중부에 해당.
**** 현재의 가나가와 현 대부분에 해당.
***** 도야마 현을 가리키는 옛 지명.

합니다. 보소(房総)*에서는 죽인 뒤에 아무리 멀리 버려도 돌아온다고 하고요. 참으로 기이하고 요사스러운 이야기지만……. 요지로 씨는 아십니까, 스즈키 쇼산(鈴木正三)**의 《인가모노가타리(因果物語)》에 나오는 뱀 이야기를."

"자세히는 모릅니다. 그 히라가나 본과 가타카나 본이 있는……."

요지로가 대답했다.

"맞습니다. 거기에는 집착을 남기고 죽은 승려가 뱀으로 둔갑한 이야기나 질투에 미친 여자가 뱀이 되는 이야기 같은 것이 많이 실려 있지요. 집착하는 마음이 강한 사람은 대개 뱀이 됩니다. 일념무량겁(一念無量劫)이라 해서 집착은 헤아릴 수 없을 만큼 큰 죄업이라고 합니다. 그렇게 보면 뱀은 엄청난 악역이지만, 그래도 익충이기는 하니까요. 제사를 지내고 모시는 경우도 많지요. 물의 신이니 죽이지 마라, 신의 사자이니 죽이지 마라, 비사문천이나 변재천의 심부름꾼이니 죽이지 마라, 돈의 신이니 죽이지 마라……."

"돈의 신입니까?"

요지로는 뱀은 돈 기운을 싫어한다고 기억하고 있었다.

그러자 잇파쿠 옹은 "쇳내를 싫어하는 겁니다" 하고 말했다. "싫어하는 건 금속이지요. 똑같이 '가네'라고 읽지만 여기서 금(金)은 재산을 말합니다. 물리면 유복해진다거나 마루 밑에 있으면 집이 번성한다고 하는 지방도 있습니다."

"물리면 죽지 않습니까" 하고 소베가 말하자 "독사만 있는 건 아니네" 하고 쇼마가 대꾸했다.

---

* 현재의 지바 현에 해당하는 아와, 가즈사, 사모우사 지방을 가리키는 이름.

** 에도 시대 전기의 승려.

"독이 없는 뱀이 수는 더 많지 않을지. 안 그런가요, 노인장."

"그건 쇼마 씨 말씀이 맞겠지요." 잇파쿠 옹이 대답했다. "뭐, 살무사나 남쪽 지방에 있는 반시뱀처럼 목숨을 위협할 만한 맹독을 가진 뱀은 정해져 있겠지요. 보기 징그럽기는 하지만 해는 적습니다. 오히려 이익을 주니까요. 뭐, 죽이려면 철저하게 죽이라는 말도 죽이지 말라는 말을 뒤집은 걸까요. 특히 집 안의 뱀은 죽이지 말라고 단단히 이르는 모양입니다."

"지, 집 안의 뱀이야말로 죽여야 하지 않나? 그런 게 들어오면 소란이 생길 텐데."

소베가 고개를 갸웃했다.

"아니, 실내라기보다는 부지 안이라고 하는 편이 좋겠습니다. 집 주변이나 자기 밭에서 발견한 뱀은 죽이면 안 된다고 합니다. 뱀을 집터신, 집의 주인이라고 생각하는 거지요. 죽이면 집안이 기운다, 가운이 쇠한다. 반대로 살려두면 보물이 된다고 합니다."

"보물……이요?"

"네. 돈의 신이기도 하니까요. 곳간 주인이라고 하는 고장도 있는 모양입니다. 뱀은 곳간 쌀을 먹는 동시에 쥐도 잡지요."

"아하."

'요컨대 뱀은 건드리지 말라는 뜻이로구나' 하고 요지로는 생각했다. 반만 죽이면 안 되고 숨통을 끊어놓으라고 하는 이유도 잇파쿠 옹이 말했듯 죽이면 안 된다는 뜻이리라.

"한데 노인장, 뱀의 이모저모는 재미있게 들었지만 그, 뱀의 불사성이라고 해야 하나, 긴 수명 말입니다."

겐노신이 말을 꺼냈다.

"압니다, 압니다." 노인이 주름투성이인 여윈 손을 저었다.

"뱀은 신비로운 존재인 동시에 신성을 지니기 때문에 금기시되었다는 것은 이해하셨지요. 또 탈피나 겨울잠 때문에 불사라는 인상을 주는 것도 아셨겠지요."

"그건 잘 알았습니다." 네 사람은 저마다 대답했다.

"자, 아까의 그 《인가모노가타리》에 이런 이야기가 나옵니다. 가즈사(上総)* 지방에서 있었던 일이라고 합니다만……. 사에몬시로라는 사내가 있었는데 이 사내가 논에서 뱀에 감겨 당장이라도 집어 삼켜질 상황에 처한 꿩을 발견합니다. 사에몬시로는 뱀을 떼어 내고 꿩을 구해줍니다. 이리하여 꿩이 은혜를 갚는다……는 이야기가 아닙니다. 사에몬시로는 꿩을 가지고 가서 냄비에 넣고 삶아버립니다."

"먹으려고."

"맞습니다. 이웃과 친구에게도 대접하려고 합니다."

"구해준 꿩을 먹습니까?"

"말하자면 사에몬시로는 꿩을 구해준 것이 아니라 뱀이 사냥한 먹이를 가로챈 셈이지요."

"고약한 놈이군" 하고 쇼마가 말하자 "멍청한 놈, 그게 보통이야" 하고 소베가 응수했다. "가로챈 게 아니네. 더 강한 자가 먹잇감을 차지하는 건 당연한 일 아닌가?"

"맞습니다. 당연하겠지요. 그래서 뱀은 되찾으러 왔습니다."

"오오." 소베가 목소리를 높였다.

"꿩을 구할 때 숨통을 끊어놓지 않았구나. 부주의한 놈이군그래."

---

* 지바 현 중부에 해당하는 옛 지명.

"멍청한 놈, 숨통을 끊어놓기는커녕 일격을 가하지도 않았을 걸세. 죽이려고 생각지도 않았을 테지. 그게 보통이야."

이번에는 쇼마가 응수했다.

"그런 건 쓸데없는 살생 아닌가. 꿩을 취하는 데 목적이 있었다면 뱀을 죽일 필요는 없을 걸세."

"그 말씀도 맞습니다. 감고 있는 걸 떼어내서 휙 던진 데서 보통은 끝이겠지요. 그렇다면 이건 어떻습니까?"

"뭐가 말입니까?"

"그러니까 먹잇감을 빼앗기고 나서 되찾겠다고 뒤를 쫓아오는 게 그다지 이상한 일은 아니지 않겠습니까. 짐승의 습성이라고 생각해도 되지 않을까요."

"그건…… 그렇지요."

"네. 뱀은 꿩을 삶은 냄비를 매단 갈고리를 타고 이렇게 스르르 내려왔습니다. 손님은 달아나고, 화가 난 사에몬시로는 뱀을 죽여버립니다."

"이번에는 죽였군요."

소베가 확인했다.

"죽였습니다. 여기서부터 괴담 같아지지만요. 일단 삶은 꿩을 먹으려고 했더니 또 뱀이 나와서 배를 감았답니다."

"되, 되살아났다."

"아닙니다. 그런 말은 한 마디도 쓰여 있지 않아요. 뱀이 또 왔다고. 그래서 사에몬시로는 이놈도 낫으로 베어버립니다. 그런데 또 옵니다. 베어도, 베어도 또 옵니다."

"숨통을 확실히 끊어놓지 않아서인가?"

"그렇겠지요. 이것도 신비한 힘이라기보다는 성질일 겁니다. 생명력이 강하다 보니 숨이 간단히 끊어지지 않아요. 그래 하도 귀찮아서 사에몬시로는 이 뱀을 냄비에 집어넣고 꿩이랑 같이 삶아서 먹어버렸습니다……."

"대담한 녀석이구먼." 겐노신이 어이가 없다는 듯 말했다.

"뱀은 맛있다고 하네." 소베가 농을 했다.

"이렇게 끝났다면 그냥 호걸담이었겠지만, 아직 끝이 아닙니다. 사에몬시로는…… 뱀에 목이 졸려서 죽었답니다."

"이번에야말로 되, 되살아난 건가? 지벌인가?"

겐노신이 허둥댔다. 확실히 배짱이 없는 순사이다.

"되살아났다고도, 지벌이라고도 쓰여 있지 않습니다. 그저 뱀에 목이 졸려서 죽었다고만."

잇파쿠 옹이 단호하게 말했다.

"다른…… 뱀인가?"

"이 기록을 사실이라고 생각한다면 **다른 뱀**이겠지요."

잇파쿠 옹은 여기서 말을 멈추고 일동을 둘러보았다.

"뭐, 뱀이랑 이래저래 말썽이 있었으니까 사에몬시로도 예민해져 있었을지도 모르지요. 또 뱀이 나왔다면 과도하게 반응했을 수도 있습니다. 아까도 말씀드렸지만 뱀이란 놈은 공격받으면 반격을 하니까요. 그 결과, 사에몬시로가 목숨을 잃는 경우는 있겠지요. 흥미로운 것은 죽은 뒤에 사에몬시로의 무덤 앞에도 많은 뱀이 모여 좀체 떠나지 않았다고……. 이 항목은 이렇게 끝납니다. 모여들었다는 걸 보면 한 마리가 아니었다는 뜻이지요. **뱀은 몇 마리나 있었다**는 겁니다. 동족이기야 하겠지만 이놈들은 다른 뱀이지요."

"그게 무슨?"

"그러니까 적어도 이 기록에서는 불가사의한 사건은 **하나도 일어나지 않았다**는 말입니다."

"뭐, 그렇게 되겠지요."

먹잇감을 되찾으려고 쫓아온다.

좀처럼 숨통이 끊어지지 않는다.

공격받으면 반격한다.

하나하나는 희한할 것도 없는 일이다.

하지만 이를 뱀에 대한 갖가지 속신이나 미신과 붙여놓으면 기이한 괴담으로 들린다.

"아시겠습니까?"

잇파쿠 옹이 말했다.

요지로는 알듯 말듯한 기분이 들었지만 아무래도 한 발 모자란다. 뭔가가 쏙 빠져 있다. 다른 세 사람은 고개를 갸웃거리고만 있다.

"뭐, 이 이야기는 이만 되었습니다. 그리고 이런 이야기가 또 있습니다."

노인이 고쳐 앉았다.

"무사시 동쪽에 있는 시골 이야기입니다. 마을에서 곡식을 관장하는 이나리 신을 권청했지요. 신사를 세우려고 땅을 팠더니 열 자나 되는 뱀이 나왔습니다. 땅에서 뱀이 나온 게 재미있었던 마을 아이들이 여럿 몰려왔습니다. 아이들이란 사념이 없는 만큼 잔혹한 법이지요. 이 뱀을 잡아서 돌 위에 놓고 작은 칼로 두세 치만 한 크기로 조각조각 썬 다음 대나무 꼬챙이에 꽂아서 가지고 놀았습니다."

"참으로 야만적이군."

쇼마가 얼굴을 찌푸렸다.

"아니지, 그 정도는 할 수 있네." 어째선지 소베가 가슴을 폈다.

"벌레 다리를 잡아뗀다든지 개구리 배를 가른다든지, 나는 곧잘 했는데 말이지. 안 그런가, 요지로?"

고향이 같다고 해서 뭐든지 똑같이 취급하면 곤란하다. 다만 요지로도 그런 경험이 없지는 않았다.

"뭐, 저도 아주 오래전에는……. 기억이 안 날 정도로 오래전 일이기는 하지만 꽤 고약한 짓을 한 적이 있습니다. 하지만 그래서 지벌을 받는다면 세상 많은 아이들이 제대로 크지도 못하겠지요."

"그도 그렇습니다. 나도 이렇게 별고 없이 건강하게 살고 있으니."

"소베는 지벌을 받는 편이 세상에 도움이 될 걸세." 쇼마가 악담을 했다. "그 야만적인 면이 바로 별고네."

"시끄러워. 그럼 나와 마찬가지로 그 뱀을 잘게 썬 마을 아이들에게도 아무런 재앙이 닥치지 않았다는 말이지요?"

"그런 말이지요."

"그건 역시 철저하게 죽였기 때문일까요?"

겐노신의 다소 엉뚱한 물음에 "글쎄요" 하고 노인은 팔자눈썹을 만들었다.

"이 경우에는 그렇지 않을 겁니다. 굳이 말하자면 사념이 없었기 때문이라는 생각이 드네요."

"사념이요?"

"네. 아이들은 재미나고 즐거워서 어쩔 줄 모릅니다. 그것뿐이지요. 하지만 어른은 그렇지도 않으니까요. 아까 그 사에몬시로만 해도 특별히 악행을 저질렀다고 느끼지는 않았지만 뱀은 집념이 강한 동물이라는 인식이 있었기 때문에 수상하게 여기는 마음, 두려워하는 마음이 생겼을 테고, 하물며 떳떳치 못한 기분까지 들면 더하겠지요."

노인은 몇 번 고개를 끄덕였다.

"뭐, 아이들이 잔혹한 놀이를 즐기는 모습을 촌장이 뒤에서 보고 있었습니다. 이자가 아주 겁을 먹었지요. 뭐니 뭐니 해도 뱀은 신의 사자이지 않습니까? 게다가 이나리 신사를 세우려고 하는 신성한 땅에서 나왔으니까요. 이대로 끝날 리가 없다. 촌장은 이렇게 생각했습니다."

"무리도 아니지. 내가 목격했어도 그렇게 생각할걸."

겐노신이 말했다.

"하지만 그 마을 아이들은 다 무사했지 않습니까?"

쇼마가 물었다. 노인은 또다시 고개를 끄덕였다.

"누구 하나 지벌을 받지 않고 무사했습니다. 하지만 지벌은…… 촌장에게 나타났지요."

"어째서요? 그 촌장에게는 아무 잘못도 없는데."

"잘못은 없지만 두려움을 가졌지요. 그날 밤늦게 촌장 머리맡에 열 자쯤 되는 뱀이 나타나서 크게 숨을 쉬었습니다. 무척 당황한 촌장이 사람들을 불러서 쫓아내게 했지만…… 사람들 눈에는 뱀이 보이지 않았다고 합니다."

"환각입니까? 겁을 먹은 나머지 환각을 봤다. 그렇지요?"

"아니, 쇼마 씨. 이건 분명 지벌입니다. 설사 환각이었다 한들 그게 바로 지벌. 촌장은 병에 걸려 몸져눕고 말았습니다."

"죽었습니까?"

"죽지 않았습니다. 의원을 부르기도 했고 보양도 잘해서 회복했다고 합니다."

노인이 곧바로 대답했다.

"보기만 했기 때문에 지벌이 가벼웠던 걸까요?"

요지로는 그렇게 생각했다.

"하지만 지벌은 균 같은 게 아닙니다. 봤느냐 만졌느냐에 따라 정도가 달라진다는 건 이상한 이야기지요. 이 경우에는 마을 아이들이 무사했기 때문에 나았을 겁니다."

노인이 말했다.

"기분 탓이라고 생각했나?"

"아니, 아닙니다. 안심한 겁니다. 촌장은 뱀을 죽이는 아이들을 보고 딱히 제 몸을 걱정하지는 않았을 겁니다. 마을에 재앙이 오지 않을까, 아이들에게 화가 미치지 않을까, 생각했을 테지요. 그런 마음이 더해져서 뱀의 기와 통했던 겁니다. 사리사욕 때문에 걱정하거나 회한과 사념 때문에 초조한 게 아니었습니다. 아무 일도 없었다는 사실을 알고 뱀의 노여움이 가라앉았구나 생각했기 때문에 지벌도 사라지고 병도 나았지요. 다시 말해 지벌은 그런 것입니다."

노인이 말했다.

"그런 것……이라는 말씀은?"

"지벌이란 내리는 이의 의지가 미치는 것이 아니라 받는 이의 마음가짐이 만들어내는 겁니다."

"으음."

소베는 팔짱을 끼고 신음했다. 쇼마는 턱을 쓸었다. 겐노신은 콧수염을 일그러뜨렸다. 요지로는…….

'과연, 그런가' 하고 묘하게 납득했다.

"이런 게 문화입니다."

노인은 또 이런 말도 했다. 세 사람은 한층 더 이해가 안 간다는 얼굴이다.

"예를 들어 뱀을 아무렇지도 않게 생각하는 문화를 가진 사람들이 뱀을 죽였다고 합시다. 얼마 후에 똑같은 뱀이 나왔다면 또 뱀이 나왔다고 생각할 뿐이겠지요. 지난번 뱀과 똑같은 뱀이라 생각했다 하더라도 '엥, 완전히 죽이지 않았었나' 하고 생각할 뿐일 테지요. 하지만…… 뱀은 끈질기다, 좀체 죽지 않는다, 신비한 생물이다. 이런 말이 전해지는 문화를 가진 나라에서는 그러지 못합니다. 되살아났구나 생각합니다. 그렇지 않더라도 동족이 복수를 하러 왔구나 합니다. 지벌이니 저주이니 하는 것은 이런 구조 속에서 생겨나는 거지요."

세 사람은 '그건 알겠지만……' 하는 얼굴이다. 정말로 알았는지 어떤지는 모르지만 말이다. 노인은 빙긋 웃었다.

"예를 들어 지금 뱀을 잡아 와서 지붕 밑에 못으로 박아놓았다고 해볼까요. 뭐, 뱀이니까 당장은 죽지 않겠지만 백이면 구십구, 며칠 안에 죽겠지요. 육십여 년이나 지나서 살아있을 확률은 거의 없을 겁니다. 그건……."

"그건《고콘초몬주》의 기록 말씀이지요? 그러면 어르신은 그 기록은 역시 있을 수 없는 일이라고……."

"아닙니다. 확실히 천연 자연의 이치는 불변하는 것이겠지요. 하지만 세상에는 다양한 이치가 있고, 이 세계란 실은 그런 이치들이 이리저리 짝을 지어 이루어집니다. 어떻게 짜맞추느냐에 따라 평소에는 생각하기 힘든 일도 일어납니다. 이럴 경우에는 보통 우연히 그렇게 되었다고 여겨집니다. 실제로 어쩌다 그렇게 되었겠지만요. 습도나

기온, 이런 다양한 조건이 갖추어지고……. 이런 많은 우연이 겹쳤을 때 가사 상태에서 몇 십 년씩 뱀이 생명을 유지하는 일도 있을 수 있겠지요."

"있을 수 있을까요?"

"있을 수 있을 뿐입니다. 천에 하나, 만에 하나의 경우이겠지만요. 그래서 그 옛날 미나모토노 가케루는 이렇게 지극히 드문 예와 만났을지도 모릅니다. 다만 그게 뱀이었다는 점이 문제였지요."

"뱀은 끈질기다, 죽지 않는다는……."

"그렇지요. 그런 전제 아래 연관 지어서 해석해버립니다, 우리는. 이게 소나 말이었다면 설사 그런 전례가 기록에 있었다고 해도 특수한 예로 무시하지 않았을까요?"

"그건 그래. 확실히 노인장 말씀대로야. 뱀이 아니었다면…… 이런 생각은 하지 않았을 걸세. 설사 기록에 같은 예가 남아 있었다고 해도……."

겐노신이 위를 보았다.

"진짜 뱀과 문화로서의 뱀, 이 둘 다를 보면서 우리는 살고 있습니다. 어느 한쪽만 보면 잘못 보게 되지요. 알겠습니까, 겐노신 씨."

잇파쿠 옹은 등을 둥글게 말았다.

"네."

"뱀은 밀폐된 상자 속에서 몇 십 년씩 살지는 못합니다. 아주 드물게 사는 경우도 있겠지만 살아있다고 해봤자 죽지 **않았다** 뿐이겠지요. 상자를 열자마자 튀어나와서 물어뜯거나 할 수는 없으리라는 생각이 드는데요."

생각해보면 이 말이 맞다.

요지로와 친구들은 살아있는 일이 가능한가에만 관심을 가졌지만, 설사 살아있었다고 해도 빈사 상태라고 생각하는 편이 보통일 것이다.《고콘초몬주》에 나오는 뱀만 해도 그 뒤에 활발하게 움직였다고 기록되어 있지는 않다. 명이 길어서 무섭다고만 쓰여 있을 뿐이다.

요지로가 생각하기에《고콘초몬주》에 나오는 뱀은 발견된 뒤에 곧장 죽어버리지 않았을까? 만일 살아있었다면 반드시 그에 대한 기술이 있을 터이다.

이번 같은 경우.

마지막 힘을 쥐어짰다고 생각할 수 없는 것도 아니다. 하지만 목격한 사람의 이야기에 따르면 이노스케에게 달려든 뱀은 물고 나서 달아났다.

겐노신 일등 순사의 지휘 아래 일대를 샅샅이 수색한 모양이지만 뱀 사체는 어디에도 없었다고 한다.

"그, 그럼 역시 살인이라는 선으로……."

겐노신이 말을 꺼내자마자 노인은 부정했다.

"그것도 아닐 겁니다. 그 마을 사람들은 살인을 저지를 사람들이 아니라고 말씀하셨지 않습니까? 뱀이 상자에 들어 있지 않았다는 정도만 가지고 마을 사람들을 의심하는 것은 좋지 않겠지요."

"하지만 그러면……."

"그건 지벌일 겁니다."

잇파쿠 옹은 단언했다.

"지, 지벌……."

"노인장, 그래선 해결책이 안 됩니다. 겐노신도 지벌이 있었다, 참으로 불가사의하다. 이렇게 조서에 쓸 수는 없을 겁니다."

쇼마가 말했다.

"아니, 아니, 그게 아닙니다." 노인은 고개를 저었다. "지금 말씀드렸지 않습니까? 지벌이란 불가사의한 일이 아닙니다. 당연히 일어날 일이 일어나지요. 이를 보고 지벌이라 정의를 내리는 것은 바로 문화입니다. 아시겠습니까. 가까이 가면 지벌을 받는다는 믿음이 있는 뱀 분묘에 침범한 사내가 뱀에 물려 죽었다. 이는 어엿한 지벌입니다."

"허어. 아니, 하지만……."

이렇게 되면 속수무책 아닌가.

요지로는 다른 세 사람의 얼굴을 차례차례 둘러보았다.

뱀은 상자 속에서 몇 십 년씩 살거나 하지 않는다.

즉 상자 속에는 없었다.

하지만 살인은 아니다.

마을 사람들을 의심하면 안 된다.

그래서…….

지벌이다.

말이 되는가?

"그 구치나와 분묘 사당 말인데요……."

노인의 어조가 갑자기 부드러워졌다.

"확실히 그 분묘에는 풀도 별로 없으니까 겐노신 씨 말씀대로 뱀이 기어오면 알 수 있겠지요?"

"압니다. 반드시 알아요. 쥐가 뛰어와도 보입니다. 밤에 일어난 일이 아니에요. 한낮에 일어난 일이지요. 마을 사람들이 다 들판에서 일하고 있을 시간에 일어난 사건입니다. 어지간해서는 물릴 때까지 눈치를 못 채는 경우는 있을 수 없어요."

노인이 고개를 끄덕였다.

"다시 말해 뱀은 맨 처음부터 상자 속에 있었거나 누군가가 가져와서 덤벼들게 했거나 둘 중 하나입니다. 그런데 미리 뱀을 상자에 넣어두는 조작은 불가능합니다. 왜냐하면 이노스케가 분묘를 털겠다고 말한 때는 전날 심야, 아니 동틀 녘이거든요. 그리고 분묘에 올라간 때가 날이 밝은 오전. 사전에 함정을 파놓을 여유가 전혀 없지는 않겠지만 생각하기 어렵겠지요. 애초에 그 사당에는 사람이 들어간 흔적이 없었으니까요. 무립니다."

겐노신이 말했다.

"사당 문은 삼십 몇 년 전에 붙여둔 부적으로 단단히 봉인되어 있었다고 했지요? 문을 연 흔적은 없었던 것이로군요."

"거의 불가능하지요. 부적을 붙인 건 노인장 말씀대로 한참 전일 겁니다. 그리고 이 부적을 뜯은 사람은 이노스케입니다. 시신 손가락에 종잇조각이 남아 있었어요."

겐노신이 가슴을 펴고 대답했다.

"아아, 그렇군요."

노인이 다시 고개를 끄덕였다.

그 동작이 요지로 눈에는 어쩐지 기뻐 보였다.

"사당에는 아무도 들어가지 않았다고요? 게다가 그 사당 안의 구덩이 속에 있던…… 돌 상자라고 했던가요. 그건 틈이 없는 견고한 상자였고요. 뱀이 자력으로 드나드는 건 불가능하겠군요."

"그것도 불가능하지요. 뚜껑은 묵직합니다. 어린아이는 못 들어올릴지도 모릅니다. 아니, 물론 상자 안도 조사했어요. 갈라진 데도 없고 구멍도 없었습니다. 뚜껑이 덮여 있었다면 뱀은 못 들어가지요."

"그 상자에는 못 들어간다는 뜻이겠지요?"

"네. 뚜껑을 들어올리지 않으면 못 들어가니까요. 뱀은 절대 자기 힘으로 마음대로 들어갈 수 없을 겁니다. 그러니까 저는……."

노인은 손을 들었다.

"하지만 겐노신 씨."

"왜 그러십니까?"

"뱀이 상자 안에 있었다고만은 할 수 없을 텐데요."

"아."

겐노신은 입을 벌렸다.

소베와 쇼마도 움직임을 멈췄다.

이건.

"뱀은 사당 안에도 못 들어갑니까?"

"사당은……. 아니, 그게."

"사당 문은 삼십 몇 년 전에 붙인 부적으로 단단히 봉인되어 있었지요. 그러니까 뭐 사람은 못 들어가겠지요. 하지만 설마 뱀 한 마리 못 들어갈 정도로 엄중하게 막아두었던 건…… 아니지 않습니까?"

"네, 아닙니다."

겐노신이 말했다.

"그럼 뱀 정도는 들어갈 수 있지 않겠습니까?"

그야 들어갈 수 있을 것이다.

"그 사당은 확실히 문이 격자로 되어 있고 문 아래위로는 틈이 벌어져 있었지요? 오래되었으니 판자 틈새도 벌어져 있었을 게고, 뱀 같은 종류라면 간단히 들어갈 수 있을 겁니다. 알겠습니까? 상자 속에는 못 들어가도 사당 안에는 뱀이 들어갈 수 있습니다."

맞는 말이다.

"게다가 뱀은 좁은 곳이나 구석을 좋아하는 법입니다. 사당 구석에 있었을지도 모르고 상자 옆이나 뒤쪽 같은 곳에는 틈이 있는 데다 잘 안 보입니다. 그런 곳에 숨어 있었다면 문을 열었을 때는 모를 수도 있습니다. 아니, 밖은 밝아도 사당 안은 어두우니까요. 한쪽 구석에 뱀 한 마리, 이건 모르지 않겠습니까?"

모를 것이다.

"게다가 사람 하나 들어가면 꽉 차는 좁은 공간이니까 사당에는 이렇게 허리를 숙이고 들어가겠지요. 몸을 움직이는 것도 꽤 어려울 테고요. 거기서 묵직한 뚜껑을 열지 않습니까? 곁에 뱀이 있으면 뚜껑을 여는 찰나에 뚜껑에 부딪칠 수도 있을 게고, 그러면."

"덤벼들 수도 있는가……. 오오, 그렇군." 겐노신이 무릎을 쳤다.

"으음, 두 손 들었어." 소베가 이마를 쳤다.

"바, 바보가 아닌가?"

"나는 바보였어." 소베가 말을 이었다.

"희한할 것도 없지 않은가?"

"참으로 그러하네. 우리는 하나같이 엄청난 바보야."

쇼마도 씁쓸하게 말했다.

"어린아이도 알 이치야. 눈이 흐려졌었네."

"아, 아니, 가장 멍청한 건 나야. 이거 참, 나 자신이 어처구니가 없어서 말이 안 나오네. 내가 이런……."

노인이 유쾌하게 웃었다.

"그렇게 비하하실 것 없습니다. 이러니저러니 해도 장소는 뱀 분묘. 거기에 더해 뱀의 지벌이니까요. 게다가 칠십 년 전에 전전대인 이사부로 씨가 상자를 열었을 때 안에 뱀이 들어 있었다는 전설에 휘둘린 것 아니겠습니까."

"맞는 말씀이야. 바로 그렇습니다, 노인장. 아무런 희한할 것도 없는 지당한 일 아닌가? 그래. 딱히."

"바보다, 바보야, 아주 바보야." 겐노신은 자기 머리를 두드리다 갑자기 얼굴을 들더니 노인을 물끄러미 쳐다보았다.

"그렇다고는 해도." 겐노신이 의아한 얼굴로 이렇게 말을 이었다. "노인장, 너무 잘 아시는 것 아닙니까?"

잇파쿠 옹은 다시금 빙긋 웃었다.

"저는 전전대 이름 같은 건 모릅니다. 그걸 어떻게 노인장이 아십니까?"

잇파쿠 옹이 서책을 한 권 더 꺼내서 펼치더니 들어 보였다.

"저는 구메시치 씨가 그 사당을 세웠을 때…… **거기에 있었습니다**."

서책에는 '이케부쿠로무라 뱀 분묘의 지벌에 대해서'라고 쓰여 있었다.

5

후, 어디부터 이야기할까요.

역시 순서대로 하는 편이 알기 쉬울 것도 같습니다.

그러면 전전대인 이사부로 씨 이야기를 할까요. 네.

네, 맞습니다.

칠십 년 전의.

아니, 그건 아닙니다. 네, 아무리 그래도 그건 아니지요. 제가 그 정도 나이는 아닙니다. 네.

그 무렵에는 아직 어린아이였습니다.

네, 그러니까 이건 제가 그곳을 찾아갔을 때 마을 노인들에게 들은 이야기입니다.

허어. 지금은 아무도 모른다고요.

그렇겠지요. 당시 그러니까 삼십 몇 년 전에도 이미 완전히 옛날이야기였으니까요.

네. 옛날이야기입니다.

옛날, 옛날 어느 곳에 이렇게 시작하는.

이사부로 씨라는 사람은 원래는 그 마을 사람이 아니었습니다. 뭐, 흘러든 사람이라고 하면 좋을지, 마을에 훌쩍 찾아온 인물이었던 모양이에요.

네, 부상을 입고 있었다고 합니다.

그걸 쓰카모리 집 사람이 돌봐주었습니다.

네, 그 무렵에는 농민에게 성이 없었지요. 쓰카모리라는 이름을 쓰고 있지는 않았습니다. 네.

구치나와 분묘 저택이라고 불렸을 뿐입니다.

저택은 그 시절부터 컸던 모양입니다. 하지만 유복하지는 않았나 봅니다. 굶어죽느니 마느니 할 정도까지는 아니었지만 뭐 부자도 아니었습니다. 그보다 더 옛날 일은 몰라도 그 무렵에는 그랬습니다.

그런데 이사부로 씨를 돕고부터 가운이 부쩍부쩍 좋아졌답니다.

네, 나쁜 소문이 퍼졌지요.

곧잘 있는 이야기입니다.

이사부로라는 사내는 뱀이라고.

구치나와 분묘 저택 사람들은 뱀의 혈통이라고.

혈통……. 씐 혈통이라는 말입니다.

뱀이 들린 혈통의 집에 뱀이 들어갔으니 마을의 부를 가로채는 거라고.

뭐, 이런 소문이 퍼졌습니다.

네.

어쩌면 이건 그 이전부터 있었던 말인지도 모르지요. 뱀이 들린 혈통, 뱀 들림이라는 건 꽤 여기저기에 있습니다.

하지만 씐 혈통이라는 건 어떤 의미에서는 차별 대우를 받기도 하지만 단순한 멸시는 아닙니다.

가난할 경우에는 그다지 문제가 되지 않는 모양이에요.

네, 맞습니다.

갑자기 유복해졌으니까.

왜 유복해졌나.

거기까지는 모릅니다. 애당초 이사부로 씨가 큰돈을 가지고 있었다는 뜬소문도 물론 있었던 모양입니다.

네, 이사부로 씨가 뱀신의 심부름꾼이라는 뜬소문도 있었습니다. 뭐, 그런 소문이 났을 정도이니까 이사부로 씨는 구치나와 분묘 저택에 자리 잡고 살았겠지요.

네.

다친 곳을 보양하는 사이에 말입니다.

딸과 사랑하는 사이가 되었습니다.

그리고 이사지 씨가 들어선 건데요.

그래서.

네, 그래서 말입니다. 아이도 생겼으니 바야흐로 정착할 마음이 생긴 겁니다. 이사부로 씨는.

네?

아아, 당연하다고요.

그렇겠지요.

네, 뭐 그게 보통이겠지요. 부상당한 걸 구해준 은혜도 있고요. 부모님 생각도 있었을 테고, 좋아하는 여자에게 아이가 생겼는데 잘 있으라고 떠나는 남자도 없을 겁니다.

이렇게 되고 보니.

네. 나쁜 소문이 신경 쓰이겠지요.

아이 문제도 있고요. 마을에서 백안시되는 상황은 탐탁찮지요.

그래서.

네, 이사부로 씨는 열심히 일했다고 합니다.

일심불란 마을을 위해 애썼답니다. 사람들이 아무리 미워하고 싫어해도 아주 열심히 일했습니다.

나는 이 집에 은혜를 입었다, 나아가서는 이 마을에 은혜를 입었다, 여기에 뼈를 묻을 작정이다. 이렇게 말했다던가.

그래서 상황은 꽤 좋아졌습니다.

그래도 마을 전체의 신용을 얻는 건 어렵습니다.

네, 쇼마 씨가 곧잘 말씀하시지 않습니까. 구폐가 어쩌니, 인습이 어쩌니. 네네. 그런 게 없지는 않습니다. 있겠지요.

그러던 중에 있었던 일이라고 생각해주세요.

마을에서 사람이 죽었습니다.

왜 죽었는지는 모릅니다.

누가 어떻게 죽었는지도 모르고요.

네.

상상하신 대로입니다. 뱀 저택 놈들이 잡아 죽였을 것이다, 이런 풍문이 퍼졌습니다. 네, 나쁜 소문은 발이 빠릅니다. 단숨에 퍼지지요.

모처럼 좋아지고 있던 상황이 눈 깜빡할 사이에 나빠진 셈입니다.

지금 생각하면 유행병이었을까요.

몇 사람이 죽었나 봅니다.

수습이 안 될 지경이었습니다.

어느 달 밝은 밤이었다고 합니다.

마을 사람 여럿이 구치나와 분묘 저택에 쳐들어 왔습니다.

네, 어리석은 일이에요.

어린아이도 있고 하니 이사부로 씨도 난처했겠지요.

글쎄, 아무리 부정해도 믿어주지를 않습니다.

나는 뱀이 아니고 뱀신의 심부름꾼도 아니다. 구치나와 분묘 저택 사람들도 뱀 들린 혈통이 아니다. 뭐 이렇게 말했지요. 그러고 나서.

구치나와 분묘는 이 마을 전체를 수호하는 분묘이고, 구치나와 분묘 저택 사람은 그 분묘를 지키는 사람, 즉 쓰카모리(塚守)라고 설명했어요.

네, 저택 사람들은 그렇게 믿었던 모양입니다.

물론 곧바로 믿어주지는 않지요.

저 분묘는 뱀을 봉인하여 지벌을 내리는 분묘이지 마을을 지키는 분묘가 아니다. 뭐 이렇게 나옵니다. 더욱이 뱀 저택 놈들은 이 지벌을 내리는 분묘에 있는 뱀을 써서 마을의 부를 가로챈 것도 모자라 지벌로 사람을 죽이고 있지 않느냐 하면서요.

네, 강경한 사람이란 항상 있지요.

뭐, 입씨름이 벌어집니다.

그러다 보면 주먹을 쓰는 사람도 나옵니다. 아이도 있으니까 이사부로 씨도 필사적이지요. 하지만 적은 쪽이 많은 쪽을 당할 수는 없는 법인 데다 심지어 이사부로 씨는 혼자이니까요.

네, 나머지는 노인과 아녀자이지요.

이사부로 씨는 뒤쪽으로 몰립니다.

네, 분묘로요.

내몰린 거지요.

마을 사람들은 분묘를 에워쌌습니다. 이사부로 씨는 분묘에 올라갈 수밖에 없지요. 마을 사람들은 지벌을 내리는 분묘이니까 올라가지는 않습니다. 주위를 이렇게 빙 둘러싸듯 서 있습니다. 이사부로 씨는 꼭대기에서 오도 가도 못합니다.

네.

이사부로 씨는 분묘 위에서.

이렇게 사방을 딱 노려보고 있었답니다.

네, 제게 이야기를 들려준 노인 중에는 그 자리에 있었던 분도 계셨습니다. 똑똑히 기억한다고 하시더군요. 네, 어리석은 짓을 했다며 후회하고 있었습니다.

머잖아 마을 사람들은 이사부로 씨의 부인과 아이를 데리고 나와서 내려오라고 위협했습니다.

네, 이쯤 되니 이사부로 씨도 화가 났습니다.

그리고 분묘 위에서 이렇게 외쳤답니다.

기필코 내가 뱀이라고 주장한다면
이 분묘에 손을 대도 내게는 지벌이 내리지 않을 것이다.
너희가 죄 없는 처자식에게 손을 댄다면
지금 이 분묘를 파헤쳐서 뱀을 풀어놓고
너희를 저주하겠다.

그리고.

이사부로 씨는 꼭대기에 있는 구덩이 속에 손을 집어넣었습니다.

그 돌 상자의 뚜껑을 열었지요.

네.

뱀이다, 하는 목소리가 들렸다고 합니다.

정말로 뱀이 있었다고.

놀랐겠지요. 이사부로 씨도 설마 뱀 분묘 꼭대기에 있는 구덩이 속에 그것도 거기 들어 있는 돌 상자 안에 정말로 뱀이 있으리라고는 생각도 못했을 겁니다.

네.

달빛을 받아 또렷하게 보였다고 합니다.

뱀에 목덜미를 물린 이사부로 씨가 괴로움에 몸부림치는 모습이 말입니다.

단말마라고 하나요.

이사부로 씨는 외쳤습니다.

뱀아.

네가 만일 정말로 지벌을 내리는 신이라면.

분묘를 지키는 집에 위해를 끼칠 일은 하지 마라.

나를 산 제물 삼아 이 마을을 지켜라.

내 처자식을 지켜라.

네, 마지막 외침이었습니다.

그리고 이사부로 씨는 마지막 남은 힘을 짜내어 뱀을 떼어 낸 뒤 원래 있던 상자 속에 밀어넣고는 다시 뚜껑을 닫았다고 합니다.

네.

이사부로 씨는 거기서 힘이 다해 분묘에서 굴러떨어졌습니다.

숨이 끊어져 있었답니다.

그렇지요.

이렇게 되면 이야기가 달라지지 않습니까? 네, 다르지요. 그도 그렇지 않습니까. 이사부로 씨가 뱀신의 심부름꾼이라면 뱀에 물릴 리 없으니까요. 어찌 되었든 물려서 죽어버렸으니까 눈속임 같은 게 아닙니다. 이사부로는 뱀도 아니고 뱀신의 심부름꾼도 아닙니다.

게다가.

분묘에는 정말로 뱀이 있었어요.

마을 사람들 전부가 봤습니다. 뱀을.

분묘의 지벌은 진짜였다. 이렇게 되겠지요.

그리고 그 분묘로 자신들이 몰아넣은 죄 없는 사내가 자신의 목숨을 걸고 소원을 빌었습니다. 이리 되면 내버려둘 수 없지요.

네.

마을 사람들은 뱀 저택 사람들에게 사죄했습니다.

뭐, 아무리 사죄한다고 해도 모자랐겠지만요.

이사부로 씨의 장례를 성대하게 치르고 자신들이 틀렸음을 알렸습니다. 앞으로는 마을에서 따돌리지도 않고 색안경을 끼고 보지도 않겠다고 굳게 약속했지요. 뿐만 아니라 구치나와 분묘는 마을을 지켜주는 분묘로 다루겠다고 결정했습니다.

이게 칠십 년쯤 전에 일어난 일입니다.

네.

네, 그때도 뱀은 있었습니다. 있기는 있었습니다.

다만 잘 생각해보십시오.

확실히 마을 사람들은 모두 이사부로 씨 목을 문 뱀을 봤습니다. 하지만 상자 안에 뱀이 있는 것을 본 사람은 없습니다.

안에 뱀이 있었다는 이사부로 씨의 말을 믿었을 뿐이지요. 네. 그런 이사부로 씨는 또 어땠을까요. 뭐, 세상을 떠나버렸으니 아무도 진위 여부를 확인할 수 없었지만 말이에요.

당시에는 분묘 위에 사당은 없었습니다. 구덩이만 있었어요. 게다가 달밤이라고는 해도 밤은 밤이지요. 풀도 나지 않은 분묘 위라고는 해도 뱀 한 마리쯤 어디 섞여 있은들 모를 것도 같습니다.

네, 그때도 정말로 상자 안에 있었는지는 의심스럽다고 저는 생각하지요.

네.

알 수 없습니다. 진상은.

아, 그건.

잘 이야기하지는 않겠지요. 어쨌든 옛날 일이라고는 하지만 당사자가 아직 살아있으니까요. 아드님인 이사지 씨도 있고요. 금기라기보다는 조심한 거라고 할까요. 뭐, 주제넘을 테니까요.

말을 하지 않으면 언젠가는 잊히겠지요.

네.

제가 갔을 때에는 그래도 아직 산증인도 몇 있었으니까요. 세월도 그렇게 흐르지 않았으니 도리어 이야기하기 쉬웠을 겁니다.

그래서 들을 수 있었던 이야기입니다.

네.

이사지 씨도 돌아가셨으니까.

그렇습니다.

저는 이사지 씨가 돌아가신 뒤에 그곳을 찾았습니다. 아니, 그보다 이사지 씨가 숨을 거두었기 때문에 저는 그곳에 갔습니다.

네.

뱀의 저주로 사람이 죽었다고 하니까요.

네, 그 무렵 저는 호사꾼이었거든요. 수상쩍은 이야기를 들으면 어디든 갔습니다. 네, 그런 민폐가 없지요. 몰상식한 이야기이기도 했을 겁니다.

네.

그 뒤로 저는 에도에서 한 발짝도 나가지 않게 되었으니까요. 네. 왜냐고요? 왜일까요. 그 시절에는 아직 마음이 둥둥 떠 있었나 봅니다.

소문을 듣자마자 갔습니다.

소문은 말이지요. 네. 뱀의 지벌이다, 저주다, 하는 것이었습니다.

이사지 씨는 그러니까.

분묘를 파헤치려고 했습니다.

네. 이 이야기는 구메시치 씨에게 직접 들었습니다.

구메시치 씨는 이사부로 씨가 세상을 떠난 뒤에 데릴사위로 들어간 젠키치 씨라는 분의 아드님입니다. 아비가 다른 형제라고 할까요. 젠키치 씨라는 분은 벌써 세상을 떠난 뒤였습니다. 젠키치 씨의 아내, 그러니까 구메시치 씨의 어머니이지요. 그분도 지난해에 돌아가셨고요.

그때 이사지 씨는 서른대여섯쯤 되었을 겁니다.

구메시치 씨는 서른쯤이었을까요.

네, 아까도 말씀드렸듯 그 무렵에는 이미 옛날에 일어난 사건에 대해 말하는 사람은 없었습니다.

제가 이것저것 캐묻고 다니기 전에는 분묘 유래도 잘 모른다는 느낌이었어요.

구메시치 씨 이야기는 이랬습니다.

네, 어느 날.

스님이 찾아왔다고 합니다.

그러고는 이사지 씨에게 이것저것 질문을 했답니다. 무엇을 물었는지는 구메시치 씨는 몰랐던 모양이지만요.

뱀이 어쩌고 하는 이야기는 들었다던가.

뱀입니다.

네. **상처 입은** 뱀이 어쨌느니.

상처 입은 뱀 말입니다.

그 부분만 들렸답니다.

네. 스님이라고는 하지만 외양으로 보건대 아무래도 머리를 기른 탁발승이었던 모양입니다. 그러니까 정말로 승적이 있는 사람인지 어떤지는 수상쩍지만요.

사실 뭔지 모르게 음산한 느낌이었답니다.

네.

그 뒤로 이사지 씨는 당시에 있었던 일이나 자신이 태어난 뒤에 있었던 일을 마을 사람들에게 이리저리 물어보고 다녔나 봅니다. 외지인인 저 같은 사람이 비교적 간단히 이야기를 들을 수 있었던 것도 이사지 씨가 먼저 물어보고 다녔기 때문인지 모르지요.

두 번째는 이야기하기가 좀 쉽지 않습니까.

네. 이사지 씨에게는 말하기 힘든 일이었으리라고 생각하지만요.

마을 사람들에게는 켕기는 느낌이 있지 않습니까? 이사지 씨의 아버지를 죽음으로 몰았으니까요. 하지만 뭐, 이사지 씨도 당사자이니까요. 아버지가 어떻게 죽었는지를 가르쳐달라고 하면 마을 사람들도 끝까지 숨길 수는 없지요.

네.

그 직후인 모양입니다.

이사지 씨는 분묘를 파헤치겠다는 말을 꺼냈습니다. 집안사람들은 만류했다고 해요. 하지만 어쩐지 눈빛이 달랐다고 구메시치 씨는 말하더군요.

어쩐지 비장한 느낌이었다고요.

네. 그 이노스케 씨 말입니까, 얼마 전에 돌아가셨다는? 아직 어린 아이였습니다. 아버지가 돌아가신 것도 잘 이해 못 한 모양이에요.

오히려 배우자인 오사토 씨라고 했나, 그분이 가여웠습니다. 그렇게나 말렸는데 하면서.

우셨습니다.

글쎄, 이사지 씨는 뭔가에 씐 사람처럼 변했다던가. 그래도 분묘를 파헤치지 않으면 안 되는 의미를 알 수 없지 않습니까? 이유가 짐작이 가지 않는 겁니다.

네, 모릅니다.

무슨 일이 있었을까요?

딱히 마을에 재앙이 있었던 것도 아닙니다.

그때까지만 해도 평화로웠습니다.

분묘는 말이지요, 그 무렵에는 사당 같은 건 없고 그렇지, 주위에 이렇게 금줄을 둘러놓았던 것 같습니다.

아, 제가 여기에 그림을 그려두었군요.

서툰 그림이기는 하지만요.

이런 느낌이었습니다.

맞습니다.

겐노신 씨 말대로 결국 분묘는 파헤쳐지지 않았습니다.

이사지 씨는 어느 날 밤 집을 빠져나간 모양이에요. 아침이 되어 모습이 보이지 않기에 마을 사람들이 총출동하여 찾아봤더니 근처 늪가에서 죽어 있었다고 합니다.

아아.

그렇지요. 뱀에 물렸다, 뭐 이런 이야기이기는 했는데 저는 시신을 보지 않아서 뭐라 말할 수는 없네요.

왜 마을 사람들이 뱀이라고 생각했냐고요.

아무래도 눈에 띄는 외상이 없었던 모양입니다. 칼에 베이거나 목이 졸린 흔적도 없고요. 얻어맞은 자국도 없었다고 합니다. 누군가와 싸운 것 같지도 않았고요.

그저 팔 위쪽에 이빨로 깨문 듯한 작은 상처가 있었답니다. 그래서 뱀일 거라고.

네.

오사토 씨요?

그렇습니다. 오사토 씨도 그 뒤에…….

네. 오사토 씨는 제가 머물던 동안 세상을 떠났습니다. 그 시신은 이 눈으로 보았지요. 조문도 했으니까요. 네, 애처로운 일이라고 생각했습니다. 조그만 아이가, 이노스케 씨가 가여웠지요.

뭐, 이사지 씨 경우에는 지벌이라고 해도 그나마 수긍이 가지요. 어찌 되었든 지벌을 내리는 분묘를 파헤치겠다는 불손한 소리를 했으니까요. 하지만 오사토 씨 경우에는 그의 아내일 뿐이지 않습니까? 이건 석연치 않습니다.

오사토 씨가 어디서 돌아가셨냐고요.

역시 늪가였습니다.

언제 없어졌는지, 왜 집을 빠져 나갔는지 전혀 알 수 없었습니다.

네, 저는 구메시치 씨의 호의에 기대어 쓰카모리 저택에서 신세를 지고 있었거든요. 뻔뻔하기 짝이 없지요.

아, 오사토 씨도 이렇게 목덜미 쪽에 물린 자국 같은 게 있었습니다.

그건 봤어요.

네.

이렇게 되면 이치고 뭐고 없지요. 분묘의 지벌이라고들 믿어 의심치 않게 되었습니다.

이대로 두었다가는 이노스케 씨에게도 불똥이 튄다.

구메시치 씨는 형님 아들이기는 해도 이노스케 씨를 예뻐했습니다.

네. 모를 노릇입니다.

귀여운 아이였고, 그런 난봉꾼으로 자라리라고는 누구도 생각 못 했을 겁니다.

그렇습니다. 뭐, 아까도 말씀드렸다시피 지벌이라는 건 요컨대 우연 같지 않은 우연에 우연이 아닌 다른 이유를 붙이는 형태로 성립합니다.

네. 불행한 우연이에요.

이사지 씨도, 오사토 씨도.

이사지 씨가 분묘를 파헤치고 싶어했던 이유만은 잘 이해가 안 되지만요.

네.

어떻게든 손을 써야겠다고 생각하게 되지요.

저는 그렇지 않아도 어수선할 때 불쑥 찾아와서 무례한 질문을 하고 다닌 것도 모자라 신세까지 지고 있는 은혜가 있지 않습니까? 그래서요, 네.

에도에서 행자를 불렀습니다.

옳지, 명답입니다. 제가 불러들인 사람은 예의 부적팔이 어행사, 모사꾼 마타이치 씨였습니다.

그렇지요. 몇 번이나 이야기했지만 이 사람은 신심이 없어서 그렇지 영험한 것은 분명하니까요.

마타이치 씨는 바로 왔습니다.

그리고 분묘 위에 사당을 세우라고 권했습니다.

그렇지요. 그 사당은 마타이치 씨와 아니, 반쯤은 제가 세운 것이나 매한가지예요. 에도에서 목수를 불러오고 사당은 눈 깜빡할 사이에 완성되었습니다. 그래 마타이치 씨는 마을 사람 전원을 불러 모아서 뭔가 진혼 같은 걸 하고…….

그리고 사당에 그 부적을, 온갖 마를 불태워버린다는 다라니 부적을 붙였습니다.

그걸 붙인 사람은 마타이치 씨, 그 사람입니다.

네. 앞으로 매일 빠짐없이 제주와 등명을 올리라고 구메시치 씨에게 전한 사람도 마타이치 씨입니다.

지벌은…… 딱 그쳤습니다.

6

"이번에는 별로 도움이 못 되었군요." 잇파쿠 옹이 머리를 긁었다.

"어째 빗나간 이야기만 드린 것 같아 죄송스럽네요."

"그렇지 않습니다." 먼저 머리를 숙인 사람은 겐노신이었다.

"정말이지 눈이 흐려졌다고밖에 생각할 수 없어요. 영감님 이야기를 듣지 않았다면 본관은 죄 없는 자를 의심하고 있었을지도 모릅니다. 경우에 따라서는 선량한 시민을 포박해서 무익한 수사를 계속했을지도 몰라요. 미연에 깨닫기는 했지만 이래서야 정말 도쿄 경시청 일등 순사라는 직함이 울겠습니다. 이리 간단한 걸 모르다니……."

"그런 말 말게나, 겐노신. 부끄러워해야 하는 건 나도 마찬가지네."

이어서 소베가 송구해했다.

"아니, 노인장, 사실 나도 부끄럽습니다. 각오를 단단히 하고 사물을 똑바로 지켜봤다면 이런 사건의 진상은 앉아서 갈파할 수 있었을 것을. 어허 참, 아직도 수행이 한참 부족합니다. 그럴 필요도 없는 일에 우왕좌왕하느라 진실한 모습을 못 보았습니다."

노인은 웃었다.

"진상인지 아닌지는 아직 모릅니다."

"아니, 달리 생각할 여지가 없습니다. 제 생각에 진상은 드러났습니다." 쇼마가 받았다.

"호오" 하고 노인이 입을 동그랗게 벌렸다.

쇼마는 계속했다.

"겐노신과 소베와 요지로, 그리고 저는 어리석음이라는 애로에 빠져 있었습니다. 합리적으로 사유하고 사고한다면 반드시 한 가지 결론에 도달합니다. 생각할 필요도 없어요."

"생각할 필요도 없다……."

"그렇지 않나, 겐노신."

"그렇지. 아까 영감님이 한 말씀대로야." 겐노신이 말했다.

"뱀은 사당 안에 기어들어 가서 어딘가에 숨어 있었던 겁니다. 그냥 그뿐입니다."

겐노신은 두 손을 무릎에 얹고 고개를 숙였다. 어째 좀 풀이 죽어 보였다.

잇파쿠 옹이 눈을 가늘게 뜨고 그 모습을 살폈다.

"요컨대 여러분은 이번 일은 누군가가 **꾸민 게 아니라**고 생각하시는 거로군요."

"그 말씀대로 인위적인 일은 아니네요. 아까 겐노신과 노인장이 주고받는 문답을 들으며 저는 그 사실을 깨달았습니다. 이건 살인사건이 아니에요. 그럴 수 없습니다."

쇼마가 말했다.

"왜……입니까?"

"아니, 아까 겐노신이 이렇게 말했어요. 이노스케가 분묘를 파헤치려고 작심한 건 한밤중이 아니라 동틀 녘이었다고. 그렇지, 겐노신?"
"그렇고말고."
겐노신이 대답했다.
"그러면 역시 명백합니다. 즉 이노스케 이야기를 듣고 있던 추종자들이 아니고서야 분묘를 파헤치려는 계획을 알 방법이 없습니다. 설사 누군가가 몰래 엿듣고 있었다 해도 그 뒤로 독사를 잡아와서 한 발 먼저 사당에 넣어두기는 어려워요. 아니, 그게 가능했다 해도 마찬가지입니다. 가령 그 돌 상자 속에 넣어두면 또 몰라도 그저 사당 안에 던져넣는 것만으로는 안심이 안 됩니다. 왜냐하면 이노스케가 오기 전에 뱀이 달아날 수도 있으니까요. 아니, 달아나지는 않더라도 뱀이 물지 안 물지는 전혀 모릅니다. 이건 살인 계획으로는 너무 허술해요."
"불확정 요소가 너무 많다?"
"그렇습니다." 쇼마가 몸을 앞으로 내밀었다. "만일 제가 범인이고 독사를 살인 도구로 쓰자고 생각했다면, 그때는 먼저 부적을 떼고 사당에 들어가서 반드시 상자 속에 넣어두겠지요. 부적이 붙어 있다는 걸 이노스케는 모릅니다. 뜯겨 있다 해서 지장은 없지요. 아니, 오히려 뜯어두는 편이 끌어들이기 쉽습니다."
"뭐, 그렇겠지요."
잇파쿠 옹이 말했다.
"아무래도 이노스케 씨는 그곳이 보물을 숨겨둔 장소라고 생각했던 모양이니까요. 구메시치 씨가 거기서 재산을 꺼내 오는 거라고 착각하지 않았습니까? 그렇다면 출입이 전혀 없는 건 되레 부자연스럽지요."

"그렇고말고요. 게다가 만일 어떤 수단을 써서 뱀을 상자에 넣었다고 해도, 이건 도박이지 않습니까. 뱀이 돌 상자에 들어 있다고 해서 뚜껑을 연 사람을 반드시 문다고 단언할 수는 없고, 문다고 해서 물린 사람이 죽을지 어떨지는 모르는 일이니까요."

쇼마가 이어서 말했다.

"그렇지" 하고 겐노신은 고개를 숙였다.

"뱀을 흉기로 쓸 생각이면 역시 처음에 겐노신이 생각했듯이 직접 목덜미에 가져가는 것이 가장 확실하겠지요. 하지만…… 생각해보면 이것도 불가능하다……. 이 말이지, 쇼마?"

"그 말이지."

"불가능할까요?"

노인이 물었다.

"불가능합니다. 추종자들은 줄곧 이노스케와 함께 있었지 않습니까? 그러면 놈들에게 뱀을 조달할 시간은 없어요."

쇼마가 단언했다.

"그렇군, 알겠어. 이 서양 물 든 친구가 말하는 합리니 뭐니 하는 것도 제법 효력이 있군. 아무리 생각해도 이건 사고야."

소베가 말했다.

"사고라기보다는 지벌……이겠지."

겐노신이 숙연하게 말했다.

요지로도 그렇게 생각한다.

"확실히 이노스케가 뱀에 물린 건 우연히 일어난 사고겠지. 하지만 말이네……."

겐노신은 일단 입술을 깨물었다.

"지금 영감님이 해주신 이야기를 듣는 동안 나는 생각을 바꾸었네. 생각을 해보게. 죽은 이노스케의 아버지 이사지도, 어머니 오사토도, 그리고 조부인 이사부로까지 그 분묘와 관련되어 결과적으로 뱀에 물려 죽었어."

그런 이야기가 될 것이다.

하지만 이는 누구의 의지도 아니다.

이사부로도, 이사지와 오사토도, 그리고 이노스케도 아무런 맥락 없이 다양한 국면 속에서 저마다의 사정으로 인해 죽었다. 하지만 시간 간격을 두고 일어난 이 몇 가지 죽음을 하나로 묶는 것은 뱀이다.

부자 삼대의 죽음 그 중심에는 시간을 초월한 지벌의 분묘가 자리하고 있다.

그래도.

이건 우연이다.

우연이지만…….

"각각은 우연일지도 모르지만 너무도 많은 우연이 겹쳐 있습니다. 부자 삼대가 전부 같은 사인으로 죽다니 예사로운 일이 아니에요. 이걸 지벌이라 하지 않으면 무얼 지벌이라 하겠습니까."

겐노신이 말했다.

요지로도 그렇게 생각한다.

잇파쿠 옹의 말을 빌리자면 이런 것을 지벌이라고 생각하는 문화 속에서 요지로도 살고 있다. 이렇게 말할 수 있을까?

"지벌이라고 하면 되겠습니까?"

노인이 말했다.

"되겠냐는 말씀은?"

"아니. 정말로 지벌이라고 정리해도 될까요. 쇼마 씨는 미신이라 하실 테고, 소베 씨는 허황되다고 하겠지요. 겐노신 씨는 이래서야 조서를 쓸 수 없다고 하실 것 아닙니까?"

"아니, 아니." 겐노신이 고개를 저었다.

"오늘만큼은 이놈들이 그런 소리를 하게 두지 않을 겁니다. 아니, 안 하겠지요. 이렇게라도 생각하지 않으면…… 어째 까닭 없이 슬퍼집니다. 이노스케가 사람의 도리를 잃어버린 것도, 이사지가 발광한 것도, 그리고 이사부로가 분묘 위에서 원통하게 죽을 수밖에 없었던 것도, 전부가 어째서인지 무척 슬퍼집니다."

그 기분은 이해가 된다.

슬프다기보다는 허무하다.

지벌이라면 포기라도 되지 않을까.

과연. 지벌이란 무턱대고 무섭거나 맞서기 힘든 신비한 무언가가 아니라 그저 사람으로서는 **어찌할 수 없는 일**을 무조건적으로 견디기 위해 마련된 것인가, 하고 요지로는 생각했다.

물론 확증도 없고 논거도 없다.

인상이라고나 할까, 기분이기는 하다.

하지만 누구 탓도 아니다. 그렇기에 어찌할 수도 없다. 피할 수도 없고 다시 할 수도 없다. 되돌릴 수도 없고 이유가 없는 만큼 후회할 수도 없다.

이대로는 슬프다. 허무하다.

그러니까.

"그렇군요."

노인은 아득히 먼 곳을 내다보는 듯한 얼굴로 마당에 핀 수국을 바라보았다.

요지로도 눈길을 주었다.

사요의 모습은 벌써 보이지 않는다.

해 질 녘의 다갈색 빛이 수국의 선명함을 녹인다.

동그란 창문에서.

갑자기 바람이 불어 들어오더니

짤랑.

풍경이 울렸다.

"신기한 이야기입니다."

노인이 이렇게 말했다.

"신기합니까?"

요지로가 물었다.

"신기하지 않습니까? 문명개화의 세상에 그렇지, 아까 겐노신 씨가 말씀하셨지만 기관차가 달리고 가스등이 밤을 밝히는 세상에 지벌이라니요."

"안 됩니까?"

"아니, 아니." 노인이 비썩 마른 목덜미를 떨었다. "그런 게 아닙니다. 그런 세상이 되어도 지벌이라는 그야말로 케케묵은 장치가, 케케묵은 문화가 아직 유효하다는 사실이 어쩐지 신기하다는 생각이 들었을 뿐입니다. 살아있었군요."

노인이 의미를 알 수 없는 말을 했다.

"살아있었다는…… 말씀은?"

"지벌이 **살아있었다**……는 뜻입니다."

지벌이…….

"살아있었다?"
마음에 걸리는 말이다.
요지로는 이렇게 생각했다.
"설마 아직……."
노인은 이렇게 말하고 무척 유쾌하다는 듯이 온 얼굴에 주름을 만들며 미소를 지었다.
"설마, 뭡니까?"
"아니, 아니, 죄송합니다. 어찌 되었든 사람이 하나 죽었는데 웃다니 사려 깊지 못했습니다. 그저…… 어쩐지 저는 오랜만에 그리운 사람과 만난 듯한 느낌이 들어서요."
"그리운 사람……이요?"
"네. 늙은이의 혼잣말이니까 신경 쓰지 마십시오." 잇파쿠 옹은 서책을 탁 덮었다.
"그렇지" 하고 겐노신이 얼굴을 들었다. "그건 그렇다 치고…… 본관도 이번에는 신기한 기분이 드는 일이 하나 있었습니다."
"뭡니까?"
노인이 눈을 크게 떴다.
"아니, 이건 노인장 이야기를 듣고 나서, 아아 그렇구나 싶었던 일인데요. 아니, 본관이 검분한 그 부적, 그건 노인장 이야기에 몇 번씩 등장한 그 마타이치 씨가 붙인 것이 되는군요."
겐노신은 "하아" 하고 숨을 내쉬며 제 손을 들여다봤다.
요지로도 그 기분은 이해가 되었다.
마치 옛날이야기 속 등장인물을 길에서 만난 듯한 묘한 감각이다.
마타이치라는 인물은 실제로 이 세상에 있었다는 뜻이리라. 잇파쿠 옹을 의심한 것은 아니지만 요지로조차 마음 한편에서는 실재하는 인물이라고 생각하지 않았다.

잇파쿠 옹은 기분 좋게 식은 차를 마셨다.

또다시 짤랑, 하고 풍경이 울렸다.

7

그 며칠 뒤 일이다.

잇파쿠 옹 그러니까 야마오카 모모스케가 툇마루에서 저녁 바람을 쐬고 있던 참에 차가운 차를 가지고 온 사요가 장난을 좋아하는 소녀 같은 얼굴로 말했다.

"지벌……이라고 소식 판에 나와 있었어요."

"소식 판에?"

"신문이라고 하던가." 사요가 말했다. "분명 이케부쿠로무라의 괴사건, 지벌이 내린다고 전해지는 뱀 분묘에서 뱀에 물리다……였나. 이노스케 씨의 악행이나 과거에 일어난 사건에 대해서는 아무것도 쓰여 있지 않았지만요. 요컨대 사고사이지만 지벌이라 볼 수도 있다는 식으로 썼던데요."

"아아, 그렇습니까." 모모스케는 차를 홀짝였다.

"그렇습니까가 아니잖아요." 사요는 이렇게 말하고 모모스케 옆에 앉았다.

"뭐가요?"

“아이 참, 모른 척하지 마세요.”

“모른 척하다니?”

“너무하시네. 저를 누구라고 생각하시는 거예요? 모모스케 씨도 거짓말만 그렇게 늘어놓다가는 아무리 나이가 많다고 해도 입이 돌아갈 걸요.”

“거짓말이라니 무슨 소릴까요?”

“거짓말이 거짓말이지요. 좋은 거짓말도 거짓말은 거짓말. 저까지 속일 필요는 없잖아요. 사실을 가르쳐주세요.”

사요가 말했다.

“사실……이라.”

모모스케는 제법 어둑해진 저녁 하늘을 올려다보았다.

그날.

모모스케는 처음으로 마타이치에게 일을 의뢰했다.

이대로는 아이도 살해당한다.

이렇게 생각했기 때문이다.

오사토의 시체를 봤을 때.

그게 뱀에 물린 시체가 아니라는 사실을 모모스케는 분명히 알았다.

명백한 독살이었다.

게다가 죽인 사람은 보통 사람이 아니다. 독은 특수한 흉기로 주입되었다. 언뜻 보면…… 뱀에 물린 것으로 보인다.

하지만.

물린 상처는 오사토의 목덜미에 있었다. 야외에 드러누워 있지 않은 다음에야 그런 곳을 그런 각도로 무는 뱀은 없을 것이다. 뒤에서 슬며시 다가갔거나 혹은 바로 앞에 서서 끌어안듯이 찔렀거나.

상처 모양도, 피부가 변색된 상태도, 독사에 물린 것과는 달랐다. 그렇다면 얼마 전에 죽은 이사지 또한…….

살해당했다는 뜻이다.

모모스케는 이렇게 판단했다.

그렇다면.

다음은 어린 이노스케인가? 동생인 구메시치인가?

오사토의 장례가 끝나기 전에 마타이치는 모모스케 앞에 나타났다.

"선생이 부르신다면 하던 일도 팽개치고 뛰어 와야지요" 하고 마타이치가 말했다.

그간의 사정을 이야기하자 마타이치는 금세 알아들은 듯했다. 그러고 나서 잠시 궁리하더니 그 자리에서.

그 자리에서 그 장치를 준비했다.

"장치……였군요."

사요가 말했다.

"장치……였습니다. 그 사당이."

"어떤 장치예요?"

"그건 말이지요."

뱀을 불러들이는 함정입니다.

마타이치는 이렇게 말했다.

독으로 독을 다스린다는 그거지요.

상처 입은 뱀은 집념이 강하다는 이야깁니다.

"뱀은 음지에서 태어나 음기를 좋아하기 때문에 집념이 강합니다. 따라서 상처를 입히고 완전히 죽이지 않으면 반드시 원수를 갚으러 오는 법. 마타이치 씨는 이런 말로 마을 사람들에게 지벌의 정체를 설명했지요."

"그게…… 어째서 설명이 되나요?"

사요가 의아한 얼굴을 했다.

"어떻게 설명할까요……."

모모스케는 마타이치의 말을 반복했다.

먼 옛날 일이지만 왠지 선명하게 떠올랐다.

뱀은 고릿적부터 집념의 화신이다.

수풀에 몰아넣어서 치는 이 있으면 그 눈 속에 독기를 불어넣어 병에 걸리게 한다.

머리를 쳐서 떨어뜨리는 이 있으면 솥에 뛰어들어서 식중독으로 고생시킨다.

이 모두는 그 숨통을 끊어놓지 않기 때문에 일어나는 일.

뱀은 사람에게 염(念)을 남기는 까닭이니 이에 응해서 오게 마련이다.

이것만큼은 도리를 아는 이조차도 끊을 수 없다.

뱀뿐 아니라 모든 악한 염이 자기로부터 나올 때는 그 슬픔이 자기에게 돌아올 수밖에 없음을 알아야 한다.

"이사부로 씨가 뱀에 물렸을 때 자기 목에서 뱀을 떼어 내어 다시 돌 상자에 밀어넣고 뚜껑을 덮었다, 그때 뱀은 몸이 끼는 바람에 상처를 입었다고 마타이치 씨는 설명했습니다. 그 뒤로 줄곧 뱀은 몸이 낀 채 구해주는 사람도 없고 숨을 확실히 끊어주는 이도 없는 상태에서 삼십 몇 년을 보냈다. 뭐 이렇게 말한 거지요."

"수호신이 된 게 아니었다는 거군요."

"아니, 뱀은 이사부로 씨가 남긴 뜻을 이어받아 마을을 지켜주기는 했습니다. 하지만 자기를 반쯤 죽인 원한만은 잊지 않았다. 이런 뜻입니다."

"어머나." 사요가 한층 더 의아한 얼굴을 했다.

"어쩐지 이치에 맞지 않는 듯한 느낌이 드는데요."

사요는 약간 옆으로 늘어졌다.

"네, 네." 모모스케가 웃었다.

모모스케도 그때는 그렇게 생각했다.

하지만 처음부터 도리가 통하지 않는다고 하면 반박할 말이 없다. 뱀은 마을을 수호하면서도 이사부로를 원망했다고 그 어행사는 말했던 것이다.

"뱀의 성질은 칠대를 벌하는 것. 분묘의 뱀은 이사부로 씨의 외아들인 이사지 씨에게 아들이 생기는 것을 기다리고, 이사지 씨가 이사부로 씨와 같은 나이가 될 때까지 기다려서 지벌을 내려 죽였다. 뭐, 이렇게 설명했습니다. 이대로 방치해두면 삼십 몇 년 뒤에 이노스케 씨에게 아이가 생기고 아버지와 똑같은 나이가 되었을 때 재앙이 일어난다고……."

그때 구메시치의 얼굴을 모모스케는 잊을 수 없다.

이 이상 가족을 잃는 것은 싫다며 구메시치는 울었다.

이노스케는 형의 자식이지만 내 아들 이상으로 귀엽다, 훌륭하게 키워서 형의 원통함을 갚아주고 싶다, 어떻게든 해달라, 하고 구메시치는 마타이치에게 매달렸다.

정말로 성실하고 정직한 사내이다.

마타이치는 목수로 변장한 동료 악당 신탁자 지헤이를 에도에서 불러들였다.

그리고.

특수한 장치가 있는 사당을 만들게 했다.

"그러니까 그 장치의 비밀을 묻는 거잖아요."

사요가 조금 뾰로통하게 말했다.

"비밀이요? 비밀은 간단합니다. 그 사당은 정면에서 봤을 때 오른편에 있는 벽 맨 아래, 지면에 닿을락 말락 하는 곳에 작은 문이 하나 숨어 있습니다."

"숨겨진 문이 있다고요? 그럼 설마……."

"그건 아니겠지요." 모모스케는 다 듣기도 전에 부정했다.

"사람은 못 들어갑니다. 몸집이 작은 분이라면 팔부터 상반신을 밀어넣을 수 있을 정도로 작은 문……이라기보다는 창문이지요. 언뜻 봐서는 모르지만 벽 판자를 뗄 수 있게 조작해두었습니다. 뭐, 상당히 면밀히 조사하지 않으면 알 수 없는 세공이지요. 아는 사람이 아니고서야 거의 모릅니다. 보통은 그런 곳에 그런 장치를 하는 의미가 없으니까요."

"맞아요. 그런 걸 대체 어디에 쓰지요?"

"네. 이렇게."

모모스케는 그때 일을 떠올리면서 손을 밀어넣는 동작을 해보였다.

"이런 식으로. 딱 구덩이 안에 손이 닿습니다."

"구덩이라면 원래부터 있었다는 구덩이요?"

"네. 돌 상자가 들어 있는 구덩입니다. 거기서는 뚜껑도 열 수 있고 상자를 사당에서 꺼낼 수도 있습니다."

"상자를 꺼내나요?"

"네. 이건 꺼내야만 합니다. 안 꺼내면 돌볼 수가 없지요."

"돌본다……고요? 신을?"

"네. 이건 그러니까 돌 상자 안에 계시는 **뱀을 돌보기** 위한 문이에요."

"뱀이……." 사요는 입을 딱 벌렸다.

감이 좋은 아가씨이지만 이건 몰랐던 모양이다.

"뱀이 정말로 있었어요?"

"아니요. 아마 **있었던** 게 아니라 **넣었던** 걸 겁니다."

"넣었다니……. 누가요?"

"마타이치 씨이지요. 돌 상자 안에는 뭔가 다른 게 들어 있었을 겁니다. 마타이치 씨는 구메시치 씨에게 이렇게 말했습니다."

이것은

온갖 마(魔)를 태우고 요(妖)를 봉인하는 다라니 부적이다.

황공하게도 뱀신님을 이 사당에 봉인한다.

쓰카모리 외에 그 누구도 이 사당을 건드려서는 아니 된다.

쓰카모리는 매일 빠짐없이

해가 뜨는 것과 동시에 제주와 등명을 올려라.

그리고.

"제주와 등명 외에 춘분부터 동지 사이에는 결코 다른 사람이 모르게 매일 돌 상자 안에 **살아있는 먹이**를 넣어라. 그리고 그사이에 뱀날이 올 때마다 반드시 안에 든 뱀신님을 **늪에 풀어라**, 하고 마타이치 씨는 구메시치 씨에게만 몰래 분부했습니다."

"앗" 하고 사요는 소리쳤다.

"풀다니 놓아준다는 뜻이에요?"

"네. 놓아주는 겁니다. 그리고 그날 안에 **다른 뱀신님을 잡아서 넣는** 겁니다."

"다른 뱀을……."

사요가 가느다란 눈썹을 괴로운 듯 일그러뜨렸다.

생각할 때의 버릇이다.

"그건 **뱀을 교체한다**는 뜻인가요?"

"그렇지요, 그야말로 뱀을 교체한다는 뜻입니다."

"어째서."

"영원히 살아계시게 하기 위해서입니다."

"아아."

사요는 눈을 동그랗게 떴다.

"상처 입은 뱀은 봉인만 해서는 언젠가는 결국 지벌을 내린다, 상처가 나으면 돌려보내라고 마타이치 씨는 말했습니다. 하지만 그러면 마을이나 집안을 수호해주는 분묘의 신이 자리를 비우게 됩니다. 그래서 다른 뱀신이 교대로 들어가시게 하는 것이다…… 하고."

"흐음" 하고 사요는 보기 드물게 어린 소녀 같은 표정을 지었다. "그건……. 아니, 지금 모모스케 씨가 이야기하신 건 다 표면적인…… 설명이지요?"

"아닙니다. 표면적인 설명이 아닙니다. 이면의 이야기인데요."

"이면의 이면……이 있을 텐데요?"

사요가 노려보았다.

모모스케는 눈을 내리깔았다.

이 얼굴에는…….

조금 약하다.

"하는 수 없군요." 모모스케가 말했다.

사요가 작게 웃었다.

"그 옛날…… 에도에 구치나와당이라는 이름의 도적 일당이 있었습니다"

"**구치나와**당……. 구치나와, 즉 뱀이라는 이름을 가진 이 도적은 무사 가문의 저택만을 노리는 색다른 도적이었다고 한다.

무사 가문의 저택은 겉은 번드르르하지만 돈이 없다. 게다가 경호는 철저하고 추적대도 지독하며 잡혔을 때 처벌도 무겁다.

그래도 구치나와당은 어떤 까닭인지 무사 집안만을 노렸다고 한다.

사람들은 무사에게 원한이 있을 거라고 이야기했다.

그렇다고 해서 의적 종류는 아니었던 듯하다.

사람들이 빈번하게 드나드는 상인의 집과 달리 무사 저택에 들어가기는 어렵다. 잠입 담당도 간단히 숨어들지 못하고 하급 무사들이 함께 사는 주택 같은 경우에는 어슬렁거리기만 해도 잡힌다. 명색이나마 무사인 이상 싸움이 벌어져도 당할 재간이 없다. 확실히 두 자루 칼을 찬 무사와 맞서려고 하는 사람은 죽는 게 겁나지 않는 사람이나 바보뿐이다.

그 탓인지 구치나와당은 야습하는 경우는 일절 없었다고 한다. 물론 집안사람들도 죽이지 않는다. 야음을 틈타 그야말로 뱀처럼 몰래 숨어들어서 소리 하나 없이 돈을 훔쳐서는 마찬가지로 슬며시 사라졌다. 결코 욕심을 내지 않는 것도 구치나와당의 특징이었던 모양이다. 많이는 가져가지 않는다.

무가에는 큰돈은 없지만 체면이 있다.

액수에 따라서는 바깥에 알리지 않는다. 아니, 도둑이 들어 집 안에서 돈을 훔쳐가는 불상사는 애초에 무사 가문의 수치이다. 그러다 보니 마냥 숨기는 경우도 있었다고 한다.

구치나와당은 뱀처럼 가늘고 길게, 결코 눈에 띄지 않게 대략 팔 년 동안 이천 냥 가까운 돈을 훔쳤다.

두목 이름은 노즈치(野槌)* 이헤이지.

마타이치의 이야기로는 이 이헤이지는 원래 재주를 보여주며 돈을 구걸하는 예인이었다고 한다. 그리고.

"이사부로라는 인물은 이 노즈치 이헤이지의 아들, 구치나와당의 이대 두목이었습니다."

발단은 배신이었다.

이헤이지는 훔친 돈을 일정 액수만큼만 분배하고 나머지는 고스란히 모아두었다고 한다. 모아둔 돈은 일당을 해산할 때 분배한다는 약속이었다. 거기에 불만을 품은 자가 있었단다.

산무애뱀 야타.

살무사 다키치.

그런 이름을 가진 놈들이었다.

산무애뱀과 살무사는 도둑질을 하러 들어간 저택 사람과 내통하여 구치나와당을 함정에 빠뜨렸다.

"일당 열한 명 가운데 다섯 명이 목이 잘렸다고 합니다. 남은 여섯 명 가운데 네 명은 배신에 가담했습니다. 달아난 사람은 두목 이헤이지와 아들인 이사부로뿐인 셈이지요. 하지만 두 사람도 곧 잡혔습니다."

이헤이지 부자는 봉행소나 도둑을 포박하는 순찰대에 붙잡힌 것이 아니었다.

* 뱀 같은 모습을 하고 있으며 머리 꼭대기에 입만 있는 요괴.

잡은 사람은 옛 부하인 산무애뱀과 살무사였다.

돈이 어디 있는지 불어라.

그리고 고문이 시작되었다.

"하지만 과연 천하에 이름을 떨친 대도답게 그리 호락호락하지는 않습니다. 이헤이지는 돈을 숨긴 장소를 가르쳐주는 것을 완강하게 거부했습니다. 비열한 옛 부하들은 고집 센 늙은 도적을 혼쭐내는 건 포기하고 아들인 이사부로 씨를 심하게 괴롭히기로 했습니다. 참 모진 고문이었다고 합니다. 그러던 어느 날 밤……. 이사부로 씨는 거기서 빠져나와 아버지인 이헤이지 씨를 살해하고 나서 달아났습니다."

"살해한 거예요?"

"마타이치 씨가 그렇다고 말했습니다. 아마 이헤이지 자신이 강하게 애원했겠지요. 이렇게 근성이 썩은 놈들에게 큰돈을 줄 수는 없다, 이 이상 살아서 수치를 당하기는 싫다, 반죽음당하는 것은 참을 수 없다, 숨통을 끊어달라며……."

숨통을.

이사부로는 달아났다.

추적대가 따라붙고, 수라장을 몇 번이나 헤쳐 나오면서 큰 부상을 입어…….

"그래서 이케부쿠로무라에?"

"그런…… 모양입니다. 이사부로 씨는 뱀신의 심부름꾼은 아니었지만 상처 입은 뱀이기는 했던 것이죠."

뱀 분묘의 집은 좋은 은신처가 되었으리라.

딸과 사랑하는 사이가 된 것도 계략이었을까.

혹은 진심이었을까.

"아이가 태어나고 일 년이 지나 살무사와 산무애뱀 일당은 겨우 이사부로 씨가 있는 곳을 알아냈습니다. 하지만 잡아서 추궁을 한들 돈을 어디에 숨겼는지 순순히 불 것 같지는 않았겠지요."

우선 이사부로가 죽은 이헤이지에게 돈을 숨긴 장소를 들었는지 어떤지조차 확실치 않았다. 하지만 이헤이지의 목숨을 끊은 사람이 이사부로라면 눈을 감기 전에 반드시 무슨 말을 들었을 터. 놈들은 이렇게 믿은 모양이었다.

실제로 이사부로는 문서를 건네받았다고 한다.

어쨌든 이천 냥 가까이 되는 큰돈이다. 요란하게 써버린 낌새도 없고, 일이 년 만에 다 썼다고는 생각할 수 없다. 반드시 어딘가에 숨겨 두었으리라고 놈들은 확신했다.

하지만 본인을 괴롭히지 않고 가족을 인질로 잡아서 위협을 한다고 해서 효과가 있을지 없을지는 의심스럽다. 가족을 만든 것 자체가 위장이라면 그런 짓을 해봤자 아무 의미도 없다.

그래서 일당은 간계를 꾸몄다.

"설마 마을 사람들을 한편으로 끌어들인 건 아니지요?"

사요가 말했다. 조금 화가 난 목소리였다.

"그건 비열하잖아요. 너무나도."

"비열합니다. 도적이니까요."

모모스케는 이렇게 대답했다.

마을 사람들에게 좋지 않은 소문을 흘린다.

뒤에서 선동하여 이사부로를 고립시킨다.

시기를 봐서 마을 사람들 몇 명을 살해하고 이를 계기로 단숨에 몰아붙인다.

그러면 이사부로는 반드시 달아날 것이다. 그리고 돈을 숨겨둔 곳이나 그 장소를 적은 문서를 숨겨둔 곳에 가지 않겠는가. 살무사 일당은 이렇게 생각했다. 만일 마을 사람들이 폭주하여 이사부로의 목숨이 위험에 처하는 일이 생긴다면 그때는 마을 사람들을 죽이고 이사부로를 구출하면 그만이었다.

하지만 이사부로는 달아나지 않았다.

그리고.

"분묘 위로 올라갔군요. 그럼 그 이사부로 씨는 분묘 위에 있는 구덩이 속에 뭔가를 숨겨두었다. 이건가요?"

"숨겨두었을 터……였지요."

"숨겨두었을 터였다니요?"

"네. 상자 안에 **있어야 할 것이 없고** 대신."

"모모스케 씨는 대신 뱀이 들어 있었다고 말씀하시는 거예요?"

"그렇지요." 모모스케는 하늘을 올려다보았다.

벌써 달이 나와 있었다.

"이사부로 씨는 놀랐을 겁니다. 아니, 정말로 지벌을 믿었는지도 모르지요……."

뱀이다.

정말로 뱀이 있었다.

뱀아.

네가 만일 정말로 지벌을 내리는 신이라면

분묘를 지키는 집에 위해를 끼칠 일은 하지 마라.

나를 산 제물 삼아 이 마을을 지켜라.

내 처자식을 지켜라.

믿었을 거라고 모모스케는 생각했다.

그리고 그 집 딸과의 사이에 아들을 낳은 것도, 마을에 뼈를 묻을 생각이었던 것도 위장은 아니었을 것이다.

참으로.

"어리석은 사내입니다." 모모스케가 말했다.

"왜 어리석지요?" 사요가 물었다.

"아니 말이에요. 그게, 상자 알맹이를 바꿔치기한 사람은…… 다름이 아니라 이사부로 씨의 아내인 뱀 분묘 저택의 따님이었어요."

사요는 말없이 그리고 무표정한 채로 모모스케 쪽으로 하얀 얼굴을 돌렸다.

"왜……."

"알고 있었던…… 것이겠지요. 남편이 거기에 무언가를 숨겨놓았다는 사실을. 지벌을 내리는 분묘에 숨길 정도이니 예사 물건이 아니라는 것쯤은 짐작이 가지 않겠습니까?"

"무엇을 숨겼는데요?"

"생각건대 이사부로 씨는 돈을 숨긴 곳을 적은 문서인지 뭔지를 숨겼을 겁니다. 돈 자체를 숨길 만한 장소는 아니니까요. 이사부로 씨는 그곳이 사람들이 가까이 가지 않는 금기의 장소라는 사실을 알고 만에 하나 추적대가 쫓아왔을 때를 대비해 숨겼겠지요. 하지만 지벌을 내리는 분묘라고는 해도 분명 그 집 사람들, 구치나와 분묘 저택 사람들에게는 전혀 무섭지 않은 장소였을 겁니다."

"그렇다고 해서."

"아니, 비밀을 만든 사람은 이사부로 씨 쪽이었으니까요. 따님도 처음부터 욕심에 눈이 멀어서 한 일은 아니었을 수도 있습니다. 남편의 의심스러운 행동을 조사하고 있었을 뿐인지도 모르지요. 하지만 따님은 수상쩍은 문서를 발견하고 말았습니다. 뭔가 싶었겠지요. 그래서 그걸 분묘에서 꺼내 결국 돈을 발견하고 말았을 겁니다."

"그때 욕심이 생겼군요."

"그렇겠지요. 그래서 그 돈을 온 가족이 짜고 은닉했습니다. 물론 이사부로 씨에게는 비밀로 하고요."

구치나와 분묘 일가가 유복해진 이유는 이사부로가 필사적으로 일했기 때문도 아니었고 뱀이 들렸기 때문도 아니었다.

결국 이사부로는 죽고 돈을 숨긴 장소도 알 수 없어졌다. 살무사와 산무애뱀의 계획은 완전히 실패한 셈이다. 숨겨둔 돈은 이사부로 본인도 모르는 사이에 구치나와 분묘 일가의 광 속으로 옮겨졌으니까.

그 뒤로…….

"그 뒤로 삼십 몇 년이 지났지요. 뭐, 아무리 사치스러운 생활을 해봤자 농민이니까 그렇게 쓸 데도 없습니다. 이천 냥 정도 되면 그리 간단히 바닥나지도 않을 테고, 뭐 이사부로 씨가 죽으면서 외친 말도 있고 해서 구치나와 분묘 저택은 유복한 채로 평안하게 지내고 있었습니다. 거기에…… 탁발승이 나타났지요"

"그건 그 배신자, 살무사인지 산무애뱀인지 하는 일당의 잔당인가 그런 거였습니까?"

"그런 모양입니다. 지헤이 씨 이야기로는 이 탁발승은 살무사의 입김이 닿은 구렁이 가스케라는 사내였답니다. 살무사가 죽고 그 주변에 있던 놈들이 마음대로 움직인 거지요. 전설의 복벌레, 구치나와당이 숨겨둔 돈을 찾아서. 숨겨둔 돈 이천 냥은 삼십 년도 더 전에 농민이 슬쩍해서 은닉해버렸는데 말이에요. 그런 사실은 추호도 몰랐고

꿈에도 생각하지 않았겠지요. 돈은 모조리 어딘가에 감춰져 있다고 생각했을 겁니다. 그리고 감춘 장소를 적은 문서가 어딘가에 있다고도 믿었겠지요."

구렁이는 옛 흔적을 더듬은 끝에 구치나와 분묘 저택에 이르렀고 이사부로가 남긴 아들인 이사지와 접촉했다.

그리고 아무것도 몰랐을 이사지에게 구렁이는 아마 이렇게 고했으리라.

네 아버지는 뱀이다.

네 죽은 아버지는 뱀이라는 이름의 도적이야.

동료의 돈을 갖고 달아난 상처 입고 지저분한 뱀이다.

훔쳐서 모은 큰돈을 어딘가에 숨겨놓았다.

그래서 네 집은 번성하는 것이다.

훔친 더러운 돈으로.

"그래서……." 사요가 말했다. "그래서 이사지라는 사람은 사람이 변한 것처럼 옛날 일을 캐묻고 다닌 거예요?"

"뭐, 아버지가 도적이라는 말을 들으면 마음에 걸릴 테고, 짐작 가는 구석이 없지도 않을 겁니다. 어찌 되었든 광에는 금화가 잔뜩 있지요. 하지만 그 금화가 어디서 난 돈인지 이사지 씨는 몰랐을 겁니다."

"그냥 평범한 재산이라고 생각했을까요?"

"그야 그렇겠지요. 어린아이에게 그런 걸 가르쳐주는 부모는 없습니다. 게다가 할아버지, 할머니도 돌아가셨고, 양부인 젠키치 씨도 알고 있었을지 어땠을지 의심스럽습니다. 어머니도 지난해에 돌아가셨고요. 뭐, 그래서 여기저기 뒤지고 다녔겠지요. 그리고……."

분묘 위가 수상하다.

이사지는 이렇게 믿어버렸다.

이사지 입장에서는 거기에는 아버지가 도적이었던 증거가 있을 터였다. 하지만 구렁이 입장에서 그것은 보물이 어디 있는지를 적은 중요한 문서였을 것이다.

이사지에게 선수를 뺏겨서는 의미가 없다.

"그래서 이사지 씨를."

"죽였지요. 참으로, 참으로 어리석은 이야기입니다. 어리석은 이야기의 연속이에요. 구렁이는 비밀을 알고 있을 가능성이 있는 오사토 씨도 죽였습니다. 그리고 호시탐탐 분묘를 노리고 있었는데……."

"모모스케 씨가 그 앞을 막고 섰다……는 거군요."

"막고 선 사람은 마타이치 씨예요."

마타이치는 어쩐지 슬퍼 보이는 얼굴로 이렇게 말했다.

이 이상 보통 사람들의 목숨을 빼앗으면 안 됩니다.

벌레라도 잡듯이 사람을 죽이는 놈을

소생은 좋아하지 않습니다.

마타이치가 장치한 함정은 실로 간단했다.

앞으로 구치나와당이 남긴 돈을 노리고 찾아오는 자는 백이면 구십구 저 분묘의 구덩이에 주목할 것이다. 그렇다면 좀 더 노골적으로 저 구덩이가 눈에 띄게 하면 된다.

무언가를 숨기기라도 한 것 같은 사당을 세운다. 들어가지 말라, 건드리지 말라, 지벌이 내린다는 소문을 흘린다. 봉인된 격자문으로는 여봐란 듯이 구덩이가 보이고, 구덩이 속에는 견고해 보이는 돌 상자가 엿보이게 해둔다.

사정을 아는 사람이라면 누구든지 수상하다고 여길 것이다.

사정을 모르는 사람은 아무 생각도 하지 않을 것이다.

그리고.

그 상자 속에는 성실하고 신심이 깊고 우직하고 가족을 아끼는 구메시치가 매일 빠짐없이 살아있는 먹이를 주며 돌봐주는 뱀신님, 독사가 살고 있다. 뱀은 열이틀 날마다 새것으로 바꾼다.

몰래 들어가서 상자를 열면.

죽는다.

실제로 사당이 완성된 다음 날에 구렁이가 죽었다.

마타이치는 부적을 다시 붙이고 구렁이의 시신을 처리했다.

이사지와 오사토의 원수는 간단히 갚았다.

그때 마타이치는 구메시치에게 이렇게 고했다고 한다.

외부인이 섞여 들어와서 분묘를 건드리다가 목숨을 잃는 일이 있을 것이다.

그때는 부적이 떨어지겠지만 다시 붙이면 된다.

시신은 행려병자라 생각하고 무연불로 공양하라.

꼼꼼하게 공을 들였다.

풍문으로 듣기에 구치나와분 주위에는 그 뒤 몇 년에 걸쳐 합계 여섯 명이 넘는 **행려병자**가 나왔다고 한다.

사려가 얕고 어리석은 도적들이 흡사 사방등에 꼬이는 나방처럼 팔랑팔랑 보물의 환영에 다가왔다 상처 입은 뱀의 집념에 물려 죽어간 것일까. 그야말로 손자 대까지 지벌을 입은 게 될까.

그것도 유신과 함께 그쳤다고 한다.

모모스케는 커다란 한숨을 내쉬었다.

"그……."

"뭔가요." 사요가 대답했다.
사요도 달을 보고 있었다.
"이노스케라는 사람 말입니다."
"이사지 씨의 외아들."
"이사부로 씨의 손주에 해당하지요."
"그렇지요." 사요가 대답했다. "……함정에 빠져버렸네요."
"네. 어째서 도리를 벗어나버렸을까요. 구메시치라는 사람은 무척 좋은 분이에요. 분명 슬퍼하고 계실 테니 조금 원통합니다."
"자업자득이기는 하겠지만요. 이건…… 인과라고 해도 좋을까요, 모모스케 씨?"
사요가 말했다.
"세상에 불가사의는 없고 세상 모든 것이 불가사의지요."
모모스케는 이렇게 말했다.
"구메시치 씨는 아마 마타이치 씨가 생각했던 것보다 훨씬…… 성실한 사람이었나 봅니다. 장치를 꾸미고 나서 삼십 몇 년이 지났는데 아직도 그 함정이 살아있었을 줄이야."
"마타이치 님도 몰랐을 거라는 말인가요?"
"글쎄요. 마타이치 씨니까 어쩌면 훤히 꿰뚫어 보았을 가능성도 있을지 모르지만요. 어쨰 마타이치 씨가 살아서 돌아온 느낌이 드네요."
모모스케가 주름에 파묻힌 눈을 비볐다.
"하지만 도쿄 경시청 순사님이 검분해버렸으니 말이에요. 그 분묘의 지벌에 관한 소문도 이제 마지막이겠지요. 함정도 이제…… 없어지겠네요."
모모스케는 눈을 가늘게 떴다.

그리고 입 속으로 작게

"어행봉위."

라고 말했다.
풍경이 짤랑, 울렸다.

| 하권에서 계속됩니다. |

후항설백물어(상)–항간에 떠도는 백 가지 기묘한 이야기 블랙&화이트 **078**

1판 1쇄 인쇄 2018년 11월 9일 **1판 1쇄 발행** 2018년 11월 19일
지은이 교고쿠 나쓰히코 **옮긴이** 심정명
펴낸이 고세규
편집 장선정 **디자인** 이경희

발행처 김영사
주소 경기도 파주시 문발로 197(문발동) 우편번호 10881
등록 1979년 5월 17일(제406–2003–036호)
구입 문의 전화 031)955–3100 **팩스** 031)955–3111
편집부 전화 02)3668–3295 **팩스** 02)745–4827 **전자우편** literature@gimmyoung.com
비채 카페 http://cafe.naver.com/vichebooks
트위터 @vichebook **페이스북** www.facebook.com/vichebook
ISBN 978-89-349-7777-3 04830, 978-89-349-7783-5(세트) 책값은 뒤표지에 있습니다.

비채는 김영사의 문학 브랜드입니다.
이 도서의 국립중앙도서관 출판예정도서목록(CIP)은 서지정보유통지원시스템 홈페이지(http://seoji.nl.go.kr)와 국가자료공동목록시스템(http://www.nl.go.kr/kolisnet)에서 이용하실 수 있습니다.
(CIP제어번호: CIP2018094738)